Max Küng • Wenn du dein Haus verlässt, beginnt das Unglück

AF204654

Max Küng

Wenn du dein Haus verlässt, beginnt das Unglück

Roman

Kein & Aber

POCKET

Ebenfalls von Max Küng:
Die Rettung der Dinge

Für die freundliche Unterstützung danken
Verlag und Autor der Fachstelle Kultur Kanton Zürich.

Alle in diesem Buch geschilderten Handlungen und
Personen sind frei erfunden. Ähnlichkeiten mit
lebenden oder verstorbenen Personen wären zufällig
und nicht beabsichtigt.

Satz: Dörlemann Satz, Lemförde
Druck und Bindung: CPI – Ebner & Spiegel, Ulm
ISBN 978-3-0369-5982-5
Auch als eBook erhältlich

www.keinundaber.ch

»Um drei Uhr morgens vom Prasseln eines
gewaltigen Regenschauers aufgewacht, und
als dann noch die eingesperrte Katze zu
miauen anfing und auf mein Bett sprang,
konnte ich nicht wieder einschlafen.«

Samuel Pepys,
Tagebuch, 22. 8. 1662

Prolog

Eine Gurkenscheibe. Eine Scheibe einer ganz normalen Salatgurke, gezüchtet irgendwo in einem Gewächshaus in Andalusien, per Lastwagen über staubige Autobahnen herangekarrt, zweitausend Kilometer weit. Sie liegt im Kies unter einer Parkbank. Unter einer gewöhnlichen Bank ohne jede Beschriftung, wie sie vielerorts in der Stadt anzutreffen ist, mit einem Gestell aus verzinktem Stahl und Latten aus blassgrün gestrichenem Holz. Die Bank steht in einem Park. Nun ja, Park ist etwas übertrieben, vielmehr ist es ein von einem Kiesweg umrandetes Rasenviereck, mit in der Mitte angelegter Rosenrabatte. Die Grünanlage wird vor allem von Hundehaltern als Versäuberungswiese für ihre vierbeinigen Freunde genutzt. Über Mittag jedoch beanspruchen bei schönem Wetter auch gerne Leute aus den nahen Büros die Sitzbänke, rollen Picknickdecken auf dem Grün aus oder setzen sich einfach so ins Gras, das von der Stadt gepflegt und gemäht wird.

Die Gurkenscheibe liegt bleich im staubigen Kies, ein paar Blätter von den mageren Birken ebenfalls, Zigarettenstummel. Noch ist niemand zu sehen, keine Menschenseele. Es ist früher Morgen, in nicht zu weiter Ferne hört man ein Tram rumpeln und um die Kurve quietschen, ein Auto fährt vorbei, die Scheinwerfer noch an. Das Licht des Tages bricht flach durch die Straße, golden lässt es den Mülleimer neben der Parkbank erglühen, lang sind die Schatten. Der Himmel ist von einem harmlos hellen Blau, wolkenlos, bloß ein einzelner Kondensstreifen durchschneidet ihn. Die bleiche, vom Dreck panierte Gurkenscheibe liegt schon die ganze Nacht unter der Parkbank, am Abend zuvor hatte sie jemand mit Zeige- und Mittelfinger aus einem dünnwandigen Plastikbecher gefischt und zu Boden fallen lassen. Ein paar Bürokollegen hatten spontan beschlossen, ein wenig zu feiern, den Arbeitstag aus- und den Feierabend einzuläuten, auf ebendieser Parkbank, unweit vom Sitz der Firma, für die sie arbeiten. Sie hatten sich im Supermarkt eine Flasche Gin besorgt, Tonic, einen Sack mit Eiswürfeln und eine Salatgurke, die sie mit dem Sackmesser nach und nach in Scheiben schnitten. In einen anständigen Gin Tonic gehört ihrer Meinung nach zwingend Gurke. So in Stimmung zu kommen, war zudem viel günstiger, als überteuerte Drinks in einer Bar zu ordern. Einer von ihnen hatte die Kosten im Kopf überschlagen, während sie vor der Firma standen und rauchten. Er kam nach einem ausführlichen Rechenmonolog zum Schluss, dass diese für einen selbstgemixten Gin Tonic bei nur einem Franken und fünfundfünfzig

8

Rappen liegen und sie somit an einem Abend zweihundertunddreiundsiebzig Franken und fünfzig Rappen sparen konnten. Sein Kollege, der bei ihm stand und der gemurmelten Rechnerei zuhörte, nahm einen tiefen Zug seiner Zigarette und sagte: »Krass.« Lange saßen sie auf der Bank, standen um sie herum, redeten, scherzten, lachten, bis die Flasche leer war; und obwohl sie nicht mehr ganz nüchtern waren, räumten sie fein säuberlich alles weg, was sie angeschleppt hatten. Als sie gegangen waren, johlend, um andernorts noch weiterzufeiern und die gesparten zweihundertunddreiundsiebzig Franken und fünfzig Rappen auf den Kopf zu hauen, da war das Einzige, was zurückblieb, die Scheibe einer Salatgurke im Kies unter der Bank.

Es wurde Nacht, es wurde Morgen, bald würden die Nacktschnecken kommen und sich über das Gurkenstück hermachen, aber noch gehört die Scheibe den fliegenden Insekten. Eben landet dort eine Fliege, um mit ihrem leckend saugenden Mundwerkzeug die Oberfläche zu untersuchen und mit ihren Chemorezeptoren an den Enden ihrer dünnen Beine zu prüfen, ob irgendwo Zucker zu finden sei. Bald hat die Fliege die Gurke als uninteressant eingestuft und macht sich auf die Suche nach vielversprechenderer Nahrung. Die Fliege ist neun Tage alt. Es kommt kein weiterer Tag dazu, sondern nur eine Sekunde, da zucken ihre dünnen Beine in der Leere, die zwei Flügel surren vergebens, sie hat sich verfangen im Netz einer Kreuzspinne. Die Spinne hat den fetten Neuankömmling bereits registriert, schnell greift sie sich die Fliege mit ihren großen Kieferklauen, wie die Klinge eines Sackmessers klappt sie den spitz zulaufenden Giftzahn aus. Sie pumpt erst lähmendes Gift in den schwarzen Leib der Fliege, dann erbrochenes Magensekret, damit sich deren Körper gleich zu zersetzen beginnt. Mit ihrem kräftigen Muskelmagen saugt sie die Stubenfliege leer, erbricht den Saft wieder zurück in die Hülle ihres Opfers, saugt ihn wieder ein, erbricht ihn wieder, bis der Jus nach ihrem Gusto und endgültig Spinnennahrung geworden ist – und von der Fliege nichts anderes übrig bleibt als ein unförmiger Klumpen unverdaulichen Chitins. Die Spinne hat ihre Arbeit getan, die Fliege ist bis auf den letzten Tropfen leer gesogen, schon schießt eine Amsel heran. Zerrissen ist das feine Netz, dieses Kunstwerk, diese komplexe Konstruktion – und weg ist die Spinne, respektive: Man sieht noch ihre behaarten Beine aus dem dreckig gelben Schnabel ragen, die Beine zappeln, als die Amsel ihren Kopf schräg stellt, hierhin blickt, dahin blickt, dann schnell die Spinne hinunterwürgt. Wieder blickt sie mit ihren schwarzen Augen hierhin, dahin, nervös. Sie spürt, dass etwas im Busch ist. Tatsächlich schleicht ein rötlicher Kater durch die Rosenrabatte, gerade war er noch damit beschäftigt, die Gegend zu erkunden und zu markieren, da hörte er ein feines Geräusch, das raschelnde Schlagen von Flügeln, und erspähte die Amsel. Er rollt den Schwanz ein, duckt sich in Anschleichstellung. Den von Dosenfutter schweren Bauch dicht über den Boden gepresst, schleicht er ein paar Schritte, bereitet sich dann lauernd auf die letzte Phase der Jagd vor, seine Hinterpfoten treten an Ort und Stelle, links, rechts, links, rechts, den Blick starr auf die Amsel gerichtet, die Spitze des Schwanzes vor Nervosität zuckend. Geduckt kommt er aus seiner Deckung und setzt zum Angriffssprung an. Mit den Vorderpfoten will er die Amsel fangen. Der Kater ist alt und fett, eher selten verlässt er sein behagliches Zuhause und macht sich auf den Weg durch die enge Schleuse der Katzentür, durch die er kaum mehr passt und die ihn in eine Welt entlässt, in der es für ihn nichts Lebenswichtiges zu tun gibt. Das Schnellste am Kater ist der Name: Speedy. Halbherzig jagt Speedy der Amsel hinterher, die mit ihrer Beute im Bauch im Tiefflug davonflattert, ein nicht sonderlich eleganter Flug, jedoch effektiv. Die Amsel scheint auch nicht in Eile, ganz so, als wüsste sie, dass der Kater sie niemals erwischen wird. Als seien sie alte Bekannte und ihre Jagd bloß ein Spiel, ein altes Ritual. Vielleicht will Speedy die Amsel auch gar nicht fangen, weil er vergessen hat, was mit der Beute anzustellen ist. Er blickt dem entwischten Vogel nach, wendet sich dann wieder dem Boden zu und den Gerüchen, die ihm entströmen, macht sich auf den Weg zu einer Birke, um sich an ihrer dünnen Rinde die Krallen zu schärfen für die nächste erfolglose Jagd. Und er hinterlässt eine Duftnachricht, aus Drüsen zwischen seinen weichen Fußballen treten Pheromone aus und nisten sich in den Kratzspuren ein, damit die anderen Katzen des Quartiers wissen, dass er hier gewesen ist. Ganz so, wie Jugendliche mit spitzen Gegenständen ihren Namen in das Holz einritzen: »Speedy was here.« Da bellt ein Hund, ein Labrador, er zerrt an der Leine, am anderen Ende der Leine befindet sich eine Hand, und der Mensch, der zu dieser Hand gehört, sagt mit morgenmüder Stimme: »Ruhig, Shiva, ruhig!« Der Kater buckelt den Rücken, sträubt die Haare, um an Volumen zu gewinnen, an Statur, laut faucht er, zeigt seine feinen, weißen, spitzen Zähne, rot glänzt seine schleifpapier-raue Zunge. Dann, nicht zu schnell, schleicht er davon, der Hund bellt noch ein bisschen, beruhigt sich und schnüffelt den Boden ab, drückt seine feinen Schnurr-haare ins Gras, liest den Grund mit seiner glänzenden Nase, saugt die Botschaften über mögliche Gefahren, Rivalitäten und Fortpflanzungsoptionen in sich hinein, hebt erneut den Kopf. Der Hund sieht einen Postboten, der auf der anderen Straßenseite fast lautlos auf seinem Elektrotöff um die Kurve gebogen kommt. Der Hund bellt, einmal, zweimal. »Was ist jetzt wieder los, Shiva?«, fragt sein Herrchen. Da rennt der Hund los. Normaler-weise hätte ihn sein Herrchen zurückgehalten, aber er hat für einen Moment die Leine nicht in der Hand, weil er sich gerade bückt, um mit einem Plastikbeutel den zapfenförmigen Kot seines Hundes aufzunehmen. Der Hund schießt davon, auf den Postboten zu, der erschro-cken von seinem Stapel Briefe aufblickt. Der Hund will das Bein des Postboten, er will seine Zähne in die fein behaarte, bleiche Wade schlagen, er will wild mit weit aufgerissenen Augen knurrend am Stoff des Hosenbei-nes zerren, bis er reißt. Er rennt vom kleinen Park über das Trottoir, die schlaff hin und her schlenkernde Leine hinter sich herschleifend, geradewegs auf die Straße. Das Quietschen von Bremsen vermischt sich mit dem kurzen Jaulen des Hundes. Das Auto kommt schnell zum Stehen, der Hundebesitzer rennt heran, der Autofahrer steigt aus, schlägt die Hände über dem Kopf zusammen, ruft: »Ich hab ihn nicht gesehen! Ich hab ihn nicht gesehen!« Der Hundebesitzer sagt nichts, so wie auch zwei Passanten nichts sagen, die stehen geblieben sind. Der Hund kommt unter dem Auto hervorgekrochen und blickt in die Welt, als begreife er nichts, ganz und gar nichts. Er scheint nicht verletzt, kein Blut, keine Wunde. Der Hundebesitzer geht auf die Knie und hält den Hund in den Armen, tätschelt ihn, redet ihm gut zu, und auch der Autofahrer geht in die Knie. Sie reden zusammen, Autofahrer und Hundebesitzer, dann steigen alle ins Auto und fahren davon, der Autofahrer hat angeboten, den Hund und seinen Besitzer zum Tierspital zu fahren, um den Hund untersuchen zu lassen.

Der Postbote hat alles beobachtet, nun gibt es nichts mehr zu sehen. Als das Auto verschwunden ist, wendet er sich wieder seiner Arbeit zu. Klappernd füllt er die Kästen, fünfmal dasselbe Geräusch, diese kurze Perkussion, wenn die Klappe aus Aluminium hochgeklappt wird und oben anschlägt, dann wieder zurückfällt und unten anschlägt, nur unterbrochen von einer immer andersartigen Pause, je nachdem, wie viel Post der Postbote durch den Schlitz schiebt, wie schnell dies geschieht. Jeder Kasten auf seiner Tour hat seinen eigenen Klang. Er könnte mit geschlossenen Augen sagen, welchen Briefkasten er gerade mit Rechnungen in weißen Couverts, von Hand adressierten Briefen und in Plastik eingeschweißten Zeitschriften füllt. Was ihm auffällt, heute, auf dieser Tour: Alle Kästen des Hauses bekommen Post, und zwar alle dasselbe Couvert vom selben Absender, manche gar in zweifacher Ausführung. Er denkt aber nicht weiter darüber nach.

Ein leises Surren erklingt, als er davonfährt, um anderen Häusern andere Briefe zu bringen, Postkarten, Zeitschriften. Er pfeift ein Lied, *Bye Bye Love* von den Everly Brothers, er hat es im Radio gehört, als er seinen Kaffee getrunken hat, die verklebten Augen noch müde vom Schlaf, weil er sich einfach nicht daran gewöhnen wollte oder konnte, um fünf Uhr aufzustehen. Und als er *Bye Bye Love* gehört und es ihn an früher erinnert hat, an ein Früher, in dem er noch gar nicht geboren war, da wollte es nicht mehr aus seinem Kopf heraus und begleitete ihn den ganzen Morgen. Immer wieder pfeift er die ersten Töne des Refrains, an mehr kann er sich nicht erinnern.

Als der Postbote verschwunden ist und mit ihm *Bye Bye Love* und das Surren des Elektrotöffs, da kehrt für einen Moment Ruhe ein an der Lienhardstrasse 7, wo das Haus steht und bereits die letzten 108 Jahre stand. Das fünfgeschossige Wohnhaus aus Sichtbackstein, Mansardwalmdächern mit Lukarnen und filigranen Balkonen mit reich verzierten Schmiedeeisengittern. Das Haus, in dem die Menschen leben, von denen diese Geschichte hier handelt. Noch liegen diese Menschen in ihren nachtwarmen Betten. Sie schlafen. Und sie alle sehen sehr friedlich aus.

Stell dir vor, du wärst ein Riese. Ja, ein Riese. Und das Haus an der Lienhardstrasse 7, das ist dein Puppenhaus.

Hebe nun das Dach, ganz vorsichtig. Lege das Dach zur Seite und blicke in das Haus hinein: Du siehst eine junge Frau im einfachen Bett in ihrem WG-Zimmer, ein Bein unter dem Duvet hervorlugend, als prüfe es schon mal den Tag, ganz so, wie man einen Zeh in einen See tunkt, um seine Temperatur zu fühlen, bevor man in ihn eintaucht. Das ist Delphine. Rot ist ihr Haar, das sie kurz trägt, fein wie Staub die Sommersprossen auf den geschlossenen Lidern. Ihr Wecker ist auf 9:15 Uhr gestellt.

Eine Etage darunter siehst du auf einem Futon die tief schlafende Virginia Caviezel, geborene Winkler, 38 Jahre alt. Leise murmelt sie im Schlaf Worte, die niemand hört – und selbst wenn sie jemand hören würde: Niemand würde sie verstehen, nicht einmal sie selbst. Im Zimmer nebenan das Bett ihrer vierzehnjährigen Tochter Cosima, verwaist, da Cosima verreist ist, oder besser: Bei ihrem Vater Cuno übernachtet, der ausgezogen ist, vor Jahren schon.

Hebe nun auch dieses Stockwerk, aber psst!, nicht dass die Menschen erwachen: Da liegt Paola Kesselmann, bleiche Haut, spitze Nase, das Haar schwarz und vom unsteten Schlaf verwildert. Paola schnarcht, leise wie raschelndes Laub eines Baumes, in den ein Windstoß fährt. Neben Paola liegt ihr Freund, Fabio Sonetto, der ebenfalls schnarcht, aber weitaus kräftiger, ja richtig laut, rasselnd, prasselnd, und zu ihrer beiden Füße liegt Momo, der Mops, den sie meistens Stinky rufen, der es Frauchen und Herrchen gleichtut: ein Dreiklang, knatternd, schnaubend, pfeifend.

Gut, hebe nun auch diese Etage, leg sie zur Seite, und

du siehst: Da ratzen zwei Buben namens Luca, zehn, und Laurin, sechs, in ihrem mit Panini-Stickern vollgepflasterten Kajütenbett und träumen *Star-Wars*-Träume voller explodierender Galaxien und elektrisch sirrenden Lichtschwertern, die Glieder verrenkt, bei Laurin die Füße dort, wo beim Einschlafen noch der Kopf gewesen war. Und im Elternschlafzimmer dösen auf einer Hüsler-Nest-Matratze die Eltern der Buben: Judith und Tim Gutjahr, beide gefangen in Träumen, die sich inhaltlich und personell doch etwas unterscheiden, ganz so, als liefe in einem Kinosaal eine romantische Komödie, daneben ein Pornostreifen, *Die fabelhafte Welt der Amélie* neben *Horny Housewives 7*.

Jetzt, Riese, hebe auch dieses Stockwerk an, aber ganz leise, denn: Der Vischer im Erdgeschoss ist schon auf den Beinen, eine Tasse Milchkaffee steht dampfend auf dem Küchentisch, an dem er hockt. Man hört klassische Musik. Er streicht mit der Hand eine Landkarte plan, beugt sich darüber, blickt darauf wie ein Wahrsager in eine Kristallkugel, in hautenger Rennradmontur sitzt er da, der Vischer, die Füße in Adiletten, ein Mann von 48 Jahren, der alleine lebt, lange schon.

Nun, Riese, kannst du das Haus wieder zusammenfügen, sachte, Stockwerk für Stockwerk, und am Ende das Dach aufsetzen.

Der Tag hat begonnen. Und die Scheibe der ganz gewöhnlichen Salatgurke liegt noch immer im staubigen Kies unter der Bank. Aber die Schnecken, sie sind schon unterwegs.

Alles Dunkle und Schändliche wird verschwinden

Scheiße, dachte Vischer. Verdammte Scheiße. Er trat und trat, der Schweiß lief ihm runter, der Reißverschluss des Trikots längst offen, die Schöße im Fahrtwind flatternd, er trank, saugte gierig das Wasser aus dem Bidon, schaltete einen Gang hoch, ging aus dem Sattel und trat im Wiegetritt weiter. Scheiße, dachte er noch einmal, während er dem Ende der steilen Rampe entgegenfuhr, so schnell es ging, bis ihm fast schwarz vor Augen wurde, das Blut in seinem Kopf pochte. 430 angespannte Muskeln, 300 Gramm zuckendes Herz, ein verzerrtes Gesicht. Seine Lippen waren schroffig trocken, salzig, als er mit der Zunge darüberfuhr. Er hörte seinen eigenen Atem. Sonst nichts. Hörte nicht mehr die Vögel in den Bäumen, den Wind in den Ästen, den gurgelnden Bach, der dorthin floss, wo Vischer herkam. Hörte nicht das Reifenrauschen von der Autobahn A13, die sich auf der gegenüberliegenden Talseite an den steilen Berg schmiegte, hörte nicht die Wasserfälle, die aussahen, als fielen sie in Zeitlupe. Nicht das knisternde Summen des Stroms in den dünnen Drähten der Hochspannungsleitung, nicht das dröhnende Brummen der bergwärts kriechenden Lkws, nicht das Hupen der Autos dahinter, nicht das wespenartige Heulen der wahnwitzig überholenden Motorräder. Hörte bloß sich selbst, das schnelle Keuchen, das Japsen nach Luft, die in seine Lunge gesogen und sogleich verbraucht wieder ausgestoßen wurde, um frischer Luft Platz zu machen, maschinengleich: Rein. Raus. Rein. Raus. Mehr Pumpe denn Mensch. Nur noch ein paar Meter, er dachte: Verdammt, verflucht, du Sauhund! Das Ende der Rampe war erreicht. Sein Brustkorb hob und senkte sich. Er spuckte aus. Ein Speichelfaden hing an seinem Kinn. Vischer wischte ihn mit der Rechten weg, er hing jedoch immer noch dort, glänzend im grellen Licht der Sonne, die von einem makellos blauen Himmel herunterbrannte. Er bemerkte es nicht. Langsam beruhigte sich sein Puls. In mäßigem Tempo fuhr er weiter über den holprigen Straßenbelag durch San Bernardino, füllte die Bidons beim Dorfausgang am Brunnen, ohne vom Rad zu steigen, fuhr alsbald weiter, sah, wie die Autos auf der A13 in den Tunnel verschwanden, eines nach dem anderen wurden sie vom Fels verschluckt. Neue wurden ausgespuckt. Tauchten auf wie aus dem Nichts. Vischer nahm nun den schönsten Teil des Aufstieges in Angriff, darauf freute er sich so sehr, dass er grinsen musste – die letzten 450 Höhenmeter, das letzte Dutzend Kurven, Serpentinen, sanft in die Landschaft gelegt, die immer karger wurde, je höher er stieg. Bald ließ er den letzten Baum hinter sich, hallendes Knallen kündete von Schießübungen der Armee in einem Seitental, er nahm Kurve um Kurve, schon sah er den See, den Laghetto Moesola, auf dessen unbewegter Oberfläche sich das Blau des Himmels spiegelte und die Berge, und er dachte: Schade, bin ich schon oben. Schade. Da fiel ihm der fette Mann wieder ein, in dem alten Peugeot, und ja, die Nummer hatte er sich gemerkt. Ein dreistelliges Bündner Kennzeichen, einfach zu merken, eine solche Nummer. Dafür brauchte es nicht einmal eine Eselsbrücke.

Um halb fünf Uhr war der Wecker an diesem Morgen losgegangen, wenig später stand Vischer in seinem Wohnzimmer und nahm eine Schallplatte aus der Hülle, betrachtete sie kurz, legte sie auf den Plattenteller. Er setzte die Nadel auf, es knisterte, dann erklang Musik, Schostakowitschs Sinfonie Nr. 8 in c-Moll. Eine alte Aufnahme, das Vinyl aber in tadellosem Zustand. Er hatte sie im Brockenhaus gekauft, da, wo er immer seine Schallplatten kaufte. Das London Symphony Orchestra unter der Leitung von André Previn, 1974 erschienen bei EMI. Einen Moment blieb er vor dem Plattenspieler stehen, als würde er nachdenken. Er dachte aber nicht nach, sondern hörte bloß zu.

Aus dem Wandschrank im Flur holte er eine Werkzeugkiste und einen Plastiksack und ging zurück ins Wohnzimmer. Der Boden war mit einer Kunststofffolie abgedeckt, darauf stand an einen Montageständer fixiert ein Rennrad, die Räder demontiert, schlaff hing die Kette herunter. Aus dem Plastiksack holte Vischer einen Putzlappen, aus der Werkzeugkiste einen Pinsel. Mit dem Pinsel begann er, das Rad zu reinigen. Mit steten Bewegungen putzte er den Dreck und Staub von den Rohren, den Bremsen, pinselte die Kette, die Trinkflaschenhaltebügel, den Lenker, den Sattel, hin und her ging der Pinsel wie der Taktstock eines Dirigenten. Im Allegro von Schostakowitschs Sinfonie arbeitete sich eine Flöte die Tonleiter hoch. Mit einem Drehmomentschlüssel zog er ratschend die Schrauben nach, 4 Newtonmeter hier, 5 Newtonmeter dort. Er tat es mit großer Sorgfalt. Dann setzte er das Vorderrad ein, klemmte den Schnellspanner fest, brachte das Rad in Schwung und prüfte die Bremsen. Alles war bestens.

Mit einem Kratzen meldete sich die Schallplatte. Die Rille lief aus. Wie von Geisterhand schwang der Tonarm zurück. Nachdem er die Scheibe gewendet hatte, kümmerte sich Vischer um das Hinterrad, brachte von Hand die Tretkurbel in Gang, ließ mit schnellem Klicken des Schaltgriffes die Kette über die Ritzel springen, justierte an einer kleinen Schraube, wieder raste die Kette willig das Ritzel rauf und runter, sirrend das Laufrad.

Er maß mit einem Rollmeter die Distanz zwischen Tretlagermitte und Satteloberkante. 74,9 Zentimeter. Er wusste, dass es 74,9 Zentimeter waren, aber immer maß er nach. Immer. Denn es gab Dinge, die man tun musste, damit sie getan waren, damit man später nicht darüber nachdenken musste, ob man sie getan hatte oder nicht. Mit der Wasserwaage kontrollierte er den Winkel des Sattels. Perfekt. Vischer schob das Rennrad in den Flur, kontrollierte die Zeit auf der Küchenuhr, es war noch genug von ihr da, fast zu viel. Er war bis auf die Schuhe bereits angezogen. Alles war bereit. Noch einmal setzte er sich an den Küchentisch zu seiner halb vollen Tasse Milchkaffee, die er jeden Morgen trank. Er blickte auf die Landkarte, dorthin, wo er bald sein würde.

Vischers Wohnung war spartanisch eingerichtet. Keine Bilder hingen an den Wänden, kein Abreißkalender, keine Familienfotos, keine Pflanzen standen herum, kein Krimskrams. Außergewöhnlich war lediglich, dass in jedem Zimmer mindestens ein Velo stand. Sie standen dort, als würden sie schlafen, am Hinterrad von Ständern gehalten, wie Pferde dösten sie im Stehen. Als er das Haus verließ, war es Viertel vor sieben. Ohne Eile fuhr er zum Bahnhof.

Er nahm den Zug um 7:09 Uhr, eigentlich ein bisschen spät, aber im ersten Zug war der Selbstverlad von Fahrrädern nicht erlaubt. Bald nickte er ein, und als er wieder aufwachte, war es dunkel vor den Fenstern, als hätte er den ganzen Tag verschlafen. Er brauchte einen Moment, um sich in Erinnerung zu rufen, wo er war und weshalb. Er hörte eine Frau im Abteil hinter ihm sagen: »… und wenn du einen Wanderschuh am Schnürsenkel aufhängen würdest, würdest du sehen, wie schräg die Bahn im Tunnel fährt.« Er schloss erneut die Augen, bald wären sie im Tessin, wo alles anders schien: die Bäume, die Häuser, der Stein, die Luft, das Licht, die Menschen. Es wurmte ihn, dass er keine Kopfhörer dabeihatte. Ein bisschen klassische Musik würde die Landschaft viel schöner begleiten als das Gelaber der

Mitreisenden. Warum mussten die Menschen immerzu das Maul aufmachen und Worte herausfallen lassen? Aber er hatte auf seinen Touren nur das Nötigste dabei. Kaum je nahm er einen Rucksack mit. Wozu auch. Hatte ja alles in den Trikottaschen Platz. Ein vorgedehnter Ersatzschlauchreifen. Eine Tube Dichtmilch. Eine Pumpe. Ein bisschen Energie in Form von nahrhaften Riegeln mit Schokogeschmack. Ein bisschen Bargeld. Die Postcard. Sein altes Nokia.

Der Zug hatte etwas Verspätung, viel war es nicht, nur ein paar Minuten. Kurz nach halb zehn fuhr Vischer vom Bahnhof in Bellinzona los, es war schon recht warm, die Tour ging entlang des Ticino. In der Windstille kam er gut voran, die Autos wurden weniger und weniger, und je weiter er das Tal hochfuhr, desto besser fand er seinen Rhythmus, trat in hoher Frequenz, aber ohne große Anstrengung, noch 50 Kilometer, dann wäre er auf dem San Bernardino. Vischer dachte nochmals an die Aufnahme, die er am frühen Morgen gehört hatte – »Alles Dunkle und Schändliche wird verschwinden; alles, was schön ist, wird triumphieren« war Schostakowitschs Leitmotiv für diese Komposition. So stand es hinten auf der Plattenhülle. Vischer wusste nicht, was er davon halten sollte, als er es gelesen hatte. Auch jetzt wusste er es nicht.

An manchen Abenden, wenn er nach einer langen Fahrt wieder zu Hause war, am Küchentisch saß und einen Teller Spaghetti aß, versuchte er, sich daran zu erinnern, was er eigentlich den ganzen Tag über gedacht hatte. Er wusste es nicht mehr. Stunden saß er auf seinem Rennrad und tat nichts anderes, als zu fahren, zu fahren, zu fahren. Vielleicht dachte er nichts? Ihm war dann, als sei er tagsüber gar nicht auf dieser Welt gewesen, sondern in einem anderen Leben. Deshalb tat er wohl auch, was er tat, Tag für Tag. Genau deshalb.

Als er gerade die verfallenen Mauern des mächtig über ihm aufragenden Castello di Mesocco erblickte, hörte er das Heulen eines Motors. Er wandte den Kopf und sah einen Wagen heranschießen. Viel zu nah raste er an ihm vorbei. Vischer hätte ums Haar das Gleichgewicht verloren, wäre beinahe in die Leitplanke gefahren, vielleicht das steile Bord heruntergestürzt, runter in den Fluss. Wild gestikulierte er dem Wagen nach, so ein Arschloch, dachte er. Er sah die Bremsleuchte rot glimmen. Der Wagen hielt. Dann ging das weiße Rückfahrlicht an, der Wagen fuhr hochtourig singend zurück, bis er jämmerlich quietschend neben Vischer stoppte. Auch Vischer hielt. Die Scheiben wurden heruntergekurbelt. Vischer stand dort, das Rad zwischen den Beinen, trank aus dem Bidon, ruhig. Auf dem Beifahrersitz hockte ein junger Kerl in blauen Latzhosen, die Sitze waren mit Plastikfolien abgedeckt, zwei Mechaniker auf Probefahrt. Der junge Kerl sagte nichts, glotzte nur blöd, als der Fahrer sich hinüberbeugte und etwas auf Italienisch sagte. Vischer sprach kaum Italienisch, verstand aber, worum es ging, sagte nichts, sondern schüttelte den Kopf mit gleichgültiger Miene. Der Fahrer streckte ihm den Zeigefinger entgegen und wurde lauter. Vischer konnte sich denken, was der Mann ihm da entgegenbrüllte. Ob er ihm den Stinkefinger gezeigt habe? Dass er ein Hurensohn sei? Ein beschissener Hurensohn auf einem beschissenen Fahrrad in beschissen lächerlich engen Kleidern? Dass er sich verpissen soll? Dass er ein Deutschschweizerarschloch sei? Dass er ihm den Hals aufschlitzen werde? Ja, darum ging es im Groben, dachte Vischer, mit Sicherheit konnte er Letzteres aus der Wutrede des Automechanikers herauslesen, der sich mit dem Zeigefinger langsam über die Gurgel strich.

Als der Wagen mit wild durchdrehenden Vorderrädern davonjagte, den Berg hoch, zwei schwarze Spuren als Abschiedsgruß auf dem dunklen Asphalt zurücklassend, da wurde schnell wieder alles ruhig. Vischer saß aufs Rad, beschleunigte im Wiegetritt, trat hart und immer härter in die Pedale, fuhr hinein in die humorlos geraden, steilen Rampen der alten Straße.

Oben auf dem Pass angekommen, setzte er sich vor dem Ospizio in die Sonne, bestellte eine Cola und Gerstensuppe. Vischer machte das obligate Foto: Sein Rennrad vor dem steinernen Passschild mit der abgeschlagenen oberen linken Ecke. »S. Bernardino. 2066 m. 6778 ft. ACS«. Dann zog er die dünne Windjacke an und fuhr schnell hinunter bis Hinterrhein, keine zehn Minuten dauerte die Schussfahrt, bei der er an mehreren ängstlich die Kurvenstrecke talwärts kriechenden Autos vorbeischoss. In Hinterrhein angekommen, machte er kehrt und fuhr zurück auf den Pass, auf dem er eben gewesen war. Das gehörte dazu: Die Pässe von beiden Seiten zu fahren. All die Dinge noch einmal zu sehen, die man eben gesehen hatte, in einer anderen Geschwindigkeit und aus einem anderen Blickwinkel. Vischer hatte sich für dieses Jahr vorgenommen, alle Straßenpässe der Schweiz zu überqueren. Er ging dabei streng alphabetisch vor. Der San Bernardino war Pass Nummer 82. Eigentlich hätte es sich angeboten, auch gleich noch den Splügen einzubauen. Aber eben: Streng alphabetisch musste es sein, also kamen nach dem San Bernardino erst die Santelhöchi, dann der Sattel, dann die Sattelegg. Bis er alle im Land bezwungen hätte, 127 an der Zahl.

Ohne Halt fuhr Vischer über die Passhöhe des Bernardinos, am See vorbei, herunter bis nach Bellinzona, den warmen Wind im Gesicht. Schließlich stand er im Bahnwagen neben seinem am Haken hängenden Velo und schaute aus dem Fenster, wankend, schwankend.

Abends saß er an seinem Küchentisch, in der Pfanne auf dem Herd brodelte das gesalzene Wasser mit den erschlaffenden Spaghetti drin, ein Glas mit Fertigpesto stand schon bereit. Aus dem Wohnzimmer wehte die Sinfonie Nr. 4 von Bruckner herüber. Mit einem Füller schrieb Vischer den Namen des Passes, den er gefahren war, in ein Notizbuch. Er notierte, wie weit er gefahren war, wie lange er dafür benötigt hatte, wie viele Höhenmeter er bezwungen hatte. Später würde er das auf der Passhöhe geschossene Foto auf der Seite einkleben. Er ließ den Platz dafür frei und notierte darunter: »Start in Bellinzona (240 m), Hauptstadt des Kantons Tessin. Die ersten 20 km bis Soazza (517 m) fast flach. Gut zum Einrollen. Straßenqualität lässt manchmal zu wünschen übrig, vor allem in Mesocco (Kopfsteinpflaster, 822 m). Viele Schlaglöcher. Auf Kantonsstraße (wenig Verkehr, mäßig Töffs) erste Serpentinen, Wald, bis Pian San Giacomo (1159 m). Steigung 8–10 %. Straße breiter, guter Zustand. Lange Rampe (12 %) kurz vor San Bernardino (1625 m), kurze Abfahrt. Von San Bernardino Dorf bis Pass 6 km, 7 % Steigung. Kurze Rast. Abfahrt nach Hinterrhein. Wenig Verkehr. Straße schön in Landschaft eingebettet. Zurück auf den Pass in moderatem Tempo. Abfahrt nach Bellinzona ein Genuss.«

Der Timer piepste. Er klappte das Buch zu. Die Musik war verstummt. Es goss die Spaghetti ab, aß zwei Teller. Dann fiel ihm ein, dass er die Post noch nicht geholt hatte. Im Kasten lag bloß ein Couvert. Vischer legte es ungeöffnet auf den Küchentisch und ging müde ins Bett. Trotzdem lag er noch lange wach, musste an Dinge denken, die vor langer Zeit geschehen waren.

Ein Mann des Volkes

»Brauchst du den Zettel noch?«, rief Judith aus der Küche.

Tim stand, in seiner Goretex-Jacke und umgehängter Freitagtasche, im Flur. Den Jungs hatte er schon Tschüss gesagt. Sie saßen beim Frühstück und stritten sich. Tim blickte in den Spiegel neben der Eingangstüre und strich sich die Haare aus der Stirn. »Obi-Wan hat Darth Maul besiegt«, hörte er Laurin rufen. »Stimmt nicht«, sagte Luca, »es war Padawan.« – »Du Dummkopf, Obi-Wan ist ein Padawan.« – »Er hat Darth Maul in zwei Stücke geschnitten.« – »Weiß ich!« – »Mit dem Laserschwert.«

Judith kam aus der Küche. Tim löste den Blick von seinem Spiegelbild, fragte: »Was hast du gesagt?« – »Ob du den Zettel noch brauchst.« – »Welchen Zettel?«

Sie hielt einen Zettel in der Größe einer Postkarte in den Händen. »Es sind nur Namen drauf.« »Reena Skye«, las sie zögernd, unsicher, wie der Name auszusprechen war, Englisch war noch nie ihre Stärke gewesen, Sprachen allgemein nicht, dann: »Aidra Fox«. Tim verstaute eben das iPhone in seiner Hosentasche und sagte: »Was?«

Ein Knall. Irgendwas war in der Küche vom Tisch gefallen. Laurin fing an zu weinen. Luca lachte. »Seid brav, Jungs!« – »Ja, Papa! Laurin hat angefangen.« – »Hm, sagt mir nichts, die Namen. Gar nichts.« – »Ist aber deine Handschrift.« – »Zeig mal.« Sie hielt ihm den Zettel hin. Tim schaute darauf, zuckte mit der Schulter. »Keine Ahnung. Vielleicht Namen von, äh, Sängerinnen, die mir Tom gegeben hat, weißt du, für die Show. Ja, du, ich muss jetzt los.« Er schaute auf sein Handgelenk, aber dort war keine Uhr. »Zwanzig vor«, sagte Judith. Sie wusste immer, wie spät es war. Nun hielt sie ihm den Zettel hin, er steckte ihn in seine Jeanstasche und sagte: »Ich bin heute zum Abendessen hier. Was gibts denn?« Laurin hatte aufgehört zu weinen. Mit Luca im Chor rief er nun: »CHI-CKEN! NUG-GETS! CHI-CKEN! NUG-GETS!« Zu Judith sagte Tim: »Chicken Nuggets? Cool.« Er gab ihr einen Kuss, den sie erwiderte, wenn auch auf flüchtige Art. Es war mehr eine Geste, Gewohnheit.

Als die Wohnungstür hinter Tim ins Schloss fiel, fühlte sich der Zettel in seiner Gesäßtasche heiß an. Warum musste er sich die Namen notieren? War er zu doof, um sich Namen von Pornodarstellerinnen zu merken, die ihm Tom beiläufig empfohlen hatte? Tom, sein Produzent, war neben ihm gestanden und hatte wie ein Lehrer kontrolliert, dass Tim die Namen richtig schrieb. Aber wie zur Hölle war der Zettel in Judiths Hände geraten? Immerhin hatte nicht Luca den Zettel in die Schule geschleppt und ihn der Lehrerin gezeigt. »Da, schauen Sie, Frau Moser, das sind Fans von meinem berühmten Papi!« An der Tramhaltestelle zerriss er den Zettel mehrfach, zerstückelte Reena Skye und Aidra Fox und warf die Fetzen in den Mülleimer.

Eine Dreiviertelstunde später saß er im Büro. Mit dem Fahrrad war er eigentlich viel schneller als mit dem öffentlichen Verkehr. Und es kam bei den Leuten auch gut an. Machmal winkten unterwegs wildfremde Menschen und riefen: »Hey! Gesund unterwegs!« Oder: »Oho, sportlich!« Er hörte an Fußgängerampeln wartende Passanten mit erfreuten Gesichtern zu ihren Nachbarn sagen: »... das ist doch der ...« Es war eindeutig gut für sein Image, heute Morgen aber hatte es nach Regen ausgesehen. Nun ja, manchmal war er auch einfach zu faul. Außerdem konnten ihn im Tram und der S-Bahn noch viel mehr Menschen sehen und es gut finden, dass er den öffentlichen Verkehr benutzte. Er war ein Mann des Volkes, das war er immer gewesen, das würde er immer sein. Er war einer wie alle: Tim. Ein ganz normaler Typ.

Ein ganz normaler Typ, der gerade ein paar Probleme am Hals hatte. Nicht gerade das, was man einen Shitstorm nennen würde, aber es fanden sich doch einige heftige Reaktionen in seiner Mailbox, und auch auf seinem Schreibtisch stapelten sich Briefe und Postkarten. Es gab tatsächlich noch immer Menschen, die Briefe schickten, richtige Briefe auf A4-Blättern, kariert, liniert, blanko, zweimal gefaltet, manche mit der Maschine getippt oder dem Computer, manche auch von Hand geschrieben. Die handgeschriebenen waren die schlimmsten. Man sah es oft schon der Schrift an. Die Handschrift von solchen, die man wegsperren sollte. Wenn Tim hinten auf dem Couvert keinen Absender fand, konnte er davon ausgehen, dass der Inhalt gehässig war. Beleidigend. Böse. Ihn verfluchend. In letzter Zeit gab es mehr negative Post und weniger Autogrammwünsche, Herzchen-Briefe, Heiratsanträge von Großmüttern und mit Farbstiften geschriebene Fanbriefe von Kindern mit i-Punkten wie Seifenblasen.

Die Probleme hatte sich Tim natürlich selbst eingebrockt, sie waren seiner Originalität und Spontanität geschuldet. Er war zu Gast in einer Jass-Sendung, und da war noch ein anderer Gast, ein Appenzeller. Er hatte den Appenzeller gefragt, ob er ein Innerrhodener oder ein Ausserrhodener sei, und als dieser antwortete, er komme aus Gonten, da wusste Tim nicht, ob das nun Innerrhoden oder Ausserrhoden war, der Typ schien ihn absichtlich auflaufen zu lassen. Außerdem hatte Tim ziemlich miese Karten in den Händen, und da fragte er den Appenzeller, ob man Innerrhoden und Ausserrhoden mit Nord- und Südkorea vergleichen könne, und wenn ja, welcher Halbkanton dann welches Land darstellen würde. Es war bloß ein Spruch gewesen, um die Langeweile der Jass-Sendung zu vertreiben. Er hatte ihn nicht auf seine schimpansenhafte Körpergröße angesprochen und auch nicht darauf, ob das Tragen von baumelndem Schmuck am rechten Ohr bei Männern nicht etwas gar metrosexuell sei. Nein, er hatte alle Klischees vermieden und wollte nur einen lustigen Spruch machen. Das war ja schließlich Tims Beruf: die Langeweile der Leute vertreiben. Ihnen ein gutes Gefühl mit auf den Weg geben. Dafür wurde er bezahlt. Und Langeweile gab es genug, sie war eine unendliche Ressource in diesem Land.

Tim saß an seinem Pult in einem Großraumbüro in Leutschenbach. Zuerst war er etwas eingeschnappt gewesen, dass er kein Einzelbüro bekommen hatte, immerhin war er der Sonnyboy der Nation, der Quotenbringer und das Aushängeschild. Dann aber fand er sich damit ab, es war ihm egal, weil: Vor der Kamera war ja sein wahrer Platz. An der Wand hing mit bunten Magneten fixiert das Cover der *Illustrierten*, das ihn und Judith zeigt, als sie Nepal nach dem Erdbeben besucht hatten. »Reise der Hoffnung« stand in großen Lettern über dem Bild. Er dachte jedes Mal, wenn er das Cover betrachtete, dass er gut aussah, ein bisschen wie Tom Cruise. Damals hatte er so viele positive Reaktionen bekommen, Mails und Briefe, die Leute sprachen ihn auf der Straße an, klopften ihm auf die Schulter, schüttelten dankbar seine Hand, wollten Selfies mit ihm machen, reckten dabei die Daumen in die Höhe mit vor Mitgefühl schmalem Lächeln in den Gesichtern. Und jetzt liefen die behämmerten Appenzeller Amok wegen diesem harmlosen Vergleich.

Die Reise nach Nepal war auch für Judith wichtig gewesen. Als sie die Not dort wahrnahm, wurde sie milde und konnte ihm vergeben, da sie die eigene Katastrophe angesichts jener in Nepal neu einzuordnen wusste. Die Dinge relativierten sich. Erst wollte sie gar nicht mitkommen, sie war stets dagegen, dass Tim die Familie für seine Publicity »instrumentalisiere«. Dabei gehörte das einfach dazu: Er war eine Berühmtheit, die Öffentlichkeit interessierte sich für ihn, wollte wissen, wie er lebte, wie seine Frau aussah, seine Kinder, seine Wohnung, was für Hobbys er hatte (Velofahren, Jassen, Lesen), was sein Lieblingsessen war (Hörnli mit Ghackets, sagte er wenigstens immer, in Wahrheit war es Rindsfilet), was er mochte (Menschen) und was nicht (Kompromisse), wer sein Vorbild war (Kurt Felix) und welches sein Lieblingsbuch (*Homo Faber* von Max Frisch, daran erinnerte er sich noch, als er gefragt wurde, er hatte es in der Schule gelesen). Aber eben: Judith war prinzipiell gegen jede Art von Homestory. »Fotografen kommen mir nicht ins Haus«, hatte sie gesagt und ihn mit kalten, strengen Augen angeblickt. Also schlossen sie einen Kompromiss und reisten für einen guten Zweck ohne Kinder nach Kathmandu, um für das Rote Kreuz die Spenden-Werbetrommel zu rühren. Die Reise war anstrengend, sie weinten viel, litten unter dem Jetlag, und Judith musste erbrechen, als ihnen zu Ehren auf dem Hauptplatz eines Dorfes ein Wasserbüffel geschlachtet wurde, das Gedärm aus dem Tier quoll und die Dorfkinder sich mit dem sickernden zähen Blut des Büffels gegenseitig bemalten. Judith und Tim aßen fortan nur noch Reis, und am Ende sagten sie die beiden einzigen Wörter, die sie gelernt hatten: »Namaskar« und »Dhanyabad«, »auf Wiedersehen« und »danke«. Aber es hatte sich gelohnt. Es gab tolle Fotos: Tim über eine provisorische Brücke balancierend, lächelnd, Judith beim Besuch einer provisorischen Schule, ebenfalls lächelnd, Judith, die sich an Tim schmiegte, er in die Ferne blickend, voller Kraft und Optimismus. Bewegende Bilder. Und nicht minder bewegende Worte: »Wer dieses Land gesehen hat, kommt verändert nach Hause.« Dieser Satz war zwar nie aus Tims Mund gekommen – es war die Idee des Journalisten gewesen, auf dem Rückflug, während sie mit Weißwein auf das eben Erlebte anstießen –, Tim aber fand, dass es super klang. Ja, er hätte es nicht besser sagen können.

Nicht so super stand es damals um Tims Ehe. Und es war seine Schuld gewesen. Obwohl, nein, aus seiner Sicht eigentlich ihre. Aber er hatte alle Schuld auf sich genommen, kam auf den Knien angekrochen. Er hatte geheult, und die Tränen waren sogar echt. Anfangs zwar nicht, aber das Erstaunliche beim Weinen war: Erst musste man ein wenig pressen, musste ein bisschen investieren, doch wenn sie flossen, die Tränen, dann flossen sie – und es fühlte sich gut an. Je länger er weinte, desto besser wurde er darin, und desto besser fühlte es sich an. Inklusive Wimmern, Schluchzen und gehörig

Rotz, der ihm aus der Nase lief. Er hatte also geheult, und er hatte geschworen – und Judith hatte ihm verziehen. Nicht sofort, sie ließ ihn etwas leiden. Aber dann war alles wieder gut. Dennoch: Sie gab ihm nicht, was er von ihr wollte, was er brauchte. Liebe. Nichts anderes. Er bekam zwar täglich Liebe von den Menschen, die ihn erkannten. Aber das war keine wahre Liebe. Und je mehr er von dieser nur scheinbaren Liebe bekam, desto mehr verlangte es ihn nach richtiger Liebe. Was Tim brauchte, war eine Frau, die ihn in den Arm nahm, ihn tröstete, wenn er nach Hause kam, jemand, der ihm über den Kopf streichelte. Und die mit ihm schlafen wollte, die ihn begehrte, die an seinem Ohr knabberte, die feucht wurde, wenn sie in seine Augen blickte. Judith und er, sie waren nun schon so lange ein Paar, seit der Schule schon. Niemals hatte er sie betrogen, niemals. Und sie ihn auch nicht. Es gab immer wieder Gelegenheiten, verständlich auch in seinem Beruf, aber es gab nur Judith. Bis er Maria traf. Maria brachte alles durcheinander. Tim war Judith zuvor bloß im Kopf immer wieder untreu gewesen. In seiner Vorstellung. Wenn er duschte, vernaschte er die Kameraassistentin mit den Klebebandrollen am Gürtel und dem fiesen Tattoo am Hals. Er trieb es mit der Jungbäuerin im mistdampfenden Milchkuhstall, die er für eine Sendung getroffen hatte. Er ließ die Bedienung des Restaurants gewähren, die ihn so sehr angelächelt hatte, dass er ihr fünf Franken Trinkgeld gegeben hatte.

Niemals hatte er den Mut gehabt, wirklich mit einer anderen Frau ins Bett zu gehen oder ihr auch nur seine

Tatze in die Hose oder die Pranke unter die Bluse zu stecken, nach ihren vor Verlangen zitternden Händen zu greifen. Nein! Aber die Gedanken, sie waren frei! Kaum sah er eine Frau, tauchten drei Fragen auf. Ja? Nein? Vielleicht? Würde er mit ihr schlafen? Fand er sie begehrenswert? Die Entscheidung fiel jeweils schnell. Als er Maria sah, dachte er sofort: Ja! Maria war tausend Prozent Ja. Ein neonfarben leuchtendes Ja. Petarden. Böller. Raketen. Vulkane. Bengalisches Feuer.

Manchmal dachte er an die Geschichte mit Maria zurück, ohne es zu wollen, versuchte sie aber gleich mit aller Kraft wieder zur Seite zu schieben. Er hatte seinen Spaß gehabt, und er hatte seinen Ärger gehabt. Der Spaß war groß, der Ärger gewaltig gewesen. Maria war nun weit weg, vor allem in diesem Moment, in dem er auf einem Kugelschreiber herumkaute.

Nicht genug, dass er wegen den Appenzellern Probleme am Hals hatte, heute wurde auch publik, dass die Radio- und Fernsehanstalt sparen müsse. Es stand in allen Zeitungen. 40 Millionen jährlich. Aber solange es nicht seinen Lohn betraf und auch nicht seine Sendungen, war das Tim egal. Und seine Sendungen würde es nicht betreffen, denn sie hatten die besten Quoten, oder beinahe. 347000 sahen seine letzte große Samstagabendkiste *Wunschtraum*. Das entsprach einem Marktanteil von 32,7 %. Bis *Meteo* waren es zwar mehr als 50 %, aber *Meteo* war niemals zu schlagen, denn nichts interessierte die Menschen so sehr wie das Wetter, das man, im Gegensatz zu den meisten anderen Dingen im Leben, mit einiger Wahrscheinlichkeit voraussagen konnte. Sicher hätte er ein paar Prozent mehr gehabt, käme nicht nach *Meteo* auch noch *Das Wort zum Sonntag. Das Wort zum Sonntag!* Wie oft hatte er es seinem Chef schon gesagt, dass sie das beschissene *Das Wort zum Sonntag* aus dem Programm kippen oder wenigstens irgendwo an den Rand schieben sollten. Wer will schon einem glatzköpfigen Pfaffen zuhören, der über Ur und Haran und Kanaan schwadronierte, und das noch auf Rätoromanisch mit Untertiteln? So gesehen waren die 32,7 % genial, wenn Tim auch etwas kummervoller blickte, als er die Zahlen näher betrachtete, denn in der relevanten Zielgruppe der 15- bis 59-Jährigen hatte er verloren – und nicht zu knapp. Ja, Kinder und Alte waren noch immer seine treusten Fans. Nein, bei ihm würden sie nicht sparen. Sie sollten lieber diese arroganten Typen aus der Abteilung Kultur loswerden, die auf ihn herunterblickten. Er spürte es, wenn sie in der Kantine ihre Vegimenüs bestellten und mit den Tabletts an ihm vorbeigingen und sich als was Besseres fühlten, die konnte man alle in die Wüste schicken. Sein Handy vibrierte. Judith war dran.

»Ja?«

»Wir haben einen Brief bekommen.« Sie klang aufgeregt. Tim bemerkte es nicht.

»Ich hab auch einen Brief bekommen, mehrere sogar, die Leute regen sich auf wegen dem Korea-Vergleich. Jetzt muss ich mich wohl ein bisschen entschuldigen bei den Pygmäen.«

»Bei wem?«

»Bei den Appenzellern.«

»Aha.«

»Dabei müsste ich mich wohl eher bei Kim entschuldigen.«

»Bei wem?«

»Beim Diktator von Nordkorea, weil ich sein Land mit Appenzell-Ausserrhoden verglichen habe. Er sollte beleidigt sein, nicht die. Meinst du, die haben die Atombombe in Ausserrhoden?«

»Wir haben einen Brief bekommen.«

»Ja, hast du gesagt. Was für ein Brief?«

»Es geht um unsere Wohnung.«

»Was ist mit unserer Wohnung? Wird sie endlich mal gestrichen?«

»Wir müssen raus.«

»Was?«

»Sie wurde uns gekündigt.«

»Warum?«

»Steht alles im Brief.«

»Nein!«

»Doch.«

Und dann schwiegen beide eine Weile.

Füreinander bestimmt

Ein Brief, der kein Brief war, sondern viel mehr. Sie faltete ihn wieder zusammen und schob ihn zurück ins Couvert. Wie oft hatte sie ihn heute nun schon gelesen? Er war in zweifacher Ausführung gekommen. Ein Exemplar adressiert an sie, eines an Tim. Auch er konnte ihr vorhin nicht sagen, was davon zu halten war. Er schien gerade mit anderen Problemen beschäftigt. Was konnte man unternehmen? Wie lange lebten sie nun hier? Was waren die nächsten Schritte? Wo würden sie eine neue Bleibe finden? Vielleicht in einem kleinen Haus am Stadtrand? Würde Tims Lohn für die Miete reichen? Man las es überall: Das Leben in der Stadt konnte man sich nicht mehr leisten. Würden sie aufs Land ziehen? Nachdem Judith das Telefonat mit Tim beendet hatte, saß sie noch eine Weile am blitzblanken Küchentisch. Nur das Telefon lag auf dem Tisch. Was sollte sie nun tun? Natürlich das Ding auf seine Station zurücklegen. Da klingelte es.

Judith hasste es, dieses blöde Gerät, auf dem der Name Philips stand. Sie hasste es aber nicht seines Aussehens wegen. Das war ihr völlig egal. Das Telefon als Telefon war absolut in Ordnung. Sie hasste es bloß, wenn es klingelte, was selten vorkam, denn auf dem Festnetz rief kaum jemand an, außer *ihm* und ab und zu jemand, der Wein aus dem Burgund verkaufen wollte, oder ein Mann namens Müller, der aber nicht klang wie ein Herr Müller, sondern eher wie ein Herr Krishnamachari Srikkanth oder Srinivas Venkataraghavan, der wohl aus einem Callcenter an der Mahatma Gandhi Road in Bangalore anrief und fragte, ob sie mit ihrer Krankenkasse zufrieden sei und nur eine Minute Zeit hätte. Anfangs ging Judith noch auf die Gespräche mit den Männern und Frauen ein, die ihr Versicherungen, Tageszeitungen im Abonnement mit oder ohne Online-Option oder Schlüsselfunddienste andrehen wollten.

Wenn *er* anrief, hörte sie zu, obwohl sie wusste, dass

es nicht lange dauern würde, bis die Vorwürfe kämen. Die kamen immer. »Warum besuchst du mich nie?«, sagte er und schnaufte schwer. Wenn sie ihn besuchte, im Heim in ihrer alten Heimat, dem Pflegezentrum an der Untersteckholzstrasse, dann ging es mit den Vorwürfen einfach weiter. »Warum besuchst du mich nie?«, fragte er mit wässrigen Augen. Sie sagte: »Ich besuche dich doch, jetzt, ich bin bei dir.« – »Ja, aber warum besuchst du mich so selten? Warum bringst du die Kinder nicht mit? Warum lässt du mich hier versauern? Tim sehe ich wenigstens manchmal im Fernsehen. Er macht das gut, redet nur zu schnell, ich verstehe ihn kaum.« Judith konnte sie nicht mehr hören, diese Stimme, die früher einen tiefen und bestimmenden Klang hatte, gerne auch überheblich daherkam, herrisch. Und nun: Selbst wenn er nichts sagte, machte er Geräusche, ein Keuchen, ein Schnauben, ein Rasseln, die Geräusche eines Menschen nahe am Ende seiner Lebenszeit. Sie sah diesen Mann im Bett liegen oder im Rollstuhl sitzen, nach dem Schlaganfall kaum mehr mobil, mit seinem verkniffenen Gesicht, das er immer gehabt hatte, schon als sie noch ein Kind gewesen war, auch wenn sie ihn als Kind kaum gesehen hatte. Er war selten zu Hause gewesen, hatte andere Prioritäten, nämlich seinen Beruf und seinen Gesangsverein. Er war im Gemeinderat und in verschiedenen Kommissionen, und als viel beschäftiger Architekt überzog er die Landschaft mit Einfamilienhäusern mit Terrassen und Balkonbrüstungen aus Waschbeton, quadratischen Fenstern und begrünten Flachdächern.

Beim letzten Besuch schlief er, als sie ins Zimmer kam. Sie blickte ihn an und sah einen Fremden. Ja, dieser Mann, dessen Brust sich schwer hob und senkte, der mit einem von Sabber glänzenden Mundwinkel leise schnarchte, war ihr Vater. Zumindest auf dem Papier, vor dem Gesetz, ihr Herz aber blieb kalt. Sie sah ihn an und spürte: Nichts. Nicht einmal Hass, Groll oder Schmerz, sondern einfach nichts, pure Gleichgültigkeit. Er war ihr so egal wie ein Unbekannter. Bevor er wach wurde, ging sie wieder, ohne sich die Mühe zu machen, die Tür behutsam zu schließen.

Er war ein verdammter Choleriker gewesen, laut und polternd, ein Tyrann vor dem Herrn. Ein Wunder, dass einer mit einem solchen Bluthochdruck so alt werden konnte. Nachts wachte sie auf, weil sich die Eltern stritten. Sie hörte die gedämpften Stimmen, die lauter und lauter wurden. Sie hörte ihre Mutter schluchzen, hörte Dinge zerbrechen, Stühle umkippen, polternde Schritte, dumpfe Schläge. Judith zog die Decke über den Kopf und hielt sich die Ohren zu, bis sie wieder einschlief. Am nächsten Morgen war ihr Vater schon bei der Arbeit oder wo auch immer, und ihre Mutter gab ihr einen Kuss – als wäre nichts gewesen.

Judiths Mutter trank. Rotwein. Weißwein. Schnaps. Irgendwann alles, was sie in die Finger bekam. Sie aß Tabletten. Benzodiazepine. Hübsche dicke Pillen, die aussahen, wie man sich Pillen vorstellt, hälftig türkisfarben, hälftig weiß, glänzend wie zuckerummantelte Leckereien. Schuld daran war Judiths Vater. Das war es, was Mutter immer sagte, wenn sie betrunken war. Er war schuld. Er! Er! Er! Und auch für Judith war der Vater an allem schuld, an allem, was schlecht war, und vieles war schlecht damals und sollte noch schlechter werden.

Als Judith vierzehn Jahre alt war, ging ihre Mutter vor den Zug, ließ sich vom Perron fallen, als spränge sie zögerlich in einen Swimmingpool. Das ist das Problem von Ortschaften, an dem die Schnellzüge nicht halten: Es gibt mehr Züge, vor die man springen konnte. Eben noch stand Judiths Mutter da. Dann war sie verschwunden.

Judith kam von der Schule zum Mittagessen, so wie immer. Es war ein Tag wie jeder andere. Bis sie »Mama« rief, fragend, in der Küche nachsah, im Wohnzimmer, sogar die Türe zum feucht heraufmodernden Keller öffnete und rief: »Mama?« Keine Antwort. Mutter war nicht zu Hause. Judith hatte gehofft, es gäbe Rippli und gedörrte Bohnen, vielleicht auch Speck, das aß sie am liebsten, sie hatte es sich gewünscht, als ihre Mutter am Morgen gefragt hatte, was sie gerne essen würde. Roch sie da schon nach Alkohol? Judith wartete eine Weile, es war ein Wintertag, es lag kein Schnee, war aber kalt. Sie schaltete den Fernseher ein, der zweite Lauf eines Riesenslaloms aus Adelboden, am Chuenisbärgli, die Stimme des Moderators klang aufgeregt, weil ein Schweizer die Zwischenrangliste anführte. Schließlich rief Judith ihre Tante an, die Nummer stand mit Kugelschreiber geschrieben auf dem Usego-Kalender über dem Telefon. Langsam glitt die Wählscheibe zurück mit einem Surren, nach jeder gewählten Ziffer, mal länger, mal weniger lang. Der Telefonhörer fühlte sich schwer an in der Hand. Die Tante war schnell da.

Mutter wurde ohne Kopf kremiert. Ihre Leiche war noch recht intakt gewesen, als man sie von den Geleisen trug, bloß der Kopf war verschwunden. Man suchte das Bahntrassee ab, die Gebüsche an der Bahnlinie außerhalb des Bahnhofs, das Gebiet auch hundert Meter neben der Strecke, aber der Kopf blieb verschwunden. Es war ein Mysterium. Der Vater sagte: Auf den Kopf kommt es nicht an. Er sagte: Ob mit oder ohne Kopf, was macht das für einen Unterschied, wenn man tot ist?

Judith kam zu ihrer Tante mütterlicherseits, einer Bauernfrau, die mit ihrem Mann einen Hof bewirtschaftete, dorfauswärts, gleich an der Bahnstrecke Richtung Herzogenbuchsee, und noch nach Jahren erschrak sie, wenn ein Schnellzug vorbeidonnerte, sie aus dem Schlaf riss oder aus dem Alltag, der ein anderer war, seit ihre Mutter nicht mehr lebte. Die Tante war gut zu ihr, lieb, versuchte, ein Ersatz zu sein, und Judith fragte sich noch Jahre später, warum jemand ging, wie sich ein Mensch umbringen konnte, eine Mutter, die am Morgen ihre Tochter noch gefragt hatte, was sie gerne zu Mittag essen würde.

Ihr Vater blieb für Judith so abstrakt wie schon vor Mutters Selbstmord. Er trauerte nicht lange, lebte bald mit einer Vietnamesin zusammen. Oder einer Thailänderin. Oder Chinesin. Judith wusste es nicht, ihr Vater erzählte es auch nicht so präzis, eigentlich erzählte er gar nichts, aber ihre Tante ließ gerne hin und wieder eine Bemerkung fallen über Judiths Vater und diese –

wie sie sie nannte – »Animierdame«, und sie lachte, als sie irgendwann sagte, er sei verlassen worden von der Hure, sie sei abgehauen mit einem schönen Batzen, ja, er habe bluten müssen, dieser Narr, was ihm ganz recht geschehe. Narr, so fand Judith, war ein nettes Wort für ihren Vater, viel zu nett.

Bald nach Mutters Selbstmord begegnete sie Tim zum ersten Mal. Es dauerte nicht lange, da waren sie ein Paar. Es war klar, dass sie zusammengehörten. Sie war ein schönes Mädchen mit glatten Haaren, groß und schlank, aber nicht so hochgeschossen und dürr, dass man sie Spargel gerufen hätte oder Zündholz. Er war ein Zugezogener, das erste Mal sah sie ihn auf dem Sockel der Flötenspieler-Statue hocken, vor dem Eingang des Schulhauses Kreuzfeld 1. Er hockte dort, und in den Händen hielt er einen Rubick's Cube. »Bist du schnell?«, fragte sie ihn. »Noch nicht«, sagte er und lächelte. Sie lächelte zurück. Als er sie fragte, ob sie mit ihm gehen wolle, da antwortete sie nicht in gespielter Dämlichkeit »wohin?«, kicherte nicht, lief nicht rot an, sondern sagte einfach »ja«, und ihr Herz schlug so irr wie nie zuvor.

Sie waren füreinander bestimmt, wie Auserwählte, wie Prinz und Prinzessin. Er war ihr erster Freund, als habe sie sich für ihn aufgespart. Es war so klar, dass sie zusammengehörten, dass es keinerlei Eifersucht gab. Niemand stellte das Paar infrage, und es gab keinerlei Versuche, sie oder ihn auszuspannen, denn es wäre aussichtslos gewesen.

Judith machte nach der Schule eine Lehre als Floristin beim Blumenfachgeschäft »Blütenzauber«. Ein Beruf, der ihr gefiel. Sie dekorierte mit ihrem Chef die Kirche, stellte für schwierige Kundinnen Sträuße zusammen, hantierte geschickt mit Messer, Schere, Zange und merkte sich die Namen der Schnittblumen, Grünpflanzen, Zapfen, Beeren. Der Chef lobte sie für ihren Einsatz und staunte ob ihrer Gründlichkeit: Nie ließ sie auch nur ein Blatt oder ein Ästlein auf dem Boden liegen.

Tim war ein Jahr jünger und ging nach der Schule aufs Gymnasium, studierte Jura. Als Judith es ihrem Vater erzählte, nicht ohne einen gewissen Stolz, sagte der höhnisch: »Jura? Das tun die, die fleißig sind, aber nicht übermäßig intelligent.« Ein Bekannter vermittelte ihm noch während des Studiums einen Job bei einem Lokalradio, denn er hatte ein flinkes Mundwerk und eine gewinnende Art. Und weil er nicht nur eine nette Stimme hatte, sondern von allen gemocht wurde und auch noch gut aussah, auf eine unspektakuläre Weise, kam er vom Lokalradio zum Lokalfernsehen; schließlich wurde das nationale Fernsehen auf ihn aufmerksam.

Sie blieben zusammen, trennten sich nicht mal für kürzeste Zeit, auch die Ferien verbrachten sie immer zu zweit, zelteten auf Sardinien, flogen last minute auf die Kanaren. Niemals hatte sie das Verlangen, einen anderen zu küssen oder auch nur anzusehen. Tim war ihr Mann, war es schon immer gewesen, würde es immer sein. Bis vor Kurzem wenigstens.

Ihren Beruf gab sie auf. Nicht freiwillig. Kaum hatte sie die Lehre mit einer anständigen, aber nicht brillanten Note bestanden, entwickelte Judith eine Allergie.

Bei den Chrysanthemen fiel es ihr erstmals auf. Das Niesen. Hautreizungen. Entzündete Augen. Es wurde immer schlimmer. Dann kam Luca, Wunschkind eins, dann Laurin, Wunschkind zwei, dann Tims Erfolg beim Fernsehen, sein Aufstieg zum Liebling der Nation, und Judith kümmerte sich fortan um den Haushalt, froh, den Blumen fern sein zu können, war zu Hause, hielt ihm den Rücken frei.

Schlank war sie noch immer, auch nach den Schwangerschaften hatte sie bald ihren straffen Körper zurück. Vielleicht war sie heute sogar etwas zu schlank. Das Haar aber trug sie nun mittellang oder kurz, und ihre strengen Gesichtszüge waren nicht mehr geheimnisvoll, sondern wirkten nun hart – und manchmal, wenn sie in den Spiegel schaute, fand sie sich griesgrämig. Sie zwang sich dann zu einem Lächeln, aber es wollte ihr nie so recht gelingen.

Judith ließ das Telefon klingeln. Es klingelte achtzehn Mal. Als es endlich verstummte, ging sie in den Flur, schaute, ob es etwas aufzuräumen gab, eine Socke irgendwo, ein Spielzeugauto dort, wo es nicht hingehörte – es gab immer etwas zu tun, auch wenn alles schon getan war. Sie könnte sich auch das Bad vornehmen, obwohl sie es sich erst kürzlich gründlich vorgenommen hatte, sogar den Schrank mit den Medikamenten. Vielleicht war in der Zwischenzeit ein Produkt abgelaufen, irgendwelche Tropfen, Tabletten, Tuben.

Dann hörte sie ein Piepsen, der Geschirrspüler. Das zauberte ein feines Lächeln auf ihr Gesicht. Es dampfte mächtig aus der Maschine, als sie die Tür öffnete, und das Geschirr war noch heiß, als sie mit dem Ausräumen begann. Ohne ein Scheppern oder Klirren kontrollierte sie jeden Teller, jede Tasse, jedes Messer und jede Gabel, ob auch wirklich alles sauber war, denn in letzter Zeit ließ die Zuverlässigkeit des Geschirrspülers zu wünschen übrig. Auch heute fand sie einen Teller, auf dessen Boden sie noch rotölige Flecken von Pastasoße fand. Den musste einen der Buben reingestellt haben, oder Tim, denn sie spülte immer alles gründlich vor. Es war schwierig, mit drei Männern einen Haushalt zu führen, wenigstens einen Haushalt, der ihren Ansprüchen an Sauberkeit genügte. Männer waren da nur bedingt kompatibel, und auch wenn sie nicht müde wurde, die Botschaft immer wieder zu predigen: Um die Empfangssensibilität stand es beim anderen Geschlecht schlecht. Sie spülte den dreckigen Teller gründlich unter fließendem Wasser, zitronig frisch roch das schäumende Spülmittel, trocknete den sauberen Teller mit dem Tuch, verstaute ihn im Regal, hängte das Tuch zurück an den Haken.

Dann schlüpfte sie in ihre Joggingkluft, schnürte ihre rosa-violetten Laufschuhe, die den wunderbaren Namen Cloudsurfer trugen, und tatsächlich fühlte sie sich schon nach den ersten Schritten wie auf einer Wolke, sie rannte los, schlug gleich ein ziemliches Tempo an, spürte, wie der Puls hochging, trabte an Ort und Stelle, wo sie von Verkehrsampeln aufgehalten wurde, und war schon bald an der Sihl. Die Sihl floss. Judith rannte.

No risk, no fun

Oh, oh, dachte Fabio, dem der Schädel brummte. Er schälte sich aus dem Bett, denn er musste dringend pinkeln. Auf den Weg zum Klo checkte er auf dem Handy seinen Account beim Wettanbieter – und traute seinen Augen nicht: Sein Konto war gewachsen. Und zwar mächtig. Orlando hatte tatsächlich gewonnen. Fabio verspürte ein jähes Glücksgefühl, die Kopfschmerzen waren wie weggeblasen. Am liebsten wäre er zurück ins Schlafzimmer geeilt und hätte es der dort noch in der weichweißen Trümmerlandschaft schlummernden Paola erzählt: dass er 9000 Franken gewonnen hatte, aber er unterdrückte den Impuls. Er hatte ihr versprochen, mit dem Wetten aufzuhören. Also hielt er die Klappe, sang aber laut unter der Dusche. Als sich Paola über seine ausgesprochen gute Laune wunderte, sagte er grinsend: »Ist doch ein schöner Tag, oder?« Was sie mit einem Schulterzucken quittierte, denn darüber zu urteilen, fand Paola, dafür war es definitiv noch zu früh.

Ein paar Stunden zuvor saß Fabio noch am Esszimmertisch, es war kurz nach Mitternacht, draußen war es ruhig für einen Donnerstagabend. Paola war mit Freundinnen unterwegs. Es würde wohl etwas später werden, hatte sie gesagt, als sie Fabio einen Kuss auf die Wange gedrückt hatte und ihn in einer Parfümwolke stehenließ – und in seiner Zufriedenheit, keine Zeit mit ihren Freundinnen verbringen zu müssen. Er hatte ein bisschen gewettet, hatte gewonnen, hatte verloren, und je mehr er verlor, desto überzeugter war er, den Ver-

lust mit ein paar neuen Wetten gleich wieder reinzu-
holen.

Er schaute auf seinen Laptop, nahm einen Schluck
Rotwein, im Fenster seines Screens war ein Fußballspiel
im Gang, live aus Peru, die Schatten der Spieler lang
auf dem bleichen Grün, UTC Cajamarca gegen Alianza
Atheltico Sullana, und fast verschluckte sich Fabio, UTC
hatte eben das 1:0 erzielt, und der Kommentator schrie,
als sei er angeschossen worden. Nicht, dass er sich für
peruanischen Fußball interessierte. Nein, er hatte keine
Ahnung davon, trotzdem hatte er 100 Franken auf UTC
gesetzt, weshalb, wusste er selbst nicht, es musste wohl
Instinkt sein. Außerdem war sonst bei den Livewetten
nicht mehr viel los um diese Uhrzeit. Und auf irgendwas
musste er ja wetten. Fabio ballte die Faust, sagte leise
»yeah!« und nahm nochmals einen Schluck Wein. In
einer halben Stunde würde das Fußballspiel zwischen
den New York Red Bulls und Orlando City beginnen.
Er machte sich im Internet schlau. Orlando City gehörte einem Brasilianer mit einem wie ein Siegesbanner
im Wind flatternden langen Namen. Der Fußballclub
von New York gehörte dem österreichischen Energy-
drink-Konzern Red Bull. Jetzt, etwas angeknockt vom
schweren Rotwein, musste er entscheiden, ob ihm Red
Bull oder ein superreicher Brasilianer sympathischer
waren. Insgeheim hegte er eine Antipathie gegen alles,
was aus Österreich kam, ohne genau sagen zu können,
weshalb. Also setzte er einen satten Betrag auf Orlando.
No risk, no fun. Dann ging er, ein bisschen taumelnd
vor Müdigkeit und dem guten Wein, ins Bett.

Euphorisiert von dem unverhofften Gewinn, fuhr Fabio mit dem Landrover davon. Es war natürlich eine blöde Idee, mit dem Auto zur Arbeit zu fahren, durch den dichten Morgenverkehr. Aber er hasste es, im Tram oder im Bus zu sitzen oder – noch übler – zu stehen, vor allem in Stoßzeiten, wenn einem die anderen Menschen ins Gesicht husteten, Menschen, die nach Schweiß rochen, sich schrundige Wunden im Gesicht aufkratzten oder Schuppen auf den Schultern hatten.

Er liebte seinen Landrover Defender, Paola war er nicht schick genug. »Lass uns lieber einen Range Rover kaufen«, hatte sie damals gesagt. Das war mehr ihr Ding. Etwas Luxus, etwas Style. Er aber lachte und sagte: »Der ist ein Schlückchen teurer, Schatz.« – »Und ein gebrauchter?« – »Ein gebrauchter? Ich will doch nicht in einem Auto fahren, in dem ein Wildfremder in die Sitze gefurzt hat.« – »Fabio!« Paola mochte keine Kraftausdrücke. Schließlich setzte er sich durch, dafür durfte sie die Farbe auswählen: Yulong White. Das Einzige, was ihm heute am Landrover nicht gefiel. Er hätte ihn gerne in Schwarz gehabt. Oder in Grün. Oder in Grau. Aber nicht in diesem dämlichen Yulong White.

Er hörte Radio, irgendein Oldie lief. Er kannte ihn und kannte ihn auch wieder nicht. Hauptsache, er gefiel ihm. Er trommelte auf dem Lenkrad. Stinky stand auf dem Beifahrersitz und streckte die Schnauze aus dem heruntergekurbelten Fenster in den Fahrtwind. Das war die Freiheit von Stinky – und die Freiheit von Fabio. Sie währte nur kurz, dann lag der Hund in seinem Körbchen in der Ecke, und Fabio saß an seinem Schreibtisch und fuhr den Computer hoch. Er hatte damit angefangen, auch tagsüber zu wetten, im Büro. Er wusste, es war eine schlechte Angewohnheit. Gleich morgens, als Erstes, die Kaffeetasse mit dem Garfield-Motiv (ein Geschenk von Paola, sie fand, Fabio habe viel mit Garfield gemein, oder umgekehrt) stand dampfend auf seinem Pult, da gingen gerade die Basketballspiele in Südkorea los. Er verschaffte sich kurz einen Überblick, setzte 100 Franken auf Wonju Dongbu Promy im Spiel gegen die Incheon Electroland Elephants, 100 Franken auf Japan gegen Palästina in der asiatischen Basketballmeisterschaft der Männer und 100 auf Algerien gegen Guinea in der afrikanischen Basketballmeisterschaft der Frauen. Als er gerade den Livestream des Basketballspiels zwischen Palästina und Japan verfolgte, schoss er hoch. Jemand war in sein Büro getreten, Gantenbein. »Herr Sonetto?« Fabio griff instinktiv nach seiner Garfield-Tasse und stand auf, drehte seinem Bildschirm den Rücken zu, sodass Gantenbein nicht sehen konnte, was er nicht sehen sollte. Gantenbeins Gesicht schien aus nichts anderem zu bestehen als aus einer gerunzelten Stirn. »Kommen Sie bitte in mein Büro, Herr Sonetto.« Er ging davon. »Komme!«, antwortete Fabio, blickte nochmals kurz auf den Screen, bevor er die Homepage des Wettanbieters wegklickte. Die Palästinenser nahmen gerade ein Time-out. Dicht gedrängt standen sie zusammen und redeten wild gestikulierend durcheinander. Und ihm schien, als würden die Palästinenser nicht über das Spiel, sondern über ihn reden, über Fabio Sonetto. Und ihm schien, es waren keine angenehmen Dinge, die sie sagten. Er folgte Gantenbein in dessen Büro, und als er zur Tür rausging, hob Stinky den Kopf, leise winselnd.

Gustav Gantenbein war ein Patron alter Schule. Sein Vater Gottlieb hatte die Firma in den 30er-Jahren gegründet. Mit der Zeit wurde das klassische Baugeschäft in eine Immobilienfirma umstrukturiert, die 1988 von Gottliebs Sohn übernommen wurde. Die neuen Geschäftsführer entwickelten die Firma weiter und machten aus ihr ein modernes Unternehmen mit Familientradition – die Vision Immobilien AG von heute. Die Firma war sein Reich, über das er herrschte wie ein Imperator. Nun ja, es war ein recht überschaubares Reich mit sechs Angestellten. Aber er trug eine goldene Uhr und fuhr, seit er es sich leisten konnte, S-Klasse. Ein blau-weißer Pin am Revers zeigte seine enge Verbundenheit mit dem Fußballclub der Grasshoppers, für den er Jahr für Jahr einen hohen vierstelligen Beitrag leistete, um Mitglied im Donnerstag-Club zu sein. Er trug Anzüge mit zu kurzen Hosenbeinen, zu langen Ärmeln, und man munkelte, er gehe ins Puff, in den Club Aphrodisia, einem Etablissement der gehobeneren Sorte im Zentrum der Stadt. Fabio wusste nichts Genaueres, hielt die Geschichte aber für absolut möglich. Wie alt mochte Gantenbein sein? Hatte er nicht letztes Jahr den 60. Geburtstag gefeiert? Oder war es der 70.? Es gab für die Angestellten einen Apéro der dürftigeren Sorte, Weißwein, der warm, und Schinkengipfel, die kalt serviert wurden. Gantenbein hatte einen Sohn, der in der Firma arbeitete, aber der Alte war der Chef, auch wenn er Fabio in letzter Zeit immer seniler vorkam. Man konnte nicht sagen, dass Gantenbein Menschen besonders mochte, Hunde aber schon – er hatte Fabio erlaubt, Stinky mit ins Büro zu nehmen. Die Vision Immobilien AG hatte ihren Sitz in Altstetten, in einem blau verkleideten, fünfgeschossigen Bürohaus aus den frühen 70er-Jahren. Das Haus war nicht eben glamourös, die Lage ebenso wenig. Und der vor sich hinbrummende Getränkeautomat im Eingang war so unschön wie der fein säuerliche Geruch, der stets in der Luft lag, weil sich im Untergeschoss ein Käserei-betrieb eingemietet hatte. Dafür war der Automat prak-tisch – und praktisch war die Adresse für Stinky, wegen des Parks, der bloß ein paar Schritte entfernt lag.

»Nehmen Sie Platz.« Fabio setzte sich, betrachtete den Kalender, der an der Wand hing und knallgelbe Kran-wagen zeigte, ein Saugnapf hielt einen großen, schon etwas verblichenen GC-Wimpel an einer Magnetwand, der an den letzten Meisterschaftserfolg des Vereins erin-nerte. Lange her, dachte Fabio. Zwei Grashüpfer waren darauf zu sehen, die eine große Zinnkanne zu attackie-ren schienen, und Fabio dachte eben darüber nach, wie ein Fußballclub dazu kam, einen Schädling als Wappen-tier auszuwählen. Gantenbein hatte ein paar Versuche unternommen, Fabio den Club näherzubringen, lud ihn sogar an Spiele ein mit warmen Buffets in der VIP-Zone, aber Fabio war kein Anhänger eines bestimmten Vereins. Sein Herz schlug für Sieger. Und so gesehen schlug sein Herz gerade weit weg von einem Club wie der mit dem Ungeziefer im Wappen. Gantenbeins polt-rige Stimme holte ihn aus seinen Gedanken zurück.

»Was?«

»Ich fragte: Wie läuft es mit dem Objekt in Wollerau?«

»Bestens.«

»Hat der Schraubenfabrikant unterschrieben?«

»Äh, beinahe.« Fabio blickte sich nochmals im Büro um.

»Was heißt beinahe? Hat er unterschrieben oder nicht?«

Fabio schaute kurz an die Decke. »Ich habe ihn getroffen.«

»Ich weiß, ich habe die Spesenrechnung gesehen.«

»Na ja, das ... das war ein Missverständnis.«

»Ein Missverständnis?«

»Nun ja, ich ging davon aus, dass wir eingeladen wären?«

»Wir? Sie waren mit Ihrer Frau dort?«

»Nein, nein! Ich war alleine dort. Ganz alleine. Mit wir meine ich die Firma. Aber er hatte sein Portemonnaie vergessen. Da musste ich einspringen.«

»Sie haben ganz schön gebechert.«

»Er ...«

»... exzessiv, möchte ich sagen. Über jedem Maß war das.«

»Er pflegt wohl einen etwas anderen Lebensstil, als ich es tue.«

»Ja, so einen Lebensstil pflege ich auch nicht, Herr Sonetto, und wissen Sie, warum ich keinen solchen Lebensstil pflege? Weil ich sonst nämlich schon längst pleite wäre. Bankrott wie Griechenland.«

»Nun ja ...« Fabio wusste nicht, was er sagen sollte.

Sie hatten in der Kronenhalle tatsächlich ganz schön zugelangt. Der Schraubenfabrikant hatte ihn dazu genötigt – und der Kaviar zur Vorspeise hatte Fabio nicht mal geschmeckt. Gantenbein legte beide zu Fäusten geballten Hände auf den Tisch, die Knöchel ganz weiß.

»Ich akzeptiere eine solche Spesenrechnung nicht. Das können Sie gleich vergessen. Ich frage mich, wie Sie überhaupt auf die Idee kommen, dass ich auch nur im Entferntesten daran denken könnte, Ihre Prasserei zu finanzieren?«

»Es war geschäftlich.«

»Geschäftlich wäre es, wenn Sie eine Unterschrift unter dem Vertrag hätten. Wenn dort der Name eines Kunden stehen würde, geschrieben mit Tinte, von Hand. Meinen Sie eigentlich, ich bin senil?«

»Wie bitte?« Fabio versuchte, Haltung anzunehmen, aufrecht zu sitzen, er musste sich konzentrieren, die Dinge wurden langsam gefährlich.

»Meinen Sie, es hätte mir die letzten Hirnzellen weggeschmorrt?«

Fabio betrachtete die Oberfläche des Tisches. »Nein, ich meine, äh: Wie kommen Sie darauf, Herr Gantenbein?«

»Nun ja, wer jemandem eine solche Spesenrechnung vorlegt, der muss wohl darauf spekulieren, dass der, der sie bekommt und bezahlen soll, mit seinem hart erarbeiteten Geld, nicht ganz bei Trost ist.«

»Aber Herr Gantenbein, es war ja nicht meine Idee gewesen, so viel zu bestellen.«

»Ich will nichts mehr hören diesbezüglich. Ich will,

dass Sie den Vertrag unter Dach und Fach bringen. Ich will diese verdammte Unterschrift. Sonst bleiben wir auf der Wohnung hocken. Ich möchte ja auch nicht dort wohnen, mit dem Blick auf die Autobahn.«

»Es ist ein großartiges Objekt …«

»Herr Sonetto, schon gut, ich bin vertraut mit dem, was ich verkaufe. Ich kann unterscheiden zwischen dem, was gut ist, und dem, was nicht gut ist. Und diese Wohnung ist das Gegenteil von gut. Kennen Sie das Gegenteil von gut?«

»Schlecht?«

»Genau. Schlecht. Ich war von Anfang an gegen das Projekt, aber ich dachte mir: Der Sonetto macht das schon. Ich dachte: Der Sonetto, dem vertraue ich jetzt mal. Und dann diese Architekten, die Sie angeschleppt haben. Diese Ideen, die die hatten …«

»Das ist ein ausgezeichnetes Büro, es hat einen guten Namen. Sie haben Preise gewonnen.«

»Einen guten Namen? Wissen Sie, was ich einen guten Namen finde?«

Fabio sagte nichts.

»Einen Namen, der auf einem Kaufvertrag steht, in Tinte, das finde ich einen guten Namen. Nun machen Sie den Kontrakt klar mit dem Schraubenmann.«

»Natürlich, Herr Gantenbein.«

»Es reizt uns nicht, Luftschlösser in die Wüste zu bauen. Vielmehr wollen wir unser Know-how dort einsetzen, wo wir uns auskennen.«

Fabio nickte.

»Sie kennen unseren Grundsatz, oder?«

Fabio nickte erneut. Gantenbein hob den Zeigefinger.

»Die Vision Immobilien AG strebt ein langsames, kontinuierliches Wachstum an und denkt dabei stets weiter als bis zum nächsten Versprechen auf Gewinn. Damit unsere Geschichte sich erfolgreich fortsetzt und auch die nächste Generation unsere Firmenkultur leben und weiterentwickeln kann.«

Wieder nickte Fabio, während er sich fragte, wie lange Gantenbein seine Predigt noch halten wollte. Fabio räusperte sich. Konnte er gehen?

»Und ich dulde keinen Schweinekram während der Bürozeit!«

Fabio spürte, wie er errötete. »Schweinekram?«

»Das Internetzeugs, das immer auf Ihrem Computer läuft. Machen Sie das daheim.«

»Aber das ist doch nicht …« Fabio wollte sich erklären.

»… egal, was es ist. Wenn Sie im Büro sind, dann arbeiten Sie. Und das sollten Sie jetzt auch tun. Solange Sie noch können.«

»Wie soll ich das verstehen?«

»Es sind harte Zeiten, Herr Sonetto, und sie werden noch härter werden. Ich vermisse in letzter Zeit Ihren Einsatz, wo ist das Feuer?«

Und dann scheuchte Gantenbein Fabio mit ärgerlichem Gesicht aus dem Büro, so wie man ein Schaf aus einem Raum treibt. Wie ein Schaf fühlte sich Fabio auch, brav und blöd. Er musste sich am Riemen reißen, sonst liefen die Dinge aus dem Ruder. Sonst würde er geschoren und geschlachtet.

Über Mittag ging er mit Stinky in den Park, wie in den meisten Mittagspausen. Beim Tankstellenshop holte er sich ein Schinkensandwich und ein Snickers, ging vorbei an der Schrebergartensiedlung, den Hütten mit Solarzellen auf den Dächern, an Masten hingen in der Windstille schlaff Flaggen von nicht zu fernen Ländern. Er setzte sich auf eine Bank in den mageren Schatten einer krumm gewachsenen Kiefer, biss in das Schinkensandwich, hörte das Kreischen der auf einem Klettergerüst herumturnenden Kinder vom nahen Spielplatz, das vielstimmig nervöse Geplapper der gelbgrünen Zuchtvögel in der barackenartigen Voliere, Kreissägen und Bohrhämmer von einer Großbaustelle, die Glocken von Kirchtürmen – hell aus Richtung Altstetten, dunkler und ferner aus Richtung Albisrieden. Fabio lächelte Stinky an, der erwartungsvoll zu ihm hochblickte, duckte sich zu ihm herunter und streichelte ihn. »Stinky, mein alter Freund, das packen wir, oder? Natürlich packen wir das. Wir verkaufen dem Schraubenfabrikanten die Wohnung, bekommen den Bonus, du bekommst einen Riesenknochen. Alles wird gut werden, nicht wahr?« Stinky aber dachte nicht an lang- oder mittelfristige Ziele, sondern sah bloß den Schinken aus dem Brot hängen. Das interessierte ihn.

Als Fabio mit freundlicher Mithilfe seine Hundes das Sandwich gegessen hatte, spazierte er noch etwas auf den geschwungenen Pfaden der Grünanlage, biss herzhaft in das Snickers, er ließ Stinky die Esel anbellen, die Ziegen und jeden der Kanarienvögel in ihren dunklen Verliesen, ging zurück zum Bürohaus und zog sich eine Cola aus dem Automaten. Fabio setzte sich auf die Schreibtischplatte, trank die Cola leer, griff zum Telefon, einen Rülpser unterdrückend, und wählte die Nummer des Schraubenfabrikanten. Es kam nur die Mailbox. Er stellte den Bildschirm wieder an. Nun waren die Tischtennis-Partien am Laufen. Laszlo Magyar gegen Daniel Kriston, es stand 9:9 im letzten und entscheidenden Satz, Fabio dachte nicht lange nach und setzte 3000 Franken auf Magyar. Er starrte in den Bildschirm, kaute auf einem Stabilo-Leuchtstift, Stinky schlief zu seinen Füßen. Kriston machte den nächsten Punkt. Magyar fuhr mit der Handfläche über den Tisch, als suche er dort den Fehler, den er eben gemacht hatte. Er hüpfte ein paar Mal herum, machte sich locker. Und dann schlug er auf, er drosch den weißen Ball mit Wucht herüber, Kriston musste immer mehr zurückweichen, so sehr, dass er aus dem Kamerabild verschwand, aber die Bälle kamen zurück, Magyar schmetterte, aber Kriston spielte zurück, Magyar legte die ganze Kraft in seinen nächsten Schlag, der ihn zurück auf seinen Weg zum Sieg bringen würde. Der kleine Ball aus Zelluloid jedoch streifte das straff gespannte Netz und fiel neben dem Tisch ins Leere. Er war im Aus. Die Partie war verloren. Von den 9000 Franken, die Fabio im Schlaf gewonnen hatte, war nichts mehr übrig. Rein gar nichts mehr.

Interessant. Brisant. Pikant.

Zitterten ihre Hände? War ihr schwindlig? Pünktlich um fünfzehn Uhr betrat sie das Conti. Das Restaurant war leer bis auf einen weiß livrierten Kellner, der Tische deckte und aufsah, als sie aus dem hellen Tageslicht in das Lokal trat, die Sonnenbrille abnahm und sich umblickte. Der Kellner hielt kurz inne und nickte in das Lokal hinein, um Paola wortlos zu dirigieren, und da sah sie schon den Bieri und den Ober-Chef. Aber es waren noch andere am runden Tisch direkt am Fenster hinter der Bronze-Skulptur einer schlanken Frau, die sich gerade ein Kleid über den Kopf zog. Paola saß schon mal ganz in der Nähe, mit Fabio, nach dem Kino, fand das Essen gut, aber zu teuer. Es war bei dem einen Besuch geblieben. Was hatte sie damals bestellt? Welchen Film hatten sie gesehen? War es dieses Jahr gewesen oder im letzten Jahr oder sogar länger her? Es fiel ihr nicht mehr ein. Diesmal würde es nicht ums Essen gehen und auch nicht darum, andere Gäste unauffällig anzustarren.

Das Telefonat hatte nicht lange gedauert, und Paola hatte genau zwei Worte gesagt, eines am Anfang (»Kesselmann«), eines am Ende des Gesprächs (»äh«). Sie war etwas beunruhigt, als sie den Hörer wieder aufgelegt hatte. Frau Wolff, die Sekretärin des Ober-Chefs, hatte Paola ins Conti bestellt, in ihrer typisch knappen Art, die immer voller deutscher Dringlichkeit war. Sie sagte nicht, worum es ging, und fragte schon gar nicht, ob Paola überhaupt Zeit habe, nein, es klang nicht wie eine freundliche Einladung, sondern wie ein militärischer Einsatzbefehl.

Wolff eben. Nachdem Paola den Hörer wieder auf das große Tischtelefon gelegt hatte, dieses absurde Gerät mit den unnötig vielen Tasten, fühlte sie Unruhe in sich aufsteigen, die sie auch mit einer schnellen Atemübung nicht wegbekam. Sie hielt sich den ganzen Tag über.

Und auch jetzt spürte sie Nervosität. Sie zwang sich, ruhig zu atmen. Paola war die Letzte, noch ein Stuhl am Tisch war frei. Die Runde begrüßte sie, der Ober-Chef stand sogar auf und reichte ihr freundlich lächelnd die Hand. »Paola, schön, Sie hier zu haben. Ihre letzte Reportage über Sri Lanka hat meine Frau mit Genuss gelesen. Ach, was sag ich da! Verschlungen hat sie sie. Das hat wohl zur Folge, dass wir demnächst in Sri Lanka Ferien machen müssen. Oder sagt man ›auf Sri Lanka‹? Ist ja eine Insel, oder? Oder sind es mehrere Inseln? Wie dem auch sei: Ayurveda! Meine Frau ist verrückt danach. Na ja, gibt sicher auch einen anständigen Golfplatz dort.« Paola war noch nie auf Sri Lanka gewesen, er musste etwas verwechseln, aber es war wohl der falsche Moment, um Komplimente zu hinterfragen. Sie lächelte und nickte, murmelte »danke«, und der Ober-Chef wies auf den freien Stuhl. »Nehmen Sie Platz.« Die Stimmung schien bestens zu sein, also standen die Chancen gut, dass es sich hier nicht um ein Tribunal handelte. Es würde also nicht um ihre Kündigung gehen. Sie würde nicht über die Einstellung der Zeitschrift informiert werden, es ging wohl auch nicht um irgendwelche Sparmaßnahmen, auch wenn sich Paola die Anwesenheit von Johannes Hartwigsen nicht erklären konnte, dem Typen vom Rechtsdienst. Er war ein

schmallippiger Norddeutscher mit dünnem blondem Haar, der, so fand Paola, eigentlich ziemlich gut aussah, immer korrekt gekleidet, Anzug und Krawatte, jugendlich wirkte er, schlank, mit einer schrecklichen Brille, wohl von Fielmann, aber er war auch etwas spröde und ein bisschen gar dürr und bleich. Er sollte etwas Sport machen, dachte Paola, wenn sie ihn über die Gänge des Medienhauses schreiten sah, ich könnte was aus ihm machen, eine neue Brille, ein neuer Anzug und anständige Schuhe, vielleicht ein halbes Jahr im Magenta-Fitness-Club, dann würde der Hartwigsen was hermachen, ja, dann würde sie schon mal auf einen After-Work-Drink mit ihm. Nun aber dachte sie gar nichts. Sie hörte bloß zu, war in Bereitschaft. Ging ihr Herz etwas schnell? Hatte sie feuchte Handinnenflächen? Wirkte ihr Deo unter den Achseln?

Neben dem Chef und dem Juristen saß da noch der schwer vor sich hin atmende Kasimir Kastor, Unterhaltungschef der Boulevardzeitung, die im selben Hause fabriziert wurde. Kastor war vor ein paar Jahren ebenfalls aus Deutschland gekommen und hatte einen relativ unzimperlichen Umgang mit der hiesigen Prominenz mitgebracht, was anfangs für gewisse kulturelle Verstimmungen sorgte. Nun aber hatte sich alles eingependelt und beruhigt.

Immer, wenn sie Kastor sah, erschauderte Paola. Er hatte etwas von einer Kröte. Und Schuppen auf dem schwarzen Hemd – ob er nicht wusste, dass er weiße Hemden tragen sollte? Warum ließen sich Menschen so gehen? Hatten die keinen Spiegel zu Hause? Oder we-

nigstens eine Frau, die zu ihnen schaute? Warum kauft er kein Antischuppenshampoo? Oder fielen die Schuppen aus dem Bart? Bärte ekelten Paola. Fabio wollte sich auch mal einen wachsen lassen, weil er fand, er sehe dann ein bisschen aus wie Russel Crowe in *Gladiator*, aber sie redete ihm das schnell aus. Weil: Er sah nicht aus wie Russel Crowe in *Gladiator*, sondern wie Zach Galifianakis in *Hang Over III*. Es war ihr schleierhaft, wie Frauen mit Männern mit Bärten leben konnten, diesem unhygienischen Wildwuchs im Gesicht, diesem speiseresereichen Nährboden für Milben und andere mikroskopisch kleine Lebewesen.

Die Hand von Kastor fühlte sich schlaff an, weich und schweißnass, Paola wäre am liebsten gleich auf die Toilette gegangen, um ihre Hände zu waschen, nicht einmal eine Serviette lag auf dem Tisch. Der Kellner kam mit Mineralwasser mit und ohne Kohlensäure. Als niemand hinsah, strich sie ihre Hand, so gut es ging, am weißen Tischtuch ab. Als der Kellner die Gläser einschenken wollte, sagte der Ober-Chef »schon gut« und wedelte ihn mit einer Handbewegung weg. Mit einem kleinen Knicks ging der Kellner davon, und Paola war es, als habe er ihr zugezwinkert.

Nun sah sie unter des Ober-Chefs Händen auf dem Tisch ein blaues Mäppchen, er sah, dass Paola darauf blickte, lächelte sie an und sagte: »Kommen wir zur Sache: Wir sind auf eine Goldader gestoßen, ohne danach zu suchen.« Das Mäppchen war unbeschriftet, und als er es aufklappte, lag auf einem buchdicken Stapel von Dokumenten eine Ausgabe der *Illustrierten* mit

einer Person auf dem Cover, die ihr bestens bekannt war: ihr Nachbar Tim. Er hielt seine Frau in den Armen und blickte voller Zuversicht, in dicken Lettern stand darunter: »REISE DER HOFFNUNG. Tim Gutjahr und seine Frau Judith in Nepal. ›Den Armen helfen war schon immer mein Wunsch.‹«

»Also, es geht um Folgendes«, sagte der Ober-Chef, senkte die Stimme etwas, um eine vertraulichere Atmosphäre zu schaffen, um dem Kommenden die entsprechende Dramatik zu verleihen, »dass wir nämlich interessante Informationen bezüglich Tim Gutjahr erhalten haben. Äußerst interessante Informationen. Brisant. Pikant. Deshalb sind auch Sie hier, Paola, Sie sind Tim Gutjahrs Nachbarin, stimmts?«

Paola nickte und fragte sich, worum es hier ging, ob Tim vielleicht etwas zugestoßen war?

»Vor ein paar Wochen rief uns eine junge Frau an und versprach uns sehr interessante Informationen. Zuerst dachten wir, es sei eine Spinnerin, aber wir müssen ja auch Spinnerinnen ernst nehmen. Wie dem auch sei, es kam zu einem Treffen, und die Frau konnte ihre Informationen glaubhaft als das präsentieren, was sie sind: eine Bombe. Wir ließen dann durch unseren Rechtsdienst die Situation abklären.«

Alle blickten zu Hartwigsen, der stumm nickte.

Der Ober-Chef fuhr fort: »Schließlich trafen wir die Frau erneut und kauften ihr diese Informationen ab, exklusiv selbstverständlich, für einen nicht zu hohen fünfstelligen Betrag. Nun, was Sie hier sehen ...«, er zeigte auf den Stapel, »ist nichts anderes als das Ende

der Karriere von Tim Gutjahr – und für uns und unsere Kollegen so viel Futter, dass wir damit wochenlang die Titelseiten füllen könnten. Ich sage: Könnten. Denn: Wer hat ein Interesse daran, den lieben Tim Gutjahr fertigzumachen? Niemand. Er ist allen ans Herz gewachsen, der Großmutter im Emmental ebenso wie dem hippen Szene-Girl aus dem Kreis 4. Sogar die Schwulen lieben Tim. Er ist unser Sonnyboy. Und wer möchte schon einen Sonnyboy erledigen?«

Er blickte in die Runde, alle schwiegen.

Er nickte, fuhr fort: »Niemand will Tim Gutjahr erledigen, niemand. Aber wir könnten es, einfach so!« Er schnippte mit den Fingern.

»Ich finds ja zu schade«, meinte Kastor und schnaufte schnaubend aus, ganz so, als täte er seinen letzten Atemzug überhaupt, »wir hätten ihn richtig schön demontieren können, meine Güte, was für Schlagzeilen, ›Tim: Seine geheime afrikanische Liebesdienerin‹.«

»Sie ist Kubanerin«, sagte der Jurist, aber Kastor redete einfach weiter, ohne auf den pingeligen Einwand einzugehen.

»Bilder von Umzugswagen, wenn er von seiner Frau rausgeschmissen wird, Tränen ohne Ende, die leidenden Kinder, die wütende Ehefrau, die schöne wilde Afrikanerin, und dann, wenn er richtig am Boden ist, hätten wir ihn wieder aufbauen können, Versöhnung mit der Frau, die Kinder wieder in den Armen halten, die komplette Beichte, Reue und am Ende Friede, Freude, Eierkuchen. Es wäre für Tim eine Auferstehung gewesen. Womöglich wäre er danach beliebter gewesen als je zuvor.«

»Ja«, sagte der Ober-Chef nüchtern, »aber das machen wir nicht. Und warum machen wir das nicht?«

Niemand sagte etwas.

»Weil wir etwas viel Besseres vorhaben. Und dazu brauchen wir Ihre Hilfe, liebe Paola. Sie sind der Schlüssel zu allem.«

Alle blickten sie an, alle schienen zu wissen, was man von ihr erwartete, außer Paola. Aber sie würde es sogleich erfahren. Da klingelte in ihrer Louis-Vuitton-Tasche das iPhone. Sie ließ es klingeln.

Keep your dreams burning

»Ja, okay«, sagte Virginia ins Handy, ihre Stimme reibeisenrau, tief und genervt. Sie verdrehte ihre Augen, ächzte kurz, als sie die schwere Eingangstüre zum Haus an der Lienhardstrasse 7 aufstieß, den Schlüssel aus dem Schloss zog und ins Haus trat. Die Kühle und Dunkelheit waren eine Wohltat nach diesem Tag in der abgestandenen Luft im Geschäft, immer auf den Beinen, mit all den Problemen, die sie gerade quälten, und diesen ihr bestens bekannten Schmerzen; ihre Füße waren im Arsch, ihre Haare waren im Arsch, sie war im Arsch, Schweißflecken unter den Armen, der Nacken verspannt, der Kopf leer und müde. Es war gut, dass dieser Tag zu Ende ging. Sie wollte nur noch hoch in die Wohnung und dort dampfend heißes Wasser in die Wanne einlaufen lassen. Davon trennten sie lediglich ein paar Treppenstufen und das Telefonat, das sie gerade führte. Ihre Tochter war dran. Cosima. Vierzehn. Hübsches Mädchen. Schwieriges Alter. Sie wollte dies, wollte das, aber hauptsächlich wollte sie das Gegenteil von dem, was Virginia wollte. Schule? Sehr schwierig. Hormongewitter unterschiedlichster Stärkegrade. Launen wechselten die Richtung wie die Waggons einer klapprigen Jahrmarktsachterbahn. Die Haare mal grün, mal blau, mal grünblau. Mal verliebt und himmelhoch jauchzend, mal alles blöd, doof, nervig, grau, gar tiefschluchtig schwarz. Natürlich hing an ihrer Zimmertüre ein Schild, das den Eintritt für alle außer ihr selbst strikt untersagte. Virginia jedoch war jung genug, um sich an ihre eigene Adoleszenz zu erinnern, in der alles furchtbar gewesen war, einfach alles – vor allem sie selbst. Also war sie einigermaßen entspannt. Oder war es Gleichgültigkeit? Schwierig zu sagen. Vor allem heute, an einem Tag wie diesem. »Gut, ja, okay, ich habs begriffen, dann bleibst du heute bei Papa. Ist er denn überhaupt da? Gib ihn mir. Wie? Er kann grad nicht? Ja, aber ist er in der Wohnung? Ist er überhaupt in der Stadt? Was?« Schon länger lebte Virginia getrennt vom Vater ihrer Tochter, und als Fotograf war er immer viel unterwegs, drüben in den USA, unten in Südafrika, oben in den Bergen, dort halt, wo das Licht gerade gut war und der Job ihn hinführte. Natürlich hatte auch das Fotobusiness in den letzten paar Jahren nochmals etwas an Strahlkraft eingebüßt, vor allem waren die Budgets dahingeschmolzen, aber Cuno Caviezel hatte noch ein paar gute alte Kontakte, schoss Bilder für ein paar Modekataloge und noch immer Strecken für Magazine. Außerdem war er mit Geld von zu Hause ausgestattet, die Caviezels besaßen ein paar Flecken bergiges Land, das an jedem anderen Ort einfach ödes, steiles Land gewesen wäre, im Oberengadin aber lag es glücklicherweise in der Bauzone, und so kam die Familie zu einem stattlichen Vermögen, das infolge der den Einheimischen eigenen ausgeprägten Geschäftstüchtigkeit stetig weiterwuchs. Cuno lebte in einer an ein Museum der 90er-Jahre gemahnenden Eigentumswohnung voller Chrom, Leder und Glas im Seefeld und hatte keinerlei Sorgen, wenigstens keine, die wirtschaftlicher Natur waren. Von anderen Sorgen und ob er gerade eine Freundin hatte oder nicht, davon wusste Virginia nichts, und wollte sie auch gar nicht wissen, sie beschränkte die Kommunikation mit ihm auf ein Minimum, also auf jene Dinge, die Cosima betrafen und ihre Unterhaltszahlungen, die nicht unbeträchtlich waren. Cuno war schon immer großzügig gewesen, das musste Virginia ihm lassen. In jeder Beziehung war er großzügig gewesen, leider auch in der Auslegung des Begriffs Treue. Nun ja, vielleicht hätte sie damals etwas lockerer sein müssen, aber nach der Geburt von Cosima schien ihr das Leben knüppelhart, und so machte sie Cuno die Hölle heiß, wann immer sie konnte. Sie schrie ihn an, wenn er das Haus verließ, schrie ihn an, wenn er nach Hause kam. Sie war wirklich emotional etwas gar unausgeglichen damals. Er verließ das Haus immer früher und immer öfter, kam immer später heim, und manchmal blieb er auch weg, bis er dann ging.

In letzter Zeit war Cosima auffällig gerne bei ihrem Vater, was wohl damit zu tun hatte, dass er kaum zu Hause war und sie tun konnte, was sie wollte. Und wenn Virginia ihn darauf ansprach, machte er auf locker und setzte mit seiner tiefen Berglerstimme an, als beginne er mit der Erzählung von *Zottel, Zick und Zwerg*: »Alles bestens, entspann dich. Genieß doch die Ruhe. Relax.« Und das tat sie dann auch, so gut sie konnte. Ja, in letzter Zeit hatte sie wieder ein bisschen auf die Pauke gehauen. Nicht so wild wie früher, ein bisschen aber schon. Vor allem, seit sie Lukas getroffen hatte. Den verdammten Lukas.

Virginia war jung, als sie Mutter wurde, damals zu einer Zeit, als man Kinder vor allem als eines empfand: lästig laute Wesen von einem fremden Planeten, mit denen man keinen Kontakt hatte und auch keinen haben wollte. Als sie ihrer besten Freundin Jennifer, mit der sie sich viele Nächte in den Clubs um die Ohren geschlagen hatte und Dinge getan hatte, die ihr heute die Schamröte ins Gesicht trieben, als sie ihr gesagt hatte, dass sie einen Schwangerschaftstest gemacht habe und dieser positiv ausgefallen sei, sagte Jenny: »Oh nein, du Ärmste!« Und es klang, als ob es schlimmer sei als Aids. Das war die übliche Reaktion in ihrem Umfeld. Heute galten Kinder als cool, auch wenn man jung welche bekam. Heute gab es coole Kinderwagen und coole Kleider schon für kleinste Babys, Mütter joggten ihr Kleinkind vor sich hinschiebend durch Parks, und in gewisse Cafés kam man kaum mehr rein, ohne über Bugaboos und Buggys zu stolpern. Heutzutage schien ein Kind tatsächlich ein Haufen Glück zu sein. Bei ihr war es noch ganz anders gewesen: eine

Stigmatisierung, ein Unfall im Party-Betriebs-System. Mit einem Schlag verlor sie so ziemlich alle ihre Freundinnen und, wie ihr schien, auch ihr gesamtes Leben. Oder das, was sie damals für ihr Leben gehalten hatte.

Kruder & Dorfmeister im Sensor in Oerlikon. Bei Dani König donnerstags im Kaufleuten. Nie ging jemand je nach Hause, und Koks war die alltägliche Realität. Ohne auch nur eine Prise Ironie sagten sie damals kühl: »Zürich ist die geilste Stadt auf dem Planeten.« Virginias erste Line: Als ginge eine Türe auf in ein anderes Leben, ein Leben, in dem sie größer war, stärker, wacher. Und so sah sie auch die anderen, die ebenfalls zur Kaste der Schnupfer gehörten. Sie glänzten, brillierten, tanzten, ließen sich »Rich Dead Nazis« mixen: Goldschläger, Jägermeister und Pfefferminzlikör in gleichen Mengen. Sie erzählten sich tausend Geschichten von geilen Jobs, geilen Reisen und geilen Karren und sagten tausendmal »ich«. Und je geiler sie wurden, desto gieriger wurden sie, und je gieriger, desto geiler. Selbstzweifel? Probleme? So etwas wie Morgen? Ha, ha, ha! Und dann sollte einfach so Schluss sein damit. Von einem Tag auf den anderen. Sie wollte das Kind nicht wegmachen lassen, auch weil Cuno zu ihrer großen Überraschung und entgegen aller Erwartung total für das Baby war. Ja, er war ganz begeistert vom Gedanken, eine Familie zu gründen. Er schlug ihr vor, ins Engadin zu ziehen, eine Alp zu bewirtschaften, er beschwor die Zukunft in einem Licht herauf, als sei sie von Giovanni Segantini gemalt. »Eine Familie! Wir! Unglaublich! Ich fass es nicht! Ich liebe dich! Küss mich!« Und er machte ihr gleich einen Heiratsantrag. Sie sagte Ja, hatte Tränen in den Augen. Viele kleine Perlen des Glücks kullerten über ihre Wange. Obwohl sie wusste, dass er Kokain im Schädel hatte, und nicht wusste, ob seine Augen vielleicht nur deshalb glänzten wie polierte Murmeln. Dann ging es schnell. Das Hochzeitsfest fand in der Villa di Striano in Borgo San Lorenzo in der Nähe von Florenz statt, ein prächtiges Anwesen mit gewaltigem Blick über die betörende Landschaft. Regen war angekündigt, immer wieder blickten sie mit besorgten Gesichtern in den Himmel auf der Suche nach dunklen Fetzen, aber es fiel kein einziger Tropfen: Die hundert Gäste konnten mit Virginia und Cuno den ganzen Tag über im üppigen Garten der Villa feiern. Und auch auf der anschließenden Reise durch die Toskana blieb das Wetter strahlend, und als Cosima auf die Welt kam, war keine einzige Wolke am Himmel zu sehen.

Das war vor fünfzehn Jahren gewesen. Drei Sommer später erschienen dann die Kumulonimbuswolken und Cuno ging und kam nicht mehr zurück, außer einmal mit einem seiner Assistenten, um den elefantenschweren Flatscreen und die Dolby-Surround-Anlage zu holen, als Virginia nicht daheim war.

Sie war damals eine der begehrtesten Frauen. Oder – um es in ihren eigenen Worten zu sagen: eines der heißesten Füdlis. Und sie hatte in den letzten Jahren wieder viel investiert, hart gearbeitet, damit sie in Form blieb, was ihr ausgezeichnet gelungen war. Sie fühlte sich fitter und stärker als damals, dank Yoga, Pilates, TRX,

Crosstrainer, Laufband und natürlich auch einer Portion Spiritualität und bewusster Ernährung. Sie konnte zufrieden sein, ja, vielleicht war es ganz gut, dass sie so früh Mutter geworden war und sich für eine Weile komplett aus der Partyszene zurückgezogen hatte. Jetzt war sie auf jeden Fall zurück und ließ es wieder krachen, dann und wann.

Wenn sie heute Jennifer über den Weg lief oder einer anderen Mitstreiterin von früher, stellte sie nicht ohne Schadenfreude fest, dass bei den anderen die Zeit gnadenlos am Werk gewesen war. Unerbittlich und mit aller Härte. Keine zwei Wochen war es her, da sprach sie eine Fremde an. Virginia stand vor einem brummenden Kühlregal und konnte sich nicht entscheiden, ob sie einen kaltgepressten »Boosting Juicy Lucy«-Saft mit Ingwer und Karotte oder doch den »Strengthening Brain Date«-Smoothie mit Agavendicksaft und Datteln nehmen sollte, da sagte eine Stimme: »Sorry, bist du nicht Virginia?« Sie wandte ihren Kopf und blickte in ein Gesicht, das ihr absolut fremd war. Ein aufgedunsenes Gesicht, mit Falten auf der Stirn, als ob es der Beruf dieser Person sei, über alle Probleme der Welt nachzudenken. Virginia lächelte und sagte: »Äh.« Und dann fiel ihr alles ein. Die Frau, die ihr gegenüberstand, war damals im Auge des weißen Sturms: Melanie Rutschmann. Rutschi nannte man sie. Für eine Nase tat sie mehr, als alle anderen zu tun bereit waren. Auf einer Blushin-Pink-Party im EWZ Selnau verschwand sie mit einem Galeristen auf der Toilette, und als Virginia und Jennifer auch auf die Toilette gingen, um sich die Nase zu pudern, sahen

sie, wie der Galerist sich gerade auskotzte und schließlich über seinem eben ausgeworfenen Mageninhalt zu-
sammenbrach, die Augen verdreht, laut stöhnend, die
Hosen noch in den Kniekehlen, sein Penis schwurbelig
klein im gekrausten Unterholz seiner Scham, Rutschi
hysterisch schreiend daneben, die Hände zitternd in
der Höhe. Er hatte einen Schlaganfall erlitten, der Krankenwagen wurde gerufen. Und die Geschichte wurde zu
einer Anekdote, die gerne herumgereicht wurde. Sie bot
sich auch bestens dafür an, nachgespielt zu werden, ges-
tenreich, mit viel B-Movie-Gestöhne. Das fiel Virginia
ein und noch viel mehr, aber sie wollte nicht über diese
Dinge nachdenken. Die Vergangenheit war Vergangenheit, und Rutschi kam ihr vor wie ein Zombie, der aus
der Gruft des längst Geschehenen und deshalb kaum
mehr Wahren gestiegen war. Sie sagte, wie toll, sie zu
sehen, wie cool! und mega!, aber sie sei grad furchtbar in
Eile, und als Rutschi sagte, man sollte sich doch wieder
mal treffen, antwortete Virginia: »Aber sicher!« – »Über
die alten verrückten Zeiten plaudern«, sagte Rutschi und
lachte auf. »Unbedingt«, erwiderte Virginia und strahlte.
Ob sie nicht ihre Nummern austauschen wollten, schlug
Rutschi vor. »Du«, sagte Virginia, »ich bin wirklich auf
dem Sprung, ich kontaktier dich auf Facebook.« Und als
sie es sagte, war sie erstmals wirklich froh, dass sie überhaupt kein Facebook-Konto hatte, dem gelegentlichen
Spott und Hohn ihrer Tochter zum Trotz. Sie fasste
Rutschi am Arm, es hätte auch ein Judogriff sein können, als wolle sie sie wieder aus ihrem Leben spedieren,
möglichst weit weg, und zum Abschied gab es Küsschen,

die Haut der Fremden, die Melanie Rutschmann hieß, fühlte sich weich an wie Pizzateig.

»Was sagst du?« Sie stand nun im Flur, ihre Stimme hallte, die Türe fiel schwer schlagend zu, die Handtasche hing im Ellenbogen des Armes, mit dem sie ihr Handy hielt, die andere Hand hielt wie ein Entenschnabel den Inhalt ihres Briefkastens, die hochgeschobene Pilotenbrille mit den verspiegelten Gläsern rutschte ihr zurück auf die Nase und von dort noch weiter, gleich würde sie alles aufs Mal fallen lassen. »Warte mal, Cosi, da klopft einer an, Moment«, und über den Rand der schräg auf ihrem Gesicht hängenden Sonnenbrille hinweg schaute sie, von wem der Anruf kam, es war aber bloß Lucy, ihre Pilates-Lehrerin, und nicht wie erhofft Lukas, der sich in letzter Zeit nicht mehr meldete und nicht ranging, wenn sie anrief. Er duckte sich weg. Der Idiot. »Bin wieder da. Cosi? Hör zu. Sag deinem Vater, er soll mich anrufen, wenn er zurück ist. Und zwar sofort. Ich will wissen, dass er daheim ist. Und nicht zu viel Internet, verstanden? Verstanden? Cosi? Bist du noch dran?« War sie nicht.

Virginia blickte auf ihren linken Unterarm, mit der roten Aureole des frisch Gestochenen leuchtete tintenschwarz das neuste Kunstwerk. Es war ihr neuntes Tattoo. Das allererste war jenes mit dem Namen ihrer Tochter gewesen, auf der Innenseite ihres rechten Oberarmes. Darauf war sie noch immer stolz, auch wenn die Farbe etwas verblasste. Stolzer auf jeden Fall als auf die Tribals am Knöchel und am Nacken und den Stern auf dem Schulterblatt. Obwohl sie den Stern hatte stechen lassen, bevor alle anderen mit Sternen anfingen. Auf ihrer rechten Pobacke stand noch immer Cunos Name in verschnörkelter Schrift. Sie dachte schon ein paar Mal darüber nach, ihn weglasern zu lassen, auch weil Lukas immer Witze machte, ihr den Hintern tätschelte und sagte, es sei ihm, als vögle er ihren Exmann, oder sie solle aus dem N ein L machen, dann mache das Tattoo wieder Sinn, wenigstens im spanischen Sprachraum. Dann jedoch dachte sie: Cuno war ein Teil meines Lebens. Ja, vielleicht war Cuno ein Fehler gewesen. Aber bestand das Leben nicht auch aus Fehlern? Waren es nicht die Fehler, die uns zu denen machten, die wir waren? Sie würde einfach etwas Schönes drübertätowieren lassen, irgendwann. Eine Eule. Einen Schmetterling. Ein Einhorn. Es gab so viele Sujets. Noch aber hatte sie andere Stellen, die sie tätowieren konnte, wie den linken Unterarm. Seltsam eigentlich, dass sie so lange gewartet hatte. Ein Satz stand nun dort, in geschwungenen Buchstaben: »Keep your dreams burning«. Der Satz fiel ihr irgendwann ein, einfach so, und sie fand ihn toll, denn das war, was sie empfand und hoffte: dass das Feuer der Träume ewig lodern würde. Aber im Moment brannte bloß das Tattoo, es juckte fürchterlich, am liebsten hätte sie sich die Haut von den Knochen gekratzt. Oben würde sie lindernde Creme auftragen.

Die Tür der Parterrewohnung ging auf. Im dunklen Gang der Wohnung stand eine dünne Gestalt mit einem Wäschenetz in den langen dünnen Armen. Es war Vischer. Ohne zu lächeln, nickte er Virginia zu, als er an ihr vorbei runter in den Keller ging. »Tag«, sagte sie. Als sie Vischer nachblickte, er wie immer in seiner engen Radfahrermontur, da schauderte es sie. Was für ein komischer Kerl. Sie wollte nicht wissen, was er in seiner Wohnung so trieb. Sicher pervers, dachte sie. Er sagte nichts, und als sie sich kopfschüttelnd auf den Weg nach oben machte, sagte sie zu sich selbst: »Charming.«

Endlich in der Wohnung, setzte Virginia Teewasser auf, schnitt ein großes Stück runzelig verkrüppelter Ingwerwurzel klein, ließ im Bad den Hahn laufen, bis das Wasser dampfend herausrauschte, zündete die Duftkerze an, die im Bad stand, »Feu de Bois«. Virginia liebte Duftkerzen, und »Feu de Bois« besonders, obwohl es eigentlich ein winterlicher Duft war, der an das Knacken und Spotzen eines offenen Kaminfeuers erinnern sollte. Bald lag sie in der Wanne, hielt die Luft an unter Wasser, wollte ein paar mentale Entspannungsübungen machen, Atemübungen, kombiniert mit ein paar Visualisierungen, aber alles, was ihr in den Sinn kam, war Lukas. Dieser elende Lukas. Vögelte bestimmt eine andere, vielleicht gerade jetzt, in diesem Moment, in dem sie im heißen Wasser lag und über ihr eine dunkle Wolke schwärte, trieb er es sicher mit der Bedienung, der Aushilfsköchin, einem Gast seines Restaurants. Was für ein Volldepp er doch war. Andererseits: Lukas wäre nun wirklich der letzte Mensch, den sie gerade sehen wollte. Er wollte eh bloß das eine. Sie gab es ihm, damit sie noch etwas anderes bekam, Zuneigung, Zärtlichkeit, ein paar freundliche Worte, ja, so etwas wie Liebe, wenn auch nur Spurenelemente davon. Lange lag sie in der Wanne, ließ immer wieder heißes Wasser nachlaufen, bediente die Armaturen mit ihren Zehen, bis ihre Hände schrumpelig waren. Sie stieg heraus, mit dem Tuch um ihren Körper geschlungen, das Haar unter einem weiteren Tuch gebändigt, ging sie in die Küche, um den Tee frisch aufzugießen. Die Post lag auf dem Küchentisch, noch ungeöffnet. Zuoberst lag ein Brief der Liegenschaftsverwaltung. Virginia zog eine scheppernde Schublade auf, griff sich ein Rüstmesser und schlitzte das Couvert auf, als sei es Lukas' Kehle. Sie entfaltete den Brief und las.

Mokka. Stichfest

Im obersten Stock des Hauses, mit geduckten Zimmern und Fenstern wie Schießscharten, saß Delphine in der Küche, löffelte ein Joghurt und las in einem blauen Taschenbuch. Das Fenster stand offen, ein feiner Luftzug wehte herein, sie hörte, wie unter ihr eine Straßenkehrmaschine lahme Pirouetten vollführte, verstummte, wieder aufbrummte, Vögel in den Bäumen verhandelten die Dinge, die Vögel zu verhandeln hatten, abends nach einem langen Tag. Delphine freute sich auf den Herbst und die milderen Temperaturen. Hier unter dem Dach konnte es sommers unerträglich heiß werden.

Ihr WG-Gefährte Urban war nicht zu Hause. Sie hatten nicht viel miteinander zu schaffen, was beiden recht war. Die Zusammensetzung der Wohngemeinschaft änderte sich stets, mutierte wie Influenzaviren. Urban war ein großer Kerl, wie Chewbacca, der gerade beim Friseur gewesen war, studierte an der Zürcher Hochschule für Angewandte Wissenschaften, machte irgendwas mit Algen, aus denen Gas gewonnen werden konnte. Er hatte es Delphine schon mehrmals erklärt, aber alles, was sie begriffen hatte, war, dass seine Forschung schlussendlich die Welt retten würde. Er war kaum je zu Hause, und wenn doch, dann vor dem Computer, während er Cola Zero aus der Anderthalbliterflasche trank. An den Wochenenden fuhr er zu seinen Eltern nach Chur oder mit Kumpels ins Averstal, um dort zu klettern und hektoliterweise Calandabier zu trinken. Die WG an der Lienhardstrasse 7 war kein Minenfeld, kein bald überlaufendes Fass, sondern eine mehr oder weniger reibungslos funktionierende Zweckgemeinschaft. Es gab kaum Konflikte, weder über die Hygiene im Bad noch wegen des Inhalts des Kühlschranks noch wegen Lärms. Beide schienen erwachsen genug und gingen respektvoll miteinander um.

Als Delphine am Morgen die Post geholt und das Couvert noch im Treppenhaus geöffnet hatte, blickte sie auf das Papier in ihrer Hand mit einer Mischung aus Erstaunen, Überforderung und Gleichgültigkeit. Die Kündigung war eher ein Formular denn ein Brief, ohne freundliche Floskeln, und auch keinerlei Begründung wurde angegeben, bloß dass gekündigt werde und auf wann, auf Anreden wurde ebenso verzichtet wie auf einen Abschiedsgruß, die Rückseite war voll von klein gedruckten Artikeln aus dem Obligationenrecht, von denen sie ein paar las, ohne sie zu verstehen. Sie hatte nicht vor, hier sesshaft zu werden, obwohl die Wohnung toll war, das Haus, das Quartier, die Miete, die Dachterrasse: Alles großartig. Mit den anderen im Haus hatte

sie nicht wirklich zu tun. Delphine war eine Vagabun-
dierende und die Lienhardstrasse 7 eine Zwischensta-
tion. Hatte sie den Master in der Tasche, würde sie ins
Ausland gehen, nach Berlin vielleicht, das sie gerade besonders interessant fand, weil alle, die es eben noch besonders interessant gefunden hatten, es nun nicht mehr
interessant fanden. Zürich besaß in den Augen der
Pfarrerstochter aus dem Oberbaselbiet durchaus seine
angenehmen Seiten. Die nahe Natur. Die Kleinheit. Dieses uhrwerkmäßige Funktionieren des öffentlichen Ver-
kehrs. Die Stadt hatte jedoch auch ihre Schattenseiten:
Es gab definitiv zu viel Nebel. Wenn sie mit ihrer Mutter im Oberbaselbiet telefonierte und ihre Mutter fragte,
ob auch die Sonne scheine, dann blickte sie oftmals hinaus und sagte: »Nein, sie scheint gerade nicht.« Und
ihre Mutter sagte: »Bei uns ist es herrlich«, mit einer
Stimme, die auch hätte sagen können: »Ach, hättest du
doch nie das heimatliche Nest verlassen.« Es war jedoch
nicht nur der Nebel meteorologischer Natur, den Delphine an der Stadt störte, sondern auch die Menschen,
die herangelockt wurden durch niedrige Gründe: Gier,
Habsucht, Hunger nach materiellen Dingen. Allerdings
ging ihr Unbehagen dabei nicht so weit wie Urbans, der
ihr unlängst einen heimwehgeplagten Vortrag hielt,
eine Büchse Calandabier wie ein Mikrofon in der Hand:
»Zürich ist eine Finanzmetropole und als solche so was
wie ein Arschlochmagnet. Drum herum siedeln sich
hämorridengleich in den steueroptimierten Gemeinden die asozialen Steuerflüchtlinge an, werden dorthin
gelockt durch die den Bückling machenden Gemeinden

des Kantons Schwyz. Die Auswirkungen spürst du in alltäglichen Dingen, die Aggressivität im Straßenverkehr etwa hat global ein top Ranking inne.«

Es klopfte an der Türe. Delphine öffnete, obwohl sie bloß T-Shirt und Unterhose trug. Fabio stand im Flur, sagte »äh« und blickte auf seine Schuhe. Er hatte einen Brief in der Hand. Sie kannte den Brief. »Hallo Fabio.«

»Hallo.«

»Willst du reinkommen?«

»Äh, danke, nein, nur ganz kurz: Du hast den Brief auch bekommen, oder?« Er wirkte nervös.

»Die Kündigung?«

»Genau. Sauerei, oder?«

»Ja. Also: Ich weiß ehrlich gesagt nicht, was es genau bedeutet.«

»Nun ja, es bedeutet, dass wir rausmüssen.«

»Aber sie schreiben ja gar nicht, warum sie uns kündigen.«

»Ich hab angerufen und gefragt. Sie sagten, es tue ihnen leid, es käme noch ein Brief, in dem sie alles erklären. Sie wollen das Haus renovieren. Und zwar von oben bis unten.«

»Und deshalb muss man uns kündigen?«

»Das ist nur ein Trick. Es geht darum, die Mieten in die Höhe zu treiben. Wie du weißt, haben sich die Dinge hier im Quartier in den letzten Jahren verändert. Wir gehen raus, sie renovieren, und danach können wir wieder rein, aber zur doppelten Miete.«

»Da kann man aber sicher was tun, oder nicht?«

Fabio blickte links an ihr vorbei, rechts an ihr vorbei, starrte auf seine Schuhe, ihrem Blick wich er aus. Delphine musste schmunzeln. Sie dachte: So ein verklemmter Typ hat es bestimmt nicht leicht im Leben.

Er räusperte sich. »Ja, also, äh, ich renn jetzt im ganzen Haus rum. Wir müssen uns treffen, um zu besprechen, was wir tun können.« Seine Stimme gewann an Kraft. »Denn wie du schon richtigerweise gesagt hast: Man kann sicher was dagegen unternehmen. Ich bin ja quasi vom Fach und kläre schon mal auf die Schnelle ab, welche Rechtsmittel wir zur Verfügung haben, welche Pfeile wir im Koffer haben.«

»Koffer?«

»Köcher meinte ich.«

Delphine hatte keine Ahnung, was Fabio beruflich machte. Sie wusste kaum etwas über ihn, außer dass er Mitglied war in dem Fitnesscenter, in dem sie jobbte, wie alle im Haus, abgesehen von Vischer. Allerdings hatte sie ihn schon ein Weilchen nicht mehr gesehen. Er hatte an Kilos zugelegt, schien ihr, trug das Hemd über der Hose, und darunter wölbte sich ein rechter Bauch. Noch länger als Fabio hatte Delphine seine dralle Freundin oder Frau nicht mehr gesehen, Paola oder wie sie hieß, die sie immer so schnippisch ansah und bei der *Illustrierten* arbeitete, in der nur Schwachsinn stand. Was wusste sie sonst noch über Fabio? Dass er immer Timberlands ohne Socken trug. Dass er mit einem weißen Geländewagen durch die Gegend fuhr. Dass er mit seinem Mops redete wie mit einem Baby: »Jaaaa! Du bist ein Braver. Jaaaa! Du bist ein Schatzispatzischmatzi!«

»Ja, und deshalb treffen wir uns alle zu einer Sitzung, kommst du auch?«

»Wann?«

»Ach, habe ich noch gar nicht gesagt. Am Mittwoch. Bei uns. Falls es bei allen geht. Um sieben.«

Delphine überlegte kurz. »Ich schau mal, ob ich Spätschicht habe. Aber ich denke, das wird schon klappen.«

»Spätschicht im Magenta?«

Sie nickte. »Kommst du auch wieder mal?«

»Ich gehe regelmäßig.« Fabio richtete sich auf, nahm Haltung an. Er blickte Delphine direkt in die Augen.

»Echt?« Delphine wollte Fabio nicht kränken, es tat ihr ein wenig leid, dass sie es angesprochen hatte, vielleicht war es tatsächlich ein wunder Punkt, und es schien ihr, Fabio stottere etwas, als er sagte: »Ich, äh, bin wohl einfach immer gerade dann dort am Trainieren, wenn du nicht dort bist.«

»Gut möglich, ich arbeite ja nur Teilzeit«, sagte sie versöhnlich, »also, dann bis dann oder dann.«

»Dann oder dann?«

»Mittwoch um sieben bei euch oder im Magenta.«

»Ach ja, alles klar.«

»Und danke für die Einladung.«

»Schon gut. Ich denke, wir können da wirklich was unternehmen. Wir müssen nun zusammenspannen.«

»Gut.«

»Ich kenn die Firma Immokauz. Halunken sind das, das kann ich dir sagen: regelrechte Halunken.«

Als Fabio sich verabschiedet hatte und die Stufen herunterging, blickte Delphine ihm aus dem Türspalt nach, sah, wie er auf dem ersten Treppenabsatz stehen blieb, sein Smartphone zückte und darauf herumtippte. Leise sagte er: »Fuck.« Dann verschwand er.

Delphine ging zurück in die Küche und löffelte weiter ihr Joghurt mit Mokkageschmack. Seit sie siebzehn war, aß sie nur Mokkajoghurts, wenn sie Joghurts aß. Mokka. Stichfest. Von der Migros. Sie hatte eine Weile eine Zitronenjoghurtphase, auch stichfest, auch von der Migros, aber es war eine kurze Episode gewesen. Sie aß ihre Joghurts auch immer auf dieselbe Weise. Wichtig war, dass der Deckel aus Aluminium immer ganz vom Becher gezogen war. Sie konnte es nicht leiden, wenn der Deckel noch an einem Zipfel mit dem Becher verbunden war. Sie musste sich dieser glänzend braunen Oberfläche ganz und gar widmen können, ohne Einschränkung oder Ablenkung durch einen Schatten werfenden oder irgendwie sonst störenden knittrigen Aludeckel. Sie zog ihn vom Becher, faltete ihn einmal, zweimal, schmiss ihn in den Müll, dann senkte sich der kleine Löffel ein erstes Mal, durchbrach und zerstörte sogleich die perfekte Oberfläche und die wie immer oben schwimmende Flüssigkeit, die so manche schaudern ließ, ihr aber ganz und gar nichts ausmachte. Ein unberührtes Joghurt war wie ein Wattenmeer bei Niedrigwasser. Der Saft sickerte in die Kuhle, die der baggernde Löffel hinterließ. Sie schob den ersten Löffel in den Mund. Kühl. Süß. Sauer. Weich, ja, glibberig. So grub sie in der Mitte des stichfesten Joghurts ein Loch, tiefer und tiefer, bis irgendwann die Seitenwand einstürzte. Niemals rührte sie die Masse im Becher um, sondern holte den Joghurt Löffel um Löffel heraus, ein wabbeliger Brocken, der leise zitternd in ihrem Mund verschwand. Nicht ganz unwichtig dabei war der richtige Löffel. Denn die feinsten Dinge machten die größten Unterschiede. Wein schmeckte anders, wenn er aus Pappbechern oder aus langstieligen Kelchen getrunken wurde. So änderte sich auch der Geschmack des Joghurts je nach Beschaffenheit und Art des Löffels. Es hatte lange gedauert, bis sie ihren Lieblingslöffel gefunden hatte, ein Werkzeug, das für sie stimmte und sich als perfekt herausstellen sollte: nicht zu schmal, nicht zu breit, nicht zu flach, nicht zu tief, mit weichen Kanten und der richtigen Materialstärke an den richtigen Orten. Es war ein gelber Plastiklöffel mit einem Glanz, der an Perlmutt erinnerte. Metalllöffel konnte sie nicht ausstehen, zu sehr nahmen sie die Kälte des Joghurts an, vor allem aber aus einem anderen Grund konnte sie Metalllöffel nicht leiden: Das Geräusch von Metallbesteck, das an die Zähne stieß, ließ sie erschaudern.

Delphine löffelte und las weiter in ihrem Taschenbuch. Sie hatte es des Titels wegen gekauft. Er war ihr ins Auge gesprungen, als sie im Bücherbrockenhaus stöberte: *Die vollkommene Leere*. Sie war mindestens einmal wöchentlich im Bücherbrocki. Es war einer ihrer Lieblingsorte. Sie mochte den Geruch der alten Bücher, und sie mochte, dass das Brocki in einem Kellergeschoss lag, in dem es kühl blieb, egal wie vulgär heiß sich der Sommer draußen gebärdete. Schon als Kind spielte sie am liebsten im Keller. Dort war es ruhig und geheimnisvoll. Dort waren all die Dinge, die ihre Eltern nicht mehr brauchten, von denen sie sich jedoch noch nicht endgültig zu trennen vermochten. Besonders angetan hatten es ihr die Stapel mit dem Altpapier, die ihre Mutter mit farbiger Schnur bündelte und ihr Vater immer hinuntertrug und unter der Treppe stapelte. Bündel, aus denen sie Zeitschriften zog und zerschnipselte. Jede Visite im Bücherbrocki war auch eine Rückkehr in ihre Kindheit. Ja, es war Geborgenheit. Zudem mochte sie die Musik, die gespielt wurde. Dramatisch klingende klassische Musik, von der sie keine Ahnung hatte. Was für eine Kombination: Orchestermusik und abertausend stumme Bücher, die auf neue Besitzer warteten, von denen viele niemals kommen würden. Die Absichtslosigkeit faszinierte sie. Sie konnte Stunden damit zubringen, nach nichts zu suchen und Schätze zu finden. Und erst einmal traf sie dort einen Menschen, den sie kannte: den Vischer aus dem Erdgeschoss. Er stöberte bei den Schallplatten herum, beugte sich über volle Kisten, versunken blätterte er die Alben durch, dann und wann zog er eine heraus, betrachtete sie näher, las auf der Rückseite der Hülle, zog zur optischen Kontrolle die Vinylscheibe raus, ließ sie wieder zurückgleiten. Der Vischer, dieser seltsame Mensch, mit dem sie noch nie ein Wort gesprochen hatte. Auch im Bücherbrocki sprach sie ihn nicht an, beobachte ihn nur kurz durch ein Regal hindurch, über Bücherrücken hinweg, wie er dort stand in seinen Trainingsklamotten. Das mit dem Sport, dachte Delphine, das schien er ernst zu nehmen. Niemals hatte sie ihn in normaler Straßenkleidung gesehen. Entweder musste er ein Profisportler sein oder irr. Dann wandte sie sich wieder den Büchern zu und stieß auf ebenjenes blaue Taschenbuch mit dem vielsagenden Titel *Die vollkommene Leere.*

Das Mokkajoghurt war aufgegessen. Sie holte die letzten schlierigen Reste aus der Tiefe des Bechers, so gut es ging, schabte kreisend die zylindrische Wand sauber, leckte ein letztes Mal den Löffel ab. Das Buch langweilte sie ungemein. Sie blätterte zurück zur Seite mit dem Kleingedruckten, wo die Dinge standen, die niemanden interessierten, außer Grafiker, die wissen wollten, welche Papiersorte und Schrift verwendet wurde. *Doskonała próżnia* hieß das Buch im Original. Delphine versuchte, den Titel auszusprechen, nahm erst das Wort Doskonała in den Mund, dann próżnia, probierte die Wörter aus wie Bissen eines ihr unbekannten Gerichtes, mit Vorsicht, aber auch Neugier. Delphine kaute auf Doskonała herum, schob das Wort hin und her, stieß es an ihre Lippen, presste es in den Gaumen, betonte mal den Anfang, mal das Ende, sagte es mal langsam, mal schnell, mal gegen das Ende hin beschleunigt, drückte es die Tonleiter hoch und dann runter, ließ es trudeln, sagte es laut, sagte es leise. »Doooskonala.« »Dosskonaaala.« »Doskonallla.« Bis sie fand, dass die beiden Worte richtig klangen in ihren Ohren. *Doskonała próżnia.* Die vollkommene Leere.

Sie schaute auf ihre Uhr, eine kleine Cartier, die sie gerne mochte, sie hatte sie von ihren Eltern zur Konfirmation bekommen. »Oh Shit«, entfuhr es ihr. Es war schon kurz vor sieben, sie durfte nicht zu spät kommen, nicht schon wieder, sie griff sich ihre Lederjacke, den Rucksack, stülpte die Sonnenbrille über ihre Augen. Becher und Buch blieben auf dem Tisch zurück wie ein Stillleben, das darauf wartet, gemalt zu werden. Sie eilte aus der Türe, ohne sie hinter sich abzuschließen. Zwei Stufen aufs Mal nehmend, sprang sie die Treppe hinunter, schnell war sie auf der Straße, stand im von Tag zu Tag flacher werdenden Abendlicht, fluchte, als das Schloss ihres klapprigen Dreigängers klemmte, fluchte noch einmal, als sie sich einen ihrer kurz geschnittenen Fingernägel einriss, besah sich das Malheur, kaute ein-, zweimal darauf herum, endlich ging das verdammte Bügelschloss auf. Sie schwang sich auf ihr Velo und fuhr beinahe Paola über den Haufen, die mit ihrem dicken Hund eben aus der Haustüre kam und einen spitzen Schrei ausstieß. Der Hund kläffte, zeigte seine kleinen Zähne, seine rosa Zunge, Geifer sabberte herab. Delphine zog heftig die Bremsen, rief »sorry«. Paola fasste sich ans Herz und sah dabei aus wie eine Schauspielerin in einem Stummfilm. »Ah, hast du mich erschreckt!« – »Sorry! Spät dran! Muss los!« Delphine hob die Hand, um zu winken, drückte die Fahrradklingel zum Abschied, trat in die Pedale. »Ciao!«, rief Delphine über ihre Schulter, hell klang ihre Stimme, fröhlich und unbeschwert, das Wort flatterte wie ein Schal im Fahrtwind, und schon war sie um die Ecke verschwunden. Sie hörte nicht, was Paola murmelte: »Dumme Kuh.«

Ein gutes Buch

Ja, dachte Tim, als er sich auf das harte Polster der S-Bahn fallen ließ. Ja. Von diesem Sitzplatz aus hatte er den direkten Blick auf jene Frau, die ihm beim Einsteigen aufgefallen war. Sie las in einem Buch, den Mund leicht geöffnet, die blonden Haare zu einem Zopf geflochten, der ihr über die Schulter hing wie ein geschmeidiges, schlafendes Haustier. Versonnen spielte sie mit dem lose fliegenden Haarende ihres strengen Flechtwerks.

Tim entfaltete eine Gratiszeitung und sah aus dem Augenwinkel, wie die Frau das Buch zuklappte und aus ihrer Handtasche ein Handy hervorkramte. Sie lächelte, als sie auf den Bildschirm blickte, das Lächeln gefiel ihm. Und auch er lächelte, so ganz für sich, warum auch nicht, er hatte gute Laune, er war ein positiver Typ, alles war super – mal abgesehen von dem, was Judith am Telefon verzapft hatte, etwas mit der Wohnung, er hatte nicht recht zugehört. Tim blickte in die Zeitung, wieder hoch, sein Blick wanderte und dann war ihm, als hätte die Ja-Frau ein Foto von ihm geschossen. Weshalb sonst würde sie ihr Handy so seltsam halten? Sie lächelte erneut, ließ das Handy in die Tasche gleiten und schlug ihr Buch wieder auf. Hatte sie ihn tatsächlich heimlich fotografiert? Oder bildete er es sich bloß ein? Nein, sie war in den Leitstrahl seiner Prominenten-Aura geraten und hatte ihn erkannt, als der, der er war.

Er hob die Augenbrauen und blickte wieder in die Zeitung. Aber er war nicht so sehr in die Lektüre vertieft, sondern versuchte, sich vorzustellen, wie er auf dem eben von der jungen Frau geschossenen Bild aussehen mochte. Sicher gut. Er entspannte den Kiefer, sog die Wangen etwas ein, wie er es immer tat, unbewusst, wenn er besonders gut aussehen wollte, denn ein etwas tiefer gelegtes Kinn und eine etwas eingefallene Backenpartie verliehen ihm einen noch markanteren Gesichtsausdruck, besonders mit den leicht erhobenen Augenbrauen. Tim stellte sich vor, wie sich die junge Frau das Foto später ansehen und abends im Ausgang ihren Freundinnen zeigen würde. »So cool«, würde die eine sagen, »du hast Tim Gutjahr gesehen. Hast du ein Autogramm geholt?« – »Ich find ihn süß« – »Süß? Nein, sexy.« – »Also ich würd ihn nicht von der Bettkante stoßen«, würde eine sagen und laut auflachen.

Tim blickte zu ihr herüber. Wieder spielte sie mit dem Zopfende, gedankenverloren. Gedankenverloren? Nein, das war ein Zeichen, dachte Tim, das hatte er gelesen. Wenn eine Frau im Gespräch mit einem Mann öfters mit der Hand durch die Haare streicht, sich die Frisur richtet oder eine Haarsträhne zurechtrückt, dann ist dies ein untrügliches Zeichen dafür, dass sie sich zu ihm hingezogen fühlt. Nun gut, er war nicht mit ihr im Gespräch, aber irgendwie schon, nonverbal. Konnte er sie irgendwie ansprechen? Na ja, er könnte natürlich einfach aufstehen und zu ihr hinschlendern und sagen: Hallo, ich bin der Tim. Und sie würde hochblicken und ihren Namen sagen, und er würde ihre Nervosität spüren, wenn sie seine Hand schütteln würde. Er würde ein Kribbeln im Bauch spüren und sie sicherlich auch. Nein, das konnte er nicht tun. Obwohl: Warum eigent-

lich nicht? Als der Zug in den Bahnhof Wiedikon ein-
fuhr, stand Tim auf und ging nicht zur näher liegenden Türe, sondern wählte den Weg, der am Sitzplatz
der jungen Frau vorbeiführte. Sie las noch immer im
Buch und schien nicht aussteigen zu müssen. Sollte er
sie fragen, was sie da las? So ganz locker, während er
an ihr vorbeiging? »Gutes Buch?«, »Kannst du mir das
Buch empfehlen?«, »Wär das was für den Strandurlaub
in der Karibik?«, »Ein Krimi?« Wäre ja eine ernst ge-
meinte Frage, denn eine gute Buchempfehlung kann
jeder gebrauchen. Viel Zeit hatte er nicht. Gleich würde
der Zug halten, also sagte er: »Gutes Buch?« Sie schien
ihn nicht gehört zu haben, las weiter, den Kopf gesenkt,
er sah nun ihren Zopf von Nahem, das glänzende Haar.
Er räusperte sich. »Hey, äh, ist das ein gutes Buch«, den
Kopf leicht zu ihr gebeugt. Der Zug kreischte. Sie hob
den Kopf, blickte ihn fragend an, sagte: »Excusez-moi?«
Tim dachte: Charmant, spricht mich französisch an,
oh, là, là. Nochmals fragte er: »Ein gutes Buch, das du
da liest?« Er zeigte mit dem Finger auf das aufgeschla-
gene Buch. Sie blickte irritiert. »Je ne comprends pas«,
sagte sie, lächelte ein Lächeln, das man einem verwirr-
ten Rentner schenkt, der einen auf der Straße anspricht.
Sie schüttelte den Kopf und blickte wieder in ihr Buch.
Er musste sich an der Sitzbank festhalten, um nicht zu
fallen, als der Zug mit einem letzten Seufzer zum Still-
stand kam. Ein paar französische Brocken murmelnd,
entschuldigte er sich und ging schnell davon, sich mit
einem Blick nach hinten und nach vorne vergewissernd,
dass niemand etwas mitbekommen hatte.

Steißlage

Kühl empfing ihn das Treppenhaus an der Lienhardstrasse 7, schwer fiel die Tür hinter ihm zu, und er zuckte
zusammen, als er jemanden auf der Treppe stehen sah,
schemenhaft, da sich seine Augen noch nicht an das
dunkle Licht angepasst hatten. Aber es war nur seine
Nachbarin Paola. Hatte sie ihn abgepasst? Kam sie, um
sich zu beschweren? Er sagte präventiv: »Die Kinder
waren gestern recht laut, habt ihr sie gehört?« Paola
winkte ab, sagte: »Nein, nein, kein Problem.« – »Der
Vischer von unten, der klopft manchmal mit dem Besenstiel.« – »Nicht wahr, oder?« Paola machte theatralisch große Augen, mimte Erstaunen. Tim lachte. »Ja,
also ich nehme an, es ist ein Besenstiel.« Tim klopfte
mit einem Besenstiel aus Luft gegen eine Decke aus
Luft. Er war gut gewesen, damals im Schülertheater, *Besuch der Alten Dame*, *Des Kaisers Neue Kleider*, *Das
Tapfere Schneiderlein*, alle hatten ihn immer gelobt.
»Vielleicht ist es ja auch gar kein Besen, sondern eine
Velopumpe. Aber sagen tut er nie etwas. Wenn ich ihn
darauf anspreche, dann meint er nur ›kein Problem‹,
winkt ab und geht weiter.« – »Ja, er ist nicht der Ge-
sprächigste, unser Herr Vischer, ich glaube, ich habe
noch nie mehr mit ihm gesprochen außer ›guten Tag‹.«
Tim sah Paola an, sie trug einen strengen engen Hosen-
anzug, eine weiße Bluse und recht viel Lippenstift, sie
musste ihn eben erst frisch aufgetragen haben. Als er sie
so betrachtete, im schlechten Licht des Treppenhauses,
dachte er: Vielleicht. »Und diese Kleider, der läuft ja im-

mer, aber auch wirklich immer in dieser furchtbaren Aufmachung rum.« – »Ja, er schaut aus wie ein Cervelat.« Paolas Lachen klang wie ein durch das Treppenhaus flatternder Papagei. Tim fand es süß, irgendwie. Immerhin lachte sie. Judith war ja eher der ruhige Typ, vor allem, wenn es um Witze ging. »Ich frag mich, wovon er lebt. Er macht ja nichts.« – »Außer Velofahren, er fährt richtig lange Touren. Hundert Kilometer und mehr.« Paola zeigte sich unbeeindruckt. »Also ich stelle es mir sehr langweilig vor, den ganzen Tag Velo zu fahren. Und vor allem täte mir der Hintern weh«, sagte sie, und wieder flog der Papagei durch das Treppenhaus, und Tim konnte nicht anders, als auf ihren Po zu blicken, er mochte diesen Körperteil im Allgemeinen sehr, bei Frauen wenigstens. Als er jenen von Paola so betrachtete in der engen Hose, in der er gefangen war, dachte er: Nun ja, Polsterung hättest du ja eigentlich genug. Er riss seinen Blick wieder los, senkte die Stimme etwas, man wusste ja nie, wer noch zuhörte. »Ich habe mal gehört, dass er eine Computerbude gehabt habe, die er für einen zweistelligen Millionenbetrag verkauft habe. An Microsoft.« Paola senkte ihre Stimme nicht, sie redete so weiter, wie sie zuvor geredet hatte, sie war da ganz und gar unbefangen. »Also wenn ich eine Firma verkaufen würde für einen zweistelligen Millionenbetrag, würde ich nicht hier im Parterre wohnen, sondern in einer schicken Villa am Zürichberg mit eigenem Swimmingpool.« Beide standen für einen Moment, ohne etwas zu sagen, im Treppenhaus, als hingen sie den Gedanken nach, was man mit einem zweistelligen

Millionenbetrag so alles anstellen könnte. Paola lachte kurz auf. »Mit einem zweistelligen Millionenbetrag würde ich mir auf jeden Fall als Erstes ein Elektrovelo kaufen.« Sie lachte erneut, und auch Tim lachte, obwohl er nicht wusste, weshalb. Wieder kehrte Ruhe ein. Der Hund ließ einen Furz fahren, es klang, als öffne ein Omnibus die Türe. »Ja-der-Stinky-ist-ja-auch-noch-da«, sagte Tim und beugte sich zum Hund hinab, um ihn schnell zu streicheln. »Ja, der Stinky …«, sagte Paola, und ihre Stimme klang nun ganz anders, eine Traurig- keit war hineingewoben wie ein schwarzer Faden in ein weißes Tuch. Tim spürte gleich, dass da irgendetwas sein musste, er blickte Paola besorgt an, deren eben noch so unbekümmerte, ja, mädchenhaft freche Miene sich schlagartig verändert hatte, es schien ihm, als sei sie innert Sekunden zehn Jahre gealtert. »Was ist denn?« Sie ließ den Kopf etwas hängen, die Schultern wurden schlaffer. »Nächste Woche müssen wir ins Spital. Wir müssen Stinky operieren. Er hat ein Hüftleiden, seit der Geburt schon. Er kam ja in Steißlage zur Welt. Bis jetzt ging alles bestens, aber nun müssen wir operieren.« – »Oje, das tut mir leid.« Tim war bemüht, den richtigen Tonfall zu treffen, darin war er immer recht geschickt. Er hätte einen guten Pfarrer abgegeben, so einen mit Gitarre und coolen Sprüchen, der auch bei den Jungen gut ankäme. Er schaute mit einem Blick zu Stinky, der hätte heilen können. Paola sagte einen Moment nichts, und Tim fiel auch nichts ein, dann sagte sie in die gerin- nende Stille hinein: »Tim. Wenn wir schon beim Thema sind … entschuldige, eines deiner Kinder ist doch behindert, oder?« Tim sah vom Hund hoch, hatte er richtig gehört? »Du hast doch mal erwähnt, dass eines deiner Kinder behindert ist.« Tim richtete sich auf, drückte seinen Rücken gerade, die Stimme etwas strenger: »Ich verstehe nicht ganz …« – »Schau, es ist so. Wir würden gerne eine Homestory machen mit dir und deiner Familie. Ich weiß, ich weiß …«, sagte Paola und hob die Hände, »… du hast die tolle Geschichte gemacht mit Judith nach dem Erdbeben in Neapel …« – »Nepal«, fiel Tim ihr ins Wort. »Ja, natürlich, was sag ich da, immer bring ich alles durcheinander. Geografie ist nicht so mein … wie sagt man … Rechaud! Also, eure Geschichte, die wir realisieren konnten mit der Glückskette in Nepal: Großartig! Ganz großes Kino! Kam supergut an, gab waschkorbweise Briefe. Auch die Glückskette war superhappy mit euch. Und das Titelbild war der Hammer: ihr in den Ruinen, Nepalesen im Arm. Sagt man Nepalesen? Oder Nepalitaner?« Tim erwiderte nichts darauf, er sah Paola mit gerunzelter Stirn an, in Alarmbereitschaft. Sie fuhr fort: »Wir würden nun gerne eine Story machen mit deinem behinderten Kind. Die ganze Familie zu Hause, dein behindertes Kind in der Mitte. Du mit deinem behinderten Kind auf dem Spielplatz …« – »Laurin ist nicht behindert.« – »Laurin heißt er, genau«, sagte Paola, »so ein schöner Name. Was bedeutet Laurin?« Tim sagte automatisch wie ein Roboter: »Der Name eines Königs, in einer Sage.« Er vermied zu erwähnen, dass es sich bei Laurin um den Zwergenkönig handelte. Die Namen der Kinder, das war Judiths Sache gewesen. Er hatte sich nicht um die

Bedeutung gekümmert. Als er die doofe Geschichte des Zwergenkönigs Laurin mit dem Rosengarten und der Tarnkappe das erste Mal gelesen hatte, war sein Bub schon vier Monate alt. Er machte die Kinder, Judith wählte die Namen, so sagte er es gerne mit einem süffisanten Lächeln. Luca hieß auch Luca, weil Judith Luca Carboni einen tollen Sänger fand. Als Tim das Tom erzählt hatte, sagte der: »Zum Glück ist deine Frau kein Fan von Shakin' Stevens. Hey, oder von Mongo Cherry – oder von Baschi! Baschi Gutjahr! Meine Güte, man würde deinen Jungen für einen shiitischen Extremisten halten.« Paola lächelte das breiteste Lächeln, das sie mit ihrem schmalen Mund hinbekam, hielt ihren Kopf etwas schief, blickte Tim mitfühlend an. »Laurin, so schön. Ich kenne ein Hotel in Bozen, das heißt auch Laurin. Da solltest du mal hin. Aber was rede ich hier von Hotels ...« Sie ballte ihre beiden kleinen Hände zu Fäusten, drückte eine Extraportion Energie in ihre Stimme. »Weißt du, wir könnten eine Story machen im Sinn von ›Laurin Doppelpunkt, ein ganz normales Kind‹.« – »Ja, aber Laurin *ist* ein ganz normales Kind.« – »Hast du mir nicht mal erzählt, dass er in Therapie geht, dass ihr zu Ärzten müsst, dass ihr Zweitmeinungen einholt, dass alles so schlimm und furchtbar sei.« Tatsächlich hatte Tim Paola einmal andeutungsweise davon erzählt, dass mit Laurin nicht alles in Ordnung sei, seit der Geburt schon, hatte ihr aber nichts en détail berichtet, dass es sich bloß um Klumpfüße handle. Er wollte damals bei Paola nur den Eindruck hinterlassen, was für ein guter Vater er doch sei, der – ohne zu jammern, ohne ein Wort der Klage – trotz seiner Berühmtheit und Vielbeschäftigung mit ganzem Herzen für sein Kind da war, das etwas mehr Zeit und Liebe benötigte als ein normales Kind. Er hatte die bewundernden Blicke von Paola verbucht. Und dann die ganze Sache wieder vergessen.

Born to be Wild

Als Luca zur Welt kam, kam sich Tim völlig fehl am Platz vor, unnütz stand er mittendrin und doch daneben. Eigentlich wollte er Judiths Hand halten, ihr beistehen, aber Judith schob seine dargebotene Hand grob zur Seite, schrie, stöhnte, schimpfte. Tim wankte von einem Bein aufs andere, hielt immer noch die CD mit den Songs in den Händen, die er extra zusammengestellt hatte, beruhigende Songs für die zauberhafte Zeremonie der Geburt seines erstgeborenen Sohnes. Mozart war drauf, Leonard Cohen, Luca Carboni natürlich und – als letzter Track, als Joke, wie er fand, damals, am Compi sitzend, das Rotweinglas in der Hand, lachend, übermütig, noch kinderlos – *Born to be Wild* von Steppenwolf. Judith wollte aber keine Musik, und dann, nach Stunden, gefühlten Tagen, ging es los, sie schrie, stöhnte, japste noch ein paar Mal – und Luca war da. Eine Schwester wies Tim an, wie der Kleine zu halten sei: ein Wurm, verschmiert mit grüner Soße, und noch immer mit einem schrumpelig verdrehten braunen Kabel, verbunden mit dem vorgeburtlichen Dasein in

Judiths Leib. Nun war es an Tim, ihn davon zu befreien. Plötzlich hatte er eine Schere in der Hand und schnitt die Nabelschnur durch. Es war, als schneide er etwas in seinem Kopf entzwei. Er wusste nicht, ob er lachen, weinen oder das Bewusstsein verlieren sollte.

Bei Laurin ging alles viel schneller und glatter: Er kam per Kaiserschnitt zur Welt. Tim saß auf einem harten Stuhl vor dem OP und bohrte gerade in der Nase, als er von einer Schwester gerufen wurde. Gnadenlos grell war das künstliche Licht, in dem Laurin lag, und Tim wusste sofort, dass etwas nicht stimmte. Seine Füße sahen seltsam verdreht aus, die Zehen zeigten gegen innen, Hilfe suchend blickte Tim in die Gesichter der Umstehenden, in denen er keine Antworten finden konnte, sondern nur Besorgnis. Laurin war keine Woche alt, als Frau Doktor Bracher-Wikström ihnen abermals erklärte, dass der Klumpfuß in einer Häufigkeit von eins bis zwei pro tausend Geburten auftrat. In der Hälfte der Fälle seien beide Füße betroffen, und bei Buben zeige sich die Krankheit etwa doppelt so häufig wie bei Mädchen. »Krankheit?«, fragte Tim. »Besteht also Hoffnung auf Heilung?« – »Absolut«, sagte die Ärztin. Geräuschvoll atmete Tim aus. Sie sprach schnell wie ein Maschinengewehr und sagte »das« statt »der« und »der« statt »die«, und als sie sich vorstellte, sagte sie, man solle sie doch bitte beim Vornamen nennen: Solvay. Und das Doktor oder Frau Doktor ebenso weglassen wie ihren Nachnamen. Sie sei Solvay, einfach Solvay. Alles Belege für ihre nordische Herkunft und die damit verbundene Unkompliziertheit. Sie lächelte ihr Mitternachts-

sonnenstrahlenlachen, und Tim dachte: Ja! Ein Sauna-
gang? Und er fragte sich, was wohl Ja auf Schwedisch
hieß. Bald vergingen ihm diese Gedanken wieder. Solvay untersuchte den Kleinen, Judith warf Tim einen
ängstlichen Blick zu, er zwang sich zu einem Lächeln, er
wollte ihr Mut machen, drückte ihre Hände. Solvay bat
sie ins Gipszimmer, wo sie mithilfe einer Assistentin die
stummeligen Beine des strampelnden Kindes eingipste
und immerzu beschwörend auf ihn einflüsterte. Laurin
weinte auf dem ganzen Weg nach Hause, weinte in den
Schlaf hinein, und kaum war der Tränenfluss versiegt,
fing Judith an. Jede Woche fuhren sie hoch ins Spital,
und es gab einen neuen Gips. Als Laurin einen Monat
alt war, kappte Solvay die Achillessehne beider Füße.
Als Laurin drei Jahre alt war, konnte er bereits auf die
Schiene, die er nachts tragen musste, verzichten. Und
war seither ein gesunder Bub.

»Du hast natürlich die totale Kontrolle über Text und
Bilder, hast das letzte Wort, auch bei Titel und Lead.
Wir werden alle damit glücklich sein, das kann ich
dir versprechen.« – »Jetzt hör mal zu, Paola: Laurin
hatte Klumpfüße. Es war nur ein kleiner Eingriff, dann
musste er eine Weile Gipse tragen und in die Physio-
therapie. Das war alles.« – »Tim, es ist nicht meine
Idee. Also, natürlich würde ich die Story gerne selber
schreiben, weil es eine wirklich wunderbare Story wird.
Meine Chefs wollen die Geschichte unbedingt.« Tim
wurde nun langsam wütend, versuchte aber, souverän
zu wirken, cool und entspannt, so wie er immer war. Er

lächelte. Es war gar nicht so einfach. »Keine Chance. Tut mir leid, Judith würde da nie mitmachen.« Tim wusste nicht, was er noch sagen sollte, er hatte seinen Standpunkt klargemacht. Paola schien wirklich schwer von Begriff zu sein. Sie fasste ihn am Arm: »Tim, ich sage es ungern, aber: Wir haben Informationen.« Tim spürte ihre Hand auf seinem Arm. »Was für Informationen?« Nun senkte Paola ihre Stimme, verstärkte den Druck ihrer Hand. »Jemand ist an uns herangetreten. Unschöne Sache, eine Frau. Ich denke, du weißt, um wen es sich handelt. Sie wollte, dass wir alles bringen. Fotos, E-Mails, den ganzen Kram. Sie war sehr wütend auf dich. Aber du weißt, wir würden das niemals tun, du bist der beliebteste Moderator des Landes. Die Zuschauer brauchen dich, wir als Medienpartner brauchen dich. Aber du brauchst auch uns. Wir sind ein Team, Tim. Eine Familie.« Seine Kehle fühlte sich sehr trocken an. Er musste etwas trinken. »Hör mal«, sagte er, »Laurin ist gesund. Er ist ein ganz normales Kind.« Paola schlüpfte aus einem Schuh, balancierte einbeinig, während sie mit einer schnellen Bewegung mit der flachen Hand über ihre Fußsohle fuhr, um ein störendes Staubkorn wegzuwischen. Wieder beidfüßig auf dem Boden stehend, sagte sie: »Muss man ja nicht wissen, dass alles wieder in Ordnung ist. Die Geschichte ist einfach zu gut. Verstehst du?« Tim machte sich ans Gehen. Nochmals griff Paola seinen Arm, mit der Hand, mit der sie sich eben den Fuß abgewischt hatte. »Denk nach, Tim, lass dir Zeit, ich weiß, das ist jetzt alles ganz schön viel für dich.« – »Also, ich wünsch dir«, sagte Tim, machte sich los. »Ja, ciao«, sagte Paola, »überleg es dir, das wird eine ganz wunderbare Geschichte, und wir müssen sie nicht gleich jetzt bringen, vielleicht wäre die Weihnachtszeit ideal.« Sie hob die Tüte. »Es wäre sicherlich eine erfreulichere Geschichte als die andere. Ich denke, auch für deine Frau.«

Tim verschwand in der Wohnung, und Paola war nur noch ein sich entfernendes Geräusch aus hohen Schuhen, knirschender Papiereinkaufstüte, und über steinernen Boden hörte man kratzende Krallen von Hundepfoten. »Ihr hattet ja ganz schön was zu besprechen«, sagte Judith, als Tim in die Küche kam. Es roch nach Fisch, zehn noch bleiche Fischstäbchen lagen in einer ölglänzenden Teflonpfanne, »fluff« machte einmal dumpf der Spinat im Topf. Tim antwortete nichts. Sie fragte: »Ging es um die Kündigung?« – »Ja«, sagte Tim automatisch, während er sich ein Glas Weißwein eingoss. Er tat es mit zu viel Schwung, und etwas vom goldig schimmernden Grünen Veltliner schwappte über den Rand des Glases hinaus. Er trank in zwei schnellen Zügen, Judith den Rücken zugewandt, die gerade die Fischstäbchen wendete, aus dem Kinderzimmer kam Luca gerannt. »Laurin hat mich gebissen«, rief er und schlang sich um Tims Knie. »Stimmt gar nicht«, hörte er Laurin schreien. Und schon waren die beiden ein Knäuel fliegender Fäuste.

Die nächsten Schritte

Delphine wusste nicht, ob sie klopfen oder klingeln sollte, also tat sie beides, klingelte kurz, klopfte leise, es dauerte nicht lange, da ging die Tür auf. »Komm herein«, sagte Paola, die Stöckelschuhe trug, Delphine hatte sie bereits durch die geschlossene Türe heranstakseln gehört. Auch mit Lippenstift wurde nicht gespart. Die rabenschwarzen Haare hatte sie hochgesteckt, was ihr Gesicht an jenes der bösen Stiefschwester von Aschenbrödel erinnerte in dem tschechischen Film, der immer vor Weihnachten im Fernsehen kam. Delphine trat in die Wohnung, in der sie noch nie zuvor gewesen war.

Alle waren schon im Wohnzimmer versammelt. »Hallo«, grüßte sie nicht laut, »bin ein bisschen verspätet, sorry«, sie winkte knapp mit dem Couvert, in dem der Brief war, der Brief, weswegen heute alle zusammenkamen. Es roch nach Weihrauch, aber auch nach Käse, und grinsend thronte ein goldener Buddha auf einem Sideboard, auf einem Esstisch aus Massivholz stand ein Kandelaber mit weißen, unangezündeten Kerzen nebst kleinen Bambusschalen mit Wasabinüsschen, Chips und Rauchmandeln. »Hallo Delphine«, sagte Fabio, gab ihr die Hand, ohne sie anzuschauen, »willst du was trinken? Weißwein, Bier?« – »Ein Wasser gerne.« – »Ein Wasser?« Er klang fast ein bisschen enttäuscht. »Willst du nicht ein Schlückchen Wein?« – »Nein, gerne nur ein Wasser.« – »Mit oder ohne?« – »Egal.« – »Eis?« – »Gerne.« – »Zitrone?« – »Äh, nein.« – »Keine Zitrone?« – »Oder doch!« – »Mit Zitrone?« – »Ja.« – »Okay, Wasser mit

Zitrone und Eis und Kohlensäure oder auch nicht, kommt sofort.« Und es kam auch sofort.

Delphine trat zur Gruppe, die am Tisch stand und sich unterhielt, Virginia, Tim und Paola, Vischer stand unbeteiligt dabei und schien das Glas in seiner Hand zu hypnotisieren. »Auch gesund?«, fragte sie. Vischer blickte von seinem Glas auf, fragend. Delphine hielt ihr Glas in die Höhe. »Sie trinken auch Wasser.« Vischer sagte, er trinke nie. »Nie? Nun ja, mir schmeckt der Alkohol auch nicht besonders. Ich bin übrigens Delphine«, sagte sie und hielt ihm die Hand hin, »wir haben uns noch nie begrüßt, so offiziell.« Vischer nahm ihre Hand, ohne etwas zu sagen, und Delphine dachte, wie seltsam es war, dass sie schon zwei Jahre hier wohnte, diesen eigenartigen Kerl immer wieder mit seinem Velo sah, man sich aber nur zunickte, grüßte mit einem Wort, nie mehr. Sein Händedruck war knapp und fest. Da stand er, in seinem Trainingsanzug, und sagte nichts. Ihm schien nicht wohl zu sein. Er war auf eine geheimnisvolle Weise interessant. In dem Moment, als sie ihn etwas fragen wollte, um endlich doch etwas über ihn zu erfahren, fasste Paola sie am Arm. Paola, mit der sie sich schon ein paar Mal im Treppenhaus unterhalten hatte, über das Wetter, über Stinky, über irgendwelche Schuhe, die Delphine nicht viel bedeuteten, Paola aber schon. Sie fragte: »Delphine, so schön bist du gekommen! Du bist Künstlerin, oder? Was für Kunst machst du denn genau?« Mit einem Schulterzucken entschuldigte sich Delphine bei Vischer und gab Paola höflich Antwort. »Hm, schwierig zu sagen. Zurzeit beschäftige

ich mich gerade mit Installationen und dem Nichts.« –
»So lässig. Du machst also Installationen?« – »Nun
ja, auch.« – »Und du malst?« – »Weniger. Ich arbeite
auch mit Video.« – »So lässig. Vielleicht könnten wir
mal in der *Illustrierten* eine Geschichte bringen?« Oje,
dachte Delphine, sagte aber: »Das wäre natürlich super,
aber im Moment bin ich noch am Studieren.« – »Das
macht doch nichts. Hast du eine Ausstellung in nächster
Zeit?« – »Äh, nein, also: Die Diplomausstellung, aber
das dauert noch eine Weile.« – »Wir könnten ein cooles
Porträt über dich bringen. Könnte ich mal im Atelier
bei dir vorbeischauen? Ich fänd das wahnsinnig interessant.« Unverbindlich sagte Delphine: »Ja, klar, komm
doch vorbei. Bin grad dran, meine Abschlussarbeit auf-
zubauen.« – »Und worum geht es bei dieser Arbeit?« –
»Um das absolute Nichts.« Paola blickte Delphine
eine Weile an, lächelnd, dann nahm sie einen Schluck
Prosecco und sagte: »Wow, das absolute Nichts! Das
klingt … spannend. Wie muss ich mir das vorstellen?«
Delphine wusste nicht, was sie darauf antworten sollte.
Um vom Thema wegzukommen, sagte sie: »Ich wusste
nicht, dass du Buddhistin bist.« Paola strahlte sie an,
legte den Kopf schief. »Buddhistin? Ich? Wie kommst
du darauf.« – »Wegen dem Buddha auf dem Gestell.« –
»Ah, der«, Paola wedelte mit ihren Händen, »den hab
ich in einem Laden gekauft, beim Stauffacher, ist übrigens kein echtes Gold, sieht nur so aus.« – »Okay.« –
»Ich bin nicht gläubig. Also: Ich bin keine praktizierende
Buddhistin, so mit Beten oder Meditieren, das wär
mir viel zu langweilig. Ich find ihn einfach schön, und

er erinnert mich an Thailand. Ich liebe Thailand. Die Strände dort sind ein Traum, und das Essen ist mega-fein … mmh …« Paola schickte ihre beiden Augen gen Himmel und legte eine Hand auf ihren Bauch. Delphine lenkte das Gespräch nochmals in eine andere Richtung. »Schrecklich, oder, das mit der Kündigung?« – »Nun ja, furchtbar, aber auch gut.« – »Wie meinst du das?« Paola blickte sich im Raum um, ob sie jemand hören konnte, ob Fabio in der Nähe war, der aber war damit beschäftigt, Tim Weißwein nachzuschenken. Sie senkte ihre Stimme. »Ich sollte das nicht sagen, aber ich wäre gar nicht so unglücklich, wenn wir eine neue Wohnung finden würden. Weißt du, Fabio hat den ganzen Tag mit schicken Wohnungen zu tun, die könnten wir uns na-türlich nicht leisten, Fabios Wohnungen sind eher was für Multimilliardäre. Aber ich hab ihm schon ein paar Mal gesagt, dass ich es ein bisschen enttäuschend finde, dass er Wohnungen und Häuser mit Seeblick vertickt, während wir hier im Kreis 4 hausen. Also, versteh mich richtig: Ich finds total lässig hier. So zentral. Und hier, wie sagt man, äh, tanzt der Bär? Steppt der Bär? Egal. Ist viel los, klar. Tolle Restaurants. Kinos. Clubs. Aber etwas Schickeres wär auch nicht schlecht. Mit einer hübschen Einbauküche, Glaskeramikherd und einem begehbaren Kleiderschrank.« Paola blickte versonnen in ihr Glas, seufzte und fuhr abrupt fort: »Und du, wärst du traurig, wenn du ausziehen müsstest?« Delphine zuckte mit der Schulter. »Ich bin da relativ flexibel. Such mir halt ein anderes Zimmer in einer anderen WG, eigentlich will ich eh ins Ausland, aber ich hab die Wohnung schon sehr gerne, das Haus, das Quartier. Und ich denke, wir müssen kämpfen, es geht auch ums Prinzip.« – »Ja«, sagte Paola ohne Euphorie, »das Prinzip. Die Frage ist nur: Was können wir tun?« Delphine nahm einen Schluck Wasser und blickte zu Buddha, der grinste, als habe Paola gerade einen wirklich guten Witz erzählt. Es piepste aus der Küche. »Oh, die Schinkengipfeli«, sagte Paola, »bin gleich zurück.« Sie stakselte davon.

Was Paola Delphine nicht erzählt hatte: dass sie sich vielleicht gar nichts Besseres und Schickeres leisten konnten, vor allem nicht in diesem Quartier, denn sie arbeitete nur noch 40 Prozent, und die Zukunft war ungewiss. Redaktionen wurden zusammengelegt, Ressorts umgekrempelt, aus Deutschland geholte neue Chefs entließen ohne jegliche Sentimentalität altgediente Mitarbeiter. Ein Indiz für den Untergang: Die gesamte Redaktion der *Illustrierten* inklusive Grafik und Fotoredaktion wurde aus dem schicken Seefeld abgezogen und nach Altstetten übersiedelt. Altstetten! Von Downtown City ab ins Dorf, unglamouröser ging es nicht, fand Paola. Erst heute Morgen hatte sie sich mit einer von der Moderedaktion aufgeregt, die schrill sagte: »Wie soll man in Altstetten über Karl Lagerfeld nachdenken können?« Als sie es Fabio gesagt hatte, war der total begeistert. »Dann können wir zusammen Mittag essen gehen. In der UBS-Kantine. Oder beim Thai, vorne an der Badenerstrasse. Die haben günstige Menüs.« Er hatte keine Ahnung, was es für sie bedeutete, das Seefeld gegen Altstetten einzutauschen. Dass er dort arbeitete, war auch nicht wirklich cool. So uncool wie sein Lohn. Vor allem ohne die Boni, die er nur bei Verkäufen einstrich. Außerdem wusste sie nicht, wie glücklich Fabio bei Gantenbein war, oder wie glücklich Gantenbein mit Fabio. Er machte immer wieder Andeutungen, dass gewisse Dinge nicht so liefen, wie sie laufen sollten. So gesehen war ein Wohnungswechsel eigentlich wirklich das Letzte, was sie jetzt noch gebrauchen konnten.

Tim war alleine gekommen, weil Judith sich um die Kinder kümmerte. Er klopfte mit einem Kugelschreiber heftig gegen sein Weißweinglas. Als er sich aller Blicke sicher war, ergriff er das Wort. Eigentlich wäre es an Fabio oder Paola gewesen, den offiziellen Teil dieses inoffiziellen Zusammenkommens einzuläuten, aber Fabio war in ein Gespräch mit Virginia vertieft, und Paola war damit beschäftigt, ein Tablett mit Minikäseküchlein und Schinkengipfeli herumzureichen. Tim wurde ungeduldig, er fand, es müsse nun losgehen, also schritt er zur Tat. »Schön seid ihr alle hier, auch wenn der Grund kein schöner ist. Und vielen Dank an Paola und Fabio für Speis und Trank! Und natürlich auch ein Dank an Stinky, dass er uns die Käseküchlein nicht weggefressen hat. Wo ist der Kerl denn überhaupt?« Tim bückte sich, um unter den Tisch zu spähen. »In seinem Körbchen«, sagte Paola, sie musste lachen. »Gut, da wollen wir auch alle bald hin, aber eben, zuvor haben wir noch ein paar Dinge zu besprechen. Ihr alle habt diesen Brief erhalten.« Umständlich entfaltete er das Schreiben, einhändig schüttelnd, in der anderen Hand hielt er weiterhin sein Weißweinglas. »Unsere liebe Vermieterin, die Firma Immokauz, hat uns gekündigt, um – wie sie behaupten – wichtige Sanierungs- und Renovationsarbeiten an allen Wohnungen vorzunehmen. Wir alle wissen, was das heißt.« Tim ließ den Blick über die Gesichter schweifen, machte eine kurze Pause, nickte. »Wir müssen raus. Alle. Und wenn wir wieder reinkönnen, wenn die Wohnungen saniert und renoviert sind, wenn sie neue Küchen eingebaut haben, neue Badezimmer, Waschmaschinen, Tumbler, eine neue Heizung, was weiß ich, dann wird diese Wohnung das Dreifache kosten. Ja, Immobilienhaie haben im ganzen Quartier zugeschlagen.« Tim blickte Fabio an, der ebenso fragend zurückblickte. War er damit gemeint? Er war kein Hai. Er war noch nicht einmal eine Makrele. Wenigstens was diesen Stadtkreis betraf. Seine Firma schraubte die Preisspirale an anderen Orten hoch, an denen es längst egal war, was man hinbaute. Tim fuhr fort: »Aus einem nicht gerade noblen Quartier wurde in den letzten Jahren ein sogenanntes Trendquartier. Das ist schön und gut, aber leider sind damit auch die Mieten gestiegen, stetig, ich weiß nicht, wie es euch ergeht, aber ich habe keine Lust, den doppelten Preis zu bezahlen. Ich liebe diese Wohnung. Ich könnte mir keine bessere vorstellen. Auch die Lage ist genial. Aber eben: Auch andere sind dahintergekommen, dass es sich hier gut leben lässt. Deshalb wollen sie uns rausschmeißen. Aber ich sage – und ich denke, das ist auch in eurem Sinne: Nicht mit uns!« Tim blickte in die Gesichter seiner Nachbarn. Und noch einmal sagte er die Worte, als meißle er sie gerade in eine Granitplatte: »Nicht! Mit! Uns!« Er blickte in die Runde, als erwarte er Applaus. Heftigen Applaus. Anerkennung. Liebe.

Delphine fragte sich, ob Tim angetrunken war. Hörte sie nicht eine etwas schwere Zunge, die ein paar Buchstaben unterschlug? War es schon ein leichtes Lallen? Sie räusperte sich, fragte, an Tim gewandt: »… was können wir tun? Ich meine: Konkret. Was soll unsere Strategie sein? Gibt es eine Möglichkeit, gegen die Kündigung vorzugehen?«

Es war nun Fabio, der sich anschickte, etwas zu sagen, in die Faust hustete. »Ja, also, ich hab mich da ein bisschen schlaugemacht und habe mit dem Mieterverband telefoniert. Grob gesagt, gibt es zwei Wege. Weg Nummer eins: Wir verlangen eine Fristverlängerung. Weg Nummer zwei: Wir legen Beschwerde ein. Wenn wir Weg Nummer eins wählen, also eine Fristverlängerung beantragen, dann akzeptieren wir die Kündigung, das Einzige, was wir rausholen, ist etwas mehr Zeit.«

»Wie viel?«

»Weiß nicht. Ein Jahr? Wenn Kinder da sind, die im Quartier in die Schule gehen, vielleicht auch länger? Müssen wir abklären. Bei Weg Nummer zwei, bei der Beschwerde, fechten wir die Kündigung an. Grundsätzlich. Ich würde für den Weg Nummer zwei plädieren, da eine Anfechtung meist sowieso eine Fristverlängerung mit sich bringt. Ich habe einen Termin beim Mieterverband, dort werden wir die möglichen Schritte besprechen. Nächste Woche. Montag um neun. Hat jemand Lust, mitzukommen?«

Tim hob sofort die Hand. Delphine war es, als ob er

leicht nach vorne kippte. »Ich«, sagte er in einem Tonfall, als habe gerade ein General seine Truppe gefragt, wer Lust auf ein heldenhaftes, aber mit größter Wahrscheinlichkeit terminales Kommando hätte. »Ich bin dabei.« Die anderen schwiegen.

»Gut«, sagte Fabio, »Tim und ich werden also beim Mieterverband vorsprechen. Danach treffen wir uns wieder und bereden die nächsten Schritte.« Tim hob erneut seinen Arm, ballte die Hand zur Faust und rief: »Nicht! Mit! Uns!« Alle schwiegen. Bloß Stinky bellte zweimal. Paola lachte, und als sie Tim einen Moment später auf die Toilette verschwinden sah, schwankend, passte sie ihn vor der Türe ab. Er blickte sie finster an. Sie fragte: »Tim, hast du dir schon Gedanken gemacht, wegen der Geschichte?«

»Ich muss erst mit Judith reden«, sagte er knapp.

Paola verzog ihr Gesicht, »mein Chef macht Druck«.

»Ich sagte doch, ich muss erst mit Judith reden.« Und als Paola noch etwas erwidern wollte, trat Fabio in den Flur, ein leeres Tablett in den Händen. »Alles klar?«, fragte er Tim und Paola. »Alles klar«, sagte Tim, legte ihm die Hand auf die Schulter, schob ihn davon und sagte: »Ich komm gleich mit dir in die Küche, bin nämlich am Verdursten.«

Als Delphine kurz darauf die Stufen hoch in ihre Wohnung ging, spürte sie wieder dieses seltsame Gefühl im Oberschenkel. Nicht direkt ein Jucken, eher wie ein Sonnenbrand. Aber woher sollte sie einen Sonnenbrand haben? Oben saß Urban in der Küche und glotzte in ein Laptop. »Wie wars? Sind wir gerettet? Hab ich was verpasst?« – »Sie checken ab, was man tun kann. So schnell fliegen wir nicht raus.« – »Ich mag die Wohnung«, sagte Urban. »Ich auch.« – »Willst du ein Calanda?« – »Nein danke, ich muss mal aufs Klo.« Im Badezimmer knöpfte sie ihre Jeans auf, zog sie runter und besah sich die Stelle, die sich so seltsam anfühlte. Es war nichts zu sehen, keine Rötung, kein Kratzer, rein gar nichts, die Haut sah aus, wie Haut eben aussah, aber sie fühlte sich nicht so an. Ganz und gar nicht. Und so gesellte sich dieses neue Gefühl zum nun schon bekannten Summen in ihrem Ohr, als sie später im Bett lag und die Augen schloss und trotz allem einschlief. Als sie gegen vier Uhr morgens aufwachte, hörte sie eine Amsel, welche die frühmorgendliche Stille als Arena für ihren Gesang nutzte. Sie hatte noch nie zuvor eine Amsel so schön singen hören. Dann schlief sie wieder ein.

Der Duft des Neuen

»Ui! Ui! Ui«, rief Paola aufgeregt, als sie die Stufen heruntereilte, ohne zuvor in Schuhe geschlüpft zu sein – etwas, was sie sonst nie tat. Sie bedachte den vor der Türe stehenden Postboten mit dem charmantesten Lächeln, welches sie morgens um neun aufbringen konnte, und nahm das Paket entgegen. Sie schaute es an, als verfüge sie über einen Röntgenblick, dann trug sie es mit echter Freude hoch in die Wohnung. Kaum war die Türe hinter ihr zugefallen, riss sie es auf. Sie fand es etwas vom Größten, was es überhaupt gab: sich abends oder nachts oder wann auch immer am Computer Bilder anzusehen von absolut traumhaften Dingen, die sie haben konnte, wollte, musste. Sie hockte auf dem Sofa, neben ihr Fabio, im TV lief eine Serie, Fabio schaute sich im Netz Uhren an, sie Kleider. »Schau mal«, sagte er. Sie: »Wow!« – »Schau mal«, sagte sie und hielt ihm den leuchtenden Bildschirm hin. Er: »Toll!« Ja, das war herrlich. Dann musste sie bloß noch ein paar Tasten drücken, und schon war unterwegs zu ihr, was sie glücklich machen würde.

Im Paket lag, gepolstert und geschützt durch transparente Luftbeutel, eine weitere Schachtel. Sie hob sie heraus und lupfte den Deckel. Es hätte für Paola ewig so weitergehen können: in der Schachtel noch eine Schachtel, in der eine weitere Schachtel läge, in der sich noch einmal eine Schachtel befände. Immer wieder. Immer weiter. Und am Ende dann im kleinsten Paket, fingernagelgroß, zum Beispiel: ein Diamant! In Paolas Paket aber lag kein Diamant, sondern versteckt unter knittrig dünnem Papier ein Paar Schuhe, genauer Turnschuhe von Giuseppe Zanotti im Metallic-Look. Schuhe, die so begehrenswert wie teuer waren. Sie sog den Duft des Neuen ein, der aus der Schachtel emporstieg und sie zusätzlich euphorisierte, dieses Parfüm nach Leder, Lack und Gummi. Als sie den einen Schuh in die Hände nahm, ging ihr Puls noch immer beschleunigt, während sie den ersten Reality Check vornahm – denn sie wusste aus Erfahrung um die Problematik von den Dingen in den zwei Zuständen, dem Zustand der Vorstellung und jenem der Begegnung in der Wirklichkeit. Es konnte vorkommen, dass die Dinge in der Realität nicht das einlösten, was sie in der Imagination versprochen hatten. Diese Schuhe aber waren einfach nur geil. Jennifer, die *Illustrierten*-Praktikantin, das junge tätowierte Ding auf der Moderedaktion mit der überdimensionalen Fensterglasbrille, hätte wohl gesagt: »Endgeil!«

Gerade als sie in die Schuhe schlüpfte und ein fast wortloses »wow« über ihre Lippen kam, trat Fabio aus dem Badezimmer, den Blick auf sein Smartphone gerichtet. Sie sagte »schau!« und lupfte kokett ihr Bein. Was gab es Besseres als Schuhe? Schuhe und Taschen waren ihre »Lieblingssünden«, wie sie so gerne sagte, dafür gab sie wahnsinnig gerne zu viel Geld aus – oder stiftete Fabio an, sein Geld dafür auszugeben. Das hatte natürlich auch damit zu tun, dass weder Schuhe noch Taschen irgendwelche Problemzonen ihres Körpers tangierten. Eine Hose – so angesagt, schick und teuer sie auch sein mochte – konnte sie schnell zu plump, zu pummelig wirken lassen, ein enger Rock betonte ihren Po und ihre etwas zu kurz geratenen Beine. Paola hegte manchmal den Verdacht, alle Designer der Welt hätten sich gegen sie verschworen. Zum Glück stand Fabio nicht auf Bohnenstangen. Er habe gerne etwas in den Händen, sagte er, wenn er Paola anpackte. Sie war halt eben ein Genussmensch. Und fröhlich, kein freudloser, knochenklappernder Kleiderständer. Trotzdem, Kleider konnten zu Komplikationen und tiefer greifender Frustration führen. Eine Tasche aber oder ein Schuh hatten sie noch nie im Stich gelassen.

Fabio hatte wohl einfach einen schlechten Tag, irgendwas musste ihm über die Leber gekrochen sein, vielleicht der etwas in zu großer Menge konsumierte Rotwein am Abend zuvor. Er hatte mit Tim noch zünftig gebechert, als sie zu zweit das weitere Vorgehen wegen der Wohnungskündigung besprachen, auch noch, als Paola bereits im Bett lag und über einem Krimi einnickte, sechshundert Seiten dick, von dem sie jeden Abend höchstens drei Seiten schaffte und schon lange nicht mehr wusste, wovon die Geschichte überhaupt handelte. In letzter Zeit war Fabio eh des Öftern pampig und ruppig, andererseits wusste sie: Alle wurden von den Dämonen des Alltags geplagt, je länger, je mehr. Er blickte kaum auf den Schuh, den Paola ihm darbot in der Manier eines grinsenden Starlets, das für Fotografen posierte. Fabio hob kurz die Augen vom Handy und sagte: »Ist Fasnacht?« Paola dachte erst, sie habe sich verhört. Ihr eben noch ob der Aufregung des Neuen pochendes Herz setzte für einen Schlag aus, um dann noch schneller zu schlagen vor Wut. Fabio doppelte nach: »Gehst du als Ritter?« Dann drückte er ihr einen Kuss auf die Backe, murmelte »bin spät dran, muss los, war okay gestern, oder, das Haustreffen?«. Und sie hörte nur noch, wie er, ohne auf eine Antwort zu warten, aus der Türe eilte, das Treppenhaus herunterrauschte, Stinky hintendrein.

Tatsächlich sahen die Turnschuhe ein bisschen nach Mittelalter aus, aber es waren Schuhe von Giuseppe Zanotti! So unqualifiziert Fabios Kommentar auch war, der Samen des Zweifels war gesät. »Verdammter Ignorant«, zischte Paola, als sie die Schuhe wieder auszog, ganz vorsichtig, damit sie nichts abbekamen, und in den Karton zurücklegte. Das flüchtige Glück, die berauschende Wirkung der Neuware, alles war verschwunden, bloß ein Rest von schlechter Laune blieb zurück.

Die Schuhe erwähnte sie mit keinem Wort, als sie sich abends über Fabios Rücken beugte, um ihm Pickel und Mitesser auszudrücken, einen nach dem anderen, was sie gerne tat. Er ließ es über sich ergehen, mochte das prickelige Kitzeln, wenn sie auf der Suche nach Unreinheiten mit ihren Fingern über die weiche behaarte Landschaft seines Rückens strich. »Aua!«, rief er und zuckte zusammen. »Nicht so grob!«, als sie sich einen Talgpfropf vornahm, dessen Frucht tief unter der Haut lag. »Sei keine Memme«, sagte Paola, die noch immer sauer war. Nicht, dass sie erwartet hätte, dass er sich dafür entschuldigte, dafür waren ihm ihre Modeangelegenheiten viel zu fern. Er hatte seine Hobbys, sie die ihrigen, weil: Er war ja ein Mann und sie eine Frau, so war das nun mal, und so war es auch richtig. Sie drückte fester, und als Fabio noch einmal protestieren wollte, flötete sie: »Er kommt«, und aus dem Rücken wuchs unter dem geschickten Druck ihrer Finger ein gelblicher Wurm hervor. »Wow!«, sagte sie. »Extrem!« – »Reicht es für das Abendessen?«, fragte er beiläufig. Sie verzog das Gesicht. »Du bist ein Grüsel«, sagte sie und musste lachen, während sie ein Papiertuch aus dem Dispenser auf dem Nachttisch zog, um die gelbe Frucht aus Fabios Haut darin zu vergraben.

Kurz nach Fabio und Stinky hatte auch sie am Morgen die Wohnung verlassen. Mit dem Paket von Zalando unter dem Arm hatte sie sich auf den Weg zur Post gemacht, um es dorthin zurückzusenden, wo es hergekommen war. Paola fluchte gehörig, als sie in der Drehtüre der Post fast eingeklemmt wurde, die Drehtüre kurz stoppte, bevor sie wieder anlief. Sie zog eine Nummer, und als sie sich umsah, um abzuschätzen, wie lange sie wohl warten musste, hörte sie eine Stimme, die ihr bekannt vorkam. Jemand sprach in ein Telefon. »Hör zu: Ich bin jetzt auf der Post. Nein. Das ist nicht okay. Cosi, hör zu. Cosi!« Virginia stand direkt vor Paola, ihr den Rücken zugewandt, und alles, was sie von ihrer Nachbarin sah, war eine kurze schwarze Motorrad-fahrer-Lederjacke, schwarze hautenge Lederhosen und Füße in knöchelhohen Biker Boots. Das blonde Haar floss unter einer Baseballmütze hervor, unter ihrem linken Arm klemmte eine zusammengerollte pinkfarbene Yogamatte. Niemals im Leben würde Paola diese hautenge Lederhose tragen. Obwohl es sie schon etwas wurmte, denn sie glaubte zu erkennen, dass es eine von Rick Owens war, die Lederjacke sicher auch, verdammt teuer alles. Paola wusste, und das nervte sie zusätzlich: Virginias Ex hatte es ja, er war eine gute Partie gewesen. Und wie es so war bei guten Partien: Eine Trennung von ihnen verschlechterte die wirtschaftliche Situation nicht zwingend, eher im Gegenteil.

Paola verzog sich schnell in eine Ecke hinter ein Regal. Als Virginia ihren Kopf wendete, aus welchen Gründen auch immer, war Paola bereits in Deckung gegangen. Sie hatte keine Lust, Virginia zu begegnen, hier und jetzt, denn sie schämte sich des Zalando-Paketes wegen. Beim Anblick ihrer Nachbarin stieg ihr Pegel des schlechten Gewissens. Sie wollte in Virginias Augen nicht jener Mensch sein, der bei Zalando bestellte: Die Schnäppchenjägerin, deretwegen die lokalen Ladengeschäfte vor die Hunde gingen. Noch eine Handbreit stieg das schlechte Gewissen. Ja, es war wahr: Zu selten schaute sie bei Virginia in der Boutique vorbei.

Die Luft war furchtbar. Zu viele Wartende mit zu wenig Körperhygiene. Paola senkte ihren Kopf und die Nase hinab in ihren Seidenfoulard mit Wildkatzenmuster.

Ätzend langsam wechselten die roten Nummern auf dem Display. Dann war Virginia an der Reihe, ging zum Schalter C und klemmte sich bald ein Paket unter den Arm. Es war von heller Farbe und zur Hälfte von einem orangefarbenen Muster überzogen, groß stand darauf: »Zalando«.

An die Nieren

Lukas. Verdammter Lukas. Seit über einem Jahr ging das schon, und es hatte begonnen, wie viele andere Geschichten schon begonnen hatten. Geschichten, die aber über einen Anfang niemals hinausgekommen waren, die erstarben, noch bevor sie überhaupt richtig zum Leben erweckt worden waren. Wie ein aus dem Nest gefallener Jungspatz, der auf dem Asphalt noch zweimal zuckte, kümmerlich, federlos runzlig, dessen einziger Flug ein Absturz gewesen war und die einzige Landung die letzte. So war es oft gewesen bei den One-Night-Stands. Typen, die sie kennenlernte, mit denen sie ins Bett ging und einfach wieder vergaß, so wie die Typen sie vergaßen. Und doch brauchte sie diese Typen. Dann und wann. So wie sie die Party brauchte, diese Ahnung von Ewigkeit, die nur so lange hielt, bis sie vorüber war.

Es muss ziemlich genau vor einem Jahr gewesen sein, als Virginia von Mimi in einen Club geschleppt wurde, in dem sie noch nie gewesen war. In ihrem Körper brandete eine feine La-Ola-Welle, ein warmes Auf und Ab, diese sanft eruptierende Euphorie von MDMA. Mimi zerrte sie also hinein, und Virginia dachte, wow, die Lichter, knüppelharter Techno donnerte ihnen entgegen, es war wohl morgens um zwei, und Virginias Körper wusste noch nicht so richtig, wie gut sich das nun anfühlte mit der Pille, die sie eine halbe Stunde zuvor gespickt hatte. Ein Teil von ihr wäre gerne alleine gewesen, ein anderer Teil aber fand, dass dies hier der exakt richtige Ort war, diese Verdichtung von Licht, Lärm und Leuten, von Leibern und all den unerfüllten Sehnsüchten, von denen sich die eine oder andere vielleicht in dieser Nacht doch erfüllen würde. Zumindest nährte man die Hoffnung darauf. Nährte sie mit Pillen, Drinks, Zigaretten und herumirrenden Blicken, die erwidert wurden oder auch nicht, und Mimi schrie: »Wir brauchen etwas zu trinken!« Und Virginia schrie zurück: »Wasser!« Mimi lachte und bestellte zwei Wodkas, sie prosteten sich zu, kippten die Gläser, wie dünnflüssiges Magma rann der eiskalte Schnaps Virginias Speiseröhre hinab in ihren Magen, wo etwas wie in Zeitlupe detonierte. Ein kräuselig kribbliges Gefühl kroch ihr das Rückgrat herauf, der Mund wurde trocken, der Pulsschlag erhöht und fast so rasend wie die Musik. Nebel verhüllte das Licht, ein Stroboskop zerteilte die Gegenwart in Scheiben. Mimi zog Virginia auf die Tanzfläche, alles ging wie automatisch, der Beat ein immer wieder niedersausender Hammer, trocken und kalt, es ergab sich alles, ihr Körper wurde nicht von bewussten Gedanken gesteuert, nein, es schien, als hätte das vegetative Nervensystem die Kontrolle über alles übernommen. Virginia war, als löse sie sich auf, die Augen geschlossen, die Augen offen, es machte keinen Unterschied, roch Mann, roch Frau, roch Schweiß, Rempelei, ein spitzer Ellenbogen, goldglänzende Haarschweife flogen kitzelnd an der Nasenspitze vorbei, Lacher, es war heiß, das Licht war rot, gelb, grün, bis Mimi sie an der Hand nahm und durch den dschungelstickigen engen Leiberwald zog.

Dann standen sie vor dem Club und rauchten, sogen das Nikotin und den Teer tief in sich hinein, Mimi redete ununterbrochen auf Virginia ein, über die Schulprobleme ihres Sohnes. »›Fuck Herr Morf‹ hat er gesprayt, ich meine: Ist ja noch nett formuliert, oder? ›Fuck Herr Morf‹, aber leider hat er es über ein Graffiti von anderen gesprayt. Irgend so eine Sprayer-Gang, die total angepisst sind deswegen. Auf jeden Fall hat er nun beide am Hals, die Sprayer sind sauer, weil er ihr sogenanntes Werk vandalisiert hat, und der Morf ist ja sein Lehrer, der hat ihn auch schon zitiert. Jetzt hat er einen Verweis, und ich weiß echt nicht mehr weiter, und der Lehrer wird es ihm heimzahlen, und die Gymi-Prüfung können wir vergessen, die wird er nie schaffen ...« Virginia hatte keinerlei Bedürfnis, über Kinder oder andere Probleme zu reden. Nicht heute, nicht jetzt. Sie ging einfach nicht darauf ein. Zu brüchig war die gute Laune, zu unsicher der dünne Boden des Spaßes, unter dem ihr Alltag auf sie wartete, die eigenen Probleme, also verschloss sie ihre Ohren, nickte bloß. Irgendwo barst eine Glasflasche, Gejohle brandete hoch, ein Wagen blitzte im Hintergrund vorbei, warf das grelle Cis-gis-cis-gis des Martinshorns zusammen mit einem Bündel blauer Strahlen des Drehlichts in die Hohlstrasse hinein.

Da kam ein Typ herangeschlurft, er ruderte mit den Armen und rief »Mimi!« – »Wer ist denn das?«, fragte Virginia. »Das ist Lukas«, sagte Mimi, nachdem er nahe genug war, dass sie ihn erkennen konnte, »der Koch.« Mimi und Lukas begrüßten sich mit einem langen Kuss auf den Mund. »Meine Rettung!«, rief Lukas pathetisch und umarmte Mimi heftig, er war so betrunken, dass er schielte.

Mimi und Lukas kannten sich schon länger, vögelten dann und wann. Nicht zu oft und ohne erkennbares Muster, ohne sich zu verabreden, alles ganz spontan und unkompliziert. Virginia lehnte sich an die Hauswand und steckte sich mit der Glut der eben gerauchten die nächste Zigarette an, schnippte den zum Stummel aufgerauchten Stängel in die Straße, wo er kleine Funken stiebend landete und erlosch. Sie hatte Lukas schon mal gesehen, wusste, wer er war, ein ziemlich angesagter Koch, hatte bei einem der berühmtesten Köche der Welt gelernt oder auch bloß ein Stage gemacht oder vielleicht auch einfach einmal bei ihm gegessen, eventuell zu Mittag nur, auf jeden Fall: Er kochte in einem stillgelegten Bahnwagen, und sogleich war dieser Bahnwagen das Restaurant, über das man in der ganzen Stadt sprach, die Tische waren auf Wochen hinaus ausgebucht. Und diese seltsame Kluft – er trug eine offensichtlich blutverschmierte Kochjacke, die einmal weiß gewesen sein mochte, mit dunkelblauen Paspeln am Stehkragen und ebenfalls dunkelblauen Kugelknöpfen, die in zwei Reihen angeordnet waren, die Manschetten flatterten. Er sah weniger aus wie ein Koch als wie ein Schlachter, der frisch aus der Fleischerei kam. Außerdem war er klein gewachsen und trug einen Schnauzer im Gesicht, alles Dinge, die Virginia nicht besonders mochte. Aber er hatte das Charisma von einem, der von sich und den Dingen, die er tat, überzeugt war. Ja, dieser Mann, Schnauzer hin, kleiner Wuchs her, brannte. Und Virginia wurde angesteckt. Wenn auch noch nicht sofort. »Nur wenn Virginia mitkommt«, hörte Virginia Mimi sagen. »Sicher!«, rief Lukas und grinste diebisch. Seine Augen funkelten. »Wohin?«, fragte Virginia. »Zu Lukas, nach Hause.« – »Und was machen wir dort?« Sie sah Lukas an. Er war wirklich kein Schönling. »Vögeln«, meinte er fröhlich und selbstbewusst. Mimi lachte hysterisch auf, Virginia zuckte mit den Schultern und sagte: »Okay, dann lass uns gehen.« Mimi hakte sich bei Virginia unter, blickte sie verschwörerisch an, Lukas winkte ein Taxi herbei, und Virginia sah die Augen des Fahrers im Rückspiegel, der mit einer Mischung aus Ekel und Faszination zusah, wie Lukas auf der Rückbank zwischen ihnen beiden hockte und die eine küsste, dann die andere.

»Cool!«, rief Mimi, als sie in Lukas' Loft eintraten, er ein paar Lampen anschaltete und man den großen Raum sehen konnte, in dessen Zentrum ein Küchen-Chromstahlmonstrum stand und eine voluminös lederne Sitzgruppe wie ein Tatzelwurm geschwungen quer hindurchlief. Der Blick ging weit. Rot blinkte der Fernsehturm auf dem Uetliberg. Lukas legte Musik auf. Virginia schmiss sich aufs Sofa, wo Mimi schon lag. »So geil!«, rief Mimi und strich über das feine Leder. »De Sede. Modell 600. Mick Jagger hat das gleiche«, sagte Lukas, und der in der Stimme mitschwingende Stolz war echt, »genau das gleiche, auch in Nappaleder.« Er stellte eine eisbeschlagene Flasche Vodka auf den gläsernen Clubtisch. »Hat jemand Hunger?«, fragte er. »Ich hab Wildschweinhackfleisch, könnte Burger brutzeln, die rannte gestern noch durch den Sihlwald. Hat ein Freund von mir geschossen.« Aber weder Mimi noch Virginia war nach Wildschwein, und Mimi fragte, ob Lukas auch was für die Nase habe, worauf er grinste und triumphierend einen Minigrip-Beutel aus dem Hosensack klaubte. Tief beugten sie ihre Köpfe über den Glastisch, als sie die Linien in sich hineinsogen. Mimi begann, Virginia zu küssen. Lukas erhob sich vom Sofa, Virginia sah ihn durch den Vorhang ihrer Haare, er war stehend nicht viel größer als sitzend, ein paar Zentimeter mehr hätten wirklich nicht geschadet, aber als er seine Hose herunterzog, sah sie seinen Schwanz, der aufgrund der kurzen Länge seines Körpers stattlicher wirkte, als er in

Tat und Wahrheit war. Sie dachte: Dieser Mann kann mit sich zufrieden sein. Und ich werde es wohl auch.

Virginia wurde vom Duft von angebratenem Fleisch und dem Hantieren in der offenen Küche geweckt. Oje, dachte sie. Als Vegetarierin und nach der Zwischenkalkulation über ihre diversen Konsumationen in der noch nicht fernen vergangenen Nacht wurde ihr übel. Lukas trug nichts außer seinen verdreckten Kochkittel. Mit einer Gabel hob er einen braun glänzenden Klumpen aus einer schwarzen Gusseisenpfanne, in der das Fett brutzelte und spritzte. »Was ist denn das?«, murmelte Virginia. »Nierchen«, sagte er grinsend. Im selben Moment zeigten mit einem metallischen »Klack« zwei Toastscheiben ihre rußigen Rücken, sprangen aus dem Gerät. »Zu einem richtigen Frühstück gehören Nierchen. Auch von der Wildsau. Frischer gehts nicht. Hab auch noch das Herz und die Leber im Kühlschrank. Falls Bedarf danach vorhanden sein sollte.« Virginia strich sich eine Strähne ihres wie eine Wildhecke wirr vom Kopf fallenden Haares aus dem Gesicht, fragte nach dem Klo, Lukas wies ihr mit dem Fleischklumpen an der Gabel die vage Richtung. Sie schaffte es gerade noch rechtzeitig, um dort auf die Knie zu sinken und sich zu übergeben, einmal, zweimal, dreimal. Lukas rührte in Töpfen, riss klappernde Schubladen auf, zog topflappenbewehrt einen eisernen Topf aus dem Ofen, darin ein knuspriges Brot. Mimi kam aus dem Schlafzimmer, auch sie zerstört, aber zufrieden lächelnd: »Das ist das Gute, wenn man einen Koch vögelt: Der Magen bekommt auch noch was ab.« Lukas lachte glucksend auf und wollte etwas sagen, hielt aber inne, schlug einhändig Eier auf und ließ sie elegant in eine Pfanne gleiten.

Virginia kam zurück in die Küche, lächelte tapfer Mimi zu, blickte aus dem Fenster. Eine einzelne Wolke glitt langsam vor die gleißende Sonne. Ein Schatten legte sich über die Gebäude. »Ich leg mich nochmals hin«, sagte Virginia. »Tu, was du nicht lassen kannst«, sagte Lukas, »ich ruf dich, wenn das Frühstück fertig ist.« – »Mkgnau!«, machte die Katze, die ihr zwischen den Beinen herumstrich, steifbeinig und mit einem wie eine Antenne aufragenden Schwanz. Ein getigerter Kater namens Bocuse, dem man ansah, dass er genug zu fressen bekam. Virginia legte sich ins Bett, hörte, wie die beiden anderen den Tisch deckten, das Fauchen von Milch, die aufgeschäumt wurde, das sich durch die hartknusprige Kruste eines frisch gebackenen Brotes sägende Brotmesser, das helle Lachen von Mimi, nachdem Lukas etwas gesagt hatte, Musik im Hintergrund, Jazz, wortloses Geklimper und Gedudel, der Kater machte wieder »mkgnau!«, als er zu Virginia ins Bett kam, mit den vorderen Tatzen die Decke knetete, bevor er sich neben sie hinplumpste und zu schnurren anfing. Bocuse schnurrte, schnurrte, schnurrte, als sagte er, alle Sünden seien vergeben, die vergangenen, die zukünftigen und die gegenwärtigen.

Als sie mit Mimi zwei Stunden später mit von der Dusche noch nassen Haaren durch die Stadt ging, während der Sonntag seine bleierne Trägheit vergoss, fing Mimi wieder von den Schulproblemen ihres Sohnes an, dann sprach sie von ihrer neuen Diät. Sie aß kein Brot mehr, schon seit vier Tagen verzichtete sie komplett darauf. »Hast du das Brot bei Lukas gesehen? Frisch gebacken! Meine Güte, mit jedem Tag, an dem ich auf mein geliebtes Brot verzichten muss, sehne ich mich mehr danach. Ich träume von knusprigem Bauernbrot, von Baguettes, von Butterzöpfen! Und ja, diese Träume sind fast ein bisschen erotisch.«

Virginia dachte nicht an Brot, sie dachte an Lukas. Es war schön gewesen, guter Sex. Nicht zu hart. Nicht zu soft. Genau richtig. Mimi hatte sich nach einer Weile ausgeklinkt und saß mit verknoteten Beinen in einem Sessel neben dem Bett, während Lukas noch einmal mit Virginia schlief. Mimi schaute den beiden zu, rauchte Zigaretten, und es war Virginia, als entdecke sie Eifersucht, als sich ihre Blicke trafen.

Sie kannte das von den One-Night-Stands: dass man sich trotz aller vorgenommener Unverbindlichkeit ein wenig verliebte – sich verliebte in die Person, die man zuvor nicht kannte, sowie in die Sache, mit der man zwar vertraut war, die einen aber immer wieder überraschte in der Schönheit und der Heftigkeit, die über einen kam. Danach jedoch, nüchtern, bei Tageslicht betrachtet, blieb doch nichts zurück – und auch die Erinnerung an das Geschehene schwand rasend schnell. Nun aber schien Virginia, sie habe sich doch etwas in Lukas verliebt. Es gab noch Rückstände, Spuren. Und damit meinte sie nicht die sanft brennenden Kratzer auf ihrem Rücken von seinen Fingernägeln, sondern unsichtbare Spuren. Ja, er hatte irgendetwas in ihr drin berührt, etwas, das schon lange nicht mehr berührt worden war. Außerdem hatte er eine Katze. Schlechte Menschen hielten keine Katzen.

Mimi war noch immer beim Brot. Eine Weile lang war sie amüsant. War ja Virginias Freundin, und die Schnittmenge ihrer Leben war beträchtlich. Jetzt aber ging sie ihr auf die Nerven. Ein Hangover und auch noch Mimi, das war zu viel. Gerne wäre Virginia alleine gewesen, um in sich hineinzuhorchen, die Dinge etwas zu sortieren. Sie hörte das Handy summen, und während Mimi, ohne Luft zu holen, redete und dazu gestikulierte, als jongliere sie mit Tellern, sah Virginia: ein Smiley mit Sonnenbrille, darunter stand: »Wenn dir mal langweilig ist, melde dich. Lukas. War cool mit dir.« Virginia widerstand dem Reflex, jetzt gleich zurückzuschreiben. Sie würde warten. Wenigstens eine Stunde. Und sie fragte sich, ob Mimi auch eine SMS bekommen hatte. Scheinbar nicht. Ein Lächeln kletterte in ihr Gesicht.

Preis auf Anfrage

Fabio war zu vertieft in sein Smartphone, um ihn zu sehen, sonst hätte er die Straßenseite gewechselt. Er blickte nur ab und an auf, setzte während des Gehens, so gut es ging, auf der kleinen Tastatur 250 Franken auf Roger Federer gegen Djokovic, schnell, bevor das nächste

Game vorüber war, und als Federer den Ballwechsel verlor, setzte er nochmals 250, denn Roger konnte nicht verlieren. Und dann stand er direkt vor ihm, Fabio hob den Blick vom Smartphone, ein bärtiger Typ mit roter Fratze und hängenden Schultern, er hatte etwas gesagt und sagte es gleich nochmals: »Hast du was für einen Obdachlosen?« Angewidert verzog Fabio das Gesicht. Er schüttelte den Kopf und wollte eilig weitergehen, da stieß er beinahe mit einer Passantin zusammen, die in Läuferkluft dahergerannt kam, quer über den Platz. Er wollte schon meckern, ob sie nicht aufpassen könne, aber es war Judith.

»Hallo Fabio«, sagte sie, nun an Ort und Stelle laufend.

»Judith«, rief er aus und ließ es erfreut klingen, »meine Güte, du bist schnell unterwegs.«

»Na ja. Du, entschuldige, dass ich nicht an die Zusammenkunft kommen konnte, ich hab die Kinder ins Bett gebracht.«

Der Obdachlose stand noch immer da, blickte von Judith zu Fabio, von Fabio zu Judith, die hohle Hand machend.

»Ach«, sagte Fabio, »dein Mann hat dich gut vertreten.«

Judith nickte.

»Habt ihr was für mich?«, fragte der Penner.

Fabio hatte seine Hand im Hosensack und spürte Geldstücke darin, schüttelte jedoch den Kopf. »Sorry, kein Münz.«

Judith öffnete den Reißverschluss ihres Kängurubeutels und drückte dem Penner eine Zehnernote in die aufgedunsene Hand. »Von uns beiden«, sagte sie, und Fabio fügte schnell hinzu: »Kauf was Gesundes zu essen.«

»Hey, danke«, sagte der Penner, ließ das Geld verschwinden und war schon daran, andere Passanten anzuquatschen.

»Habt ihr schon geschaut, wegen etwas anderem?«, fragte Judith.

»Was anderem?«

»Eine andere Wohnung.«

»Na ja, ein bisschen.«

»Ich sah eine Annonce für eine Dreieinhalbzimmerwohnung mit 120 Quadratmetern an der Europaallee für 8000 Franken.«

»Echt?«, sagte Fabio, klang aber nicht besonders erstaunt.

»Hat auch eine Viereinhalbzimmerwohnung, Preis auf Anfrage.«

»Verrückt.«

»Also«, sagte Judith, »ich lauf dann mal weiter.«

»Ja, mach das«, sagte Fabio.

Als er den Fußgängerstreifen überquerte, blickte er wieder in sein Smartphone. Unglaublich, Federer hatte verloren. Lautes Hupen holte ihn zurück in die Realität. Welcher Idiot hupte ihn auf dem Fußgängerstreifen bei Grün an? Er hob die Hand und fluchte lauthals, starrte in das Auto mit dem Primaten am Steuer, gleich würde er ihm kräftig auf die Motorhaube klopfen. Da sah er hinter der Frontscheibe der dunkelblauen S-Klasse-

Limousine ein Gesicht, das ihm bekannt vorkam: Gantenbein. Fabio verwandelte die geballte Faust in eine Winkhand, das wütende Gesicht in ein grinsendes, die Ampel sprang auf Orange. Fabio sah, dass der alte Gantenbein den Kopf schüttelte, geradeaus blickte, aufs Gas trat. Schnell schaute Fabio in sein Gerät, schaute, welche Partien noch am Laufen waren. Es musste nun dringend ein Sieg her, egal wie hoch der Einsatz und zu welcher Quote.

Ein schwarzer Klumpen

Jeden Tag machte es sich Delphine zur Aufgabe, einen anderen Weg zu nehmen. Meistens gelang es. Und nicht selten schloss sie unterwegs die Augen, für fünf, zehn, fünfzehn Schritte. Sie stand auf der Duttweilerbrücke, kurz vor ihrem Ziel, der wie eine Festung am Fuße der Brücke aufragenden Hochschule der Künste. Sie blieb stehen und lehnte sich an das Geländer, sah hinab. Gleißend lagen die von den Rädern der Züge geschliffenen Schienen unter der Brücke im Morgenlicht. Delphine blickte auf dieses fein gewobene Wirrwarr aus Leitungen und Masten, Brücken führten über andere Brücken, verschwanden unter ihnen, wanden sich, stiegen an, fielen ab. Züge fuhren ein, Züge fuhren aus. Bedrohlich schräg hing ein Passagierjet in der Luft, rasch an Höhe gewinnend. Autos beschleunigten die Duttweilerbrücke hoch, andere bremsten der Ampel am Ende der Brücke entgegen. Delphine zählte zwischen den hohen Häu-

sern aufragende Baukrane, rote, weiße, gelbe. Sie kam
auf einunddreißig. Es war noch nicht lange her, da war
hier kaum etwas. Nun standen Häuser da, in denen die
Wohnungen Millionen kosteten, über Concierge-Ser-
vice, frei stehende Badewannen und Elektrosmog-Bar-
rieren verfügten. Eine Weile betrachtete sie den Prime
Tower, der von ihrem Standpunkt aus schmuck wirkte,
zierlich und elegant – ganz und gar nicht wie ein bedrohlich erigiertes architektonisches Symbol der Macht,
ein kapitaler, kapitalistischer Penis aus Beton, Stahl und
Glas. Viele fluchten und schimpften über den Turm und
seine Mieter: Anwaltskanzleien, Asset Managements,
Consultants. Wenn man Zürich schälte, sagte mal einer,
all die schöne Hülle pellte wie Schale und Schichten
einer fremden Frucht, dann fände man in ihrem Innersten den Kern: einen giftigen schwarzen Klumpen
Hartherzigkeit. Delphine mochte den Prime Tower mit
seinen in ihren architektonisch ungeschulten Augen
versöhnlich unlogischen Kanten und Auskragungen,
die ihm viel von der üblichen unerbittlichen Strenge
eines Hochhauses nahmen. Es kam ihr vor, als zwin-
kere er ihr zu, als meine er es nicht wirklich ernst. Und
immer war er anders anzusehen, je nach Wetter, Himmel und Standpunkt änderte er sein Äußeres, spiegelte
seine glänzende Hülle all die unzähligen Töne zwischen
dunkelstem Grün und hellstem Blau und gerne auch
die Schäfchenwolken, so es welche am Himmel hatte.
Delphine dachte nur kurz nach und fand, heute sei der
Turm genuablau. Sie lächelte. Ja, das passte, denn auch
das Meer, an dem die Stadt Genua lag, war niemals

gleich. Sie blickte wieder hinab, sammelte Spucke in ihrem Mund und ließ einen Speichelfaden herauslaufen, der sich erst zäh in die Länge zog und dann fiel, es dauerte nicht lange, da landete der Tropfen zwischen den Geleisen unter ihr, zerplatzte ohne jeden Ton. Vielleicht, so dachte Delphine, gibt es Unordnung und Nichtorganisation in dieser durchgeordneten und voll organisierten Stadt nur noch im grobklotzigen Schotter zwischen den Schienen, die aus der Stadt führten oder in sie hinein, je nachdem, wie man es betrachtete. Wieder ließ ein schwerer Lastwagen mit einem orangefarbenen M auf der Flanke die Brücke erzittern. Als Delphine weiterging, blickte sie nach Westen, stadtauswärts. Sie sah Wolken, fast schwarz vor Dunkelheit. Es schien tatsächlich Regen zu geben. Und wie es aussah, würde er heftig werden.

Tim spurt

Der große Becher von Starbucks in der Hand war wie eine Erweiterung ihrer selbst, damit durch die Welt zu schreiten, signalisierte: Achtung! Keine Zeit, meinen Kaffee in Ruhe zu trinken! Aus dem Weg! Und so ging Paola durch die Stadt, ins Medienhaus rein, im Becher der Kaffee, der kein Kaffee war, mit Milch, die keine Milch war, und Zucker, der kein Zucker war. Aus dem Weg! Achtung!

Sie stellte ihren Caffè Latte auf den wackeligen Stehtisch, zog ihre Schuhe aus und begrüßte die anderen, die ebenfalls in das Sitzungszimmer strömten und ihre Schuhe abstreiften. Es ekelte sie, all die Leute in Socken zu sehen. Aber so waren die Sitzungen bei der *Illustrierten*, seit der Bieri die geniale Idee hatte: Es fänden keine Sitzungen mehr statt, sondern Stehungen. Bieri war der stellvertretende Chefredakteur der *Illustrierten*, und er hatte leider einen besten Freund, der mal bei den Olympischen Winterspielen eine Medaille geholt hatte, weil er zufällig hinten drin in einem Viererbob gesessen war. Nun nutzte der ehemalige Anschieber seine angestaubte Berühmtheit, um Betrieben Gesundheit zu verkaufen. Firmen liebten gesunde Mitarbeiter, das sparte Geld. Bloß durften die Gesundheitsmaßnahmen nicht viel kosten. Da kam der Vorschlag von Bieris Freund gerade recht. Er hielt einen Vortrag über das »bewusste Stehen«, über die Vorteile des Stehens gegenüber dem Sitzen, die Auswirkungen auf den Energiefluss und die Konzentrationsfähigkeit. Dann legte er rote Matten auf den Boden, ganz ähnlich den Turnmatten im Schulunterricht, an die sich Paola noch vage erinnerte. Sie mussten ihre Schuhe ausziehen und auf diesen roten Matten stehend die Sitzung abhalten. »Super!«, sagte Paola, als Bieri sie fragte, wie es sich anfühle. »Man kann, äh, viel besser denken!« Als sie auf ihre Füße blickte, sah sie ein Loch in Bieris rechter Socke.

Da standen sie nun also, eine Handvoll Leute aus den verschiedensten Ressorts, Bieri hieß sie willkommen und eröffnete die Stehung. Er fragte, den Blick noch in sein Smartphone versenkt: »Vorschläge?« Paola sagte: »Wir sollten was zu Ashley Madison machen.«

Niemand erwiderte etwas, auch Bieri schien nicht zugehört zu haben. Ohne auf Paolas Vorschlag einzugehen, rief er laut: »Kinder! Kommt! Aufwachen.« Paola wollte eben ihren Vorschlag wiederholen, hatte den Mund schon offen, da hob die Fensterglasbrillen-Praktikantin frech die Hand, sagte: »Die neue Wohnfarbe ist Smaragdgrün.« – »Das klingt gut, erzähl mehr.« – »Smaragdgrün ist die neuste Trendfarbe fürs Wohnen, und sie zieht magisch an.« – »Okay, mach was, aber nicht zu viel, und such ein paar schöne Bilder dazu.« – »Gern.« Die Fensterglasbrillen-Praktikantin lächelte stolz. Paola hasste es, wenn andere Vorschläge vorbrachten, die Anklang fanden. Bieri fragte: »Was noch?« Paola hob schnell die Hand. »In sechs Minuten zum Knackarsch!« – »Das gefällt mir, ganz meine Paola. Und wie geht das?« – »Zwei mal fünfzehn Hip Raises, zwei mal dreißig Marching Hip Raises. Zwei mal fünfzehn Donkey Kicks. Dreißig Squats.« – »Ich habe zwar nichts verstanden, klingt aber wunderbar. Was war in der Mitte?« – »Marching Hip Raises?« – »Nein, das andere.« – »Donkey Kicks.« – »Zeig mal einen Donkey Kick.« – »Jetzt? Hier?« – »Na logisch hier. Wo denn sonst? Komm schon!« Paola stand auf und machte einen Donkey Kick, oder was sie dafür hielt. Alle klatschten, wenn auch lahm, und ihr war, als verdrehten ihre Kolleginnen und Kollegen die Augen, und in den lächelnden Gesichtern erkannte sie Mitleid. »Gut, jetzt aber zu den großen Geschichten. Was nehmen wir auf das Cover?« – »Doris Leuthard haben wir vor dem Gotthard interviewt und fotografiert.« – »Ja, ich hab die Fotos gesehen. Nächstes

Mal nehmt ihr eine Stylistin mit, verdammt. Können wir unmöglich aufs Cover damit, sonst meinen die Leute, wir machen eine Spezialnummer zum Thema ›verrückte Hühner mit verrückten Frisuren‹. Gut, dann nehmen wir eben Sabine Dahinden und Thierry Carel.« – »Die wollten wir doch erst nächste Woche bringen.« – »Ich weiß, aber wenn wir nichts Besseres haben. Wir müssen bloß schauen, dass die Leute nicht meinen, es gehe um Rudi Carell.« – »Wir haben ein langes Interview und tolle Fotos. Die beiden verliebt auf einer Bank und auf dem Dampfschiff.« – »Nichts bei ihnen zu Hause?« – »Nein, wollten sie nicht.« Bieri blickte betrübt. »Dafür haben wir noch ein Bild, wie die Miss Schweiz bei einer Operation am offenen Herzen assistiert.« – »Echt? Carell und die Miss so über einen Patienten gebeugt mit offener Brust?« – »Genau.« – »Hat der Patient überlebt?« – »Das weiß ich nicht. Die Operation war in Marokko.« – »Und das Interview?« – »Carell regt sich fürchterlich auf, weil er weniger verdient als ein Banker.« – »Wie viel verdient Carell?« – »600000 im Jahr.« – »Ha! Andere Geschichten?« – »Kirsty Bertarelli hat uns Ferienfotos geschickt.« – »Sind sie gut?« – »Ja, sie sagte, Ernesto habe sie geschossen. Unterwasserbilder von ihr im Bikini.« – »Ohne Bikini wäre zwar besser, aber machen wir eine Doppelseite draus.« – »Tobi Müller und Michèle Stofer sind frisch verliebt.« – »Wer ist Tobi Müller? Das ist doch der Bruder von Mike Müller.« – »Nein, das ist ein anderer Tobi Müller. Unser Tobi Müller ist der *Einstein*-Moderator.« – »Was ist *Einstein*?« – »Eine Fernsehsendung.« – »Und wer ist

Michèle Stofer?« – »Die amtierende Vize-Miss-Schweiz.« – »Die amtierende Vize-Miss-Schweiz? Ihr macht mich echt fertig.« – »Wir müssen was bringen.« – »Warum?« – »Sie waren an der PKZ Fashion Night. Wir haben es PKZ versprochen.« – »Gut, aber maximal eine Viertelseite.« – »Es gibt da ein Gerücht. Noldi Fohrer soll Fiona Hefti daten.« – »Heftig! Ist aber frei erfunden, oder?« – »Natürlich ist es frei erfunden, aber die Vorstellung …« – »… ja, die Vorstellung ist toll, als steige ein Elefant auf eine Gazelle, aber leider können wir nichts bringen.« – »Warum?« – »Fiona ist Markenbotschafterin für diesen Waschmaschinenhersteller, und den wollen wir als Anzeigenkunden ja nicht vergraulen, oder? Was sonst noch?« – »Wir haben eine lange Geschichte über Queen Elizabeth II.« – »Ist sie gestorben?« – »Nein.« – »Und warum sollten wir dann eine Geschichte bringen?« – »Sie ist toll geschrieben. Von Andreas Englert.« – »Wer ist das?« – »Der Chefredakteur von *Frau im Spiegel*, der totale Insider. Weißt du, wie die Queen von ihrem Gatten gerufen wird?« – »Prinzessin?« – »Nein. Würstchen.« – »Würstchen?« – »Ja. Und sie kann Lastwagen reparieren und sammelt Pfeffermühlen. Ihre Lieblingspfeffermühle ist eine in der Form einer Serviertochter, die beim Drehen laut schreit: ›Du brichst mir das Genick‹, und zwar auf Englisch mit italienischem Akzent.« Bieri verdrehte die Augen und sagte: »Mamma mia! Du brichsta mira aucha das Genicka! Was ist mit unserem Lieblingsintellektuellen?« – »Du meinst Chris von Rohr?« – »Nein, Tigerpfote.« – »Tigerpfote?« – »Bärfuss natürlich. Hallo?

Haaa-llloo? Was ist mit seiner Geschichte? Hat er Flüchtlinge bei sich zu Hause einquartiert? Er mit Flüchtlingen in der Badewanne? Haben wir solche Fotos?« – »Nein, bloß ein Essay.« – »Essay ... ich hasse dieses geschwollene Wort. Schüleraufsatz haben wir früher gesagt. Worum gehts?« – »Er sagt, jeder Mensch habe das Recht zu fliehen, egal aus welchem Grund.« – »Okay. Bringen wir. Liest zwar niemand, ist aber immer nett, so ein bisschen Mitgefühl, auch wenn noch nicht Weihnachten ist. Und bildmäßig?« – »Wir dachten, wir nehmen biblische Motive und stellen sie aktuellen Bildern gegenüber.« – »Die Flucht von Josef aus Ägypten. Dann, wie Jesus das Meer teilt, damit die Menschen fliehen können, dazu Bilder von Bootsflüchtlingen.« – »War das nicht Moses?« – »Was?« – »Moses teilte doch das Meer, nicht Jesus.« – »Echt? Keine Ahnung.« – »Ja, es war Moses, damit die Isrealiten durch das Rote Meer vor den Truppen des Pharaos ...« – »... jaja, schon gut. Okay, Bibelstunde. Warum nicht. Einfach nichts mit Kreuzen, an die jemand genagelt wird, und keine abgeschlagenen Köpfe. Was ist mit dem indiskreten Interview?« – »Francine Jordi.« – »Sehr gut! Das ist schon mehr nach meinem Geschmack. Was sagt sie auf die Frage, was auf ihrem Nachttisch liegt?« – »Moment, ich muss schnell nachschauen. Sie sagt, äh: ›Ein Lämpchen und meistens auch ein paar Haargummis.‹« – »Das ist alles?« – »Ja, hier steht es: Ein Lämpchen und meistens auch ein paar Haargummis.« – »Können wir das Wort Haar nicht einfach streichen?« – »Äh, ich glaube nicht.« – »Ja, war ja auch nur ein Scherz. Aber ich wette, dort liegen noch ein paar andere Dinge. Gut, weiter.« – »Wir haben noch den ehemaligen Mister Schweiz, Adel Abdel-Latif. Klassische Homestory. Er mit Frau und Kind im Haus im Aargau. Alles sauber abgeblitzt. Porentiefe Fotos.« – »Wie viele Kinder hat er?« – »Eines. Eine Tochter. Soraya.« – »Sojasoße? Süßer Name. Haben wir ein Bild vom Kinderzimmer?« – »Ja.« – »Gut. Und was noch?« – »Wohnzimmer. Er vor seinem Bentley. Er beim Kickboxen. Tolles Bild. Voll dynamisch.« – »Er fährt einen Bentley?« – »Ja.« Bieri tat einen anerkennenden Pfiff. »Und was ist nochmals der Deal.« – »Er hat ein Buch geschrieben …« – »Echt? Heute schreibt wirklich jeder ein Buch. Ich sollte auch ein Buch schreiben, wenn man davon einen Bentley kaufen kann. Apropos Bentley: Paola, die Hybridgeschichte in Schweden schon fertig? Wie war es überhaupt?« – »Es war traumhaft. Aber ich muss noch etwas daran arbeiten.« – »Okay. Beim Reisen?« – »Als Aufmacher bringen wir das Hotel Kaiserstuhl am Lungernsee.« – »Klingt nicht gerade nach der großen weiten Welt.« – »Wir machen was so à la ›Warum in die Ferne schweifen‹ und so weiter.« – »Und die Swiss bietet in der First Class im Herbst Steak vom Wagyu Rind. Im November gibts weiße Trüffel und ab Februar Hummer und Langusten. Dazu machen wir auch was.« Bieri nickte und sagte: »Guter Kontrast zu den Flüchtlingsbildern vorne. Gut, dann ist ja alles klar. Dann dürfen wir uns wieder auf unsere ungesunden Bürostühle setzen, zurück an die Arbeit, aber dalli, dalli.« Er klatschte zweimal in die Hände, alle stiegen von den weichen Matten und machten sich daran, wieder in ihre Schuhe zu schlüpfen.

Bieri kam zu Paola. »Hast du einen Moment?« – »Klar.« Als sie ungestört waren, fragte er: »Wie läuft die Sache mit Tim?« – »Gut.« – »Gut? Was heißt das? Hat er zugesagt? Wie hat er reagiert?« – »Ich hab ihn gesprochen. Natürlich ist er furchtbar erschrocken, als er erfuhr, dass wir alles wissen.« – »Und hast du ihm die Story vorgeschlagen?« – »Ja. Er war erst nicht begeistert. Seine Frau …« Paola verdrehte die Augen. »Die ist echt total verklemmt. Die macht dem armen Tim das Leben schwer. Kein Wunder, dass er fremdgehen muss.« – »Na ja«, sagte Bieri und grinst. Paola lächelte. »Als ich durchblicken ließ, was die Konsequenzen wären, was wir in der Hand haben, hat er gespurt.« Sie ballte ihre Fäuste. »Gespurt? Gut! Das hör ich gern. Das wird eine großartige Geschichte.« Bieri blickte Paola an. Sie sah Dankbarkeit in seinen Augen, war sich aber nicht sicher, ob sie nicht noch etwas anderes entdeckte. Er legte seine Hand auf ihre Schulter. »Ich weiß, dass ich mich auf dich verlassen kann, Paola. Und es wird sich für dich lohnen.« Paola räusperte sich. Bieri änderte den Tonfall und sagte beinahe beschwingt: »Und daheim? Bei dir? Alles gut?« Noch einmal räusperte sich Paola. Ihre Kehle war plötzlich ganz trocken. Wo war ihr Caffè Latte? »Etwas hab ich noch vergessen, zuvor, eine Idee.« – »Ja?« – »Eine Künstlerin, sie heißt Delphine, ein Porträt.« – »Ist sie jung?« – »Ja. So Mitte zwanzig vielleicht.« – »Ist sie hübsch?« – »Ja.« – »Gut. Die Leute lieben schöne junge Frauen, die bunte Bilder malen. Du hast freie Hand, Paola. Mach, was du willst.« Noch immer lag seine Hand sanft auf ihrer Schulter.

Ein Ruhetag

Schwer wog die Vinylscheibe in Vischers Händen, er hielt sie mit gebührender Vorsicht, beinahe zärtlich, nachdem er sie aus der stockfleckigen Papierhülle gezogen hatte, scharfkantig und schwarz glänzend. So glänzend, dass er sein Spiegelbild im schwarzen Rund erblickte. Die Platte selbst schien makellos. Gut möglich, dass sie noch nie zuvor gespielt worden war, dachte Vischer, dass noch nie jemand einen Ton von ihr gehört hatte, dass sie damals gekauft und ungehört im Regal verstaut worden war, von wem und aus welchen Gründen auch immer. Er legte sie auf den metallenen Teller, der sich in Schwung setzte, nachdem er den Tonarm angehoben hatte. Ein leises Knistern ertönte, kurz und knackend grell, als die geschliffene Nadel sanft heruntergelassen wurde. Spinnenbeinig prickelte das Cembalo aus den Lautsprechern, schmetterlingsgleich kam die Flöte hinzu, welche das Cembalo umschwirrend begleitete. Das Allegro der ersten Sonate in B-Dur von Mozart, Alexandre Magnin an der Flöte, Jörg Eichenberger am Tasteninstrument. Vischer hörte diese Einspielung zum ersten Mal. Es war eine hervorragende Aufnahme. Er studierte das Plattencover, darauf das Abbild des jungen Mozarts, mehr noch Kind denn ein Mann, seltsam sauertöpfisch dreinblickend. Was er hörte, das gefiel ihm so gut, dass er einen Tick lauter stellte.

Er setzte sich an den Tisch, der eigentlich ein klassischer Esszimmertisch war, aus Kirschenholz, aber noch nie hatte ein Gast an ihm gegessen. Hier entfaltete er

nun eine Karte, Maßstab 1:25 000, widerspenstig bu-
ckelte sie an den Falzen, ganz so, als wolle sie sagen, die
Landschaft sei ja auch nicht flach. Vischer strich mit der
glatten Hand über die Karte, beugte sich darüber, und
noch einmal besah er sich die Strecke, die er am gestrigen Tag gefahren war. Eine lange Tour war es gewesen,
hart und schnell war er sie angegangen. Deshalb gönnte
er sich heute, was er sich selten gönnte, eigentlich kaum
je: einen Ruhetag. Er war zu Hause geblieben und hatte
Musik gehört und etwas gelesen. Vor allem aber hatte
er sich um seine Räder gekümmert. Sie brauchten ihre
Pflege. Er hatte geputzt, was geputzt werden musste. Ge-
duldig und behutsam, ohne jede Hast hatte er mit dem
Drehmomentschlüssel Schrauben angezogen, nachdem
er sie gereinigt hatte. Noch immer lag der Duft nach
Kriechöl in der Wohnung, er nahm den tranigen Odeur
nicht mehr wahr.

Den Zeigefinger setzte er auf Chur. Er bückte sich
über die Karte auf dem Tisch, fast so, wie er sich in den
Wind geduckt hatte auf seinem Rad, am Morgen des
gestrigen Tages, als er vom Bahnhof Chur losfuhr Richtung Thusis. Denn der Wind war ihm streng entgegen-
geblasen, wie so oft in jener Gegend, und er ließ erst
nach, als Vischer in die Viamala eingebogen war, das
enge Tal, in dem der Hinterrhein fröhlich toste. Vischer hatte es abends noch in sein Buch notiert: »Herr-
liche Ausblicke, viele kleine Wasserfälle, Straße parziell
feucht.« Bis Splügen Dorf waren es gute 50 Kilometer
und 1000 Höhenmeter gewesen. Er fuhr ohne Halt in
den Pass und in die erste Rampe hinein, es folgten ein

paar Serpentinen, schnell gewann er an Höhe, es war nicht zu steil, wunderbar war der Blick auf Splügen, kühl empfing ihn der Schatten eines Waldes, er roch das harzige Aroma der Arven, die Süße der Waldbeeren. Eine lange Gerade führte das Tal herauf, und mit gutem Tempo fuhr Vischer über die Marmorbrücke, die den Weg über den Hüscherenbach führte und aus demselben hellen Stein gehauen war wie Teile des Doms in Mailand. Marmor, der ganz in der Nähe talaufwärts aus dem Berg geschnitten worden war vor über zweihundert Jahren. Für Vischer war die Brücke bloß eine Brücke, schmucklos, pragmatisch, ohne Alter, als er darüberspurtete und ihm der Schweiß herunterlief.

Die Straße stieg an. Vischer überholte ein paar Mountainbiker, von denen einer ihm etwas zurief, doch er hörte nichts. Allgemein sprach er kaum mit anderen Radfahrern, schon gar nicht während der Fahrt. Wollte einer reden, so war Vischer glücklicherweise physisch in der Lage, einfach das Tempo zu verschärfen. Die wenigsten vermochten ihm zu folgen, schon gar nicht über längere Zeit, und wenn doch, dann war ihnen nicht mehr nach einer Plauderei zumute. Ein mancher von den Abgehängten suchte auf dem Pass das Gespräch, wenn er keuchend dort ankam, wo Vischer schon wieder mit Ruhepuls in die Landschaft blickte. Die Abgehängten lenkten auf dem Pass bald das Gespräch auf technische Dinge, als fänden sie dort eine Erklärung für den Umstand, dass ein anderer besser gewesen war. Sie sprachen Vischer auf die Schaltung an oder das Gewicht seines Rennrads, sie traten heran, nickten ihm zu, betrachteten sein Gefährt und begannen ein Fachgespräch über Lenkerbandqualitäten, Radnaben oder die Vorzüge und Nachteile von bestimmten Herstellermarken. Vischer gab jeweils ausweichende Antworten, zog den Reißverschluss der Windjacke ganz nach oben und schwang sich wieder auf das Rad, hob die Hand zum Abschied und fuhr davon, ohne einen Blick für die sich langsam erholenden Kameraden, die keine Kameraden waren, sondern bloß Menschen, die dasselbe taten wie er, wenn auch wohl aus ganz anderen Gründen.

Kühe glotzten ihn an. Der Geruch einer geschundenen Pkw-Kupplung lag in der Luft. Wanderer winkten ihm zu. Der Weg knickte weg nach rechts, und es ging in die Serpentinen, fünfzehn an der Zahl, die so akkurat in den bergigen Hang hinein gelegt wurden, gebettet auf gemauerte Trassen, wie sonst kaum ein menschengemachter Weg in den hiesigen Alpen. Er liebte diese Kurven. Es war ja nicht das erste Mal, dass er auf den Splügen fuhr, beileibe nicht. Er kannte sie gut. Und hier war jede Kurve so, wie jede Kurve war: anders als alle anderen. Vischer mochte auch die Gerade, die gezogene Linie, an-, absteigend oder auch flach. Er mochte das Tempobolzen, die schnelle Fahrt durch plane Landschaft, die Wahrnehmung reduziert auf das Wesentlichste und vor ihm Liegende. Aber nichts ließ sich vergleichen mit den Kurven einer Alpenstraße, deren Belag in jedem Winter arg geschunden wurde von der Kälte, dem lange liegenden Schnee, dem Streusalz und dem Wasser, welches seinen Aggregatszustand dauernd wechselte. Entscheidend war die Krümmung des Übergangsbogens, der die Gerade in die eigentliche Kurve führte, es war die Neigung längs, die Neigung quer. Und niemals waren sie gleich. Niemals. Auch jede einzelne Kurve schien ihren Charakter zu verändern, täglich, stündlich, minütlich, je nach Witterung und Temperatur, denn das kleinste Detail veränderte das Ganze. So war das beim Rennradfahren, in allen Belangen war es so: Die kleinsten Details machten die größten Unterschiede. Abends saß Vischer manchmal am Tisch und studierte Bücher über berühmte Bergstraßen. Manche Menschen erfreuten sich beim Anblick von Hochglanzfotografien von kantigen Sportwagen. Andere von drallen nackten Menschenkörpern. Nochmals andere schluckten leer, wenn sie aufwendig produzierte und üppig illustrierte Kochbücher studierten. Für Vischer bestand die Erotik in der Betrachtung von Kurven, vor allem von Kurven, die er noch nicht gefahren war, etwa die berühmte Korkenzieherkurve auf dem Weg zum Col du Grand Colombier in den Rhone-Alpen kurz hinter der Ortschaft Culoz.

In Montespluga hatte Vischer an einem rot gedeckten Plastiktisch an der Hauptstraße zu Mittag gegessen, vor der Albergo Posta, und die bestellten Pizzocheri hatten ausgezeichnet geschmeckt. Er blieb nicht lange, nachdem in einem Zug gekippten Espresso fuhr er wieder los, 30 Kilometer bis Chiavenna. Der Straßenbelag auf der italienischen Seite war um einiges schlechter, als er auf der heimischen gewesen war, trotzdem ließ er es sausen, das Licht flapperte wie ein Stroboskop durch die Löcher der Lawinengalerien, unterhalb des Weilers San

Roco schoss er in einen stockfinsteren, engen, roh ins Gestein gehauenen Straßenstollen, in dem ihm eiskalte Wassertropfen von der schwarzfleckigen Decke auf den Rücken fielen. In dem lampenlosen Tunnel war es kühl, und die Dunkelheit schien mehr zu sein als bloß der Mangel an Licht. Ihm war, als fahre er mit 60 Stundenkilometern ins Nichts, ins Innere der Erde, einem Ende entgegen. Und dann sah er einen Flecken Helligkeit, der größer und größer wurde, das Ende des Tunnels, er raste auf ihn zu, und er schoss hinaus ins gleißende Licht, in die Sonne, in den heißen Wind. Es war wie freier Fall.

Eichenberger und Magnin waren mit Mozarts Sonaten zu einem Ende gekommen. Vischer faltete die Karte wieder zusammen. Er hob die Schallplatte hoch, schob sie mit der nötigen Sorgfalt zurück in die Papierhülle, diese in das feste Cover, auf dem Mozart noch immer beleidigt dreinblickte. Den Plattenspieler stellte Vischer aus, den Verstärker jedoch nicht. Das tat er nie. Seit er hier wohnte und den Verstärker das erste Mal angestellt hatte, lief das Gerät. Es war nicht gut, einen Verstärker auszuschalten, es war eine unnötige Belastung für die diffizile Elektronik und beeinträchtigte den Klang maßgeblich, davon war Vischer überzeugt. Einmal eingeschaltet, würde das Gerät fortan laufen, die grüne Kontrolllampe leuchten, genährt vom Strom, ein Leben lang. So wie ein Herz ein Leben lang schlug.

Das Tor zur Welt

Tim saß in einem Hamburgerlokal namens Jack & Jo am Gustav-Gull-Platz. Sein Blick strich durch den hohen, weiten Raum. Er hatte nicht das Gefühl, mitten in Zürich zu sein, ganz nahe der Hauptachse des Pfuhls, der Langstrasse und ihren dreckigen, ins Quartier fließenden Adern, wo noch immer Nutten in rot beleuchteten Fenstern hockten, auf dem Asphalt rumtrippelten, auf Typen warteten, die sich in der Mittagspause nicht mit einem Wurstbrot begnügen mochten, wo Kerle mit Halbglatzen und Kugelbäuchen schon morgens herumstanden und glotzend Halbliterbüchsen Billigbier in sich hineinschütteten, wo steifbeinige Süchtige in siffigen Hauseingängen verschwanden, die Polizeiautos mit Blaulicht und Martinshorn auf der Busspur entlangschossen wie Krankenwagen auch.

Hier bei Jack & Jo war die Welt anders, in diesen luftig hohen Räumen, die erfüllt waren vom würzigen Aroma frisch angebratenen Biofleisches und von schwebender Musik, dem frisch lackierten Pop von Adele. Er dachte: Könnte auch Berlin sein, könnte London sein, könnte irgendwo sein. Irgendwo da, »wo es passiert«. Auch die Leute sahen nach anderswo aus. Sie kamen ihm kosmopolitischer vor, besser angezogen, er schnappte Wortfetzen auf von Englischsprechenden, spanische Happen, hochdeutsche Brocken. Es war Samstagnachmittag, das Lokal war voller Leute, die in der Europaallee den neuen Stadtteil erkundet hatten. Sie stärkten sich hier am neuen Wasserloch, mit ihrer Beute in den

Taschen, Tüten, Säcken, einem extravaganten Massai-Armreif aus Elfenbein mit aufgesetzten Skarabäen aus Citrin vom Juwelier in der Allee; kreativen Pflanzgefäßen und biologischem Saatgut aus einem Fachgeschäft für Urban Gardening; zehn Franken teuren Hundertgrammtafeln Wasabi-Schokolade vom Choco-Store; im Outdoor-Laden erstandene Survival-Kits mit Notsignal-Pfeife, wasserfesten Streichhölzern, Nylondraht zum Anfertigen von Schlingen sowie einem interessanten Überlebensratgeber, alles in einer wasserdichten Box.

Tim ging an diesem Tag tatsächlich das allererste Mal durch die Europaallee. Er fand zwar den Werbe-Slogan »Das Tor zur Welt im Herzen von Zürich« etwas kryptisch, aber irgendwie auch schmissig. Es klang auf jeden Fall nach etwas Verlockendem, Begehrenswertem. Er ließ sich davon anstecken und war begeistert. So begeistert, dass er tausend Dinge gleichzeitig dachte, nämlich dass er Tom unbedingt den Vorschlag machen sollte für eine Show, live aus der Europaallee, mit dem Trio Eugster, mit Bligg. Und Francine Jordi könnte sicherlich auch wieder mal einen guten Auftritt gebrauchen, sie könnte singend die Treppe bei der Pädagogischen Hochschule heruntersteigen und *Bis ans Ende der Zeit* singen. Und könnte man nicht etwas mit Flüchtlingen machen? Francine Jordi begleitet von einem Flüchtlingschor? Weil: Europaallee … da schwang doch das alles mit: Tor zur Welt: Der Weg zum Glück. Ja, das wäre ein Hammer-Titel. »Europaallee: Der Weg zum Glück.« Vergangenheit, Gegenwart, Zukunft, alles war drin.

Oder vielleicht doch lieber eine Parade mit historischen Dampflokomotiven den nahen Geleisen entlang? Tim konnte sich schon sehen mit rußgeschwärztem Gesicht, Latzhose, Käppi auf dem Kopf, wie er live moderierte im Führerstand einer Lok, Kohle nachschaufelte, am Hebel zog und die Dampfpfeife ertönen ließ, einmal, zweimal, vielleicht anstatt Flüchtlinge einfach ein dunkelhäutiger Bub bei ihm vorne in der Dampflok, so wie bei Jim Knopf?

Und er dachte: Geniale Idee, hoffentlich erinnere ich mich noch an die Hälfte, ich sollte mir das notieren, jetzt gleich. Aber zuerst hol ich mir noch ein zweites Glas Zweigelt.

Eine Viertelstunde zuvor war Tims Laune noch nicht so gehoben gewesen. Er und die Jungs kamen von der samstäglich stark bemannten Bahnhofstrasse herübergepilgert, den ganzen Weg zu Fuß, die Kinder maulend, Tim vorweg, es war wie ein Treck in einem episch öden Westernfilm. »Ein bisschen Bewegung ist gut, dann habt ihr Hunger, so richtig Appetit im Restaurant!«, hatte er gesagt. Und ähnliche Dinge. Erst klang er aufmunternd, klatschte in die Hände, sagte: »Hopp, hopp!« Je weiter sie jedoch gingen, desto grummliger wurde er, bis seine Laune sich langsam, aber sicher der Talsohle näherte. Schon beim Löwenplatz fühlte er Wut in sich aufsteigen. Er zischte die Buben an, riss sich aber zusammen in der Öffentlichkeit. »Kommt jetzt, Jungs«, sagte er, gepresst. Aber die Jungs kamen nicht. Luca stellte Laurin das Bein und lachte, als der Kleine hinfiel. Es gab ein bisschen Streit, ein kleines Handgemenge auf dem

Trottoir. »Achtung, die Straße«, rief Tim, »hier fahren Autos, Trams, Busse, hey! Hört ihr mir zu!« Die Jungs rauften weiter. Grob riss Tim die beiden an den Jacken, ermahnte sie einzeln und schleifte beide Richtung Europaallee, dem Tor zur Welt.

Tim hatte die Jungs den ganzen Nachmittag. Judith fand es eine gute Idee, er war ja immer weg unter der Woche und an den Wochenenden manchmal auch. Sich selbst buchte sie im Hamam am Helvetiaplatz eine Pascha-Seifenschaummassage, bei Julio. Das wollte sie sich gönnen. Tim hatte erst große Pläne für den Samstag: in den Wald, Feuer machen, Schlangenbrot, Würste in die Glut halten, bis ihre Haut brutzelnde Blasen warf und die Spitzen der Beinchen an den Enden schwarz wären, auf einen Baum klettern, nach Rauch stinkend nach Hause kommen, glücklich, lachend, wie es Väter mit ihren Söhnen machten. Aber die Jungs hielten nichts von der Idee, und Tims Begeisterung erstarb schnell – und deshalb gingen sie in die Stadt bummeln, während sich Judith im Untergrund von einem Fremden namens Julio durchkneten ließ, einem Typen mit sicherlich affenartig behaarten Armen.

Tim war schon bei der sechsten Serviette und würde bald die siebte benutzen, anders war dem Silver Surfer Burger in seinen Händen nicht beizukommen. »… auf-ein, ode?«, sagte er zu seinen Buben, die Hälfte der Konsonanten wie Teile des Burgers in seinem Mund zerkauend. »Uper«, sagten sie im Chor, und er, nachdem er würgend geschluckt hatte: »So cool, mit euch hier zu hocken.« Tim grinste, und sein Blick schwenkte über die Buben hinweg, die über Minecraft sprachen, es ging um eine vollautomatische Hühnerfarm und was zu tun war, damit gebratene Hühnchen rauskamen. Am nächsten Tisch hockten drei junge Frauen, sie kicherten und gackerten, waren alle hübsch, vor allem die eine, die Lippen glänzend vor Gloss, die Wangen rot gepudert, die Wimpern lang und klebrig dick. Er sah sie an und dachte: Ja! Sie lachte über etwas, das eine Freundin gesagt hatte, und eine Spange glitzerte in ihrem Mund, der an einem Strohhalm saugte.

»Keine Spaghetti? Alles paletti!« Eine Hand sauste auf Tims Schulter. Er erschrak, ein Brocken Fleisch mit Soße fiel aus den zwei Resten der sich auflösenden Brötchenhälften. Er sah hoch, den Mund noch offen. Dominik. Die Buben verstummten, hielten inne mit Kauen, blickten misstrauisch den Fremden an. Dominik grinste breit, die Zähne blendend weiß, er hatte einen Typen in einem Muskelshirt im Schlepptau, der nichts sagte und dreinblickte wie frisch lobotomisiert. »Hey!«

»Tim, dich hier zu sehen, erschüttert mich!« Dominik hielt ihm seine Faust hin, und Tim brauchte eine Sekunde, bis er begriff, seine Hand ebenfalls zur Faust formte und Dominiks Pranke leicht anboxte, was der normale Gruß war im Fitness-Center. Dominik war Tims Fitnesscoach, wenn auch bloß sporadisch, denn Tim ging nicht so oft hin, wie er sollte.

»Du hast zugenommen, stimmts?« Dominik sah Tim fragend an und kniff in Tims Oberarm. »Nur ein Scherz!«

Tim hasste es, wenn Dominik Witze riss, die sein

Äußeres betrafen. Vor allem, weil er nicht sicher war, ob es tatsächlich Witze waren. Der Kerl in Dominiks Schlepptau gaffte unverhohlen den dicken bärtigen Typen an, der die Burger briet. Der Burgerbrater schaute auf vom brutzelnden Fleisch und nickte dem Kerl zu. Der grinste. Ein Goldzahn blinkte in seinem Gebiss.

»Übrigens, voll Scheiße, Mann«, sagte Dominik und blickte plötzlich ernst drein.

»Was?«, fragte Tim.

»Mit eurer Wohnung.«

»Was ist damit?«

»Na, wegen der Kündigung. Dass ihr alle rausmüsst.«

Tim schaute schnell zu seinen Buben, dann wieder zu Dominik. »Kündigung?«

»Ja, Delphine hat es mir erzählt. Sie ist ja auch betroffen. So eine Kacke. Ist eine schöne Wohnung, oder?«

»Ja, aber ...«

»Ist nicht einfach, was Neues zu finden. Ihr habt echt Glück. Also: Ihr hattet echt Glück.«

Tim überlegte, wie er das Thema wechseln sollte, wiegelte ab, sagte, da sei noch gar nichts entschieden, aber Dominik blickte noch immer ernst drein, bis er wieder seinen Arm auf Tims Schulter sausen ließ und sagte: »Ja, du, ich muss weiter, also lass dich bald mal bei mir blicken, und wir schwitzen die Schweinerei wieder weg, die du da grad in dich reinstopfst!«

»Klar«, meinte Tim und blickte zu Dominik hoch, sein Lächeln etwas gequält. Zum Abschied trafen sich ihre Fäuste. Dominik sagte: »Und du weißt: ›Wenn

Chuck Norris ins Wasser fällt, wird er nicht nass, sondern das Wasser wird Chuck Norris.‹«

»Wer war das denn?«, fragte Luca mit gekräuselter Nase, als hätte er eben etwas Ekliges gegessen.

»Dominik, mein Fitnesscoach.«

»Dein was?«, fragte Laurin.

Und Luca fragte: »Und was war das mit der Kündigung?«

»Egal, nichts, ihr müsst euch keine Sorgen machen.«

»Und wer ist Chuck Norris?«

Tim stopfte sich das letzte Stück des erkalteten Burgers in den Mund, blickte auf die Uhr, Judith war wohl endlich wieder zu Hause, entspannt von Julios magischen Händen. Kauend sagte er zu Laurin: »He, Meister, du hast ja noch nichts von deiner Limo getrunken«, und er dachte, sagte es aber nicht: Die sieben Franken gekostet hat.

»Ich mag sie nicht, sie ist zu sauer.«

»Zu sauer? Starke Männer mögen doch saure Limo.«

»Ich mag Cola lieber.«

Lucas Hand schnellte hervor. »Dann nehm ich sie«, sagte er und wollte die Limo greifen, die Laurin zwar nicht trinken, aber auch nicht hergeben wollte. Zwei Kinderhände jagten aus verschiedenen Winkeln auf die Limo zu, und diese folgte den strengen Gesetzen der Physik: Sie schwappte und floss schnell aus dem kippenden Glas über den Tisch, Tim stand auf, reaktionsschnell, aber doch zu spät: Ein guter Teil des grünen Saftes nässte seine Jeans, und mit einem prasselnden Geräusch wie am Ende eines kurzen Sommerregens tropfte die Limo vom Tisch auf den Boden. »Verdammt«, entfuhr es Tim, als er an sich herunterblickte. »Du bist schuld«, sagte Laurin zu Luca, und dieser gab zurück: »Nein, du, du Arschgesicht.« Laurin fing augenblicklich an zu weinen, Luca äffte ihn nach. Ein Glas ging zu Boden, zerbrach. Die Leute schauten her. Die Kassiererin, der Koch, die Zahnspange vom Nebentisch. Und da stand Tim, die Hose feuchtdunkel im Schritt. Alle im Restaurant gafften. Tim lächelte. Er zwang sich dazu. Es gelang.

Achtung, Frau!

Delphine mochte den Job im Fitnesscenter. Er hatte nichts mit ihrer Welt zu tun, in der sie sich sonst bewegte. Viel besser in der Muckibude zu stehen, als in einer Bar zu jobben, wo ihre Mitstudenten rumhingen, sich die Kante gaben und sie volllaberten mit Hochschulklatsch, oder im Quartierladen, wo ihre Professoren einkauften, oder in der Boutique, in der Virginia sich zu Tode langweilte. Hier war ein anderer Kosmos, und die einzigen Menschen, die sie kannte, waren ein paar Gestalten von der Lienhardstrasse 7, aber auch mit denen hatte sie kaum etwas zu tun. Delphine schlüpfte schnell in ihre Uniform: Ein magentafarbenes Trägertop, schwarze Gymnastikhose mit einem zum Top passenden magentafarbenen Streifen auf der Seite, eine schwarze Kapuzenjacke mit dem Logo auf der Brust, und schon stand sie an der Theke beim Eingang, ein

Lächeln auf dem Gesicht. Das Lächeln war ihr wichtigstes Arbeitsinstrument. Das hatte man ihr schon am ersten Tag gesagt. Und den dafür notwendigen Jochbeinmuskel trainierte sie oft.

Dass ihre berufsbedingt körperbetonte Kleidung magentafarben war, hatte einen ganz einfachen Grund: Der Club hieß MagentaFit. Delphine fand nicht nur den Klang des Namens unglücklich, sondern auch die Farbe, bieder, ja, entschieden zu feminin, was ihr seltsam vorkam für einen Club, der sich an Männer und Frauen richtete, vielleicht sogar noch mehr an Männer. Dominik aber, der Club Manager, hatte ihr am Weihnachtsessen lange und detailliert erklärt, beziehungsweise in ihr Ohr gebrüllt, über die Musik hinweg, weshalb der Club so hieß, wie er hieß, allerdings hatte sie es bereits eine halbe Stunde später wieder vergessen. Sie erinnerte sich bloß noch an zwei Dinge, nämlich dass es gut sei, wenn die Frauen sich angesprochen fühlen, denn wo Frauen waren, da folgten Männer automatisch, und dass der Club eigentlich PurpurFit hätte heißen sollen. Als man jedoch herausgefunden hatte, dass die Farbe Purpur ursprünglich aus zermalmten Seeschnecken hergestellt wurde, sah man davon ab. Delphine hatte damals zu Dominik gesagt, unbefangen und unüberlegt: »Purpur, ha! Das klingt ja auch wie eine Schwulen-Cüplibar im Seefeld«, daraufhin schwieg Dominik eine Weile in die laute Musik hinein. Bis er sagte: »Kennst du den: ›Chuck Norris isst keinen Honig, er kaut Bienen!‹« Delphine kannte ihn nicht. Und sie würde bald noch mehr Chuck-Norris-Sprüche kennenlernen.

Delphines Job bestand im Wesentlichen aus drei Dingen: Sie musste den Besucherinnen und Besuchern ein freundliches Lächeln schenken, wenn diese ihr ihre magentafarbene Mitgliederkarte reichten, sie musste die Regale mit Handtüchern und Mineralwasser auf- füllen und einmal in ihrer Schicht durch die Umklei- deräume ziehen, »Achtung, Frau!« rufen, wenn sie jene der Männer betrat, und kontrollieren, ob es noch genü- gend Ohrenstäbchen gab, die Dosen mit den Haar- und Hautpflegemitteln ordentlich arrangieren sowie liegen gebliebene Handtücher einsammeln. Und zu ihren Auf- gaben gehörte es, ab und zu das Telefon abzunehmen und in den Hörer zu singen: »MagentaFit, Delphine am Apparat, was kann ich für dich tun?« Kein harter Job. Kein schwieriger Job. Das Anstrengendste war die Musik, die sie ertragen musste, pausenlos. Dominik hatte zwei Soundwelten kreiert. In den Garderoben lief ethno- bis esoschwangerer Ambientsound, gerne ge- spickt mit Rufen von Delphinen, gurgelndem Fließgе- wässer sowie gläsern scheppernden Windspielen oder was sonst noch die Psyche streichelte. In der Aktivzone aber, dort wo man trainierte, wo die Maschinen stan- den, war es peitschender Housesound. Leider gehörte der Empfang gemäß Dominiks strategisch ausgelegter Territorial-Einteilung ebenfalls zur Aktivzone. »Die Leute kommen rein, sehen dein Lächeln, hören die geile Mucke, also sind sie gleich gut drauf«, hatte er gesagt. Die Musik hatte nur etwas Gutes: Sie war lauter als ihr Tinnitus.

Der Morgen war ruhig. Je weiter der Minutenzeiger

der an der Wand hängenden Quarzuhr aber auf die volle
Stunde zuhüpfte, desto mehr Betriebsamkeit kam auf,
und auch die Kundschaft wandelte sich. Während vor-
mittags und nachmittags eine heterogene Mischung in
den Club tröpfelte – Großmütter nach Hüftoperationen;
Muskeljunkies, die wie Affen watschelten; Gigolos mit
Sascha-Hehn-Frisuren, die sich eine geschäftseminente
Grundfitness erhalten wollten –, so waren es mittags
Typen in Anzügen und Krawatten, Frauen in Kostü-
men, die aus den Büros kamen, eine dynamisch hereinströmende Masse, um die Mittagspause zu nutzen, um
an ihrer Leistungsfähigkeit zu arbeiten, um den Druck
von oben zu ertragen und nach unten weitergeben zu
können, sie taten einiges für die Gesundheit ihres Körpers, der ja gebraucht wurde, von der Bank, der Versi-
cherung, der Verwaltung, denn die Arbeit konnte noch
nicht von Maschinen verrichtet werden. Also verrich-
teten sie ihre Arbeit mittags an den Maschinen. Stiegen auf die Laufbänder. Legten sich unter Langhanteln.
Hampelten an Crosstrainern.

Zu diesem seltsamen Job war Delphine per Zufall
gekommen. Sie trieb keinen Sport – nicht mehr. Sie
sprach nie darüber, dass sie einst eine recht erfolgrei-
che Orientierungsläuferin gewesen war, als Juniorin. Es
gehörte zu ihrem früheren Dasein, zur Kindheit, war
eine Episode, die ziemlich frei war von Dingen, die zu
erzählen sich lohnten. Sport eben. Siege. Niederlagen.
Vor allem aber Training. Sie rannte damals durch Farn-
kraut, ließ sich von dornigen Büschen die Arme zer-
kratzen, morsches Totholz barst hohl klingend unter

ihren mit stumpfen Spikes besetzten Laufschuhen, sie preschte vorbei an moosüberwucherten Grenzsteinen, zog ihre Füße mit Schmatzgeräuschen aus tief sumpfigem Grund, scheuchte Rehe auf, Waldohreulen, Tiere, die nichts anderes waren als Schemen, hatte mehr als einmal Angst, alleine im Wald, der so dunkel und still sein konnte, sie verknackste sich den Knöchel, schürfte sich den Ellenbogen auf bei einem Sturz, während sie bei hohem Tempo die Karte zu lesen versuchte, ihr schlugen peitschende Äste ins Gesicht, sie pflügte durch ein grünes Meer, wie Schaumkronen weiß leuchteten darauf verteilt die feinen weißen Blütenblätter, die Luft schwanger vom Duft des Bärlauchs, und wie Säulen ragten daraus die Stämme der Bäume empor, die das Dach aus Blättern trugen, welche das Licht dämpften, das hereinfiel, in diese Kathedrale der Natur, und ja, manchmal lief es ihr kalt den Rücken runter vor schierer Schönheit simpler Momente, als sie alleine war mit ihrem schnell schlagenden Herzen in der Brust, die Karte in der einen, den Daumenkompass in der anderen Hand, nichts hörend als das Keuchen ihres Atems.

Dies jedoch war alles längst vergessen, unzugänglich abgelegt irgendwo in ihrem Gehirn, als unwichtig klassifizierte Details, die verstaubten. Dieser kleinen Details wegen hatte sie jedoch den Job bekommen, denn das hatte Dominik tief beeindruckt. »Echt, du warst an der Weltmeisterschaft?«, sagte er, die Arme in die Hüften gestemmt, das Kinn anerkennend gehoben. »Junioren-WM«, sagte Delphine, »und ich wurde nur Siebzehnte auf der Kurzstrecke.« – »Trotzdem. Alle

Achtung. Und wo war das?« – »In Ungarn, Miskolc.« –
»Schön dort?« – »Viel Wald. An das erinnere ich mich
noch, an viel, viel Wald. Aber eben, es ist lange her, und
ich wurde nur Siebzehnte, und das war mein größter Erfolg.« – »Na, na«, sagte Dominik, »du musst jetzt nicht
dein Licht unter den Scheffel stellen.« Er streckte ihr die
Hand hin. Sie griff danach. Es war eine große Hand. Sie
hatte den Job.

Der erste Kunde, den Delphine heute begrüßte, war
einer, den sie verabschiedete. »Hallo Tim, also: Tschüss,
meine ich«, sagte sie, ihr geschäftsmäßiges Lächeln gelang ihr auf Anhieb. Als Tim an ihr vorbeiging, um im
Treppenhaus zu verschwinden, zog er sie für einmal
nicht mit den Augen aus, eine Premiere, dachte sie.
Er hatte ihr bloß zugenickt, hohläugig, bleich und fix
und fertig. Das Telefon klingelte, Delphine nahm ab.
»MagentaFit, Delphine am Apparat, was kann ich für
dich tun?«

Der Masterplan

Die Bauchmuskeln erzitterten, schnell hob und senkte
sich seine Brust, nass klebte das Shirt an seinem Körper.
Er lag auf der dünnen Matte und betrachtete die Decke.
Niemals zuvor hatte er hier im Fitnessstudio an die Decke geblickt: Wie ein im Sonnenlicht funkelnder Strom
schlängelte sich der mit schrumpelig glänzender Metall-
folie isolierte Lüftungsschacht über die graue Ödnis des
rohen Betons. Tim schloss die Augen und dachte: Ver-

dammt, so ein simples Gerät, aber so anstrengend. Er öffnete die Augen wieder und blickte in das grinsende Gesicht von Dominik. »Alles okay, Tim?«, fragte er. Tim wuchtete seinen Oberkörper hoch. »Alles klar.« Er verzog sein Gesicht, Dominik sagte: »Wenn Chuck Norris Push-Ups macht, drückt er sich nicht selbst hoch, sondern die Erde runter.«

Von der Decke hingen zwei gelbe Schlingen. Eben noch waren Tims in Turnschuhen steckende Füße in diesen Schlingen, und bäuchlings auf seine Handballen gestützt, zog er sie zum Oberkörper, schob sie zurück, zog sie wieder an, zehn Mal. »Super«, hörte er Dominik rufen, »noch einen«, und er zog die Beine nochmals an, »yes! Noch einen, komm, noch einen«, und nochmals zog er seine Beine an, bis sein Körper zu zittern begann, er stöhnte und ächzte, sank auf die Knie und lag einen Moment da, vornübergebeugt, die Beine noch gefangen in den Schlingen, den Kopf auf der dünnen magentafarbenen Gummimatte, als würde er etwas anbeten, und als er den Kopf wieder hob, blieb eine dunkle Stelle auf der Matte zurück: Der Schweiß seines Angesichts. Ungelenk machte er sich frei, hockte noch eine Weile auf allen vieren auf der Matte, bevor er sich auf die Seite fallen ließ wie ein frisch geschossenes Großwild.

»Okay, gut gemacht, Tim, und wie hieß die Übung?« – »Weiß nicht mehr«, presste Tim hervor. Dominik stand da, über ihm, hundert Kilo hart trainierte Muskelmasse. »Atomic Crunch. Merk dir das: Atomic! Crunch! Das ist voll Chuck Norris! Tim, du bist mein Mann! Ab zum BOSU-Ball. Kennst du den BOSU-Ball schon?« Tim schüttelte den Kopf. »Wirst du lieben. Super für Koordination, Gleichgewicht und Rumpfstabilität. Und danach noch hundert Russian Twists. Hey, kennst du den: ›Chuck Norris' Roundhouse-Kicks sind schneller als das Licht. Das heißt: Wenn du auf den Lichtschalter drückst, bist du tot, bevor es hell ist.‹« Dominik lachte laut. Tim eher leise.

Er fühlte sich ziemlich matt, als er das Fitnessstudio verließ. Delphine stand hinter der Theke und faltete Handtücher. »Tschüss, Tim«, rief sie ihm nach und lächelte. »Tschüss«, sagte er, oder wollte es vielleicht auch bloß sagen, müde hob er die Hand. Er war so erledigt von Dominik, seinen Atomic Crunches und Russian Twists, dass er nicht darüber nachdachte, ob er Delphine vögeln würde oder nicht. Mit gesenktem Kopf verließ er das Fitnessstudio und drückte den Liftknopf. Heute die Stufen herunterzusteigen, schien seine Kräfte eindeutig zu übersteigen.

In der S-Bahn raus nach Oerlikon nickte Tim zweimal ein, und im Büro sagte er müde »hä?«, als er Toms Stimme hörte. Tom streckte den Kopf hinter der Bücherregaltrennwand hervor, krachend zerkaute er ein M&M und sagte: »Die Sendung macht mir Kummer.« – »Kummer?« Tim kaute auf seinem Kugelschreiber, lehnte sich auf dem Bürostuhl zurück. »Kummer ist das falsche Wort. Ich weiß, die Dinge laufen bestens, aber wir könnten der Sendung noch einen Kick verpassen.« – »Die Sendung ist auf top Niveau. Hast du die Quoten gesehen?« – »Ja, klar, alles klar auf der Andrea Doria. Ich denke aber nicht an gestern. Gestern war gestern, heute ist morgen! Man darf sich nie auf seinen Lorbeeren ausruhen. Wer hat das gesagt?« – »Weiß nicht. Gandhi?« – »Roger Federer!« – »Komm, mein Magen knurrt. Gehen wir einen Happen essen«, sagte Tim, um vom Thema abzulenken. Sie gingen in die Kantine. »Schau mal, Menü 3: Kai Thod Nam Man Hoy. Weißt du, was das auf Deutsch heißt?« Tim wusste es nicht. »Der tote Kai nahm einen Mann mit nach Hause.« Toms Lachen war kurz, aber laut. Um sich nochmals selber zu versichern, wie witzig das eben Gesagte war, wiederholte er, beinahe flüsternd: »Der tote Kai nahm einen Mann mit nach Hause.« Tom jedoch nahm nicht den toten Kai, sondern den Straußenburger mit Country Fries, und als sie sich, die Tabletts balancierend, an einen freien Tisch setzten, lachte Tom immer noch über seinen Witz. Er sah Monika Wasser, die Unterhaltungschefin und seine Vorgesetzte, ein paar Tische weiter in einen Burger beißend und weggetreten lächelnd, als habe sie einen *When-Harry-Met-Sally*-Moment – sie tat so, als sähe sie Tim nicht. »Hey«, sagte Tom, »der tote Kai schmeckt. Nicht gerade scharf, aber ich meine: Wir sind hier ja nicht in Bangkok. Wie ist dein Straußenburger?« – »Okay«, sagte Tim, ohne einen Funken Begeisterung. »Hättest du lieber einen Känguruburger gehabt? Hey, das wäre eine Topidee: Känguruburger mit vorne so einer kleinen Tasche dran, in der ein Minikänguruburger drin ist.« Tom wieherte, Tim nickte kauend, tunkte frittierte Kartoffelschnitze in Ketchup und in Mayo. »Zurück zum Geschäft. Die Zukunft, mein Lieber, sie wird stattfinden. So viel ist klar. Die Frage ist bloß, ob mit oder ohne. Die Bosse wollen 40 Millionen sparen, eine ziemliche Ansage. Also ich wüsste nicht, wo.« – »Kultur?« – »Du kannst die ganze Kultur abschaffen, würde keiner merken, klar, aber erstens wäre das bloß ein Tropfen auf den heißen Stein, und zweitens mögen die Bosse Kultur. So können sie den letzten Dreck bringen, und wenn man ihnen sagt: Hey, ihr bringt den letzten Dreck, dann sagen sie: Aber wir haben doch die *Sternstunde Philosophie*! Wir haben doch Kultur! Ist eben alles Politik. Aber, wegen der Zukunft. Wir müssen einfach in Stellung sein. Wie Roger Federer sagt: ›Mehr als die Vergangenheit interessiert mich die Zukunft, denn in ihr will ich leben.‹« – »Und wie sieht dein Plan aus?« – »Mein Plan? Mein Masterplan? Mein gi-ga-geil-genialer Masterplan? Hör zu: Wir machen etwas ganz Verrücktes. Etwas noch nie Dagewesenes! Bis anhin bekommen ja alle, was sie wollen, ohne etwas dafür zu tun, oder? Sie schreiben dem Sender einen Brief, wünschen sich was, und mit ein bisschen Glück kriegen sie, was sie wollen. Großmutter Trudy kann mit Adolf Ogi Tango tanzen …« – »… es war Walzer …« – »… von mir aus Walzer. Von mir aus Boogie-Woogie. Egal. Aber in Zukunft muss sie etwas dafür tun. Der gelähmte Junge will mit Shaqiri Fußball spielen und mit dem Ball jonglieren? Kann er. Aber er muss etwas dafür tun.« – »Und was?« – »Allen Kandidaten werden ihre Herzenswünsche erfüllt. Aber zuerst müssen sie ihren Ängsten begegnen.« – »Ihren Ängsten?« – »Ja, stell dir vor, die Trudy, die mit Adolf Ogi Cha-Cha-Cha getanzt hat …« – »… Walzer …« – »… egal, die Tante Trudy also hätte eine Spinnenphobie. Also müsste sie eine Spinne in den Mund nehmen. Erst dann dürfte sie mit Ogi tanzen.« – »Ist das dein Ernst?« – »Es ist sogar mein FUCKING ERNST, MANN! Stell dir mal vor: Ein Typ will mit Ueli Maurer mit Maschinengewehren rumballern, in einer Kiesgrube. Großkaliber. Serienfeuer. Bamm, bamm, bamm! Das ist sein größter Wunsch. Der Typ ist aber Veganer. Also muss er erst zwölf Sankt Galler Bratwürste essen. Oder Döner Kebaps. Oder zwölf Burger von verschiedenen Tieren, Rindfleisch, Schweinefleisch, Lamm, Strauß, Känguru, Mäusefleisch, egal.« – »Meinst du, den Leuten würde das gefallen?« – »Aber sicher. Intervista macht schon eine Online-Umfrage zum Thema. Natürlich so, dass niemand etwas ahnt. Die machen das clever. Die ersten Feedbacks sind top. Ich weiß, es ist noch viel zu früh, aber es sollte uns doch optimistisch stimmen. Und ich hab auch schon eine Idee, wie die Sendung heißen könnte.« – »Wie?« – »Traumwunsch II – Jetzt erst recht!« – »Was? Ist das dein Ernst?« – »Klingt doch genial, oder?« – »Klingt nach einem Horrorfilm, der auf einer Karibikinsel spielt.« Tim hatte seinen Teller leer gegessen, warf die Serviette auf das Tablett. Leider schien Tom nicht zu spaßen. »Komm schon! Das ist unser Plan B. Wenn die Bosse kommen und meckern, dann ziehen wir den genialen Plan B aus dem Köcher. Weißt du, was Roger Federer immer sagt?« – »Nein.« – »Ich kann nicht fünfzig Jahre lang die Nummer 1 sein.« – »Und das heißt?« – »Dass niemand immer das machen kann, was er tut. Egal, wie gut du bist. Irgendwann ist Schluss. Und es heißt, dass wir verdammt noch mal vorbereitet sein müssen auf das, was kommt. Und wenn es kommt, sind wir parat, Tim. Du bist bereit. Ich bin bereit. Wir werden bereit sein.«

Buntwäsche 40 Grad

Er drehte sich um, langsam, mit ruhiger Stimme sagte er: »Du hast mich erschreckt.« Seine Stimme klang leise. Er blickte sie an, und sie konnte tatsächlich so etwas wie Furcht in seinen Augen sehen. Ein erwachsener Mann, der sich im Waschkeller des Hauses fürchtete, in dem er wohnte? Gab es eine Angst, die seit der frühsten Kindheit in einem jeden von uns drinsteckt? Spürte sie nicht manchmal selbst ein Zögern, wenn sie spätabends noch in den Keller ging, um die Wäsche von der Maschine in den Tumbler umzuladen oder vom Tumbler in den Korb?

Licht schien herein, flach kam es durch das kleine Fenster über ihnen, manchmal konnte man draußen jemanden vorbeigehen sehen, man sah Schuhe und Hosenbeine und hörte das Klacken der Schritte, das Kläffen eines Hundes, das Knattern einer angekickten Vespa. Ein Streifen des Lichts lief über seinen nackten Oberkörper, der mager war, ausgemergelt, aber doch muskulös, sehnig, drahtig, kein Gramm Fett, dachte sie. Ein seltsamer Körper, kräftig und schwächlich zugleich, Mann und Jüngling in einer Person. Und bleich war er, so bleich. Weiß, wie ein eben aus der Waschmaschine gezogenes Leintuch, die dünnen Arme jedoch tiefbraun von der Sonne, hart war der Übergang Mitte Oberarm, wie aufgemalt, dort, wo die kurzen Trikotärmel endeten.

»Entschuldige, das tut mir leid. Ich wollte dich nicht erschrecken.«

»Ach, schon gut. So sehr hast du mich jetzt auch wieder nicht erschreckt.« Er zwang sich zu einem Lächeln. Es war schmal. Ein Lächeln, das zu seinem Oberkörper passte. Dürr. Sie stand da, nach hinten gebeugt, der mit Kinderkleidern und Tims karierten Hemden, Jeans und Socken übervolle Wäschekorb zog an ihren Armen.

»Ich stell den wohl lieber mal ab. Buntwäsche. 40 Grad.« Sie sagte es wie zu sich selber. »Ganz schön schwer, so Kleider.«

Vischer wandte sich wieder dem Tumbler zu, aus dessen Trommel er ein paar Trikots zog, noch warm von der vielen Luft, die die Feuchtigkeit aus den Textilien geblasen hatte, leise strich ein metallener Reißverschluss über die gelochte Trommel. »Ich bin gleich fertig«, sagte er.

»Keine Eile«, antwortete sie. Sie fragte sich, ob sie die Wohnungskündigung ansprechen sollte, was er nun vorhabe, sollte es tatsächlich so weit kommen, ließ das Thema aber und schwieg.

Er trug bloß eine Trainingshose, die Füße waren nackt wie sein Oberkörper, und steckten in Adiletten. Als er seinen Rücken bog, sah sie eine Narbe, sie lief sein Rückgrat entlang, verschwand im Bund der blauen Hose, schien herabzufließen wie ein rinnsaldünner bleicher Wasserfall in einen Gumpen; eine Erinnerung an einen professionellen Schnitt. Ein Auto fuhr vorbei, oben auf der Straße, das hereinfallende Licht wurde zerteilt, für eine Sekunde bloß.

»Diese Narbe ...«, setzte sie an, brach ab. Er hielt inne, aber nur kurz, dann griff er wieder in die Maschine, zog ein letztes Kleidungsstück aus der Trommel, wieder schepperte leise Metall über Metall. Er richtete sich auf, sagte nichts, stopfte das Textil in einen Wäschesack, zog die Kordel straff. Ihr zugewandt, blickte er sie an, ohne etwas zu sagen. War es noch immer Angst, die sie in seinen bleichblauen Augen sehen konnte? Oder war es Traurigkeit? Bitterkeit? Verletztheit? Vischer war ihr ja nicht gerade als Ausbund von Fröhlichkeit bekannt. Aber so hatte sie ihn noch nie gesehen. Er hatte den Blick eines verzweifelten Kindes. Sie hatte ihn auch noch nie so lange angeschaut. Er senkte den Kopf, blickte zu Boden.

»Entschuldige, ich wollte dir nicht zu nahe treten.« Sie hob ihren Arm, wollte ihn an der Schulter fassen, um ihm mit einer freundschaftlichen Berührung verstehen zu geben, dass alles in Ordnung sei, dass er sich sicher fühlen konnte in ihrer Gegenwart, aber seine Nacktheit schreckte sie ab, sie ließ ihren Arm wieder sinken, schlaff hing er herab wie etwas Fremdes.

»Nein, nein, schon gut«, sagte er und räusperte sich. Irgendwo im Haus spülte jemand die Toilette, ein rumpelndes Prasseln im eisernen Gedärm des Hauses. Es verklang. »Hätte ich fast vergessen«, sagte er, beugte sich noch einmal zur Maschine hinunter, griff nach dem Flusensieb, zog es heraus, schälte mit den Fingerspitzen die gefangenen Fasern ab wie ein graues Vlies, warf sie in den kleinen Treteimer unter dem Trog, an dem er schließlich das Sieb ausspülte unter dem hart aus dem Hahn schießenden Wasser. Spritzer sprenkelten den Boden. Er schob das Sieb zurück in die Maschine, mit einem Klicken rastete es ein.

Als sich Vischer ihr wieder zuwandte, meinte sie Tränen in seinen Augen zu sehen.

»Die Maschine ist jetzt frei«, sagte er. Sie antwortete nichts, blickte ihn nur an. Er nickte, dann ging er an ihr vorbei aus der Waschküche. Sie hörte das Flip-Flap-Flip-Flap seiner Plastiksandalen auf den steinernen Stufen. Flip. Flap. Bis sie es nicht mehr hörte.

Alles normal

»Aber sicher darfst du ihn streicheln.« Paola sprach, wie man zu einem Kind sprach: Laut und langsam. Laurin öffnete die Wohnungstür, als er Paola und Stinky im Treppenhaus gehört hatte, nun ging er in die Knie, streckte zögerlich seine Hand aus, um den Hund zwischen den Ohren und über den Rücken zu streicheln. »Der macht dir nichts, das ist ein ganz Lieber«, sagte Paola, und einen Moment lang wusste sie nicht, ob die Worte an ihren Hund oder an das Nachbarskind gerichtet waren. Mit seinen kugeligen Augen blickte das runzlige Tier den Buben treuherzig an, Paola ihrerseits warf einen genauen Blick auf Laurin. Er schien ihr tatsächlich gänzlich normal zu sein, sprach normal, sah normal aus, wahrscheinlich war er wirklich normal. Wie Tim gesagt hatte. Das war natürlich schlecht für ihre Story, andererseits: Warum sollte man sich von der Realität die eigene Sicht auf die Dinge verbieten lassen? Vielleicht gab es ja Narben. Narben waren immer gut: Sie erzählten stumm und eindrücklich von Gemeistertem, Ertragenem, Erduldetem. Sie würde das schon hinbiegen, diese rührende Geschichte mit dem kleinen Buben. »So, jetzt muss ich aber los«, sagte Paola, und es klang ein wenig schnippisch, denn sie konnte eine leise Enttäuschung ob Laurins Normalität nicht gänzlich verbergen. Der Kleine hätte gerne noch ein bisschen den Hund gestreichelt, und der Hund wäre wohl auch gerne noch ein bisschen von Laurin gestreichelt worden, Paola aber nahm Stinky auf den Arm und rief Laurin »Ciao, Kleiner« zu, als sie die Stufen hochging. Da hörte sie den Jungen etwas sagen, hatte sie richtig gehört? »Tschüss, Fettsack?« Sie blickte die Treppe herunter, aber der Bub war schon in der Wohnung verschwunden, Paola sah bloß noch eine sich schließende Türe. »Tschüss, Fettsack?« Nein, sie musste sich verhört haben, ganz bestimmt hatte sie sich verhört. Niemand würde etwas so Böses zu ihr sagen. Niemand.

Das Kamel, das Kaninchen

Also wirklich, dachte Virginia, als sie mit der gerollten Matte unter dem Arm aus dem Haus trat, um bald bei 38 Grad Raumtemperatur in einem ehemaligen Bürogebäude zu schwitzen, den Baum zu machen, die Kobra, die Halbe Heuschrecke und am Ende die Feueratmung: 120 kurze Atemstöße durch den Mund, ganz so wie beim Kerzenausblasen. Bikram-Yoga gab ihr zurzeit enorm viel. Dieser Kerl, dachte sie. Vischer klickte sich eben aus den Pedalen, stieg von seinem Rad, nickte ihr zu, als sie ihm die Türe aufhielt, damit er sein Rad reintragen konnte. Diese Kleider, dachte Virginia, weshalb gibt es keine würdige Sportbekleidung? Warum muss er sich in diese engen und farblich schrecklichen Trikots aus vollsynthetischem Material zwängen? Und diese wie Stepptanz-Schuhe klackernden Dinger an den Füßen! Sein Gang sieht aus, als hätte er in die Hose gemacht, hat doch alles keinen Stil. Als die Haustüre hinter ihr zuschlug, dachte sie, dass dies eventuell eine Geschäftsidee sein könnte: Veloklamotten mit Stil, coole Farben, coole Schnitte, hier entwerfen, irgendwo produzieren, aber fair. Vielleicht sollte sie mal ein paar Entwürfe machen? Mit frechen Sprüchen drauf? »Fast & Furious« und so. Oder was mit Tattoos. Andererseits: Was interessierte sie das ästhetische Debakel von Sportlern? Also schob Virginia die Gedanken an Vischer und seine Problemkleidung zur Seite, die Sonnenbrille vor ihre Augen und zückte ihr Handy. Lukas hatte nicht zurückgerufen. Idiot. Keine Nachricht. Blödmann. Nichts. Trottel. Sie spürte, wie sie sich verspannte. Und sie *war* schon verspannt gewesen, ihr taten die Beine weh, vom Herumstehen im Laden. Angespannt war sie auch wegen der Wohnungskündigung, auch wenn da scheinbar noch nichts in Stein gemeißelt war, so belastete sie die Ungewissheit ungemein. Nur schon der Gedanke an so etwas wie Wohnungssuche und Umzug ließ sie sich verspannen. Außerdem war da bestimmt noch eine Menge Gift in ihrem Körper, vom Wochenende, das musste raus, der Ballast musste über Bord geworfen, die Blockaden gelöst werden. Ja, Virginia hatte nun eine tüchtige Portion Schwitz-Yoga nötig. Das Kamel, das Kaninchen und die Totenstellung. Und eben: Kapalabhati, die Feueratmung. Danach würde die Energie in ihrem Körper wieder fließen, und sie wäre wieder zu positiven Gedanken fähig. Danach würde es ihr bessergehen, bestimmt.

Der einzige Mensch auf Erden

Dann war das Pfeifen wieder da, in Delphines Ohr, kam einfach so, wie es immer kam, ohne Voranmeldung, irgendwann, so wie jetzt, als sie gerade mit dem Löffel in ihrem stichfesten Mokka-Joghurt baggerte. Sie schaltete das Radio auf dem Küchentisch ein, um den feinen, aber nervtötenden Lärm in sich drin zu übertönen, es lief *Bye Bye Love* von den Everly Brothers, ein Song, den sie nicht ausstehen konnte, weil er so alt war und so leiernd lahm, aber es war jetzt egal, das Lied war bloß Lärm, mit dem sie Lärm bekämpfte. Ein Mittel zum Zweck. Eigentlich konnte sie die meiste Musik nicht ausstehen. Deshalb hatte sie auch niemals Radio gehört – bis zu der Sache mit dem Pfeifen im Ohr.

Oft war der Lärm des Alltags lauter als der Pfeifton, das Leben in der Stadt war voller Getöse, immerzu: das

Rumpeln von Straßenbahnen, das rieselnde Gedudel, das von Warenhausdecken tröpfelte, herannahende oder sich entfernende Sirenen von Krankenwagen, Feuerwehrautos, Einsatzfahrzeuge der Polizei, bellende Hunde, Viertelstunden schlagende Glocken, die unsichtbar, aber tonnenschwer in Kirchtürmen hingen, Red-Bull-Dosen, die zerdrückt wurden, das scheppernde Dröhnen von steinkrümelgespickten Skateboardrädern, das von Flüchen begleitete helle Klackern eines auf Teer fallenden Smartphones. Am Morgen jedoch herrschte Ruhe, wenn sie aufstand und alle anderen noch schliefen. Im Winter sangen immerhin die Rohre der Heizung im Haus, oder der Wind pfiff um die Hauskante. Im Sommer jedoch war es still. Manchmal hörte sie nichts als die Amsel im Baum vor ihrem Fenster. Und dann bemerkte sie das Pfeifen in ihrem linken Ohr, seit ihrem Rückflug von Berlin.

Berlin war heftig gewesen, Ende April, Anfang Mai. Viele Partys, zu viel Alkohol, zu wenig Schlaf. Tausend Dinge gesehen, und doch nur ein Klacks von allem. Am meisten Eindruck aber hatte ihr das LAB.ORATORY gemacht, ein Schwulenclub, in den Frauen strikt keinen Einlass fanden, bloß einmal im Jahr, und wie der Zufall es wollte, am ersten Mai. So hatte es ihr schwuler Kumpel Bruno erklärt, bei dem sie in Berlin wohnte.

Auf das, was sie dort zu sehen bekam, war sie nicht vorbereitet. Im LAB.ORATORY gab es Zwischenböden aus Gitterrost – für die Partys, die »Yellow Facts« hießen. Partys, die keinen Dresscode kannten, jedoch ein Motto besaßen: »Lass es laufen!« Es gab Fistflächen und

Gummihandschuhe umsonst und die ausdrückliche Bitte, mit geschnittenen Fingernägeln zu den »Fausthouse«-Partys zu erscheinen. Delphine versprach sich von der Milieustudie im LAB.ORATORY etwas Inspiration, denn sie verfolgte die Idee einer Installation namens GLORY HOLES: Eine mit hochglänzendem Autolack gespritzte Wand, auf Hüfthöhe versehen mit diversen Löchern, hinter denen irgendwas passieren würde, sie wusste noch nicht genau, was. Diese Wand würde den Kunstbetrieb symbolisieren, irgendwie, das, was aus ihm geworden war oder was er vielleicht schon immer gewesen war: Ein heuchlerischer Nuttenbetrieb, in dem für Geld alles zu haben war. Der ganze theoretische Kram war zwar erst angedacht, und auch die Konstruktion der Wand war erst eine dürftige Bleistiftskizze, ihr Mentor an der Hochschule hatte sich jedoch nach dem ersten Gespräch begeistert gezeigt.

Allerdings war ihre Idee noch während des Besuchs im LAB.ORATORY gestorben. Der Ort war so radikal und heftig, was wollte sie da mit einer lauwarmen Kunstinstallation? Sie spülte ihre Enttäuschung mit viel Bier runter und war noch etwas lädiert, als sie ins Flugzeug nach Hause stieg und eine dämlich grinsende Stewardess mit Kuhaugen genau in dem Moment die Klappe der Gepäckablage zuschlug, als Delphine von ihrem Platz aufstand, um ihren Sitznachbarn vorbeizulassen, einen schwitzenden Riesen in zerknittertem Anzug. Auf jeden Fall knallte die Abdeckung aus hartem Plastik genau auf Höhe ihres Ohres zu, und sofort war da dieser Ton, sprang ihr ins Ohr, dieser feine, metallisch summende Ton, der langsam wieder verschwand, ausklang, am nächsten Tag aber wieder zurückkam, wieder verschwand, wieder kam, mal länger blieb, mal weniger lang. Delphine ging zu ihrer Ärztin, die sie an einen Spezialisten überwies, holte eine Zweitmeinung ein, las im Internet nach, helfen aber konnte ihr niemand und nichts, und der Ratschlag, den sie zuletzt gehört hatte, war: »Sie müssen damit zu leben lernen.«

Ihre Abschlussarbeit würde deshalb ganz was Neues sein, eine Installation mit dem Namen »Das Kleine Schwarze«: Ein begehbarer und verschließbarer Raum, würfelförmig, fensterlos. Und zwar ein schalltoter Raum, in den keine Geräusche von außen drangen und in dem der Mensch nichts hört, außer sich selbst, die Wände dick gepolstert mit maximal schallschluckendem Material. Sie war besessen von dieser Idee, seit ihr Herr Schneuwly die Tür geöffnet hatte und sie in einen solchen Raum eintreten ließ, der mehr war als ein Raum: eine extreme Erfahrung, wie schon im LAB.ORATORY, wenn auch ganz anderer Natur. Ihr Tinnitus hatte sie auf die Idee gebracht. Delphine war auf die Suche nach der Stille gegangen. Sie dachte: Wenn ich schon dieses Pfeifen im Ohr habe, will ich es in seiner puren Reinheit hören. Erst dachte sie, in der Natur müsse es still sein wie sonst nirgendwo. Also fuhr sie mit der Bahn auf den Uetliberg und ging in den Wald, der sich auf dem stadtwärts jäh abfallenden Rücken des Berges festkrallte, und eine Weile kam es ihr auch wirklich unglaublich ruhig vor, aber dann hörte sie es, und je länger sie hinhörte, desto mehr hörte sie. Der Wind ließ die Gräser rascheln, laubschwere Äste knarzten, summende Steckmücken, Schwebefliegen und Wespen. All das Gesumme und Gebrumme der Insektenwelt. Das diffuse Gezwitscher mehr oder minder aufgeregter Vögel. Spechte ließen das Holz erzittern, Forstarbeiter Kettensägen heulen. Und als sie über den Albispass wieder aus dem Wald kam und die über den Pass jagenden Motorräder hörte, wusste sie: Draußen gab es keine Ruhe. Sie musste drinnen zu finden sein. An einem Ort, wo es überhaupt keine Geräusche gab. »Versuch es mal bei der Empa«, sagte Urban abends, als sie in der Küche hockten und ein Bier tranken. »Empa?« Sie blickte ihn mit gerunzelter Stirn an. »Eidgenössische Material-Prüfungs-Anstalt.« – »Was du nicht alles weißt.« – »Mein Onkel arbeitet dort. Er ist der Chef von irgendwas. Frag mich nicht, wovon, aber auf jeden Fall ist er ein Chef. Ich werde auch mal Chef.« Es hatte bloß ein Telefonat benötigt. Sie rief auf die Hauptnummer an, trug ihr Anliegen vor, wurde weiterverbunden und nochmals weiterverbunden, und dann hatte sie Urbans Onkel am Apparat, den Herrn Schneuwly, Bündner Dialekt, freundlich warmer Bariton. Sicher, sagte er, kein Problem, sie solle einfach kommen, wann ginge es ihr? Sie sagte: Dann und dann. Er sagte: Kein Problem. Sie sagte: Super. Er sagte: Und Grüße an Urban.

Delphine fuhr mit der S12 bis Stettbach, stieg dort auf den Bus um, der sie zur Überlandstraße 129 brachte, einem Konglomerat von Gebäuden, hingewürfelt in eine Landschaft, die sich nicht entscheiden konnte, was sie sein wollte, ob Stadt oder Land. Sie ging zum Emp-

fang, fragte nach Herrn Schneuwly und bekam einen Besucherausweis, den sie quittierte. Herr Schneuwly holte sie kurze Zeit später ab, ein lächelnder Mund unter einem angegrauten Schnauzer, lebendige Augen hinter Brillengläsern in einem dünnrandigen Gestell, Manchesterhosen, unter dem weißen Hemd schien das ärmellose Unterleibchen durch. In der Brusttasche des Hemds steckte ein Kugelschreiber. »Willkommen bei der Empa«, sagte er. Sie gingen durch lange Gänge, stiegen Treppen hoch, und Herr Schneuwly schnaufte etwas, als er sprach. »›Schalltoter Raum‹ sagt man im Volksmund. Das ist nicht ganz richtig, wie so vieles, was man im Volksmund sagt. Im Fachjargon heißt es ›refle-xionsfreier Raum‹. Wofür man ihn benötigt? Nun, er wird etwa dazu gebraucht, zu messen, wie laut Dinge wirklich klingen. Nehmen wir ein Beispiel: Importeur XY möchte ein Kinderspielzeug importieren, sagen wir, ein elektronisches Kinderklavier aus Italien.« Er hielt inne, dachte nach. »Obwohl es eher unwahrscheinlich ist, dass in Italien noch elektronische Kinderklaviere hergestellt werden. Wie komme ich auf Italien? Nun ja, egal. China. Sagen wir China. Damit er das Ding im-portieren kann und die Bewilligung erhält, muss das Gerät bestimmte Sicherheitskriterien erfüllen, Normen. Denn alles ist genormt. Zum Beispiel darf es nicht zu laut sein, also messen wir, wie laut das Ding ist. Nun können wir das schlecht irgendwo tun, weil überall Geräusche sind, die stören. Dafür gibt es den reflexi-onsarmen Raum. Die Wände, die Decke und der Boden dieses Raumes bestehen aus dickem, maximal schallab-

sorbierendem Material. Kein Geräusch kann in diesen Raum dringen.« – »Keines?« Schneuwly lächelte. »Nein. Nichts. Kein Pieps. Bitte ...«, sagte er, »treten Sie ein.« Der Raum war speisezimmergroß, nichtssagend und leer, nicht einmal ein Stuhl fand sich darin. Die Wände waren grau, der Boden ebenfalls. Eine ganz und gar unspektakuläre Kammer, lediglich die Dicke der Türe deutete an, dass er vielleicht etwas anders sein könnte als andere Räume. »Die Wände und die Decke bestehen aus maximal schallschluckendem Material. Der Boden ist schallhart.« – »Schallhart?« Schneuwly winkte ab, »das erklär ich Ihnen später. Bitte!« Er wies ihr den Weg hinein, Delphine betrat den Raum, Schneuwly schloss die Türe hinter ihr. »In fünfzehn Minuten bin ich zurück«, hatte er gesagt. Und dann war sie alleine mit dem, was sie die ganze Zeit gesucht hatte: der Stille.

Und kaum hatte sie das Wort Stille gedacht, da war es auch schon vorbei damit, denn Delphine mochte zwar alleine sein, die ganze klingende Welt hatte sie vor die Türe gesperrt, nichts drang herein, aber da war noch immer etwas: sie selbst. Und wo der Mensch war, da waren Geräusche, immerzu. Es war gespenstisch, was für ein Krach ein Mensch machte. Sie hörte das Blut in ihrem Körper rauschen, sechs Liter, die von ihrem Herzen durch den Kreislauf gepumpt wurden. Sie hörte all die Säfte in ihrem Leib, und sie hörte ihr Gedärm, das niemals zur Ruhe kam, es gurgelte und gab die seltsamsten Geräusche von sich. Und sie hörte ihren Tinnitus. Sie saß im Schneidersitz am Boden, das Licht war fahl, sie schloss die Augen, öffnete sie wieder, und es

ging nicht lange, da stieg Nervosität in ihr auf, ein diffuses Unwohlsein. Nur sich selbst zu hören, löste in ihr ein Gefühl von größter Einsamkeit aus. Als wäre sie der einzige Mensch auf Erden und das hier das Ende von allen Enden, von allem.

Nach dieser langen Viertelstunde, als sich die Türe öffnete, von draußen Geräusche hereindrangen und sie die warme Stimme von Herrn Schneuwly hörte, der sie nicht ohne einen gewissen Stolz danach fragte, wie es gewesen war, dieser Einblick in eine Welt, die für sie neu sein musste, für ihn Teil seines Alltages, den zu teilen ihm Freude bereite, da war es, als ströme das Leben zurück in ihren Körper.

Kaum hatte sie die Forschungsanstalt verlassen, setzte ein Gewitter ein. Was für ein schöner Klang, dachte sie, wenn dicke Regentropfen auf Asphalt prasseln, wenn der Wind in alles fährt. Und als sie im Bus saß, die Scheibenwischer ächzend hin- und herstrichen, der Motor brummelte, die Türen sich mit pneumatischem Furzen öffneten, da empfand sie tiefste Dankbarkeit für all diese Geräusche. Sie war nicht alleine auf dieser Welt, und war froh darüber. Lärm hieß, dass man lebte. Die Stille, sie würde irgendwann schon kommen, endgültig. Bis dahin war ein jedes Geräusch ein Trost.

Delphine saß an einem der Holztische in der großen dröhnenden Halle der Kunsthochschule, als Maler die Panzerkreuzer-Potemkin-Treppe hinunterstieg, ein schmaler Mann mit arg ausgedünntem Haarschopf, die Augen zusammengekniffen klein hinter den Gläsern einer Clark-Kent-Brille. Er war angezogen wie einer seiner Studenten, oder wie man einen jugendlich wirkenden Kunstdozenten einkleiden würde für einen Fernsehfilm, bewusst unfrisiert, unrasiert, und alle würden denken: So ein Klischee, ein Nacktmull in Hipsterklamotten. Sie stand auf, um ihn zu begrüßen, streckte ihm die Hand hin, aber er ergriff sie nicht, sondern knickte seinen Oberkörper ab, wie ein auf Etikette bedachter japanischer Edelmann bei einer für tiefste Entschuldigungen vorbehaltenen 30-Grad-Verbeugung. Sie hatte Angst, er falle gleich vornüber. Dann schoss er hoch, ergriff ihre Hand, grinste, so breit es sein schmaler Mund zuließ. »So schön, dich zu sehen, Delphine.« Die Äuglein hinter den Panzergläsern glänzten. Er hielt ihre Hand und blickte sie an, bis ihr etwas unwohl wurde, sie ihren Blick zu Boden gleiten ließ und eine Bemerkung über seine Schuhe machte, die aussahen wie ganz gewöhnliche lederne Herrenhalbschuhe, es aber natürlich nicht sein konnten, denn nichts war gewöhnlich an Typen wie Maler, der wie so manch anderer alles sein wollte, nur nicht normal. »Florenz«, sagte er und schaute eine Weile auf seine Schuhe. Als er wieder Delphine im Blick hatte, wiederholte er: »Florenz.« Es klang, als habe er mit einem Wort das Wunder des Lebens gefasst. »Schön«, sagte Delphine, der sonst nichts einfiel. Es waren ganz gewöhnliche Herrenschuhe, und auch ihre schwarze Farbe machte sie nicht spezieller. »Handgemacht«, schob er nach. Manche hatten sie vor Maler gewarnt, sie hatte nicht auf sie gehört, wählte ihn trotzdem als Mentor, hatte gedacht, er passe vom Thema her. Es waren Frauen, die sie gewarnt hatten und ihr Dinge über ihn erzählt hatten. Dass er einen nach Besprechungen gerne noch in Bars und zur vorgerückten Stunde auch in Striplokale mitschleppte. Von anzüglichen Bemerkungen hatte sie gehört, und von eindeutig zweideutigen Angeboten, von seiner Hand, die irgendwann irgendwie plump platschend auf einem Knie landete. Aber eben: Sie hatte nicht auf die Warnungen gehört. Und begann, es zu bedauern.

Maler schürzte die Lippen, als er Delphine zuhörte, seine Hände formten ein Dreieck, er lehnte sich im Stuhl zurück. »Du hast mir davon erzählt, interessante Idee, aber was ist mit der anderen Arbeit geschehen, die du mir skizziert hast, wie hieß sie noch gleich?«

»Glory Holes.«

»Glory Holes! Ganz genau. Toller Titel, tolle Idee.«

»Habe ich verworfen!«

»Einfach so?«

»Ja.«

Er lachte auf. »Du überraschst mich immer wieder, Delphine.«

Sie sagte nichts und unterließ es tunlichst, ihm die näheren Umstände ihrer Abkehr vom Thema zu erklären. Er lehnte sich auf dem Stuhl zurück, blickte an Delphine vorbei, als er, fast flüsternd, sagte: »Aber die gesellschaftliche Relevanz dieser Arbeit, die Tragweite, die spezifische Schwerkraft, die sie hätte entwickeln können, die Schärfe, ja, ich möchte sagen: das Antippen des dunklen Triggers eines Kerns einer jedem Menschen innewohnenden Bosheit des Triebes, der Lust ... also, ich weiß nicht, was ich sagen soll ... ich bin, ja, ich kann es nicht anders ausdrücken, enttäuscht. Eine so weibliche, starke Arbeit! Ich dachte, das gibt ein echtes Power-Piece.«

»Interessiert mich nicht mehr. Mich interessiert jetzt die absolute Stille, die Leere, das Nichts. Voids interessieren mich, die Lücken zwischen den Strukturen, verstehst du? Und John Cage kommt auch irgendwie rein.«

»John Cage. Interessant, aber …«

»Ein Besuch in einem schalltoten Raum und die Auseinandersetzung mit Robert Rauschenbergs Arbeiten haben ihn zum Piece ›4′33″‹ inspiriert.«

»Jaja, ich weiß, ich weiß«, sagte Maler und schüttelte den Kopf, blickte abwesend, desinteressiert.

Delphine sagte: »Ich möchte den Faden für den Theorieteil bei Yves Kleins Ausstellung des leeren Raumes aufnehmen …«

Nun wurde Maler hellhörig, nicht mehr flüsternd, sondern fast mit normaler Stimme sagte er: »1958 war das! In der Galerie Iris Clert in Paris. Eines der großen Events, oder sagen wir: ein Eckpfeiler, der die Moderne mitdefinierte, ich meine: Die Kunst der Moderne.«

»Ja«, sagte Delphine, gebremst in dem, was sie hatte erzählen wollen, sie wusste, was nun folgen würde.

Maler sagte schnell: »So wie die Armory Show von 1913.«

»Genau.«

»Oder das Cabaret Voltaire, hier, in Zürich.«

»Hm.« Delphine nickte. Maler musste sein Wissen vor ihr ausschütten. Er konnte nicht anders, ein Exhibitionist der Bildung, nun saß er aufrecht.

»Und Malewitschs suprematistische Bilder bei der
0,10-Ausstellung in der Galerie Dobytschina in Petro-
grad, das war, glaube ich, auch 1916, im selben Jahr wie
das Cabaret Voltaire. Vielleicht sollten wir auch die
Surrealisten-Ausstellung in der Galerie Pierre von 1924
nicht vergessen. Die Moderne. Was wären wir ohne sie.
Wo wären wir jetzt? In Höhlen würden wir hausen. In
gedanklichen Höhlen.« Er verzog sein Gesicht, als stellte
er sich vor, in einer Höhle leben zu müssen, in Tierfell
gehüllt, eine Keule in der Hand.

Delphine sagte: »Was findest du nicht gut daran?«

Maler rutschte auf der Bank hin und her: »Ja, toll,
Cage, Yves Klein. Und sicherlich kannst du Kants
transzendentale Analytik der Kritik und die darin de-
finierten vier Formen des Nichts mit reinnehmen sowie Hegels Metaphysik des Absoluten. Aber, zu schade,
Glory Holes ist wirklich kein Thema mehr?«

»Nein. Es geht ja immer noch um Löcher, quasi.«

»Ja, aber um andere«, sagte Maler so leise, dass Delphine es nicht hörte.

»Entschuldige, ich hab dich nicht verstanden.«

Und er sagte, etwas lauter: »Um Löcher, ja, darum
geht es noch immer, aber um andere Löcher.« Er sah sie
mit einem bitteren Lächeln an.

Delphine dachte: Für den Arsch sicherlich um weniger interessante Löcher. Und sie wollte sich nicht vorstellen, welche Gedanken er in diesem Moment hegte,
als er sie anlächelte, schweigend, mit glänzenden Augen.
Was für eine Gnade, dachte Delphine, nicht zu wissen,
was andere dachten. Das Leben wäre nicht auszuhalten.

Noch 17 Kilometer

»Frau Siegenthaler? Guten Tag, also: Guten Morgen muss man eigentlich sagen, so früh telefoniert man sonst ja kaum. Hier Gutjahr. Genau, der Papa von Luca. Hören Sie, Luca ist krank. Nein, nichts Schlimmes, bloß ein bisschen Fieber, er ist aufgewacht, hat über Halsschmerzen und allgemeines Unwohlsein geklagt, und wir haben Fieber gemessen. Nichts Gravierendes, 39 Grad. Sicher ist er bald wieder gesund. Geht ja schnell bei den jungen Leuten, ha, ha. Ja, werd ich ihm ausrichten. Ja, es geht was rum. Oh! Haben Sie? Danke, das freut mich. Sie fanden das lustig mit den Appenzellern? Das freut mich sehr, dass Sie da lachen mussten, wirklich. Ja, gut. Ich wünsche Ihnen einen schönen Tag. Auf Wiedersehen.«

Tim klatschte in die Hände und rief grinsend: »Abfahrt!«

Judith war dagegen gewesen, zu lügen, aber Tim fand nichts dabei, Luca krankzumelden und ein bisschen in die Berge zu fahren, außerhalb der Schulferien. Er hatte im Engadin zu tun, eine Ortsbesichtigung für eine Sendung, live aus Pontresina. Und als der Typ vom Tourismusbüro am Telefon sagte, er solle doch die ganze Familie mitbringen, das Hotel sei ein Familienhotel und das Engadin eine Familiendestination, dachte Tim: Warum nicht? Er war ja immer noch auf seiner Wiedergutmachungstour wegen der Sache mit Maria, und vielleicht hatte Judith auch ein wenig recht, wenn sie sich beklagte, dass er zu viel unterwegs sei und sich zu wenig um die Kinder kümmere. Also fuhren sie alle zusammen ins Engadin in das schicke Hotel und würden das Angenehme mit dem Nützlichen verbinden, das Vergnügen mit dem Lästigen – auch wenn Tim nicht mit Sicherheit sagen konnte, ob nun die Familie unter Vergnügen lief oder unter Last oder ob die Arbeit das eigentlich Entspannende war.

Bereits eine halbe Stunde nach dem Telefonat mit Lucas Klassenlehrerin waren sie unterwegs. Die Gutjahrs besaßen kein eigenes Auto. Judith hatte die Autoprüfung nie gemacht, lag jedoch Tim immer wieder in den Ohren, dass sie sich ein Auto zulegen sollten, dass es doch viel praktischer wäre, einen eigenen Wagen zu haben, gerade mit den Kindern, wenn man in die Ferien fuhr, mit dem vielen Gepäck, im Winter die Schlitten, die Skier, im Sommer auch so manches, das zusammenkam, außerdem: Man könnte dann auch mal problemlos einen Großeinkauf im Supermarkt tätigen, wenn etwa ein Multipack UHT-Milch Aktion war, oder was bei Ikea holen. Tim aber sagte, das sei aus ökologischen Gründen Unsinn, es sei unvernünftig und so was von gestern, außerdem viel zu teuer, und es gäbe ja kluge Carsharing-Projekte wie Mobility. Wer in der Stadt lebe, der brauche heutzutage kein eigenes Auto mehr. Aber darum ging es ihm gar nicht, es ging ihm weder um die Natur und die Klimaerwärmung noch um den ökologischen Fußabdruck oder das Überleben der vom unmittelbaren Aussterben bedrohten Zwergohreule, sondern um sein Image. Er war schließlich Markenbotschafter der Schweizerischen Bundesbahnen, hatte ein gratis Generalabonnement, da passte eine Dreckschleuder von Auto schlecht ins Bild.

Also fuhren sie in einem roten Mobility-Auto das Prättigau hoch, und Tim sagte zu Judith: »Haben die höchste Selbstmordrate hier.« – »Wo hier?« Sie durchwühlte gerade ihren Rucksack auf der Suche nach einer Schachtel *Ricola*. »Hier im Prättigau.« – »Woher weißt du das?« Er zuckte mit der Schulter. »Gelesen.« – »Wird viel geschrieben«, sagte sie knapp, fand die *Ricola*, öffnete die Schachtel und hielt sie Tim hin. »Nein danke. Aber ist doch seltsam, oder? Ist doch so schön hier? Warum bringen sich die Menschen dann um?« – »Nur weil du es schön findest, heißt das noch lange nicht, dass andere es auch schön finden. Außerdem fährst du gerade mit 100 Stundenkilometern hier durch die Landschaft. Vielleicht würdest du dich auch umbringen wollen, wenn du kurz anhalten würdest.« Sie schwiegen, während Luca und Laurin verdächtig ruhig waren. Judith wandte sich nach hinten. Laurin schaute Luca zu, wie dieser auf dem iPad mit hektischem Tippen des Zeigefingers irgendwie irgendwelche Gegner zerschoss, zerhackte, zerstückelte.

Als Tim ein mit Holz beladener Sattelschlepper entgegenkam, dachte er: Was wäre, wenn ich einfach rüberziehe? Ein Schlenker bloß. Eine kleine Lenkradbewegung. Und alles wäre vorbei. Zentimeter entschieden, ob alles so weiterging, wie es weitergehen würde, oder ob alles zu Ende wäre. Zentimeter. Während er diese schrecklichen Gedanken dachte, dachte er gleichzeitig: Warum denke ich so furchtbares Zeugs? Er versuchte, sich den Krach vorzustellen, den es gäbe, wenn der Sattelschlepper den dünnblechigen Renault fressen würde, diesen gewaltigen Knall, das wohl sinnlose Aufploppen der Airbags, und wieder dachte er: Weshalb denke ich so schreckliches Zeugs? Der Renault wackelte vom Luftzug des baumbeladenen Sattelschleppers leicht zur Seite. Judith redete auf die Buben ein, die um das iPad stritten. Tim hielt sich gegen den Lärm mit der rechten Hand das Ohr zu, der Kleine boxte den Großen, der Große den Kleinen, der sofort zu weinen anfing. Tief atmete Tim ein und wieder aus. »Sie schaffen es gerade noch«, sagte die Frau an der Kasse der Autoverladestation, die sich wieder der Ausgabe von *20 Minuten* zuwandte, nachdem sie Tim das Wechselgeld in die Hand gedrückt hatte. »33 Franken, die spinnen doch«, sagte Judith. »Ich muss pinkeln«, sagte Laurin, als Tim in der Kolonne hielt. »Kannst du noch ein bisschen warten?«, fragte Tim. »Ja«, antwortete der Kleine. »Wirklich? Das wäre super. Wenn wir jetzt noch pinkeln gehen, verpassen wir den Zug und müssen eine halbe Stunde warten. Es geht nämlich gleich los, wir können gleich auf den Zug fahren.« Judith löste die Sicherheitsgurte und drehte ihren Oberkörper nach hinten. »Kannst du wirklich noch warten?« Der Kleine sagte: »Ja«, dann: »Nein.« – »Bist du sicher, dass du nicht noch warten kannst? Die Fahrt geht ganz schnell. Höchsten zehn Minuten. Komm, sei ein großer Mann! Du kannst dafür auf meinem Handy etwas gamen.« Die Autos vor ihnen starteten die Motoren, die zwei Kolonnen setzten sich langsam in Bewegung. »Eh zu spät«, sagte Tim, »wir müssen den Zug schaffen, ich hab keine Lust, eine halbe Stunde zu warten, weil der Monsieur nicht früher sagen kann, dass er pinkeln muss.« Judith schaute Tim streng an und sagte zu Laurin: »Komm, du kannst bei mir vorne sitzen.« Sie machte ihn von der Gurte los, er kletterte nach vorne, Tim lenkte den Wagen auf den Zug, ratternd fuhren sie in Kolonne, bald war es dunkel. Tim zog die Handbremse, stellte den Motor ab, das Licht ebenfalls, rüttelnd und mit ächzendem Quietschen setzte sich die Komposition in Bewegung, nahm Tempo auf, fuhr in den Berg hinein, und Tim hatte eben ein Loblied auf diese Errungenschaft und das schweizerische Tunnelbohrkunsthandwerk im Allgemeinen angestimmt, als Laurin sagte, er könne nicht mehr. Judith versuchte, ihn zu beruhigen, Tim stöhnte genervt auf. Schlenkernd fuhren sie, gespenstisch zitterten die Schatten an den Tunnelwänden. »Wie lange geht es noch?«, fragte Luca von hinten, nicht nörgelnd oder ungeduldig, sondern interessiert. Eine Markierung flog vorbei. »Noch 17 Kilometer«, sagte Tim. »Ist das weit?« – »Hm«, machte Tim, »weiß nicht, zwanzig Minuten?« Luca schien mit der Antwort zufrieden und schob die Kopfhörer zurück auf seine Ohren, das Gesicht erleuchtet vom iPad. Judith sagte zu Laurin: »Du kannst in die Flasche pinkeln. Das haben wir doch auch schon mal gemacht. Weißt du noch? Tim, gib mal die Flasche.« – »Die Flasche ist noch halb voll.« – »Dann trink sie leer.« Das tat er, obwohl er keinen Durst hatte. »Jetzt muss ich auch bald pinkeln«, sagte er, als er die leere Flasche Judith reichte, die dem Kleinen schon die Hose runtergezogen hatte, so gut es ging, der Renault war eng. Sie steckte den kleinen Penis in die Öffnung der Valserflasche, strich Laurin über den Kopf, sagte: »Sehr gut. Jetzt kannst du es laufen lassen.« Er ließ es laufen, aber es ging nicht lange, und sein Penis rutschte aus dem Flaschenhals, Tim spürte den heißen Urin auf seinen Schoß schießen. »Scheiße«, fluchte Tim und wäre aufgesprungen, wäre er nicht angegurtet in einem Autositz gesessen, und auch Judith fluchte, als sie die Wärme auf ihren Händen spürte und auf ihrem Hals. Im Licht von Tims Handytaschenlampe ging der Strahl glänzend in die eine Richtung, dann in die andere, über den Schaltknüppel, die Mittelkonsole, füllte den Cupholder mit einem schimmernden See. Wie ein Springbrunnen in einer Lightshow, es fehlte nur noch Musik. Judith versuchte verzweifelt, den kleinen Penis wieder in die Öffnung der Flasche zu stopfen, aber der Kleine weinte und wand sich, und Judith brüllte »jetzt halte doch still«. – »Herrgott!«, rief Tim, haute die Handballen auf das Lenkrad, suchte dann nach einem Taschentuch oder einem Lappen oder nach irgendwas, womit er den Urin von seinen Hosen und der Mittelkonsole putzen konnte, fand aber auf die Schnelle nichts. Der Kleine wand sich in Judiths Armen, und als Tim das Handy runterfiel, glitt Judith die Flasche mit dem warmen Urin aus den Fingern. Sie spürte, wie ihre Füße warm wurden – und dann überraschend schnell kühl.

Luca hatte nichts davon mitbekommen, die Kopfhörer auf dem Kopf, die Augen auf das iPad gerichtet. Als sie in Sagliains aus dem Tunnel rumpelten, ans Licht kamen und blinzeln mussten, so hell war die Sonne, so makellos schön der Himmel über dem Engadin, als sie vom Eisenbahnwagen fuhren und gleich auf einen der Parkplätze, ausstiegen und an sich herunterblickten, der Kleine noch immer heulte, die graue Hose ganz dunkel vor Nässe, da nahm der Große den Kopfhörer von den Ohren und schaute, als käme er von einer weiten Reise zurück. »Was war denn los?«, fragte er, und Tim und Judith blickten ihn an, und ihr Blick sagte: »Frag nicht.« Und er fragte nochmals: »Was ist?« – »Nichts«, sagte Judith streng. Und er sagte: »Okay«, zuckte mit den Schultern, setzte die Kopfhörer wieder auf, versank wieder ins iPad, um in einer fernen Galaxie geklonten Kriegssoldaten die Köpfe vom Rumpf zu ballern, massenhaft.

Esel auf der A13

Im Hotel Saratz bekamen sie ein Familienzimmer. Der Blick ging auf das Hotel nebenan, den nobleren Kronenhof. Sie sahen weiß behaubte Köche am Kochen. Judith sagte: »Die Zimmer mit Blick ins Roseggtal wären schöner.« Tim erwiderte: »Aber auch kleiner.« – »Wirklich?« – »Ja. Und außerdem: Die Aussicht wird allgemein überbewertet. Wir sind ja immer draußen, und nachts ist es dunkel.« Judith schien wenig überzeugt, sagte jedoch nichts mehr und fuhr fort, die Taschen auszupacken, die Kleider in den Schrank zu räumen, akkurat. Tim ging mit Laurin in das Spielparadies, das ausgestorben war, bis auf einen Buben, er mochte drei Jahre alt sein, der auf dem Boden lag und mit einem

Playmobil-Polizeiauto spielte, leise machte er »tatü, tatü«, während er das Polizeiauto vor- und zurückschob. Auf einem Hocker saß seine Mutter in Socken, in den Händen hielt sie ein Smartphone, auf dem sie herumdrückte, ihr Gesicht war ausdruckslos, müde. Tim nickte ihr zu, dachte Nein, sagte »hallo«. Die Mutter schaute nur kurz auf, nickte Tim zu, versenkte sich wieder ins Smartphone, blickte jedoch wieder hoch – und Tim durchfuhr ein leiser, wohliger Schauer. Sie hatte ihn erkannt. Er schenkte ihr ein Lächeln, das »Ja-ich-bin-es-und-danke-danke-danke-Lächeln«. Sie schmunzelte, und Tim war, als erröte sie leicht. Sicher würde sie gleich all ihren Freundinnen per WhatsApp schreiben: »Ihr glaubt ja nicht, wen ich da eben ...«

Vom Kinderparadies gingen Fenster hinaus auf den Park, aber auch hinein in die Halle mit dem Pool, wo ein paar Alte schwammen, langsam wie in Zeitlupe, eine Herde von Neins. Auf Liegestühlen lagen zwei in Bademänteln und einer in Badehose, er schlief mit offenem Mund, übermannt von der Wärme des Pools und der dünnen Luft des Engadins. Er war ziemlich dick, und ein altmodischer Schnauzer, der an den Mundwinkeln herunterhing, zierte sein Gesicht, ein Schnauzer, wie ihn Hulk Hogan trug, bloß dunkler und zotteliger. »Schau mal«, sagte Tim und winkte Laurin zu sich: »Siehst du diesen Seehund?« Der Kleine schaute und lachte, als er den Mann erblickte. »Das ist aber ein dicker Seehund«, sagte er. Tim lachte nun ebenfalls. »Ja, ein fetter Seehund«, und dann machte er »Oink! Oink! Oink!«, klatschte ein paar Mal tapsig in die Hände, so wie Seehunde früher bei Zirkusaufführungen in ihren Dressurnummern applaudierten, als man noch Seehunde in Zirkussen auftreten ließ und nicht immer nur Chinesen mit sich auf Chopsticks drehenden Tellern. Der Kleine strahlte und lachte laut auf, und Tim machte noch ein paar Mal »Oink! Oink! Oink!«, sagte: »Ein dicker, fetter Seehund. Und auch noch tätowiert.« – »Ich lass mich nie tätowieren«, sagte Laurin. »Gut so, mein Junge! Recht so, tätowieren lassen sich nur beschränkte fette Seehunde!« Tim blickte zur Mutter mit dem Jungen, der mit dem Spielen aufgehört hatte, beide waren auch ans Fenster gekommen, um zu sehen, was so lustig war, dort unten am Pool. Sie blickten eher fragend. Als Tim sein Lachen nicht erwidert bekam, wandte er sich wieder Laurin zu, legte ihm die Hand auf die zierlich knochige Schulter und sagte: »Was willst du spielen?« – »Weiß nicht.« – »Lego?« – »Weiß nicht.« – »Ein Buch anschauen?« – »Weiß nicht.« – »Na komm, hier ist ja das Kinderparadies, hier findet sich schon was für dich, willst du mit dem anderen Buben spielen?« – »Nein.« – »Hm, okay, also schau, ich sitze hier, und du schaust dir mal alles ganz genau an, okay?« – »Okay.« Der Kleine zottelte davon, ging zur Ecke mit dem Playmobilzeugs, griff sich einen Polizeihubschrauber. Bald spielte er mit dem anderen Buben auf dem Boden. Tim hockte auf dem Fenstersims mit Blick auf den Pool, der Seehund war verschwunden, als er Judith im Bademantel auf dem Weg zur Sauna am Becken vorbeigehen sah. Sie blickte hoch, er winkte, sie winkte zurück. Jetzt noch ein Lächeln dazu, dachte Tim, dann wäre ich zufrieden.

Als die Türe des Kinderparadieses aufging, sprang der Bub auf. »Papa, Papa!«, rief er. Ein Mann kam herein, hob den Jungen hoch, ging zur Mutter und drückte ihr einen Kuss auf den Mund, einen fetten Kuss mit einem Mund, über dem ein Schnauzbart wuchs, dick, ein Schnauzbart, wie ihn Hulk Hogan trug, bloß dunkler und zotteliger. »Spätzli«, sagte er in breitem Baslerdeutsch. Tim spürte den bösen Blick der Frau. Schnell wandte er seinen Kopf. Am Pool unten legte sich eine im Leopardenmuster-Badekleid auf den Liegestuhl, er hatte sie zuvor noch nicht gesehen. Ja oder Nein?, dachte er und blickte konzentriert hinab.

Nach der ersten Nacht in den Bergen war Tim bester Laune. Wut und Frust waren wie eine Schlechtwetterfront weggeblasen. Zurück blieb nichts, außer einem strahlend blauen Himmel: Gute Laune, Fröhlichkeit, so etwas wie Glück oder wenigstens die Ahnung davon. Beim Frühstück pries er die Berge, die Natur, die Schönheiten des Engadins. Da mochte die Familie am Nebentisch noch so finster herüberblicken, Hulk Hogan und seine Nein. Tim hatte Pläne, einen Ausflug in den Nationalpark. Die Kinder maulten. Sie wollten an den Pool oder in den Kletterpark oder in den Raum mit der Playstation, aber Tim sagte, den Nationalpark müsse man gesehen haben als Schweizer, das gehöre einfach dazu, sogar Globi sei im Nationalpark gewesen. Also fuhren sie der Spöl entlang in das Tal hinein, blickten auf die grünblaue Oberfläche des Stausees, und Tim konnte sich nicht daran erinnern, dass es so lange dauerte, bis man endlich im Nationalpark war, dass es um so viele Kurven ging, aber als sie angekommen waren auf dem geschotterten Parking Nummer 8 und sogar noch einen letzten freien Platz für ihren roten Renault fanden, sog er tief die Luft ein und rief, während er einen leichten Rucksack schulterte, in den kargen Wald hinaus: »Herrlich, oder?«

Es hatte eine Weile gedauert, bis Laurin bereit war, die Wanderung anzutreten. Luca hatte sich bereit erklärt, seinem jüngeren Bruder das Sackmesser abzutreten, damit er allfällige Bären oder Geier erstechen konnte. Dann aber ging es los. Tim pfiff ein Lied, die Buben erzählten sich Witze, Judith begeisterte sich ob der Skurrilität des Anblicks der krummen Bäume. Je länger sie jedoch andauerte, die Wanderung Nummer 17, ein Naturlehrpfad mit interessanten Informationstafeln zu Flora und Fauna, die Wanderung, die eigentlich mehr ein Spaziergang war, auf einem Pfad, von dem man nicht abweichen durfte, desto tiefer sank die Moral der kleinen Truppe. Die Buben fingen an, wegen allem zu nörgeln. Käfer am Boden, Insekten in der Luft, sie hatten Durst, sie hatten Hunger, der Weg war zu steil, das Wetter zu heiß. »Hier, ein Apfel«, sagte Judith. Aber sie wollten keinen Apfel. »Ich will Milano-Waffeln«, maulte Luca. Und sie wollten kein wunderbar frisches Quellwasser, das Tim nicht ohne Mühe aus dem Bach geholt hatte. »Ich will Fanta blau«, sagte Laurin. »Oder Sprite«, sagte Luca. Tim schaute stumm in die krüppeligen Bäume. Der Größere musste pinkeln, der Kleinere musste Aa. »Bald«, sagte Tim. »Bald was?«, rief Luca.

»Bald sind wir bei der Hütte.« – »Welche Hütte?«, fragte Judith. »Gleich sind wir bei der Stabelchod-Hütte. Da nehmen wir ein Speckbrettli und feinen Bergkäse. Und kühlen, sauren Most.« – »Ich glaube nicht, dass es dort ein Restaurant hat«, meinte Judith. »Du wirst schon sehen«, sagte Tim. Er blickte entschlossen den Weg entlang, der sich durch die von Wind und Wetter gebeutelten Bäume schlängelte, und ging weiter voran. Und tatsächlich kamen sie bald aus dem Wald und sahen die Stabelchod-Hütte, aber die Hütte war verschlossen, kein Speckbrettli weit und breit, kein Käse, kein Most und auch kein WC, nicht einmal ein Souvenir-Kiosk. Alles, was die Hütte bot, war ein bisschen Schatten, in den man sich zwängen konnte, um dort sein mitgebrachtes Picknick zu verspeisen. Da fing Laurin an zu weinen. »Was?«, fragte Tim, und er sah, wie es dem Kleinen die Beine herunterlief.

Als sie all die Kurven wieder herunterfuhren, tröstete Judith Laurin, der hinten saß und über Übelkeit klagte. Zu Tim sagte sie: »Du fährst zu schnell.« – »Ich fahr so schnell, wie ich fahren muss.« – »Lass dich doch nicht von den anderen Autos stressen.« Tim blickte in den Rückspiegel, »ich lass mich von niemandem stressen.« – »Ich hab einen anderen Eindruck.« – »Dann ist dein Eindruck falsch. Die Einzige, die Stress macht, bist du.« Rasant ging es in eine Kurve, deren Radius immer enger zu werden schien, Tim musste kräftig auf die Bremse treten. »Du fährst zu schnell, Tim!« – »Willst du fahren?« – »Sehr witzig!« – »Nein, im Ernst, wenn du das Steuer übernehmen willst, dann nur zu.« Judith schwieg und sah aus dem Fenster. »Mir ist schlecht«, rief Laurin zum x-ten Mal. »Gehts noch lange?«, maulte Luca. »In Zernez spielen wir noch eine Runde Minigolf«, sagte Tim, er versuchte, euphorisch zu klingen, aber es klang eher wie eine Drohung. Minigolf war immer eine gute Idee, das wusste er, aber was er auch wusste, insgeheim: Minigolf war bloß als Idee gut. Kaum hatte man die Metallschläger und all das andere Zeugs ausgeliehen, den Bleistift mit der brüchigen Mine, den Zettel, den Ball, dann war spätestens bei der zweiten Bahn der Spaß vorbei, wenn der Ball auch nach dem siebten Schlag nicht ins Loch wollte.

»Ich will nicht Minigolf spielen, ich will ins Hotel und Kuchen essen«, sagte Luca. »Mir ist so schlecht«, jammerte Laurin, scheinbar den Tränen nahe. Luca sah ihn an und flüsterte: »Kuchen mit Schlagrahm und Schokoladensoße.« Der Kleinere versuchte, den Größeren zu schlagen, und Tim schaute in den Rückspiegel und rief: »Jetzt ist Ruhe dahinten, verstanden, das ist eine saugefährliche Straße, ich muss mich konzentrieren, verstanden?« – »So fahr doch langsamer«, sagte Judith halb befehlend, halb flehend, aber Tim fuhr nicht langsamer, im Gegenteil, er schaltete herunter, und mit aufheulendem Motor überholte er eine Gruppe von Rennradfahrern, von denen einer den Arm erhob und ihm den gereckten Mittelfinger zeigte.

Die Jungs schliefen am Abend früh ein, müde vom Tag, der Höhe, der zauberhaft harzigen Luft des Engadins. Judith und Tim saßen noch etwas in der Hotelbar. Judith blickte in das magisch glühende, knacksende Feuer, rührte mit leisem Bimmeln den langen Löffel im hohen Teeglas. Tim blätterte in der Zeitung, fand nichts Interessantes, nippte an seinem Cognac. »Herrlich, oder?«, fragte er, als er den Kopf hob und den Blick durch den Raum gleiten ließ in der Hoffnung, er erkenne das eine oder andere Gesicht, an diesem Tag schienen jedoch alle früh ins Bett gegangen zu sein, oder sie hatten Besseres vor, als in der Hotelbar zu sitzen. »Du meinst unseren Ausflug heute?« Tim blickte sie gekränkt an. »Ich war überzeugt, dass es in der blöden Hütte ein Restaurant hat. Warum baut man eine Hütte, wenn man dort nichts konsumieren kann?« Judith sagte nichts, trank ihr Teeglas leer. Sie wollte ihre Hand auf die seine legen, ließ es aber bleiben. »Wollen wir?« – »Wollen wir was?« – »Ich bin müde. Ich möchte schlafen gehen.« Tim war auch erledigt. Es widerstrebte ihm zwar, jetzt schon aufs Zimmer zu gehen, nur weil Judith es wollte, trotzdem winkte er der Barkeeperin – eine kecke blonde Deutsche, groß, drall, laut, eindeutig eine Ja –, verlangte die Rechnung und kippte den Cognac herunter, den Kopf rot von der Glut des Kaminfeuers.

Schweigend standen sie in der Lobby und warteten auf den Lift, stiegen ein, Tim drückte den vierten Stock, aber anstatt rauf fuhr der Aufzug runter ins Kellergeschoss, wo es zum Wellnessbereich ging und wo sich all die Dinge befanden, die die Gäste nicht wirklich interessierten. Der Lift hielt, die Türe ging rumpelnd auf, aber niemand war da. »Niemand da«, sagte Tim. Judith sagte nichts, studierte den Aushang im Lift, das Programm der Woche, das Restaurant-Menü von morgen. »Was gibts?«, fragte Tim und ließ es forsch klingen. Er spürte den Cognac. »Morgen? Yoga mit Rolf auf der Sonnenterrasse, um acht Uhr.« Tim lachte. »Nein, ich meine: zu essen.« Der Lift hatte sich wieder in Bewegung gesetzt, diesmal in die richtige Richtung, aber schon bremste er seine kurze Fahrt erneut ab, hielt im Erdgeschoss. Tim hatte schon den Finger auf der Schließtaste, da sah er eine Hand in die Liftkabine greifen, die Türe blockieren, die sich nach einem kurzen Zögern wieder öffnete, Tim erschrak. Die Hand war riesig und dunkel und gehörte zu einem Mann, der sicher zwei Meter groß war und auf dem Kopf eine leuchtend rote Baseballkappe trug. Tim wich zurück. »Guten Abend«, sagte der Mann freundlich, »darf ich noch mit?« Die Türe schloss sich wieder. Der Mann schaute Tim in die Augen, er lächelte. Tim wandte den Blick ab. »Zweierlei vom Iberico-Schwein«, sagte Judith. »Was?«, fragte Tim. »Morgen gibts Zweierlei vom Iberico-Schwein.« Tim wusste nicht, ob er »hm« oder »mh« sagen sollte, also nickte er bloß.

Auf dem Zimmer verschloss er die Türe von innen. Judith fragte: »Warum schließt du die Türe ab?«

»Einfach so.«

»Machst du doch sonst nie.«

Er sagte nichts und setzte sich auf das Bett, zog die Schuhe aus, die Socken, die Hose, Kleingeld fiel aus den Taschen geräuschlos auf den Teppichboden. Judith hatte sich auch ausgezogen, schlüpfte unter die Decke, nachdem sie nach den Buben im En-Suite-Zimmer geschaut hatte. »Beide schlafen tief und fest.«

»Gut.«

»Wegen dem Mann?«

»Welchem Mann?«

»Dem Schwarzen. Im Lift.«

»Was soll mit dem sein?«

»Hast du wegen ihm die Türe verschlossen?«

»Spinnst du?«

Judith puffte ihr Kissen zurecht und setzte die Lese-brille auf. »Ich lese noch ein bisschen«, sagte sie.

Tim war betrunken, das spürte er nun deutlich. Aber er hatte ja auch allen Grund gehabt, etwas zu trinken. Manchmal sah ihn Judith streng an, wenn sie fand, er übertreibe es. Das machte Tim wütend. Manchmal machte sie auch eine Bemerkung, aber ihr Blick ge-nügte. Er dachte: Ich kann gar nicht so viel saufen, wie ich saufen müsste, so beschissen anstrengend ist das Leben manchmal. Aber er sagte es nicht, denn er war sich des Pathos seiner Gedanken bewusst. Andere hat-ten nicht so viel Glück wie er. Er hatte eine Frau, zwei gesunde Kinder, einen Job und nationale Bekanntheit. Was wollte er mehr? Auf diese einfache Frage hatte er eine einfache Antwort: Intimverkehr. Eine Nummer schieben. Schnackseln. Es treiben. Nageln. Poppen. Bimsen. Kohabitieren. Koitieren. Uga-Uga. Sex. Noch nicht einmal ganzheitlich gelebte Sexualität war das, wonach es ihn verlangte, reine Triebabfuhr wäre auch schon was. Judith las in einem Taschenbuch. Er sah den Umschlag. *Born to Run*, las er, und *Ein vergessenes Volk und das Geheimnis der besten und glücklichsten Läufer der Welt*. Er fragte: »Ist es gut, das Buch?«

Judith hatte nicht zugehört, und Tim rutschte unter der Decke näher. Sie wich zurück. Tim wandte sich ab. Laut schnaufte er aus, um seinem Frust nonverbal Ausdruck zu verschaffen.

»Was ist?«, fragte Judith, ohne ihren Blick zu heben.

»Ist das Buch gut?«

»Ja.«

»Wovon handelt es?«

»Von den Tarahumara.«

»Wovon?«

»Einem Volk in Mexiko. Das sind die besten Läufer der Welt. Aber was ist los, warum schmollst du?«

»Ich schmolle nicht, aber …«

»Aber was?«

»Wir haben schon Wochen nicht mehr miteinander geschlafen. Nein: Monate ist es her. Ich kann mich gar nicht erinnern.«

Judith sah zu Tim, der bloß ein Rücken unter einem Leintuch war, sie schob die Lesebrille ins Haar hoch. »Es ist nun mal anstrengend.«

»Ja, natürlich, aber ich denke, es wäre weniger anstrengend, wenn wir wieder einmal miteinander schlafen würden. Also mich würde es wahnsinnig entspannen.«

»Du bist viel unterwegs. Und wir hatten unsere Probleme, du hast mich betrogen. Das hat mich verletzt. Ich bin einfach noch nicht so weit.« Eine Weile schwiegen sie beide. »Okay«, sagte Judith, legte das Buch auf den Nachttisch, klick, klack machte die Lesebrille beim Zusammenklappen. Sie löschte das Licht und drehte sich zu Tim, ruckte heran, wie Löffelchen lagen sie da.

»Und jetzt?«, fragte Tim.

»Jetzt schlafen wir miteinander.«

»Jetzt?«

»Ja, jetzt. Du wolltest es doch. Aber gib mir etwas Zeit.«

Das tat er, und dann drang er in seine Frau ein, die ihm kalt und steif vorkam, sonderbar fremd, er stellte sich die kecke Deutsche an der Bar vor, die ihm zuge-zwinkert hatte, als er seine Unterschrift unter die Bar-rechnung gesetzt hatte, so glaubte er wenigstens, als er sich in Judith bewegte, die Augen geschlossen, bis er sie wieder öffnete, weil er etwas hörte. Judith summte et-was. Er war kurz davor, zu kommen, in seiner Vorstel-lung stöhnte die fesche Barkeeperin wollüstig, und er dachte eben, dass er es langsamer angehen sollte, sonst käme er zu früh, und der Spaß wäre vorüber, bevor er richtig angefangen hatte, als er sich plötzlich aus ihr löste und zur Seite rollte.

»Was?« Judith war überrascht.

»Das Lied, das du summst.« In Tims Stimme lag kühle Wut.

»Ich habe ein Lied gesummt?«

»Ja, hast du.«

»Hab ich gar nicht bemerkt.«

»Ich schon.« Tim summte das Lied nach.

»Das hab ich gesungen?«

»Nein, nicht gesungen. Gesummt. Und ich habe mich die ganze Zeit gefragt, was es ist. Ist ja schon seltsam genug, dass jemand beim Sex summt. Aber jetzt weiß ich es.« Er summte es ihr nochmals vor. »Kommt dir diese Melodie bekannt vor?«

»Nein. Irgendein Lied.«

Nochmals summte er es vor.

Judith schüttelte den Kopf im Halbdunkel des Zimmers.

»Es ist von Linard Bardill. Während wir miteinander schlafen, nach Ewigkeiten wieder einmal, singt meine Frau ein Lied von Linard Bardill.« Tim lachte bitter auf.

Judith erwiderte kleinlaut: »Ich habe nicht gesungen.«

»Gesummt hast du es! Und eben fiel mir der Text ein, iah, iah, iah, der Esel vom Martin und so weiter. Ein Kinderlied!«

»Im Radio brachten sie heute eine Meldung. Esel auf der A13, das muss wohl in meinem Kopf rumgespukt sein. Es tut mir leid.« Sie langte zu ihm herüber, aber er hatte sich schon halb aus dem Bett geschält, betrunken, beleidigt, frustriert.

»Ich war nicht bei der Sache, entschuldige«, sagte sie.

»Findest du mich nicht attraktiv? Genüge ich dir nicht?«, schrie er.

»Nicht so laut, Tim, die Kleinen schlafen.«

»Ja, eben, sie schlafen, tief und fest. Aber ich werde wohl noch wütend sein dürfen, wenn ich mit meiner Frau vögeln will und sie singt ein Lied von Linard Bardill.«

»Ich hab es nicht gesungen.«

»Schon gut. Ich halt das langsam nicht mehr aus.«

»Ich halte es schon lange nicht mehr aus«, sagte sie kühl und knipste die Nachttischlampe an. Sie weinte nicht, sondern blickte ihn mit harten Augen an. »Ich erinnere dich ungern daran, Tim. Aber du hast mich mit einer kubanischen Prostituierten betrogen. Schon vergessen?«

»Sie war keine Prostituierte.«

»Du hast mir wehgetan.«

Tim wollte Judith sagen, dass sie ihn dazu gezwungen habe, fremdzugehen, mit ihrer eisbergkalten Art, dass sie ihn hatte verkümmern lassen, sexuell, emotional, überhaupt, aber er sagte: »Okay, gut, bis in vier Wochen, dann können wir wieder miteinander schlafen, ich melde mich via Doodle. In vier Monaten. In vier Jahren. Es ist mir scheißegal.« Er ging ins Bad, schloss die Türe hinter sich, blickte sich im Spiegel an. Nackt, behaart und bleich stand er da, schlecht rasiert, er musste wieder mit dem Training beginnen, und ein bisschen auf die Linie schauen, das war er sich schuldig.

Der pure Frieden

Sie hatten Tims Vorgesetzte per Zufall getroffen, sie war mit einer Freundin ins Saratz gekommen, nach einer Wanderung, um dort ein Stück Kuchen zu essen. »Na, so was«, sagte Tim, als er seine Chefin entdeckte, »da hockt die Wasser!« Zuerst hatte er sie nicht erkannt, die Augen hinter der verspiegelten Sonnenbrille, eine Schirmmütze auf dem Kopf, in Wanderkluft steckend und ein Paar Leki-Teleskopstöcke am Tisch lehnend. Es gab ein großes Hallo, überschwänglich begrüßte man sich, gab sich freudig überrascht ob des unglaublichen Zufalls, sich an diesem Ort zu treffen. Sie habe ein Häuschen in Lavin, sagte Tims Vorgesetzte. Judith, Tim und die Kinder mussten sie besuchen kommen, unbedingt, das wäre zauberhaft. Ja, das hatte sie gesagt: zauberhaft. Und so verabredeten sie sich für den Sonntag, den Tag ihrer Rückreise, obwohl Judith erst Einwände angebracht hatte. »Ist gar kein Umweg«, hatte Tim darauf geantwortet, »ist grad beim Autoverlad. Bin ja mal gespannt, was für eine Art von Freundin ihre Freundin ist.« – »Wie meinst du das?«, fragte Judith. »Na ja, ich wusste, dass sie keinen Mann hat, aber ich wusste nicht, dass sie eine Frau hat.« – »Du meinst, sie ist …« Judith sagte nicht, was sie hatte sagen wollen. Tim nickte bloß, grinsend. Sie wollten zum Abendessen bei Wasser bleiben, danach aber nicht zu spät den Heimweg antreten. So hatten sie es abgemacht. Am späteren Nachmittag kamen sie in Lavin an und fanden das Haus trotz des sehr rudimentären Krokis auf Anhieb.

Tim wollte sich nach der nicht sehr langen, aber doch recht kurvigen Fahrt die Beine vertreten, ein bisschen durch das Dorf spazieren und im Piz Linard an einem der lauschigen Tische auf der Terrasse mit seiner Vorgesetzten ein Bierchen trinken, überraschenderweise stimmten sogar die Buben dem Vorschlag zu, nachdem ein Bananensplit in Aussicht gestellt worden war. Judith fühlte sich nicht wohl, verspürte einen Druck im Kopf, eine Flauheit im Magen. Also blieb sie im Häuschen,

welches sich als die eine Hälfte eines stolzen Engadi-
nerhauses herausstellte. Eindrücklich das mächtige Ge-
mäuer mit den tief sitzenden Fenstern, krumme Stufen
führten zu einer schweren Türe, das Holz schwarz von
der Sonne und dem Alter. Judith legte sich auf einen
Liegestuhl auf der Veranda im Schatten, einen kühlen
Waschlappen auf der Stirn. Noch eine Weile konnte
sie Fetzen von Worten und fröhliches Geschrei hören,
nachdem sich Tim mit den anderen auf den Weg gemacht hatte, alle aus der Türe gepoltert waren. Tief sog
Judith die Luft in ihre Lungen, hielt sie dort gefangen
für ein paar Sekunden. Eine Weile her, dachte sie, dass
sie einen solchen Frieden verspürt hatte. In Pontresina,
im Saratz, ja, dort hatte es kurze Momente gegeben, im
warmen Bad etwa, in der Bio-Sauna, während eines
kurzen Laufs durch den harzig duftenden Arvenwald
Richtung Celerina, abends am gemütlichen Feuer an
der Bar, aber alleine war sie auch dort nicht, wirkliche
Ruhe konnte sie nicht finden, zu viele Menschen, Gesichter und Lärm. Jetzt aber war es tatsächlich so, dass
sich ihr Puls zu verlangsamen schien, auch die Kopfschmerzen klangen ab, und eine gewaltige Stille legte
sich über sie, tief entspannt schien sie im Polster des
Liegestuhls zu versinken, als löse sie sich auf. Sie wusste
nicht so recht, woran sie denken sollte, jetzt, da sie an
nichts denken musste. Niemand wollte etwas von ihr,
niemand rief ihren Namen, nichts war zu tun. Es gab
nichts aufzuräumen, keine Ordnung musste hergestellt,
kein Pausenbrot gestrichen werden, kein Streit, kein
Geschrei. Kein Ehemann, der anrief und sagte, dass

es etwas später werden würde, kein Vater, der sich beklagte. Sie musste weder eine Einkaufsliste schreiben noch Wäsche in eine Maschine füllen. Bald, dachte sie, wäre alles wieder anders, wäre alles wieder so wie immer. Bald käme der Lärm wieder über sie, der Sturm des Alltags, der Trott. Doch nun war sie im Auge dieses Sturms, es war der pure Friede. Wieder sog sie die Luft tief in ihre Lunge. Ein wohliges Seufzen kam aus ihrem Innersten, als die Luft aus ihren Nasenlöchern strömte. Heraus. Hinein. Heraus. Bald würde sie einschlummern. Herrlich, dachte sie.

Eine Fliege landete auf ihrer Nase, direkt auf der Spitze. Judith rümpfte die Nase, blies Luft durch die Löcher. Die Fliege flog davon, saß aber bald wieder am selben Ort wie zuvor. Judith verscheuchte sie mit dem Zeigefinger, hastig, ohne die Augen zu öffnen oder überhaupt ihre Position zu verändern. Wieder flog die Fliege davon, ließ aber nicht lange auf sich warten. Summte heran und setzte erneut auf Judiths Nase zur Landung an. Dann folgte der ersten Fliege eine zweite, landete in Judiths Haar, was nur eine bedingt geeignete Landschaft für eine Fliege mit explorativem Verhalten war. Nun kamen noch mehr. Eine flog auf ihre feuchte Stirn, eine auf ihren Handrücken, eine auf ihren blanken Fußknöchel. Judith verscheuchte sie alle mit der Hand wedelnd, schlagend, sie allesamt verfluchend. Und alle kamen sie wieder zurückgeflogen.

Ächzend erhob sich Judith vom Liegestuhl, nicht fern rauschte der Inn durch sein kieselsteiniges Bett, im Himmel zog ein Raubvogel geräuschlos seine Kreise.

Sie ging in die Küche, drehte den Wasserhahn auf, fühlte mit ihrer Hand den Strahl, bis das Wasser kalt genug herausgeschossen kam. Sie nahm ein Glas, äugte hinein, prüfte, ob es sauber war, füllte es, trank es am Schüttstein stehend in einem Zug aus, herrlich frisches Wasser, wohl direkt aus dem tiefen Bauch des Berges kommend, und ihr Blick ging durch das Küchenfenster hinaus in das Idyll eines Gartens, der verwildert blühte, und sie dachte: Da sollte mal wieder jemand Unkraut jäten. Dann schwenkte ihr Blick zurück in den Raum, in die alte Küche mit dem gusseisernen Holzherd, und auf eine knallrote Fliegenklatsche, die neben den blau-weiß karierten Geschirrtüchern an einem krummen Nagel hing. Sie nahm die Klatsche vom Nagel und ging zurück auf die Veranda. Auf dem Holztisch saßen Flie-gen, ein Dutzend oder mehr. Gingen, flogen, landeten, starteten, nervös durcheinander. Judith blickte auf den Tisch herab, schwang die Klatsche, schon war die erste Fliege erschlagen. Erneut hob sie die Klatsche, schon war die zweite Fliege nicht mehr unter den lebenden Kreaturen. Im Nu hatte sie zehn der niedrigen Viecher erledigt. Haben es nicht anders verdient, dachte Judith und erschauderte beim Gedanken an dieses Aas und Fäkalien liebende Tier. Es kostete keinerlei Anstren-gung, die Klatsche sausen zu lassen, immer und immer wieder. Heftig peitschte das Instrument aus Plastik auf die grässlichen Tiere nieder, von denen im Nu zwanzig gestorben waren. Noch nie ging ihr etwas so mühelos von der Hand, noch nie war Judith etwas so einfach vor-gekommen, so simpel und gleichzeitig so befriedigend wie das Töten dieser Fliegen. Es war wie aufzuräumen. Ja, sie brachte Ordnung in die Welt. Klatsch. Peng. Zack. »Dreißig.« Judith begann, laut zu zählen, eine sich rapide aktualisierende Opferstatistik. »Einunddreißig.« Klatsch. »Zweiunddreißig.« Klatsch. »Dreiunddreißig.« Dann zwei auf einmal. Bald sagte sie: »Fünfzig«, bald: »Siebzig.« Judith sah, wie eine Fliege auf dem Tisch landete, nicht ahnend, dass dort gerade siebzig ihrer Artgenossen erschlagen worden waren. Sie hob ihr einfaches Werkzeug ohne Hast, die Fliege tat – wohl auf der Suche nach Nahrung – ein paar nervöse Schritte auf dem groben, von der Witterung grauen Holztisch, näherte sich einer auf dem Rücken liegenden Schwester oder einem Bruder, den Judith zuvor erschlagen hatte, der Körper aber scheinbar unversehrt. Die Fliege trippelte heran, fuhr ihren grässlichen Rüssel immer wieder zur Sondierung aus, glotzte durch ihre bösen Facettenaugen. Schon war die lebendige Fliege auf der toten, und Judith war, als begatte die Lebendige die Tote, schnell ließ sie die Fliegenklatsche herunterfahren. »Einundsiebzig«, flüsterte sie und spedierte, die Klatsche als Schippe einsetzend, die im kranken Geschlechtsakt zermatschten Tiere zu Boden. Judith tat weiter ihr Werk. »Zweiundsiebzig! Dreiundsiebzig! Vierundsiebzig!« Bei hundert angelangt, machte sie eine kurze Pause. Bei zweihundert nochmals eine. Mit einem feuchten Lappen wischte sie den Tisch gründlich ab, schnell sog die Sonne die Feuchtigkeit aus dem Holz.

»Das war jetzt wichtig, dieser Besuch, beruflich«, sagte Tim, als sie im dröhnenden Wagen auf der Autobahn durch die Dunkelheit das Rheintal herunterfuhren. Die Buben schliefen in ihren Sitzen. »Die Wasser frisst mir aus der Hand. Sie hat mich während des Spaziergangs andauernd gelobt, und als im Gartenrestaurant eine ganze Wandergruppe Autogramme von mir wollte, hat sie vielleicht Augen gemacht! Die weiß jetzt, was sie an mir hat.« Er nickte, um es sich selber noch einmal zu bestätigen, und als Judith nichts erwiderte, sagte er: »Wie fandest du es?«

»Das Abendessen bei deiner Chefin?«

»Na ja, alles, ich meine: Die Ferien, obwohl Ferien etwas übertrieben ist, sagen wir: Den Ausflug.«

»Schön.«

»Fand ich auch«, sagte Tim und legte seine Hand auf Judiths Oberschenkel.

»Das Wetter war super«, sagte sie.

»Ja, super Wetter. Wie eigentlich immer im Engadin. Ist schon wichtig, dass man mal wieder aus der Stadt rauskommt. Auch für die Buben. Oder besser ...«, Tim blickte kurz zu Judith, bevor er wieder auf die Straße schaute, von der sie nicht viel sehen konnten, bloß die paar Dutzend Meter, die ihnen entgegenflogen im Licht der Scheinwerfer, »... vor allem für die Buben. Konnten sich mal so richtig austoben. Schon das Beste, die Berge, oder?« Wieder blickte Tim herüber.

Judith konnte seinen lächelnden Mund sehen und machte ein zustimmendes Geräusch.

Tim nahm seine Hand wieder von Judiths Bein,

schaltete das Radio ein, sagte: »Ein bisschen Musik?« Es lief *Bye bye Love* von den Everly Brothers.

»Lieber nicht«, sagte Judith, »sonst wachen die Buben auf.«

»Doch nicht wegen der Musik, die sind hundemüde. Hab sie ganz schön geschlaucht beim Spazieren heute, denen sind beim Abendessen fast die Augendeckel zugefallen. Esel haben wir gesehen. Wollsäue. Sauherzige Viecher sind das. Und Lavin mit diesen an den Hang geklebten Holzhäusern, das hat mich total an Nepal erinnert. Klingt verrückt, oder? Aber Lavin ist ein bisschen wie Nepal. Oder umgekehrt. Hör mal: ein schönes Lied.«

»Dann mach wenigstens leiser«, sagte Judith. Tim drehte leiser. Und Phil Everly sang: »I'm through with romance / I'm through with love / I'm through with countin' / The stars above«. Schweigend fuhren sie durch die Nacht, dem Daheim entgegen.

Chinese Cookie

»Die Rechnung, bitte«, verlangte Tim mit erhobenem Zeigefinger, als die Bedienung an ihrem Tisch vorbeiging, ein Tablett in den Händen, hoch beladen mit klapperndem Geschirr. Sie nickte und ging mit ihren seltsam kurzen, eilenden Schritten davon, bald war sie zurück, stellte freundlich lächelnd ein hölzernes Geschirr mit Deckel auf den Tisch und deutete eine Verbeugung an. Tim schenkte ihr einen aufmerksamen Blick: Ja? Nein? Vielleicht.

Fabio und Tim hatten sich zum Lunch im Kung-Tse getroffen, einem chinesischen Restaurant in Oerlikon, bekannt für sein günstiges All-You-Can-Eat-Mittagsbuffet, Fabio hielt sich die Faust vor den Mund, einen Rülpser unterdrückend, und dachte: Das verdammte Glutamat. Er war mit seinem Landrover nach Oerlikon rausgefahren, um mit Tim das bevorstehende Treffen beim Mieterverband zu besprechen. Eine Weile hatten sie schon geschwiegen, was zu sagen war, war gesagt. Manchmal dauerten Mittagessen einfach zu lange. »Ich habe gehört«, setzte Tim an, während er die Rechnung studierte, »mit einem Haus an der St. Jakobstrasse ist dasselbe geschehen: Allen wurde wegen Eigenbedarf gekündigt. Sie hatten keine Chance, mussten innerhalb kürzester Zeit raus.« Fabio nickte und sagte: »Auch an der Zurlindenstrasse. Leute wie wir, seit zwölf Jahren in der Wohnung oder sogar noch länger.« – »Echt? Bitter.« – »Ja, sie bekamen es dann mit Rohrer-Müller zu tun.« – »Mit was?« – »Rohrer-Müller und Partner. Eine Anwaltskanzlei. Vertreten nur Immobilienbesitzer. Knallharte, abgekochte Typen.« – »Und?« – »War nichts zu machen.« – »Nichts?« – »Außer Spesen nichts gewesen«, sagte Fabio, trommelte nervös mit den Fingern auf der Tischplatte, »und nichts zu erreichen, hat sie eine schöne Stange Geld gekostet. Auch der mieseste Anwalt nimmt vierhundert auf die Stunde.« – »Ich hab ja auch Jus studiert«, sagte Tim und blickte drein, als sei er über die ferne Tatsache selbst erstaunt. Wieder schwiegen sie.

Sie teilten sich die Rechnung, und Fabio nahm sich einen der Glückskekse, die mit der Rechnung gekommen waren, schälte ihn aus dem Cellophan, brach ihn entzwei, zog den Zettel heraus, las den klein gedruckten Spruch. Ohne etwas zu sagen, reichte Fabio Tim den kleinen Zettel. Der las leise: »Wenn du dein Haus verlässt, beginnt das Unglück – Chinesisches Sprichwort.«

Promiskuitiver Promi

»Wie ist er denn so? Erzähl!« Paola dachte nach, blickte auf das Gemälde, welches an der ochsenblutrot gestrichenen Holzwand hing, ein dunkelhäutiges Mädchen, das lustvoll in einen dicken Schnitz einer saftig rot glänzenden Wassermelone biss. Paola ruckte auf dem Stuhl zurecht, schob die silberne Gabel einen Millimeter nach links, das Messer einen Millimeter nach rechts, fuhr mit der Hand über das makellos weiße Leintuch, schwer und dick fühlte sich der Stoff unter ihren Fingerspitzen an, ihre gemachten Nägel hinterließen Furchen, und sie antwortete mit einem fragenden Ton: »Nett?« Susanne machte ein enttäuschtes Gesicht. Brigitte blickte Paola eher mitleidig an und hielt ihren Kopf schief, während sie sich eine Zigarette anzündete. »Nur nett?« Qualm stieg aus ihrem redenden Mund. »Na ja, manchmal reden wir schon etwas länger, aber: Mehr kann ich nicht sagen, er ist einfach total nett. Und er hat es nicht leicht. Mit seinen zwei Buben. Immer Rambazamba, wenn ihr wisst, was ich meine«, Paola verdrehte die Augen, was wohl bedeuten sollte: Wie das halt so ist, wenn man Kinder hat. Sie wusste, ihre Freundinnen waren noch nicht zufrieden mit dem, was sie von ihr bekamen, also schob sie nach: »Und seine Frau ist nicht gerade, wie soll ich sagen, ein Ausbund an Fröhlichkeit. Die ist eher eine Spaßbremse. Immer ernst.« Paola machte einen spitzen Mund. »So.« – »Also wenn ich im selben Haus wohnen würde wie Tim Gutjahr«, sagte Brigitte, nahm einen tiefen Zug ihrer Zigarette und blies den Rauch hastig aus, bemüht darum, ihn nicht in die Gesichter ihrer Tischkameradinnen zu pusten, »würde ich ihm in der Waschküche auflauern und über ihn herfallen. Ich find ihn nämlich echt knackig.« Susanne lachte auf. »Knackig? Also Tim ist vieles. Er hat einen süßen Hundeblick, ist supersympathisch, wirkt treuherzig. Aber knackig ist er nicht, eher etwas pummelig.« – »Er ist nicht pummelig«, protestierte Brigitte. »Na ja«, meinte Susanne, »er kaschiert es geschickt mit seinen karierten Hemden, die er immer trägt, aber ich glaube, er hat einen ziemlichen Bauch, oder, Paola?« Paola sagte nichts, schob die Gabel noch einen Millimeter nach links, das Messer einen Millimeter nach rechts.

»Girls Dinner« stand jeweils in Paolas Agenda. Sie trafen sich alle paar Wochen, manchmal waren es auch Monate, die vergingen, bis sie wieder zusammen an einem Tisch saßen, Paola und die anderen drei, von denen heute Karin fehlte. »Kommt Karin später dazu?«, hatte Paola gefragt, als sie den Tisch nur für drei aufgedeckt sah. Und als sie erfuhr, dass Karin gar nicht käme, konnte sie sich eine spitze Bemerkung nicht verkneifen, von wegen Stillhormonen und so. Seit Karin ein Kind hatte, war nicht mehr mit ihr zu rechnen. »Out of the

Game«, sagte Susanne, »mit einem Balg ist man echt erledigt. Tot.«

Die vier Freundinnen kannten sich von diversen Veranstaltungen. Susanne war PR-Verantwortliche für eine Kosmetikfirma, einem wichtigen Inserenten der *Illustrierten*. Zudem versorgte sie Paola nicht nur immer wieder mit innovativen Gesichtscremes, die ein jüngeres Aussehen garantierten – kleine Tiegel mit verheißungsvoller pseudomedizinischer Beschriftung, welche im Laden ein Vermögen kosteten –, sondern auch mit der einen oder anderen Reise, wenn in einem Wellness-Hotel ein neues Produkt vorgestellt wurde. Brigitte führte einen Secondhandladen der gehobeneren Klasse namens »Le Nouveau Nouveau« (mit dem Motto »Premium Class – Pre Owned«) an guter Passantenlage in der Innenstadt. Und da wäre noch Karin gewesen, wäre Karin heute gekommen. Sie betreute die Kundenzeitschrift eines Uhren- und Schmuckgeschäftes und schanzte Paola immer wieder kleine, aber richtig gut bezahlte Nebenjobs zu. Leicht verdientes Geld, das Paola aber auch leicht wieder ausgab. Bis Karin das Kind gemacht wurde, von einem Typen, von dem keine am Tisch wusste, ob er noch mit Karin zusammen war, sehr wahrscheinlich wusste das nicht einmal Karin selbst. Ja, und eben: Seit der Geburt des Jungen namens Lennie oder Lemmy oder Lemming, war sie total von der Rolle und einfach nur noch seltsam. Vor allem hatte sie keine Zeit mehr für ihre Freundinnen. Auch das Projekt, mit dem sie ihnen immer in den Ohren lag, schien sie nicht mehr weiter zu verfolgen: ein eigenes Zentrum für Yoga und eine Olivenöl-Erlebnis-Welt in der Toskana. Karin war ihnen abhandengekommen. Und sich selbst auch. Da waren sie sich alle drei einig.

Eben erst hatten sie sich gesetzt, ihre großvolumigen Handtaschen neben sich parkiert, da kam die Bedienung schon mit einem Tellerchen Radieschen, »zum Knabbern«, sagte sie jovial, und mit den Speisekarten, aber Susanne winkte ab, griff nach einem Radieschen, krachend biss sie hinein, und kauend sagte sie: »Wir wissen schon, was wir nehmen.« – »Das Poulet?«, fragte die in ein schwarzes Kostüm gewandete Bedienung mit einem wissenden Lächeln. Denn das nahmen hier alle. Deswegen kam man her. Poulet rôti. Es gab kein besseres als bei Emilio, spanische Spezialitäten seit 1940. Dazu handgeschnittene und in Erdnussöl knusprig frittierte Pommes. Zwar war das Menü eine Sünde, wegen all der Butter, die über das Tier gegossen wurde. Aber ihretwegen schmeckte es auch so unvergleichlich. Ja, deshalb kam man her – und wegen dem Rauchen. Weil man hier während des Essens noch rauchen durfte, im klimatisierten Fumoir. Paola fand das alles zwar viel zu teuer, aber ihre Freundinnen waren total überzeugt. Als wäre Paola schwer von Begriff, hatte Susanne ihr alles genau erklärt. Sie spielte sich gerne als Fachfrau auf, sobald irgendetwas auch nur halbwegs in die Nähe von so etwas wie Gastronomie kam, hatte ihr vorgerechnet, was das alles koste: Das Personal, das Silber, die leinenen Servietten, all das – und irgendwann hatte Paola aufgegeben, Widerstand zu leisten. »Und außerdem«, hatte Susanne damals gesagt, »ist dies das Lieblingslokal von Boris Becker.« Was konnte Paola darauf noch erwidern? Spiel, Satz, Match für ihre Freundinnen.

»Und zu trinken? Die Weinkarte für die Damen?« – »Weißwein«, sagte Brigitte, dann zu ihren Freundinnen: »Oder wollt ihr Cava? Ich nicht, ich krieg vom Cava immer Kopfschmerzen, außerdem verträgt ihn mein Magen nicht. Ist Weißwein okay?« Die anderen nickten, murmelten Zustimmung, und als die Bedienung fragte, welchen Weißwein sie denn wünschten, sagte Brigitte: »Kalten. Irgendeinen, aber einfach kalt muss er sein.« – »Wir hätten einen schönen Verdejo.« – »Perfekt«, sagte Brigitte schnell. »Einen Halben für die Damen?« – »Perfekt«, und als die Bedienung gegangen war, sagte Brigitte zu ihren Freundinnen: »Für mich schmecken die alle gleich. Hauptsache, sie machen betrunken.« Sie kicherten. »Nochmals wegen Tim«, sagte Paola, »man kann ihm vieles nachsagen, aber treu ist jetzt nicht das passendste, wie sagt man? Prädikat?« Brigitte nickte, Susanne war damit beschäftigt, in einen Taschenspiegel zu blicken, ließ ihn aber so laut zuschnappen, dass jemand vom Nebentisch herschaute, wohl in der Erwartung einer Kastagnetten-Einlage. »Oha«, kommentierte sie. Kaum hatte Paola gesagt, was sie gesagt hatte, bereute sie es. Verdammt, warum konnte sie es nicht für sich behalten! Das war eine ziemlich heikle Information, warum musste sie damit vor ihren Freundinnen angeben? Außerdem war die Angelegenheit eh schwierig. Tim ließ nichts von sich hören, dafür rief Bieri immer wieder an, um sich nach dem Stand der Dinge zu erkundigen. Susanne wollte zu ihrem »Oha«

noch etwas hinzufügen, verstummte aber, da die Bedienung mit dem Wein kam, den sie zum Probieren
offerierte, aber Brigitte deutete mit einer Geste an, sie
solle einfach die Gläser füllen. Kaum war die Bedienung verschwunden, seufzte Paola und sagte: »Ich habe
da Informationen, aber leider sind sie top secret.« Die
anderen stöhnten auf. »Das kannst du nicht machen.
Was für Informationen?« – »Ich dachte immer, er sei
ein Langweiler, ein pummeliger Langweiler, aber dass er
promiskuitiv ist, steigert seine Attraktivität ungemein«,
sagte Susanne. »Ein promiskuitiver Promi!« – »Aber wir
wissen ja nicht, ob er mit mehreren was hat, Paola hat
ja bloß eine Andeutung gemacht.« – »Ja«, sagte diese,
»um euch zu ärgern. Und ich darf nicht mehr sagen.
Top secret. Basta.« Sie zog mit Daumen und Zeigefinger einen imaginären Reißverschluss über ihrem Mund
zu. »Na gut, wir holen schon noch was aus dir raus«,
sagte Brigitte, »wir machen Paola betrunken, dann erzählt sie alles. Lass uns endlich anstoßen.« Sie erhob ihr
Glas, die anderen taten es ihr gleich, fröhlich klirrte es
dreistimmig, »auf die Geheimniskrämerin und ihren
Tim!« – »Es könnte auch ein Mann sein.« – »Was? Tim
schwul? Nie im Leben«, sagte Susanne, »der ist so hetero,
wie man nur hetero sein kann. Sogar Toni Brunner ist
schwuler als Tim Gutjahr.« – »Na ja, Toni Brunner erinnert mich eh ein bisschen an einen Ostblockstricher.
Ich glaub, wegen der Frisur.« – »Wir waren bei Tim«,
sagte Susanne streng und legte ihre gespreizten Finger
auf das Tischtuch. Paola sah, dass die Nägel perfekt gemacht waren. Sie tippte auf Chanel Tapage, auch wenn

sie fand, dass das knallige Korallenrot eher im vergangenen Frühling angesagt war als jetzt. »Ich sag nichts mehr dazu.« Paola hob ihre Hände, aber anstatt nichts mehr zu sagen, sagte sie: »Und ich glaube, er trinkt ganz gerne mal einen Schluck. Vielleicht auch einen Schluck zu viel.« Ihre Freundinnen schauten sie neugierig an. Sie wollten mehr von dem, was Paola hatte: Informationen über einen echten Prominenten, Informationen aus erster Hand, heißer geiler Gossip. Paola war froh, konnte sie das Gespräch zwar nicht von Tim, aber immerhin vom großen Geheimnis wegführen. »Wir hatten kürzlich eine Zusammenkunft, alle im Haus, weil … meine Güte, das hab ich euch noch gar nicht erzählt, oder?« – »Was?« – »Wir haben die Kündigung bekommen.« – »Was?« – »Allen wurde gekündigt. Sie wollen das Haus renovieren.« – »Aber das Haus ist doch tipptopp.« – »Nun ja, das eine oder andere gäbe es schon zu tun. Auf jeden Fall haben wir alle den blauen Brief bekommen. Und dann haben wir alle eingeladen, zu uns, um zu besprechen, was zu tun ist. Hab mir total Mühe gegeben. Schinkengipfel und so. Tim kam auch und hat ziemlich was weggeschluckt. Ein Glas nach dem anderen.« – »Darauf sollten wir trinken«, sagte Brigitte und lachte kurz, aber so laut, dass man abermals zu ihnen herübersah. »Und was tut ihr jetzt?« – »Weiß nicht. Ich häng ja nicht so an der Wohnung. Aber Fabio schon, irgendwie, weiß auch nicht, warum. Ich hätte gern was Modernes, mit Waschturm und Glaskeramikherd.« – »Und wie läuft es eigentlich mit Fabio?« – »Mit Fabio? Super. Er ist ein Schatz.« Susanne grinste, man sah ihre Zähne, und sagte: »Ich möchte nicht wissen, ob er ein Schatz ist. Das wissen wir doch alle.« Sie zeigte mit ihrem korallenroten Finger auf die Uhr an Paolas Handgelenk, dann auf den Trinity-Ring am Finger, dann auf die Ohren, stutzte aber, runzelte die Stirn. »Wo sind deine passenden Ohrringe? Du trägst doch immer die passenden Ohrringe zum Ring.« – »Ach, die, nein, heute nicht.« – »Ich finde ja, die passen wirklich perfekt. Aber ich wollte was anderes wissen, nämlich ...«, sie ließ ihre Finger spielen, »... ob im Bett noch was läuft?« Brigitte lachte ein tiefes Raucherlachen, und auch Paola steckte sich nun eine an und spürte, wie sie rot wurde. Sie rauchte selten, aber wenn andere rauchten und sie noch etwas trank, dann konnte sie sich nicht zurückhalten. »Ja«, sagte sie, und sie hatte erst einen Zug geraucht, »alles bestens. Danke der Nachfrage.« Da kamen die Salate, über die sie sich mit großem Appetit hermachten, und Paola war wohler, als ihre Freundinnen nicht mehr nachbohrten, sondern Susanne die Hand mit der Gabel hob und sagte: »Muss ich euch erzählen! Kam eine Kundin. Hat sich dies und das angeschaut. Und dann hat sie auf einen Kelly-Bag gezeigt.« – »Oho!« – »Ja, dacht ich auch: Oho! Hab gesagt: Vorzügliche Wahl! Toller Geschmack. Ist auch ein außergewöhnlich gut erhaltener Kelly-Bag, schöne Patina, und sie so: Wie teuer ist denn die Tasche? Ich so: Tja, die hat halt leider ihren Preis! Vier neun. Sie so: Hui! Ich so: Vier neun, aber ich kann einen Spezialpreis machen, weil ich sehe, dass Sie die Tasche so schätzen, sagen wir, vier fünf. Sie so: Das ist nett, bla, bla, aber immer noch viel, bla, bla. Ich so: Ja, aber die Tasche ist auch in einem exzeptionellen Zustand.« – »Hast du exzeptionell gesagt?« – »Ja, voll. Sie so: hirn, hirn, hirn, hirn. Dann: Okay, aber ich muss das Geld holen. So viel habe ich nicht dabei. Ich so: Kein Problem, ich leg Ihnen das Teil auf die Seite. Sie geht weg, kommt zehn Minuten später wieder und legt das Geld hin. Und wisst ihr was?« Die Freundinnen wussten es nicht. »Da lagen 450 Franken. Die meinte doch wirklich, die Tasche koste 450!« Die drei Freundinnen bogen sich vor Lachen. »Köstlich«, sagte Paola und wischte sich eine Träne aus dem Augenwinkel. Und als das Lachen verebbt war, fragte sie: »Du, übrigens: Hast du meine Michael-Kors-Tasche eigentlich schon verkauft?« Susanne tupfte sich mit der Serviette den Mund und sagte mit sonorer Stimme: »Nein, mein Schatz. Die ist nicht so einfach an die Frau zu bringen. Leider.« Und dann kam die Bedienung mit einer großen Platte mit golden glänzenden Poulets. »Voilà, die Vögel! Noch etwas Extra-Butter drüber?« – »Nein, nein!«, sagten die drei im Chor. Butter war kein Wort, das sie gerne hörten. Butter war nichts, worüber sie gerne nachdachten. Bald hatten die Freundinnen fettglänzende Finger, die sie gierig abschleckten und in die silberne Wasserschale tunkten, in der ein Zitronenschnitz schwamm, auf den Knochentellern lagen die Überreste des Mahls: ein Trümmerhaufen zerteilter Karkassen. Susanne unterdrückte einen Rülpser. Brigitte lachte laut auf. »Wir sind richtig böse Mädchen«, sagte Susanne mit einem Leuchten in den Augen.

Susanne setzte Paola vor dem Haus ab, winkte aus

dem Fenster, als sie laut röhrend in ihrem 911er davonfuhr. Fabio lag im Bett, der Fernseher lief, stumm geschaltet, ein Fußballspiel. In einer Autozeitschrift blätternd, begrüßte er Paola und sagte: »Sie hören damit auf, den Landrover zu bauen.« – »Was?« – »Sie stellen die Landrover-Produktion ein. Komplett.« – »Warum?« – »Er schafft die Umweltauflagen nicht mehr.« – »Dann wird unser Landy mal eine Rarität, also wertvoll?« Fabio machte ein unbestimmtes Geräusch, blätterte um. Sie ging ins Bad, ließ sich Zeit, und als sie zu Fabio ins Bett schlüpfte, fragte er mit müder Stimme, schon halb schlafend: »Wie wars?« – »Schön.« – »Teuer?« – »Dreihundert, ohne Trinkgeld. Echt viel Geld für Gummiadler.« – »War das Essen nicht gut?« – »Doch. Total fein. Aber schon auch …« – »… ist nun mal eine teure Stadt, in der wir leben.« Sie löschte das Licht. Noch immer lief der Fernseher. »Schatz«, sagte sie, »machst du den Fernseher aus?« – »Zu müde.« Sie stöhnte auf und mühte sich über Fabio hinweg, um die Fernbedienung von seinem Nachttisch zu nehmen. »Schlaf gut«, murmelte er. Ein leiser Schnarcher ertönte. Paola lag wach, den Magen sauer vom Weißwein und schwer vom Fett des Vogels, fand sie keinen Schlaf.

Verschwunden

Die letzten Kilometer im dichter werdenden Stadtverkehr fuhr Vischer ohne Anstrengung. Wieder war ein Pass an der Reihe gewesen, keine große Sache, wurde erledigt, Foto geschossen, 1107 m ü. M., zu Hause würde er gleich die Notizen machen. Und dann sah er sie, erkannte sie an ihrer schlanken Silhouette, die Schultern aber ausgeprägt wie bei einer Schwimmerin, und an ihren Bewegungen, der Art, wie sie die Arme anwinkelte, den Kopf hielt, erkannte sie, bevor er den Namen parat hatte: Judith. Sie lief auf der anderen Seite des Flusses. Gleich würden sie auf selber Höhe sein.

Er hielt an. Noch nie hatte er wegen einer Person angehalten. Er hielt an wegen Rotlichtern, Stoppschildern, Staus. Wegen einer Herde Kühe, die die Straße blockierten, einer Bahnschranke oder wegen einem besonders lohnenden Ausblick. Aber noch nie hatte er angehalten, um jemanden beim Namen zu rufen. »Judith«, rief er. Sie hörte ihn nicht. Noch einmal rief er, lauter, die Hand ein Trichter. Aber auch diesmal hörte sie ihn nicht. Schon verließ sie den Weg, auf dem sie lief, bog auf einen Pfad ab, der in den Wald führte, verschwunden war sie.

Er fand sie immer schon sympathisch, seine Nachbarin, ihre Bescheidenheit ebenso wie die Ruhe, die sie ausstrahlte, die geduldige Art ihren Kindern gegenüber. Und sie tat ihm leid, wegen ihres Mannes. Vischer fand ab und zu, sie hätte einen besseren Mann verdient und ihre Kinder einen aufmerksameren Vater. Und dann dachte er jeweils gleich: Aber was weiß ich schon? Ich habe keine Ahnung.

Gutartige Fehler

Tim hatte feuchte Socken, und das grüne Wildleder seiner Turnschuhe war dunkel von der Nässe. Am frühen
Morgen war es noch schön gewesen, dann zogen vom
See her Wolken auf, und mit ihnen ein erstaunlich kräftiger Regenschauer. Tim war ohne Schirm unterwegs,
und obwohl es von der Tramstation nicht weit zur Praxis war, wurde er ziemlich nass. Er nahm im Wartezimmer Platz, war freudig überrascht, als er eine Nespresso-
maschine entdeckte, und ließ sich surrend einen Kaffee
raus. Daraufhin ging er die Titelbilder der aufliegenden
Zeitschriften durch, auf keinem davon war er zu sehen.
Wenig später kam eine nicht mehr ganz junge, aber doch
recht attraktive Frau in einem weißen Kittel ins Wartezimmer. »Herr Gutjahr?« Tim erhob sich von seinem
Stuhl, sie hatte ihre Hand zum Gruß ausgestreckt, also
gab er ihr die Hand, obwohl er dachte, in Arztpraxen
werde nicht mit der Hand gegrüßt, wegen all der Viren
und Bakterien. Sie stellte sich als Frau Doktor Papadam
vor. Tim bekam eine Erektion. Er konnte nicht anders.
Ärztinnen in ihren sauberen weißen Kitteln lösten diese
Reaktion bei ihm aus, er wusste nicht, weshalb, es hatte
wohl mit der situationsbedingten Überlegenheit zu tun,
welcher er sich gerne ergab. Die Erektion war nicht
sehr ausgeprägt, dennoch hatte er ein Problem. Schnell
stellte er sich Boris Becker in kurzen Hosen, rothäutig
und glubschäugig vor. Doch es nützte nichts. Also stellte
er sich Judith vor, die Judith von heute Morgen, als sie
ihn angekeift hatte, weil er am Küchentisch saß und mit

217

dem Finger durch irgendeinen Instagram-Feed strich, statt Laurin die Schuhe anzuziehen und ihn für den Kindergarten parat zu machen. Die Erektion verflog so schnell, wie sie gekommen war.

Dr. Papadam wies ihm den Weg in ihr Sprechzimmer, bat ihn, auf einem Stuhl Platz zu nehmen, und ließ sich dann in ihren hochlehnigen Bürosessel fallen, nicht ohne ihm ein breites Lächeln zu schenken. »Ganz schön heftig, dieser Regen, so plötzlich«, sagte sie. »Ja«, pflichtete Tim bei, »ich wurde überrascht.« Er lachte, und Frau Dr. Papadam schaute in ihren Computer und fragte: »Gab es in Ihrer Familie Fälle von Hautkrebs?«

Tim war etwas überrascht über den abrupten Wechsel des Gesprächsthemas, er war noch im Small-Talk-Modus, dachte kurz nach und sagte: »Nein, soweit ich weiß … nein.«

»Gut. Lassen Sie sich regelmäßig untersuchen?«

»Äh, nein, das ist das erste Mal.«

»Erinnern Sie sich an Sonnenbrände?«

Tim schaute zur Decke: »Nicht dass ich wüsste. Ich creme mich immer ein.«

»Gut, können Sie sich bitte frei machen bis auf die Unterwäsche.« Frau Dr. Papadam zeigte auf einen Paravent. Tim stand auf, ging hinter den Paravent, bald war er nackt bis auf die weiße Unterhose, und er fragte sich, ob es nicht klüger gewesen wäre, er hätte eine schwarze Unterhose angezogen.

Frau Dr. Papadam bat ihn, sich auf die Liege zu legen, mit einer Lupe machte sie sich über seine Haut her.

»Sie haben nicht mehr als zehn Muttermale.«

»Ist das viel oder wenig?«

»Sehr wenig. Die meisten Risikopatienten haben über hundert.«

»Was ist eigentlich ein Muttermal?«

»Eine gutartige Fehlbildung der Haut, pigmentbildende Melanozyten.«

»Ein Fehler? Interessant. Gibt es Menschen ohne Muttermale?«

»Kaum.«

Tim hatte folgende Gedanken: Ein Muttermal ist ein Fehler. Die meisten Menschen haben viel mehr Muttermale als ich. Das heißt: Ich bin recht nahe daran, fehlerlos zu sein, bin beinahe perfekt. Oder: so perfekt man eben sein kann. Er spürte so etwas wie Stolz. Den Stolz, ein besonderer Mensch zu sein, auch wenn man für seine Besonderheit nichts konnte, sie einer bloßen Laune der Natur geschuldet war. »Sie können sich wieder anziehen. Alles in bester Ordnung. Sie müssen auch nicht jährlich zur Kontrolle kommen, es genügt, wenn Sie sich in fünf Jahren wieder melden.« Tim fand, die Sache sei fast ein bisschen zu schnell abgelaufen. Natürlich war es gut, dass sie nicht sagte: »Oje, Hautkrebs, Sie haben noch drei Tage zu leben, höchstens.« Natürlich wollte er nicht krank sein, aber ein bisschen mehr Dramatik hätte nicht geschadet.

Als er aus dem Zimmer von Dr. Papadam trat, sah er eine Frau, sie stand mit dem Rücken zu ihm vor der Garderobe und schob gerade einen Bügel in einen vom Regen schweren Mantel. Er wusste sofort, dass er sie

kannte, und als er der Vorzimmerdame Auf Wiedersehen sagte, drehte die Frau an der Garderobe ihren Kopf
und sah Tim an, Tim sah sie an. Ja, sie war es. Sie war
es tatsächlich. Er sah Hass in ihren Augen. Laut klang
das Klatschen ihrer Hand auf seiner Backe. Er wollte etwas sagen, aber die Frau hob nochmals ihre Hand, mit
dem Zeigefinger zeigte sie auf ihn, sagte: »Kein! Wort!
Du Schwein! Damals war ich dir auch kein Wort wert!«
Als er über die Quaibrücke ging, brannte sein Gesicht
vor Schmerz und Scham noch heftig, Möwen flatterten
über seinen Kopf, Rufe ausstoßend, als lachten sie ihn
aus. Maria, dachte er, verdammte Maria.

Ein Name wie ein Gedicht

Das erste Mal hatte er sie auf dem Markt in Oerlikon gesehen, wo er gerne hinging, denn auf dem Markt hatten
die Leute Zeit für einen Schwatz. Und es war auch gut
für sein Image: Ein Mann, der auf dem Markt einkauft.
Erst noch Bio. Er stand vor dem Gemüsestand des Ita-
lieners und sagte zu niemand Bestimmtem: »Herrlich,
die Ware, die Sie hier haben. Gibts in keinem Supermarkt, so frisch!« Er sog die Luft ein, um zu verdeut-
lichen, wie gut es hier rieche, obwohl es fürchterlich
stank, vom Stand gegenüber, der Feta anbot und jämmerlich kleine Oliven, die in Holzfässchen in einer Lake
schwammen, schwarz wie Altöl. Und plötzlich stand da
diese Frau, wie vom Blitz getroffen blickte er sie an, mit
offenem Mund, sie wendete ihren Kopf, blickte Tim an

und sagte mit tiefer Stimme: »Sie sind vor mir dran.« Giovanni stand hinter dem Gemüse, Tim hörte ihn seinen Namen sagen, sah ihn freundlich winken. »Ciao, Tim, come stai?« Ein Krächzen kam aus Tims Hals, er räusperte sich. »Hallo Giovanni. Die Dame zuerst.« Sie lächelte ihn an, nein: Sie strahlte. »Danke«, sagte sie, kaufte exotische Früchte, und als sie die prall gefüllte schwere Plastiktüte von Giovanni übernahm, sagte Tim: »Darf ich Sie etwas fragen?« – »Aber sicher.« – »Ich arbeite beim Fernsehen.« Sie sagte nichts. Er fuhr fort: »Ich, äh, habe dort eine Sendung. *Wunschtraum.* Sagt Ihnen nichts?« – »Nein, ich schaue kaum fern. Ich höre mehr Radio.« – »Interessant«, sagte er, »welcher Sender?« Sie lächelte. »Die kennen Sie nicht.« – »Na ja, ich bin vom Fach, ich kenne jede Radiostation.« – »RMF.« – »RMF?« Sie nickte. »Sagt mir nichts.« – »Eben.« Er sah ihre strahlend weißen Zähne. »Radio, gut. Ich habe also eine Fernsehsendung, und wir sind immer auf der Suche nach spannenden Geschichten. Darf ich Sie zu einem Kaffee einladen? Mein Name ist übrigens Tim Gutjahr.« – »Freut mich. Maria Winzenried Gómez de Avellaneda.« – »Wie?« Sie wiederholte ihren Namen, für Tim klang er wie ein Gedicht.

»Wie ist denn Kuba?«, fragte Tim. Ihm war keine bessere Frage eingefallen, als sie im Starbucks saßen und an ihren Tassen nippten. Er hatte einen Doppio Espresso und sie etwas mit aufgeschäumter Milch, die sie mit ihrer Zungenspitze von ihren Lippen leckte. Tim brach sich ein Stück von seinem Schokoladencookie ab. Er war weich und klebte zäh an den Stockzähnen. Natürlich war es ein Risiko, sich irgendwo mit einer fremden Frau zu zeigen, aber ihr Treffen war ja beruflich. Wenn ihn jemand fragen würde, könnte er mit gutem Gewissen sagen, es gehe um eine Sendung. Mehr noch: Es gehe um fremde Kulturen, Völkerverständigung. Da konnte ja niemand etwas dagegen haben. Sie erzählte von ihrer Heimat, von Havanna, Bodegas und Pesos Convertibles. Tim nickte verständnisvoll und flüsterte die Worte nach, versuchte, sie spanisch klingen zu lassen. Oder so, wie er sich vorstellte, dass Spanisch klang. Er blickte in ihre Augen, die keine Augen waren, sondern magische Hypnosemaschinen. »Und wie bist du in die Schweiz gekommen?« – »Ich habe in Havanna studiert, an der Uni in Vedado, und dort habe ich Urs getroffen. Er hat ein Auslandssemester absol… wie sagt man?« – »Absolviert?« – »Ja, genau, absolviert. Die deutsche Sprache hat viele seltsame Wörter, als wolle sie es einem nicht einfach machen, sich hier zu Hause zu fühlen.« Ihr Lachen klang so unbeschwert, Tim konnte nicht anders, als ebenfalls zu lachen. »Und dann kam ich auf seine Einladung hin in die Schweiz, das war ziemlich viel Papierkram. Ich habe in Havanna das Studium abgeschlossen und habe in dieser Zeit Urs immer wieder besucht, meine Güte, war das ein Aufwand. Irgendwann haben wir geheiratet, und seitdem bin ich hier.« – »Ah. Urs hat das Wanzenried in deinen Namen gebracht.« – »Winzenried.« – »'tschuldigung. Winzenried. Und nun?« – »Nun gehen wir getrennte Wege.« Tim wusste nicht, ob er freudig lächeln oder eher ein mitfühlendes

Gesicht machen sollte. »Hat nicht funktioniert«, sagte sie, zuckte mit der Schulter, lachte. Also entschied sich Tim für das lächelnde Gesicht, als er sagte: »Hm, okay. Aber du kannst bleiben?« – »Ja, die Ehe besteht noch. Ich bin jetzt quasi eine von euch.« – »Ihr konntet euch arrangieren.« Maria sagte eine Weile nichts, rührte mit dem Holzstäbchen in ihrem Kaffee, den sie versonnen betrachtete. Tim war ganz und gar damit beschäftigt, Maria anzustarren. Und irgendwann sagte sie: »Und was ist das nun mit dieser Fernsehsendung?«

Er zog den Kopf ein, als er kurz nach Maria das Haus betrat, in dem sie wohnte. Es war seine Idee gewesen, nicht zusammen reinzugehen. Er hatte ihr erklärt, dass er zu bekannt sei, dass er Familie habe, man vorsichtig sein müsse. Beim ersten Besuch blieb er eine Stunde. Zu Fuß waren es zurück ins Fernsehstudio nur fünfzehn Minuten, er hätte länger gehen müssen, um sich von dem zu erholen, was er eben erlebt hatte.

Die ganze Geschichte ging bloß ein halbes Jahr. Ein halbes Jahr, in dem er oft das Haus betrat an der Jungholzstrasse in Oerlikon, das außen grau war, ein Haus, das einen nicht einlud, hineinzugehen, mit Waschbetonbalkonen und fünf Geschossen, achtzehn Klingeln mit Schildern, eines davon mit ihrem Namen drauf. Im Entree roch es immer nach Kohl, und die Schuhe quietschten auf den Fliesen, wenn er die Treppen hochjagte. In der Wohnung aber, im dritten Stock, war die Farbe zu Hause. Die Wärme. Die Lust. Als er das erste Mal zu Maria ins Bett ging, sie lag nackt auf dem Laken, er hatte noch die Unterhose an und die Socken, und sie lachte deswegen ihr unschweizerisches Lachen, da war es ihm, als sei er Christoph Kolumbus, der gerade nach einer ewig öden Fahrt durch flaue Gewässer Land gesichtet hatte, das ihm vorgekommen sein musste wie das Paradies. Kolumbus brachte den Eingeborenen damals Messingglöckchen, bunte Mützen und Glasperlen als Geschenke. Tim hatte etwas viel Besseres: seine ganze angestaute Leidenschaft. All die Liebe, die er zu geben hatte, für die Judith blind und taub war, für die sie keine Verwendung hatte. Bei Maria war all dies willkommen. Bis zu diesem verhängnisvollen Tag, als alles aufflog, abends, als er Laurin ins Bett brachte.

Die Katze mit Herzaugen

Laurin machte ein grimmiges Gesicht, blickte so finster drein, wie er konnte, und räusperte sich mit drohendem Verbrecherflüstern: »Willst du Ärger?« Er erhob die Faust. »Bitte nicht schlagen, bitte nicht schlagen«, sagte Tim mit piepshoher Wimmerstimme, um dann – wieder in seiner normalen, schweizweit bekannten Stimme – nochmals seinem Buben zu sagen, wie gern er ihn habe und dass es jetzt aber ins Bett gehe, dass dort eine Geschichte auf ihn warte. »Oh ja, eine erfundene Geschichte!« Aber Tim war zu müde für eine erfundene Geschichte, die er den Kleinen manchmal erzählte, Ad-hoc-Storys, von Haifischen und Tigern oder was auch immer, Dinosauriern, Piraten, was Kindern halt gefiel, alte Parabeln in neuen Gewändern, gerne auch mal mit einem absurden Einschlag. Die waren toll, aber auch anstrengend, und nach dem heutigen Tag, einem wahren Sitzungsmarathon, war sein Kopf leer und hohl. Judith machte mit Luca noch Schulaufgaben. Er hörte sie aus dem Esszimmer: »Komm, jetzt konzentrier dich, 1000 mal 36 sind nicht 3600, sondern wie viel? Luca? Hallo Luca? Leg jetzt das Comic weg … 1000 mal 36 … wie viele Nullen … hallo?« Obwohl er es nicht tun wollte, legte sich Tim mit Laurin ins Bett, streichelte ihn, flüsterte ihm noch etwas ins Ohr, da fielen Laurin schon die Augen zu, es musste wohl nicht mal was erzählt werden, aber als Tim sich wieder aufsetzen wollte, da öffnete Laurin seine Lider, im halbdunklen Zimmer liegend, gestreift durch das die halb heruntergelassenen Jalousien fallende Licht der Straßenlaterne. Es war im Januar gewesen, in der, im wahrsten Sinne des Wortes, dunkelsten Jahreszeit, die sehr bald noch um einiges dunkler werden würde. Schnee lag draußen, kalt war es, die Autos fuhren langsam vorbei, man konnte die Vorsicht der Fahrer ahnen, ihre Angst vor dem Glatteis unter der trügerisch feinen, weichen Schicht des frisch gefallenen Schnees.

Noch einmal fuhr Tims Hand über den kleinen Kopf, dessen Augen erneut zufielen. Er lag noch einen Moment neben seinem Jungen, klaubte sein Handy aus der Hosentasche und schaute, ob er eine neue SMS bekommen hatte. Die letzte war von Judith. »MILCH. ABFALL-SÄCKE. INGWERTEE. SONST HATS ALLES.« Hatte er ja dann auch alles auf dem Nachhauseweg eingekauft.

Keine Nachricht von Maria. Wenn er an sie dachte, wurde sein Herz weich, und in seinem Unterleib schien sich etwas zu regen. Und war da ein Kribbeln im Bauch? Laurin schnarchelte das feine Schnarcheln eines tief in den Schlaf hinabsteigenden Kindes, in dessen Kopf sich der Wirbelsturm des Tages legte, allmählich. Tim schrieb Maria eine Nachricht, er schrieb: »Zwischen deinen Schenkeln ist mein Zuhause.« Natürlich war es etwas zotig, aber er konnte nicht anders. Außerdem war es nicht einfach platte Geilheit, sondern hatte eine gewisse Klasse, weil es ein bisschen wie ein kurzes Gedicht klang, wie etwas von einem süd- oder mittelamerikanischen Schriftsteller. Aber sollte er es wirklich abschicken? Maria war im Bett sehr unkompliziert und ließ ihn tun, was er wollte, beim Schreiben von SMS jedoch war sie eher zurückhaltend. Schlüpfrigkeiten kamen keine vor, sie beschränkte sich auf romantische Emojis: Die Katze mit Herzaugen war Marias Lieblingswort. Tim drückte auf »Senden«, weil er dachte, was solls. Seine Worte entschwanden durch die Luft in die dunkle kalte Winternacht, um – ping, pong, pling, plong via Sendemasten und Antennen und was auch immer – in Oerlikon in der Wohnung an der Jungholzstrasse anzukommen und dort mit einem schaudernden Surren in Marias Handy zu schlüpfen und dann in ihr Gehirn und hoffentlich auch an den Ort, den er benannt hatte. Seltsam, dachte Tim auf dem Rücken liegend, halb eingedöst, das Handy dunkel auf seiner Brust, als wäre das Mobiltelefon eine Grabbeigabe, bevor er in die Erde hinabgesenkt oder in einen tausend Grad heißen Ofen geschoben würde. Seltsam fand er, dass, kaum hatte er Maria die seiner Geilheit geschuldeten schwülstigen Worte geschickt, der Bildschirm von Judiths Handy im dunklen Zimmer leuchtete, begleitet von einem »Ping«, das den Eingang einer Nachricht quittierte und meldete. Sie hatte das Handy auf dem Nachttisch liegen, es ging nicht lange, da keilte helles Licht ins Zimmer, Judith kam herein, geräuschlos in Socken, »schläft er?«, flüsterte sie.

»Ja«, flüsterte Tim zurück.

»Sorry wegen dem Handy, hatte vergessen, es stumm zu schalten. Kommst du nochmals raus, oder bleibst du gleich im Bett?«

»Ich komm nochmals, hab ja noch die Hose an und die Zähne noch nicht geputzt«, sagte Tim. Ächzend erhob er sich langsam vom weichen Bett, Laurin murmelte unverständliche Worte, eine Weile noch blieb Tim auf der Bettkante sitzen, Judith war mit ihrem Handy davongegangen, dann schwang er sich von der Matratze hoch.

Tim fand sie in der Küche. »Schläft Luca?«, fragte er.

»Ja«, sagte Judith kurz und knapp, ihre Stimme scharf wie ein Axthieb. Sie blickte ihn im grellen Licht der Küche an, Tim kniff seine Augen zusammen, noch waren sie auf die Dunkelheit des Schlafzimmers kalibriert. Er ging zum Kühlschrank, öffnete die Türe mit dem klirrklappernden Inhalt, goss sich ein Glas Weißwein ein. Noch immer blickte ihn Judith mit entsetzten Augen an, das Gesicht versteinert, verkniffen der Mund, und er fragte: »Was ist? Ist etwas passiert?«

Gesangsbuchartig hielt Judith ihr Handy, mit be-

bender Stimme sagte sie, halb schreiend: »ZWISCHEN DEINEN SCHENKELN IST MEIN ZUHAUSE? Sagt dir das etwas? Kommt dir das bekannt vor?«

Unter Tim öffnete sich eine Falltüre, und er fiel. Ihm wurde schlagartig schlecht, und innert kürzester Zeit fühlte und dachte er sehr, sehr viel, so viel, dass er nicht wusste, was er fühlte und dachte, außer: Nein. Nein. Nein.

Es war Mitternacht, als Tim nochmals ein Glas Rotwein bestellte, an der Theke der Raygrodski-Bar hockend, schon einen rechten Suff in der Birne. Die Bar war gut besucht von Menschen, die sich keine Vorsätze für das neue Jahr genommen hatten, sondern weiterhin das taten, was sie auch im letzten getan hatten. »Entschuldigen Sie«, sagte einer, der neben ihm an die Theke kam, um etwas zu bestellen, »Sie sind doch Tim Gutjahr, oder?« Normalerweise hätte Tim ein bescheidenes Lächeln aufgelegt und genickt, worauf die Person ein paar freundliche Worte nachgelegt hätte wie Briketts in einen aufflammenden Ofen, wie toll Tim sei, wie sympathisch, nicht so ein Abgehobener, und die Sendung mit der Alpenüberquerung mit dem Elefanten aus dem Zirkus Knie, die sei super gewesen. Tim hätte sich artig bedankt, sich nach dem Namen erkundigt, ihm die Hand gereicht, das Du angeboten, so hätte er es gemacht in einer normalen Nacht. Ein Foto mit ihm mit in die Höhe gerecktem Daumen? Natürlich, kein Problem, nur zu! Grell hätte der Blitz gezuckt, den Moment eingefroren, »so geil!« hätte der Fremde gesagt.

Heute aber war keine normale Nacht. Ganz und gar nicht, sondern Tim war wie ein kleiner Fischkutter fest vertäut an einem Steg, dümpelte im pechschwarzen Brackwasser des Selbstmitleids. Ja, er hatte es verkackt. Und zwar richtig. Zuerst leugnete er es, als Judith ihn zur Rede stellte, sagte, die SMS habe er Tom schicken wollen, als Witz, aber Judith schrie, wie sie noch nie geschrien hatte, heulte und schmiss tatsächlich ein Glas nach ihm. Also gab er alles zu, während er mit Schäufelchen und Besen die Scherben zusammenfegte, wie ein Büßer in der Hocke, sagte: wer, was, wo und warum. Judith erwiderte nichts. Tim: »Es tut mir leid.« Er machte einen Schritt auf sie zu, wollte ihr die Tränen wegwischen, die ihr über die Wange flossen, aber Judith wich zurück, schlug seine Hand weg, sagte nur: »Hau ab.« Er nahm die Jacke vom Haken und ging. Wie eine Lokomotive Dampfwolken ausstoßend, marschierte er durch die Kälte, laut knirschte der harsche Schnee unter seinen Sohlen, es war verdammt kalt geworden, ein eisiger Wind ließ seine Ohrläppchen schmerzen. Mehr als einmal wäre er auf dem glatten Grund beinahe ausgeglitten. Betäubend dann die Wärme der Bar. Froh war er um den Lärm, die Musik, das Durcheinander der Stimmen. Ja, es war keine normale Nacht, sondern der Tiefpunkt seines Lebens, schnell trank er ein Glas, schnell noch eines, trank den sauren Saft, als koste er sein eigenes Schicksal, und weil es keine normale Nacht war, antwortete er dem Typen neben ihm an der Theke: »Nein, ich werde oft verwechselt, ich bin es nicht.« Und er sagte die Wahrheit. Denn in jenem Moment war er auch nicht der, der er sonst war, sondern einfach ein unglaublicher Idiot.

Er kam betrunken nach Hause. So geräuschlos wie möglich schloss er die Türe auf, zog gleich die Schuhe aus, warf sie nicht auf den Boden, sondern stellte sie behutsam hin, ihm wurde schwindlig, als er sich wieder erhob, er musste sich an der Wand abstützen. Ja, er war betrunken, aber nicht so betrunken, wie er hätte sein wollen. So betrunken, dass er alles vergessen konnte. In der Wohnung war es still, Tim hörte das Blut in seinen Ohren rauschen. Er schlich zum Schlafzimmer, im spärlichen Mondlicht sah er Laurin neben Judith im Bett liegen. Tim würde sich wohl besser eine Wolldecke nehmen und auf dem Sofa schlafen. Er wollte Demut beweisen. Als er noch in der Bar hockte und sich fragte, was er tun sollte, und das Naheliegende tat, nämlich sich nochmals ein Glas Wein zu bestellen, da hatte er schon sein Telefon in der Hand, um Tom eine Nachricht zu schreiben, ihn zu fragen, ob er bei ihm übernachten könne. Aber er ließ es bleiben, hatte keine Lust auf Toms Sprüche, auf die hinterhältige Schadenfreude in seinem Gesicht, überhaupt Gesichter zu sehen außer jenen, die seinen Liebsten gehörten. Alles tat ihm leid, so schrecklich leid. Er hatte einen furchtbaren Fehler begangen. Also ging er nach Hause, um sogleich und unverzüglich mit der Arbeit des Bereuens zu beginnen, Judith zu zeigen, dass er für den beschwerlichen Weg bereit war, für all die Strafen, mit denen sie ihn beladen würde.

Er zog sich aus, putzte die Zähne, pinkelte, schlich in Lucas Zimmer, um ihm noch einen Kuss auf die Stirn zu drücken, ihn im Schlaf murmeln zu hören, unverständliche Botschaften aus der Welt der Träume. Die Vorhänge waren zugezogen, die Rollläden unten, schwarz lag die zugedeckte Gestalt seines Buben da, und schon war er fast an der Bettkante, als Tim den Mund aufriss. Seine Sinne waren vom Alkohol getrübt, sodass sie den vielfältigen Gefahren eines Kinderzimmers in der Nacht nicht gewachsen waren. Einen Schrei konnte er unterdrücken, gedämpft folgte ein Fluch, dem gleich ein weiterer Fluch folgte. Er versuchte, auf einem Bein das Gleichgewicht zu halten, was ihm nüchtern sicherlich gelungen wäre, aber betrunken schaffte er den Weg ins Bad nicht, fiel hin, nahm den Garderobenständer mitsamt den daran hängenden Jacken und Mänteln mit, eine Münze rollte leise singend über den Flurboden davon. Er rappelte sich auf, und im Bad, auf dem Rand der Badewanne hockend im grellen Licht, zog er den scharfkantigen Fremdkörper aus seinem Fuß. Ein Flugzeug. Aus Metall. Eine Concorde der Air France. Die Heckflosse war tief in seine Fußsohle gedrungen und nicht mehr blau-weiß-rot, sondern nur noch rot. Ein Spalt klaffte in seinem Fuß, eine dunkle Scharte, anzusehen wie ein Mund, der zu ihm sprach. Er sagte: »Idiot.«

Tim fuhr zusammen, als er aufblickte. Er hatte ein Geräusch gehört, in der Türe stand eine Gestalt. Judith. »Hast du mich erschreckt!«, sagte Tim. »Was ist los? Was machst du für Lärm? Wo warst du?«, sagte sie mit trockener Stimme, mehr gemurmelt als gesprochen. »Ging was trinken. Dann bin auf ein Flugzeug getreten. Tut höllisch weh. Schau mal, es blutet. Vielleicht muss man es nähen.« Er zog seinen Fuß hoch, damit Judith den Schnitt sehen konnte, aber als er von seinem Fuß aufschaute mit schmerzverzerrtem Gesicht, da stand niemand mehr in der Türe. »Judith?«, sagte er, nicht laut, nicht leise. »Judith?« Nichts hörte er, außer dem Dröhnen des Blutes in seinem Schädel. Er musste die Wunde desinfizieren, musste sie verbinden. Er brauchte eine Salbe. Er … Eine Träne kullerte über seine Backe. Alles tat ihm so schrecklich leid. Alles.

Im Binario

Fabio blickte in die Speisekarte, aber auch in das Smartphone in seinem Schoß, er wollte sehen, wie sich die Dinge entwickelten. Viel hatte er nicht gesetzt, 50 Franken hier, 50 Franken dort – und noch einen Hunderter auf Roger Federer. Paola sagte, ohne von ihrer Karte aufzusehen: »Hast du dich schon entschieden?« – »Hm?« Im Hintergrund lief leise etwas von Erik Satie. »Hast du schon gewählt?« – »Na ja, man kann ja nicht viel wählen, es gibt ja nur das Überraschungsmenü.« – »Ja, aber es gibt den Fünfgänger, den Sechsgänger und den Achtgänger, und ich weiß nicht, ob ich Lust auf Fleisch habe oder ob ich das Vegimenü nehmen soll. Eigentlich hab ich keine Lust auf Fleisch, vor allem hier nicht, die servieren ja gerne Innereien und so grässliches Zeugs, hab ich gehört. Ist doch dieser Koch, den wir mal im Treppenhaus gesehen haben, nach einer Stippvisite bei Virginia, der Typ, der immer in so einer seltsamen

Kluft rumläuft.« – »Stippvisite ist gut ...«, sagte Fabio, das Handy wieder in der Tasche seiner Jeans, und dann ohne große Begeisterung: »Innereien können wunderbar sein, Leber zum Beispiel.« Sie verzog das Gesicht. »Mit Innereien meine ich anderes.« – »Was anderes?« – »Weiß auch nicht, Hirn zum Beispiel.« Fabio machte ein Würggeräusch. »Mit Hirn kannst du mich jagen. Musste ich mal essen, als Kind, gebackenes Hirn, mein Großvater war ganz versessen darauf. Das war so ...«, er suchte nach dem richtigen Wort, die Finger seiner Rechten tanzten in der Luft, »... glitschig, nein: schlabberig.« Er blickte in Paolas verzerrtes Gesicht und schickte sich schnell an zu sagen: »Aber die servieren hier sicher kein Hirn. Also ich nehme den Sechsgänger, acht ist mir zu viel.« – »Und ich den Fünfgänger, ich weiß nur nicht wegen dem Fleisch. Vegi ist genauso teuer, und das reut mich dann ehrlich gesagt, wenn ich für einen Salatkopf gleich viel bezahlen muss wie für ein Steak.« – »Du kannst ja fragen, was für Fleisch es gibt.« – »Natürlich könnte ich fragen, aber das Konzept ist doch, dass man den Gast überrascht. Hast du schon wegen dem Wein geschaut?« – »Ich nehme ein bisschen Weißen und dann ein bisschen Roten.« – »Ich nur Weißen.« – »Trocken oder fruchtig?« – »Kalt muss er sein. Du, wie läufts eigentlich im Büro?« – »Gut«, sagte Fabio knapp, noch immer versunken in der Weinkarte, »ich schlage vor, ein Halbeli von dem Grünen Veltliner und danach für mich den Amarone. Hab heute total Lust auf Amarone.« – »Hast du die Wohnung in Richterswil verkauft?« – »In Wollerau.« – »Ja, genau, ich kann die

Orte nie auseinanderhalten.« – »Er zögert noch.« – »Er zögert noch?« Fabio machte eine wegwerfende Geste. »Ich denke, er will den Preis drücken. Aber es ist eine Frage der Zeit, bis er unterschreibt. Nur der alte Gantenbein macht ein bisschen Stress.« – »Warum?« – »Wegen der Spesenabrechnung in der Kronenhalle.« – »Du warst doch eingeladen.« – »Jaja, dachte ich auch, aber irgendwie blieb die Rechnung dann doch bei mir hängen, der Schraubenfabrikant hatte sein Portemonnaie vergessen.« – »Viel?« – »Ja.« – »Wie viel?« – »Viel.« – »Na, sag schon.« – »Und wie läufts bei dir?« Sie tat, als wolle sie ihn mit der Speisekarte schlagen. »Du willst nur ablenken!« Fabio grinste. Paola kam auf seine Frage zurück. »Bei mir läuft alles bestens. Ich bin an einer großen Sache dran. Musste mich sogar mit dem Oberhäuptling treffen deswegen. Im Conti. Und ich hab den Lead bei der Sache.« – »Was für eine Sache.« – »Sag ich nicht, ist geheim.« – »Na, komm!« – »Wenn du mir sagst, wie hoch die Spesenrechnung war, dann sag ich dir, an welcher Top-Secret-Sache ich dran bin.«

Der Kellner kam an den Tisch, er trug eine Fliege, weiß mit bunten Punkten, wie bei einem Clown oder einem Verkäufer im Kids Town, auf dem schwarzen Hemd sah Paola einen weißlichen Fleck, sie konnte nicht anders, als darauf zu starren, was der Kellner aber nicht mitbekam oder was ihn zumindest nicht im Geringsten zu irritieren schien. »Haben sich die Herrschaften entschieden?«, fragte er und lächelte. Man konnte seine Zähne sehen, braun von abertausend Zigaretten.

Das Lokal namens Binario war ein alter Eisen-

bahn-Speisewagen, der auf einem Geleise beim Bahnhof Letten stand, wo längst schon keine Züge mehr
fuhren. Es war unglaublich, hatte Paola einen Tisch im
Binario bekommen, als sie gestern spontan anrief. Sie
dachte erst, sie habe sich verhört, aber es war so, und das
Allerbeste: Sie hatten einen Zweiertisch, der klein war,
aber - wie Paola fand und es mehrmals wiederholte,
nachdem sie sich gesetzt hatten - megaherzig und lauschig. Dabei hatte sie nur ganz beiläufig erwähnt, dass
sie Journalistin sei und bei der *Illustrierten* arbeite.

Sie holte Luft und setzte an: »Also ich hätte ja wahnsinnig gerne Fleisch, aber könnten Sie mir sagen, was
für Fleisch es ist?« Der Kellner lächelte, neigte den
Kopf etwas, sagte eine Weile nichts, dann: »Es ist die
Philosophie von Binario, die Gäste zu überraschen und
sie die Speisen vorurteilsfrei genießen zu lassen. Viele
großartige, aber vergessene Produkte sind mit Klischees
behaftet. Deshalb ziehen wir es vor, nicht zu verraten,
was unser Chef Lukas für Sie zaubert. Seien Sie offen.
Vertrauen Sie uns. Außer, Sie haben Allergien, dann
können wir selbstverständlich Rücksicht nehmen, so
wie es auf der Speisekarte auch vermerkt ist. Sind Sie
denn allergisch? Auf Nüsse? Auf Fisch?« - »Oh, nein,
nein«, sagte Paola schnell. »Und der Herr, irgendwelche
Allergien?« - »Ich, ja, ich bin allergisch auf Hunger.«
Fabio grinste. »Und auf Durst, nehme ich an«, sagte der
Kellner, »was darf ich Ihnen Schönes bringen?« Fabio
lachte, bestellte auch für Paola, und mit einem angedeu-
teten Diener ging der Kellner davon. Es dauerte nicht
lange, da kam er zurück, eine Karaffe Wein in der einen,

eine dampfende Platte in der anderen Hand. »Et voilà«, sagte er, stellte die Platte auf den Tisch, darauf Dinger, die aussahen wie braune Blumenkohlröschen, knusprig frittiert, »ein Gang zum Teilen.« – »Fein!«, rief Paola. »Das duftet herrlich!« Während er den Wein eingoss, schob sie ihre spitze Nase über die Platte, sog den warmen Geruch ein. »Hier unser erster Gang. Eine Hommage an Wiese, Feld und Wald.« Fabio fragte: »Und was ist es genau?« – »Eine Überraschung.« Fabio reckte den Daumen zum Okay-Zeichen. »Find ich super, wir lassen uns gerne überraschen, oder, Paola?« Sie nickte zustimmend. Und als sie in dieses Blumenkohlröschen biss, das kein Blumenkohlröschen war, hielt sie inne und blickte erstaunt auf. »Was ist?«, fragte Fabio. Sie schüttelte den Kopf. »Nichts, ich hab bloß gedacht, ich hätte Virginia gesehen.« – »Virginia, wo?« Fabio wandte den Kopf. Paola sagte: »War wohl nur Einbildung.«

Fast Food

Sie hatte eine halbe Stunde mit Cosima telefoniert, also: Cosima telefonierte eine halbe Stunde mit ihr, es war wie bei der dargebotenen Hand, aber schließlich war Virginia ja ihre Mutter und auch ihre beste Freundin, ihre Vertraute und immer für alles da. Also hatte Cosima ihr ihr größtes Problem geschildert, nämlich den Erwerb des neuen Creeper Sneakers von Puma, der von Rihanna entworfen worden war. »Findest du ihn wirklich gut?« – »Ja.« – »Echt?« – »Ja, echt.« Obwohl

sie ihn nicht gut fand, als sie mit Cosima im Schuhge-
schäft stand und den sicherlich hoch toxischen Duft
von Hunderten aus China hergeschipperten Turnschuhen einatmete und Cosima ihr mit einem Strahlen
einen Schuh hinhielt, der aussah wie etwas, das mode-
ferne Krankenschwestern trugen, die sechzehn Stunden
nonstop auf harten Böden stehen und gehen mussten.
Sie war ja einiges gewohnt, wenn es um Mode ging, aber
den jungen Mädchen diese Dinger anzudrehen, war
kriminell. Sie blickte zu ihrer Tochter, die den Schuh
in den Händen wog wie ein Kleinod, und sagte: »Wow,
Cosi! Rihanna ist nicht nur als Sängerin toll. Ich wusste
nicht, dass sie auch Designerin ist.« – »Echt, oder?«
Dennoch konnte ihre Tochter nicht entscheiden, und
sie gingen unverrichteter Dinge und übellaunig aus dem
Laden und mussten nun am Telefon nochmals darüber
sprechen. Virgina blätterte nebenbei in einer Frauen-
zeitschrift, überflog einen Artikel über Herbstmäntel
und sagte: »Die Grauen? Die Weißen? Ich weiß nicht,
Schätzchen, die sind beide toll, oder?« – »Und du findest
sie nicht hässlich?« – »Hässlich? Nein. Überhaupt nicht.
Wie teuer ist er?« – »148.« – »Okay.« – »Ist gar nicht so
viel, oder?« – »Nein, find ich, äh, fair.« – »Die Schwarzen
sind schon ausverkauft«, sagte Cosima. Leichte Panik in
der Stimme. »Dann nimm doch die Weißen. Weiß geht
immer.« – »Ist das nicht heikel?« – »Grau ist auch heikel. Und Patina ist doch schön.« – »Was?« – »Patina.« –
»Was ist das?« – »Wenn sie alt werden. Also: Wenn sie
nicht mehr neu aussehen, sondern getragen. So richtig
cool.« – »Ich weiß nicht.« – »Und die Hausaufgaben?

Gemacht?« – »Ja-aa.« – »Wirklich?« – »Ja-aa.« – »Gut.
Und nicht zu spät ins Bett.« – »Ja-aa.« – »Ist Cuno da?
Gibst du ihn mir?« – »Er ist grad nicht hier.« – »Okay. Er
soll mich anrufen.« – »Sag ich ihm. Tschüss, Mutti.« –
»Nenn mich nicht Mutti.« – »Ciao, Mama.« – »Schon
besser.« Sie blätterte noch etwas in der Zeitschrift. Die
Trendfarben des kommenden Winters waren kräftige
Rottöne von Tomate bis Marsala, ebenso warme Erd-
töne, Senfgelb, Ocker und schmutzige Schlammtöne.
Sie goss sich noch etwas vom Smoothie ein, den sie sich
gemixt hatte, aus Spinat, Minze und gefrorenen Ana-
nasstückchen, ein schaumiger Saft, grün wie Säure.

Da kam eine SMS von Lukas. Endlich, dachte Virginia, meldete sich der Vermisste. Schnell las sie: »Hi,
sorry, war stressig in letzter Zeit. Heute Abend, neun
Uhr? Hinter dem Wagen? Fast Food?« Virginia wusste,
was das bedeutete. Sie schrieb zurück: »Ja, bis gleich.«
Dunkle Wolken zogen über den Uetliberg heran, als sie
den Lettensteg überquerte, um den Bahnwagen schlich
und an die trübe Scheibe klopfte, hinter der Lukas im
Dampf der Küche stand, das Gesicht rot vor Hitze, eine
schwere Pfanne in die Höhe hebend, die obligate Kochjacke am Leib, fleckig, dreckig. Er drehte den Kopf, kam
näher an das Glas, zwinkerte ihr zu und hob Daumen
und Zeigefinger. Zwei Minuten. Alles klar, sie hob den
Daumen, dann noch eine Kusshand. Sie ging weiter dem
Wagen entlang, vorsichtig passierte sie die Brombeer-
hecke, ohne mit den Haaren hängen zu bleiben, ohne
sich die Kleider zu ruinieren, es knirschte unter ihren
Schuhen, und der Gartenstuhl quietschte, als sei er er-

schrocken, als sie sich auf ihn hockte, den alten Stuhl, der dort im Kräutergarten stand, damit Lukas dann und wann eine rauchen konnte. Jetzt steckte sie sich eine an, im Bahnwagen brummte der Betrieb, dumpf drangen die Gespräche der Gäste durch die Wände, hell klang das Klicken, als sie den Deckel ihres Feuerzeugs auf- springen ließ, tief sog sie den ersten Zug ihrer Parisi- enne, eine Schnecke zog ihre schleimige Spur.

Lukas grinste breit, als er um die Ecke kam. »Nicht viel Zeit.« Und so ging er gleich zur Sache, schob ih- ren Rock hoch, zog ihr Höschen runter, und Finger und Zunge erkundeten das kitzlig haarige Gestrüpp und die dahinter verborgene lockende Hitze. Den Rücken am Waggon, den Kopf halb gewendet, sah Virginia durch ein Fenster hinein, sah die Leute in dem festlich ge- schmückten Inneren im warmen Licht an Tischen sitzen, essen, trinken, reden, das Klirren von Gläsern von sich Zuprostenden, ihr Atem beschleunigte sich, und dann sah sie Paola, wie sie da saß und auf Fabio einredete, der eingenickt zu sein schien. Es gefiel ihr, was Lukas mit ihr machte, auch wenn sie ihn manchmal regelrecht hasste, weil er keine Zeit für sie hatte. Als sie Fabio und Paola drinnen sitzen sah, wie sie sich fragend anschauten, nachdem der Kellner eine Platte auf den Tisch gestellt hatte, wie zuerst Fabio etwas von der Platte nahm, in den Mund schob und kaute, daraufhin Paola, die erst zö- gerlich zulangte, dann gierig, kam sie in dem Moment, als Paolas Blick den ihren traf, als hätte Paola Virginias stumpfen Schrei gehört, der aber gar kein Schrei war, sondern nur ein lang gezogenes Keuchen, während ihre

239

Muskeln zitterten und ihre Finger sich in Lukas' Haar verloren. Virginia sank abrupt in die Knie. »Hä?«, fragte Lukas, gestört in dem, was er eben tat, er war noch nicht so weit. »Ich musste mich ducken, hab Paola durch die Scheibe gesehen und sie mich.« – »Wer ist Paola?« Ihre Gesichter waren ganz nahe. Er pickte sich ein Haar von der Zungenspitze. »Meine Nachbarin.« Lukas grinste. »Ach, die eingebildete dicke Schreibtante, die zehnmal betonen musste, dass sie für die *Illustrierte* arbeitet, damit sie einen Tisch bekam? Wie sieht sie aus?« – »Na ja, so mittelgroß. Und wie du gesagt hast, eher etwas rundlich, du kennst sie doch!« – »Nein, ich meine, wie sieht sie im Moment aus?« – »Jetzt im Moment? Also, irgendwie verwirrt hat sie geschaut.« – »Ja, sie isst gerade Buggs Bunnys Gehirn.« – »Buggs Bunnys Gehirn?« – »Frittiertes Hasenhirn.« – »Das serviert ihr?« – »Ausgewählten Gästen.« – »Eklig.« – »Find ich auch. Aber die Leute lieben es. Du musst ihnen ein Erlebnis bieten. Und so ein Hasenhirn ist ein Schocker, der hängen bleibt. Darüber reden die Leute. Ich sag dir: Ich bin ein verdammtes Genie. Und bald mach ich meinen eigenen Laden auf. Nächste Woche treffe ich mich mit einem Geldgeber und dem Vermieter. Hab ich dir schon davon erzählt?« – »Ja.« – »Wir wollen im Lokal schlachten. Ist ein bisschen kompliziert, wegen all den Vorschriften, aber ich werde voll nach dem ›Nose to Tail‹-Prinzip arbeiten.« Virginia blickte fragend. »Weißt du«, sagte Lukas, »es wäre dem Tier gegenüber unanständig, es nicht von Kopf bis Fuß zu verwerten. Es gibt nicht nur Filets!« – »Aber«, wandte Virginia ein, »wäre es nicht dem Tier gegenüber anständig, es überhaupt nicht zu essen? Wer keine Tiere isst, der muss auch keine Tiere töten. Und Tiere sind Lebewesen. Sie haben eine Seele.« Lukas lächelte sein »Ach-was-bist-du-doch-naiv-und-dumm-aber-trotzdem-meine-süße-kleine-Maus-Lächeln«, zerzauste ihre Haare. »Hey, lass das«, sagte sie. »Backen, Zungen, Milz, Herz, Leber, das sind alles Teile, die schmecken. Rohes Kuhherz zum Beispiel. Das werde ich servieren: Rohes Kuhherz mit Knochenmark und gerösteten Randen.« Virginia schnitt eine Grimasse. »Und ich hab auch schon einen Namen für das Restaurant.« - »Nämlich?« - »John Butcher.« - »John Butcher?«, wiederholte Virginia den Namen, steckte sich eine Zigarette an, »pling« machte das silberne Feuerzeug. »Klingt cool.« Sie versuchte, Lukas zu küssen, aber er wand sich aus ihrer Umarmung. »Der Name ist noch geheim. Nicht weitererzählen. John Butcher! Der Name ist so genial, den klaut mir sonst noch einer. Also, ich muss wieder rein. Eine Weile kommen sie ja ohne ihren Chef aus, aber langsam sollte ich mal wieder nach dem Rechten sehen. Ist ja der totale Kindergarten, wenn man nicht aufpasst.« - »Kommst du danach ins Raygrodski? Ich treff mich heut dort mit Mimi.« - »Vielleicht, bin müde.« Virginia zog eine Schnute. Sie fand, sie sehe damit besonders süß aus. »Bitte. Wir gehen noch ein bisschen aus. Ein paar Drinks im Raygrodski, und später gehen wir in Friedas Büxe.« - »Vielleicht. Bin wirklich hundemüde. Vielleicht möchte ich einfach daheim im Bett liegen und ein bisschen *Fargo* schauen.« - »Wir sehen uns heute Abend.« Sie zog ihren Slip zurecht, fuhr mit den Händen über ihren Rock, ging in die Dunkelheit und Lukas zurück in seinen Eisenbahnwagen, ihren Geschmack noch im Mund und an den Fingern, um weitere Kaninchengehirne an die Tische zu schicken. »Mhhh!«, sagten die Gäste.

Michele, Giovanni oder Ricardo

Immerhin versöhnte das Dessert, fand Paola. Es sah zwar nicht besonders attraktiv aus, sie dachte erst, es sei Kartoffelgratin, der ihr da serviert wurde. Und als der Kellner den Namen des Gerichts erwähnte, legte sie ihre Stirn in Falten. »Waskaka?«, fragte sie. »Ostkaka«, wiederholte er und grinste. Das sei ein original schwedischer Cheesecake, der seine Heimat in der Region Småland habe. Man serviere ihn mit lauwarmer Blåbärssoppa und einem Nils-Oscar-Bio-Schnaps aus Kümmel und Pomeranze. Der Cheesecake schmeckte großartig, cremig und süß, vor allem mit der in einem hübschen Kännchen aus schwedischem Steingut dazu servierten Blaubeersuppe. Paola musste an ihre kürzliche Reise nach Schweden denken, an die Mitternachtssonne, die waldgesäumten Fjorde – und die Sache mit dem Italiener. Schnell nahm sie vom Schnaps und verschluckte sich prompt. »Hey, hey, sachte«, sagte Fabio, als sie sich auf die Brust klopfte, während er auf sein Handy blickte.

Es war furchtbar gewesen, damals, als sie auf einer Pressereise in Schweden war und mit einem Typen namens

Michele, Giovanni oder Ricardo vom *Corriere della Sera* was angefangen hatte. Nun ja, als sie sich mit ihm einge- lassen hatte, war es nicht furchtbar gewesen, ganz und gar nicht. Eine japanische Automobilfirma hatte Jour- nalisten aus ganz Europa eingeflogen, um ein neues Hy- brid-Modell zu testen. Und so fuhr sie am Nachmittag die im Navigationssystem programmierte Strecke ab, kam durch weite Wälder, vorbei an Ortsschildern, auf denen Namen wie Upplands-Väsby standen, passierte das Angarnsjöängens-Naturreservat und so manch pit- toreskes *Wir-Kinder-aus-Bullerbü*-Dorf mit ochsenblut- rot gestrichenen Holzhäusern. Abends hörte sie sich im Konferenzsaal des Hotels an, was der stellvertretende Chefingenieur zum neuen Auto sagte, dann gab es Elch- Steaks und Wein und schließlich Drinks an der Bar für die, die sie brauchten, in jenem Moment alle, Paola aber besonders. Sie mochte Pressereisen nicht, bei denen es um Autos ging. Sie hatte keine Ahnung von Autos, fuhr jedoch nicht ungern, wenn auch nur mäßig routiniert, und so bog sie das eine oder andere Mal mit quietschen- dem Scheibenwischer um die Ecke anstatt mit klicken- dem Blinker, fuhr mit pfeifenden Rädern aus Stoppstra- ßen, fand den Hebel für die Feststellbremse nicht. Aber das Schlimmste auf Pressereisen, bei denen es um Autos ging, waren die Autojournalisten: schlecht angezogen und schlecht drauf. Wenn sie nicht über Autos sprachen, dann über etwas noch viel Schlimmeres: Journalismus. Das hieß, sie sprachen über Entlassungen, Kürzungen, Reduktionen, Schrumpfungen. Manche erinnerten sich an die alten Zeiten, als es noch Spaß gab, Spesen in bar in neutralen Couverts und Mädchen zur freien Verfügung an der Hotelbar. Wenn sie davon erzählten, lächelten sie kaum, und Paola wurde ganz traurig, diese alten Männer so reden zu hören.

Michele, Giovanni oder Ricardo war kein alter Mann. Als sie ihn sah, ging es auf Mitternacht zu, aber die Sonne wollte nicht untergehen, wollte nicht ins Bett, wie ein ungezogenes Kind. Sie trat eben auf die Terrasse ihres Hotels in einem Wald nicht weit von Stockholm und hatte einen Franzosen im Schlepptau, einen mit reicher Gestik vor sich hinplaudernden Kollegen von *Dernières Nouvelles d'Alsace*, der ihr an der Bar aufgelauert hatte. Sie wusste nicht, ob er aufdringlich war oder einfach Franzose, aber etwas wusste sie: Sie musste ihn schnell loswerden. Er hatte Mundgeruch, und die nach hinten gekämmten und mit Brillantine gebändigten Haare mochte sie auch nicht. Da kam Michele, Giovanni oder Ricardo gerade recht. Sie sah ihn, wie er sich gelangweilt an das Terrassengeländer lehnte, rauchte und in die Landschaft blickte. Der Franzmann sprach unentwegt auf sie ein, da schickte sie ihn los mit der Bitte, ihr noch einen Drink zu holen. Kaum war er davongeeilt, trat sie neben den Fremden. Der Blick ging auf den Fjord, wo sich die Fähren vorbeischoben, die aus Tallinn kamen, aus Riga und aus Lumparland. Also standen sie dort nebeneinander, blickten auf den Fjord, als er sagte, diese Mitternachtssonne mache einen verrückt. Paola pflichtete ihm bei. Er sagte: »Ich hätte Lust, etwas Verrücktes zu tun.« Er blickte sie an, und sie fand, er habe Augen wie George Clooney.

Als er sich mit seiner italienischen Zunge zwischen Paolas Beinen zu schaffen machte und ihr Atem immer heftiger ging, surrte ihr iPhone. Sie griff danach, wohl aus einem Reflex heraus, schaute auf das Display. Eine SMS von Fabio, sie las die Nachricht, während sie spürte, wie Michele, Giovanni oder Ricardo seinen Daumen in sie hineingleiten ließ. »Müde. Schlaf gut, meine Maus. Wie war die Schwedentorte? Und Stinky lässt grüßen: Wau, wau!« Sie ließ das iPhone auf das Bett fallen, geräuschlos versank es im weichen, wie eine schwedische Bergkette sanft zerklüfteten Duvet. Langsam bewegte sie ihr Becken vor und zurück, vor und zurück, ein leiser Quiekser kam aus ihrem Mund, als Michele, Giovanni oder Ricardo den Daumen wieder rauszog. Er hob seinen Kopf, blickte ihr in die Augen, und sie sagte, was er wollte, dass sie sagte, und er tat, was sie von ihm verlangte.

Paola biss sich auf die Unterlippe, als das Flugzeug mit nur wenig Verspätung um kurz nach halb zehn Uhr morgens vom Arlanda Airport abhob. Sie war ein bisschen verzweifelt, aber nicht des Fluges wegen, sondern wegen des einen Ohrrings, den sie am Morgen nicht mehr gefunden hatte. Überall hatte sie danach gesucht, im Bad, unter dem Bett, unter jedem Möbel. Fuhr mit den Fingern in die Schlitze der Polster des Sofas. Das Bett nahm sie mehr oder weniger ganz auseinander. Sogar die schwere Matratze hievte sie vom Gestell. Aber der Ohrring war weg, und sie spürte das schlechte Gewissen. Sie hatte sie sich zu Weihnachten gewünscht, und wie groß war ihre Freude gewesen, als

sie im Päckchen gefunden hatte, was sie so sehr zu finden gewünscht hatte. Sie war Fabio um den Hals gefallen, hatte ein Dutzend Mal seinen Namen gesagt, ja, ihr
war tatsächlich eine Träne der Freude über die Wange
gelaufen. Die Ohrringe von Cartier sahen prächtig aus,
genauso wie sie selbst.

Nun ging es ihr weniger prächtig. Es war wohl der
Alkohol gewesen, nüchtern hätte sie niemals etwas mit
diesem Italiener angefangen. Obwohl: Er war nicht un-
geschickt gewesen, er hatte einen straffen Körper und
einen flachen Bauch. Sie sagte Fabio immer, sie möge
seinen Bauch, der sei sexy, aber das war eine Lüge. Zwar
lieb gemeint, aber eine Lüge. Trotzdem: Einen Autojournalisten mit auf das Zimmer zu nehmen, war un-
verzeihlich. Sie hätte das Fabio nicht antun dürfen. Und
dann war dieser Ohrring nicht mehr da: Gottes Strafe,
dachte sie. Nicht, dass es das erste Mal gewesen war,
dass sie Fabio betrog. Es kam hin und wieder vor. Man
wurde halt schnell einsam auf solch strapaziösen Reisen. Aber nebst der Sache mit dem Ohrring war da noch
ein anderes Problem. Ein klitzekleines.

Paola hatte bei ihren Seitensprüngen zwei eiserne
Regeln: 1. Nie in den Po. 2. Immer mit Kondom. Deshalb hatte sie – gut versteckt vor neugierigen Blicken
ihres Liebsten daheim – immer ein Kondom in ihrem
Necessaire. Aber das Kondom platzte, sie merkte es,
als Michele, Giovanni oder Ricardo kam, irgendwelche italienischen Flüche ausstoßend, die heilige Mutter
beschwörend, mit zur Zimmerdecke starrendem Exor-
zisten-Blick. Sie hatte eine Spirale, Schwangerschaft

246

war nicht das, was sie zu befürchten hatte. Nein, sie hatte Angst, er könnte sie mit Aids angesteckt haben. Was sollte sie Fabio sagen? Natürlich würde sie nichts darüber sagen, was im hohen Norden geschehen war. Aber was, wenn er mit ihr schlafen wollte? Sie hatte sich gleich nach ihrer Ankunft informiert, es dauerte mindestens zwei Wochen, bis sie einen Test machen konnte. Um absolut sicher zu sein, musste man gar drei Monate warten. Das erste Mal sagte sie Fabio, sie habe Kopfschmerzen, und ihr sei auch etwas unwohl. Das zweite Mal sagte sie ihm, sie habe ihre Tage, obwohl es nicht stimmte, was aber egal war, denn erstens wusste Fabio nichts über ihren Monatsrhythmus, und zweitens war nur schon das Erwähnen ihrer Periode etwas, das ihn für eine Weile abschreckte. Das dritte Mal sagte sie nichts, ließ ihn gewähren, und danach fühlte sie sich noch schlechter, denn wenn sie von Michele, Giovanni oder Ricardo mit Aids angesteckt worden war, hätte sie nun Fabio infiziert. Wäre das nicht strafbar? Unsäglich groß war ihre Erleichterung, als der Test negativ ausfiel.

Friedas Büxe

Dunkel der Raum, laut die Musik, Fetzen von Sätzen von Menschen, die nach Drinks bellten oder miteinander die Dinge verhandelten, die man kurz vor Mitternacht in einer Bar verhandelte, Blicke, Gesten, Senden, Empfangen. Und Virginia, die auf dem Ledersofa hockte und »yeah!« rief, Mimi, die in die Hocke ging, um ein Foto von ihr zu schießen. Virginia stellte das Bild nach, das über ihr hing, in Öl gemalt: Eine Frau, die ihren rechten Arm abwehrend vor das Gesicht hält, gemalt von einem Künstler, wie hieß er noch gleich? Hell zuckte der Blitz der Handykamera, für eine Sekunde sahen die Leute her. Mimi gab das Telefon Virginia zurück. »Ich schick das Bild jetzt Lukas«, sagte Virginia. »Und ich hol uns was zu trinken«, sagte Mimi. »Ich nehme nochmals so ein Basilikum-Dingsbums.« – »Noch einen Gin Basil Smash, alles klar«, sagte Mimi mit übertrieben cooler Stimme, mit ihrer Hand zur Pistole geformt auf ihre Freundin zeigend, und rückte ab Richtung Bar. Bald hörte Virginia durch den Lärm das metallisch feuchte »tschakk-tschakk-tschakk« des Shakers, den der Barkeeper in professioneller Schnelligkeit schüttelte, darin die zerdrückten Basilikumblätter, der Gin, der Zitronensaft und der Zuckersirup – »tschakk-tschakk-tschakk« –, alles zu vermengen zu dieser süchtig machenden Mixtur, die bald in eisgefüllte Tumbler abgesiebt wurde und bald grüntrüb, stark und süß durch ihre Gurgeln floss.

»Weißt du«, sagte Mimi, nachdem sie von ihrem Drink genippt hatte, »bei uns im Quartier ist auch nicht alles Gold, was glänzt.« Und sie begann wieder mit den Schulproblemen ihres Sohnes Jason, dessen Name aus ihrem Mund klang, als stamme sie aus dem tiefsten Texas. Virginia wollte lieber über Mode reden, Mode interessierte sie. Das war ihr Ding. Das waren ihre Pläne: irgendwas mit Styling machen. Vielleicht würde sie eine eigene Kollektion rausbringen. T-Shirts bedrucken lassen, mit Mustern nach ihren eigenen Ideen, Shirts aus fair produzierter senegalesischer Bio-Baumwolle. Babystrampler, Lätzchen. Irgendwo eine coole Location mieten und einen Pop-up-Store aufziehen. Das war die Idee, und Mimi wollte auch mit dabei sein, sie hatte eine kaufmännische Ausbildung und kannte sich in Buchhaltung und solchen Dingen aus. Sie würde den geschäftlichen Teil übernehmen, Virginia den kreativen Part. Darüber wollte sie reden. Sie wollte ein paar Sujets ihres Lieblingstätowierers auf Kinderkleider drucken lassen, so geometrisches Zeugs, wie er es für FKA Twigs gemacht hatte. Einen Namen hatten sie auch schon für ihr Label: Minimaxi. Sie würde ein paar coole Grafiker fragen, ob sie die Website gestalten würden, die Flyer, Prospekte. Coole Grafiker kannte Virginia etwa zweihundert. Sie würden geile Fotoshootings machen an geilen Locations. Sie würden zum Opening eine Party schmeißen, würden sich den Namen des Labels stechen lassen, auf den Arm, den Knöchel oder sonst wohin. Es würde abgehen, raketenmäßig. Ja, Virginia konnte sich alles ganz genau ausmalen, und sie hätte es sich noch besser ausmalen können, hätte Mimi nicht schon wieder mit Jason-Geschichten begonnen. »Die Lehrer sind jetzt in einem ›Teamentwicklungsprozess‹, die Schulleitung auch, klingt super, oder? Teamentwicklungsprozess! Das heißt aber nichts anderes, als dass die massiv Probleme haben. Und ich bin mir nicht mehr so sicher, ob ADL wirklich die Lösung ist.« – »ADL?« Virginia gab sich mäßig interessiert. »Altersdurchmischtes Lernen. Das war mal total angesagt. Aber ich glaube, es ist nicht

gut für Jason und seine Gymiprüfung. Meinst du, jemand hat hier Pillen? Oder bringt Lukas welche mit?« –
»Lukas? Nein, der trinkt nur noch.« Mimi schaute baff erstaunt. »Echt. Weshalb? Ist er seriös geworden?« Virginia zuckte mit der Schulter, hob den Drink. »Weiß auch nicht. Er sagt, Drogen bekommen ihm nicht. Cheers!« Auch Mimi hob den Drink. Das dunkle Klirren der kontrollierten Kollision ging im Lärm gänzlich unter.

Als Lukas ins Raygrodski kam, war es kurz vor halb eins. Er bestellte sich einen Negroni und setzte sich zu Virginia und Mimi. Es ging nicht lange, da packte die beiden Frauen die Unruhe. »Lass uns jetzt in Friedas Büxe gehen. Da legen Berliner auf, die von der Bar 25«, sagte Virginia. »Ja«, drängelte auch Mimi, »sonst müssen wir Ewigkeiten anstehen.« – »Bin zu müde«, sagte Lukas, Virginia nölte: »Ach komm, sei kein Spielverderber.« – »Ich hasse Friedas Büxe, ich will nach Hause und *Fargo* schauen. Oder in einem Buch lesen.« Er nahm Virginias Hand. »Komm mit zu mir, oder wir gehen zu dir.« Mimi verdrehte die Augen, stand auf, sagte: »Klingt ja superspießig. Ich geh jetzt mal aufs Klo, diskutiert das aus. Ich bestell schon mal Uber, Abfahrt in fünf Minuten.« – »Bitte«, sagte Virginia. »Nein«, erwiderte Lukas, »du beklagst dich immer, ich hätte keine Zeit für dich. Jetzt habe ich Zeit, aber die Zeit will ich mit dir verbringen, nicht mit der gestörten Mimi und hundert Drogensüchtigen in Housemusik-Soße.« – »Du fandest Mimi auch schon mal ganz gut, oder?« Virginia wurde nun schnippisch, Lukas war es schon. »Ja, ich fand Mimi mal ganz gut, aber das war mal.« – »Und warum?« –

»Hab auf das Ablaufdatum geschaut.« – »Du bist fies.« – »Komm jetzt heim, mit mir.« – »Du bist langweilig. Ich will noch etwas Spaß haben. Ich hab Weeky.« – »Ich hab immer Weeky. Ich schufte in einem Restaurant, schon vergessen? Meine ganze Arbeit besteht aus Weeky. Dem Weeky der anderen. Woher hast du eigentlich das doofe Wort?« – »Welches doofe Wort?« – »Weeky!« Virginia sagte nichts, kippte die letzten Tropfen aus dem Glas, es war bloß noch Schmelzwasser. Lukas stürzte seinen rot leuchtenden Negroni, sagte: »Also ich gehe. Kommst du mit?« – »Nein. Ich geh in Friedas Büxe.« Lukas stand neben ihr, und ohne noch ein Wort zu erwidern oder sich umzudrehen, ging er raus, schloss sein Fahrrad auf und fuhr davon. Als Mimi von der Toilette kam, fragte sie erstaunt: »Wo ist Lukas?« Virginia sagte nichts, hob wie entschuldigend die Hände. »Na ja«, sagte Mimi, »wer nicht will, hat gewollt. Man kann niemanden zu seinem Glück zwingen.« Als sie in den Uber-Wagen stiegen, sagte Mimi: »Es herrscht Unruhe, zu viel Bewährtes ist einfach so über den Haufen geworfen worden, und der neue autoritäre Stil ist total schlecht.« Virginia fragte: »Wovon sprichst du?« – »Von Jason«, sagte Mimi, »von seiner Schule. Wir haben doch vorher drüber gesprochen.« – »Ach ja«, sagte Virginia und sah, wie die Stadt vor dem Wagenfenster vorbeiflog.

In Friedas Büxe waren die Pillen schnell beschafft. Virginia hatte gleich zwei genommen und kräftig runtergespült. Sie merkte, dass sie zu lallen begann. Beim Tanzen musste sie sich zusammenreißen, um nicht hinzufallen oder mit anderen ihre Umlaufbahn tangierenden Körpern zu kollidieren. Aber sie war gut drauf. Und dann war da dieser Kerl, die Augen klein hinter den Gläsern einer dickrandigen Brille, ein Kurator, sie kannte ihn über sieben Ecken, voll Hacke schien er, grinste sie an und tanzte, als habe er einen Besen im Hintern, er kompensierte seine Hüftsteifigkeit jedoch durch übertriebenes Armrudern. Shit, dachte Virginia, der Typ sieht aus wie dieses Tier, wie heißt es noch gleich? Sie musste noch mehr grinsen, als es ihr einfiel: Nacktmull, und sie lachte laut los, was niemand hörte in der Musik, die wie ein Angriff aus den Boxen hämmerte, und da sah sie sie. Seltsam vertraut an diesem fremden Ort. Die Haare blond und blau. Cosima stand dort, sie ging zu ihr hin.

»Was machst du denn hier?«, fragte ihre Tochter und blickte sie erschrocken an.

»Das wollte ich dich fragen«, sagte Virginia. Sie hatte Mühe zu sprechen.

»Ich bin im Ausgang.«

»Du bist vierzehn! Das ist zu jung für den Ausgang.«

»Und wie alt bist du? Auf jeden Fall zu alt für den Ausgang!«

»Cosi, was redest du da?«

»Du lallst, torkelst, bist besoffen. Und siehst furchtbar aus. Du bist nur peinlich.«

»Ich …« Virginia wusste nicht, was sie sagen sollte.

Da kam der Typ vom Dancefloor, der Nacktmull-Spastiker, und legte seine Arme um die Schultern von beiden.

»Na, ihr Süßen«, brabbelte er, sah Virginia an, dann

Cosima, »Lust auf einen Dreier?« Er sackte in sich zusammen, mit erstauntem Gesicht, ein klägliches Geräusch kam aus seinem Mund, Virginia wusste erst nicht, was los war, dann sah sie, wie Cosima ihr spitzes Knie wieder zurückzog. Sie machte sich los und rannte aus dem Club, Virginia spuckte den Typen an, beschimpfte ihn und rannte Cosima hinterher. Sie rief ihren Namen, Menschen kamen entgegen, Menschen standen im Weg. Virginia bahnte sich ihren Weg, draußen hatte es zu regnen begonnen. »Cosi!«, rief sie in das Prasseln. Ein Blitz zuckte am Himmel. Sie rief den Namen ihrer Tochter noch ein paar Mal, aber von Cosima war nichts zu sehen. Im Schutz eines Hausvorsprungs zog sie ihr Handy hervor, wählte Cosimas Nummer, aber es kam nur die Combox. Sie blickte auf ihre Uhr. Es war acht Uhr morgens, der Regen hatte ihre Schminke verlaufen lassen, das sah sie nun, als sie auf ihre Hände blickte, mit denen sie die Tränen aus den Augen wischte.

Eine Tüte voller Kleider

Montags um elf Uhr morgens schloss Virginia den Laden auf, der in einer ruhigen Ecke etwas abseits der Langstrasse lag. Sie scrollte den betriebseigenen iPod durch auf der Suche nach Musik, die sie mochte, die richtig war für diese Tageszeit und ihre Stimmung. Sie war noch etwas havariert und abgewrackt vom Wochenende. Heute war ihr nach etwas Ruhigem, sie wählte James Blake. Ein krasser Kontrast zum lauten Brüllen des Staubsaugers,

mit dem sie nun den Laden kurz durchlief, routiniert
wie eine Eiskunstläuferin mit ihrem Partner bei einer
Pflichtübung, dieselben Pirouetten vollführend wie jeden Tag. Mit einem nicht zu sanften und nicht zu heftigen Fußtritt erlöste sie das asthmatisch pfeifende Saug-
vieh. Einer flüchtenden Schlange gleich verschwand
das Kabel wütend wild hin und her schlenkernd und
schleifend im Gerät. Sie drapierte die Taschen auf der
verspiegelten Glasplatte, die auf rohen Backsteinen
stand, ordnete die mit Geschmack und Wissen kura-
tierte Auswahl internationaler Zeitschriften, *Kinfolk,
The Gentle Woman, Apartamento,* ging die hölzernen
Bügel mit den auf Käuferschaft wartenden Kleidern
durch und achtete darauf, dass die Abstände zwischen
ihnen regelmäßig waren. Sie füllte die Blumenvase mit
Wasser, stellte die mitgebrachten Herbstrosen ein, richtete die Schuhe im Schaufenster parallel aus, zupfte die
Shorts aus Wollstoff an der kopflosen Kleiderpuppe zurecht, füllte die Schale mit den sauren Drops auf, die
neben der Kasse stand. Als sie eine Nespressokapsel in
die Maschine fallen ließ und zusah, wie der koffeinfreie
Kaffee dampfend in die weiße Tasse floss, summte sie
mit zu James Blakes großem Gejammer. Diesen Moment hatte sie nur für sich. Virginia warf noch einmal
einen prüfenden Blick durch den Raum, nun konnte
die Kundschaft kommen. Es würde heute wohl etwas
dauern, bis die Erste oder der Erste seinen Weg durch
die Türe finden würde, der Tag war einfach zu schön.
Sie checkte ihr iPhone, Lukas hatte nicht geschrieben,
wieder nicht. Ebenso hatte sie nichts gehört von ihrer

Tochter. Sie schickte beiden eine Nachricht. Und kaum waren die Worte auf ihrem Weg, trat die erste Kundin in den Laden. »Hoi«, sagte Virginia. »Hoi«, erwiderte die Kundin und machte sich daran, die Kleider durchzusehen. Sie gab der Kundin einen Moment, dann trat sie in ihre Nähe, wahrte aber eine gewisse Distanz, die sie je nach Kundschaft gut abzuschätzen wusste. »Du sagst, wenn ich dir helfen kann?«, sagte Virginia. Sie wusste: Kunden wollten ihre Ruhe, aber auch das Gefühl vermittelt bekommen, dass man für sie da war. Und sie wusste, dass sie eine gute Verkäuferin war, aufmerksam, aber nicht aufdringlich, freundlich, aber nicht penetrant. Und sie war ehrlich. Wenn eine Kundin aus der Umkleidekabine trat mit einer Fahne am Leib, in der sie aussah wie aus einer Irrenanstalt entflohen, sagte sie es ihr auch, natürlich etwas netter verpackt. Sie wollte, dass die Kunden glücklich aus dem Laden gingen und es auch später noch waren, wenn sie das Kleid oder die Hose oder den Schuh zu Hause aus der Einkaufstasche nahmen, anzogen und sich im Spiegel betrachteten, daheim, wo das Licht ganz anders war als im perfekt mit Spots ausgeleuchteten Laden.

Es war kurz nach Mittag, als Tim auftauchte, zusammen mit Lyle, dem Stylisten, der Tim regelmäßig auf Kosten des Senders einkleidete. Sie begrüßte ihren Nachbarn ebenso mit Küsschen wie den Stylisten, der sie gleich in den Arm nahm und sanft drückte. »Virginia, Virginia, du wirst immer schöner!« Sie lachte, sagte: »Du auch!« Obwohl dem nicht so war. Lyle sah schlechter aus als beim letzten Mal, als sie ihn gesehen hatte. Letztes Mal fand sie zwar auch schon, dass er es mit dem Training, dem Konsum von Proteinen und dem Zupfen der Augenbrauen übertrieb. Nun aber schien er nur noch die Augenbrauen zu zupfen und Proteinpillen zu essen, das Training schien er wegzulassen: Sein durch tägliche MagentaFit-Besuche muskelgeschnitzter Körper ließ einen damals an Batman denken – heute sah er eher aus wie Kater Karlo. Genauer: Kater Karlo mit gezupften Augenbrauen. Erstaunlich, wie schnell das ging, fand Virginia.

Tim räusperte sich. »Also, meine lieben Turteltäubchen, jetzt müsst ihr mir helfen.« Er trug am liebsten Jeans, karierte Hemden und einen mit Kühen und schnörkeligen Sonnen verzierten Appenzellergurt, Turnschuhe. Lyle fand den Style furchtbar, musste sich jedoch zurückhalten, denn schließlich ging es darum, für Tim Outfits zu finden, die absolut massentauglich waren, so gesehen war Tims Vorliebe für Jeans und karierte Hemden nicht so falsch, und der Appenzellergürtel war sogar irgendwie cool, obwohl Lyle etwas eingeschnappt gewesen war, als Tim sich partout weigerte, dazu frech ein Taschentuch aus der rechten hinteren Gesäßtasche hängen zu lassen. »Ja, Schatz«, sagte Lyle, »wir sind hier auf einer Mission Impossible: den schönen Tim noch schöner zu machen, ihm noch mehr Pep zu verleihen.« Lyle verschwand hinter den Kleidergestellen. Tim blickte Virginia an, und Virginia dachte, dass Tim sie irgendwie seltsam ansah, wusste aber nicht, was er dachte, nämlich: Ja. Und: Jetzt gleich. Hier im

Laden. Sie sagte: »Danke übrigens, dass du das alles machst.«

»Was meinst du?«

»Mit der Wohnung.«

Tim winkte ab. »Ach, das ist ja selbstverständlich. Das dürfen wir uns wirklich nicht gefallen lassen.« Und er dachte: Ich könnte noch viel mehr für dich machen. Tim lächelte und blickte auf Virginias neues Tattoo. »Wir müssen alle Mittel ausschöpfen. Ich liebe diese verdammte Wohnung.«

»Ich wohn auch gerne dort.«

»Was würdest du tun, wenn du rausmüsstest?«

»Darüber hab ich mir noch keine Gedanken gemacht.«

»Ich auch nicht«, log Tim und grinste: »Weshalb auch. Wir bleiben ja dort, oder? Uns stellt man nicht einfach so auf die Straße, da haben sie sich echt die Falschen ausgesucht!«

»Ja«, sagte Virgnia, klang unsicher, bemühte sich um ein Lächeln. – »Cool«, sagte Tim und deutete auf ihr Tattoo. Sie hob ihren Arm etwas, damit Tim lesen konnte, was dort schwarztintig genadelt unter ihrer Haut geschrieben stand. »Keep your dreams burning«, murmelte er, und dann sagte er, als er in ihre Augen blickte, und es klang ernst: »Sehr cooler Spruch.« – »Danke«, sagte Virginia, denn sie war – wie alle anderen Menschen auch – dankbar gegenüber einem jeden, der etwas an ihr mochte. »Ich meine«, sagte Tim, »es gibt ja echt doofe Tattoos. Hast du von dem gehört, der sich die Quittung von McDonald's hat auf den Arm tätowieren lassen?« Virginia schüttelte den Kopf. »Ich meine, das ist doch echt beschränkt, oder? Oder die Typen, die sich die Stirn tätowieren.« – »Find ich aber noch cool.« – »Wie?« – »Tattoos im Gesicht. Find ich toll. Wenn sie nicht zu brutal sind.« Und Tim blickte Virginia prüfend an, ob sie ihn verarschen wollte oder ob sie es ernst meinte, und falls sie es ernst meinte, ob sie vielleicht durchtriebener war, als er sich vorzustellen imstande war.

Lyle tauchte wieder auf, einen Haufen Kleider über dem Arm. »Honey!«, rief er. »Let's start.« Er drückte Tim die Klamotten in die Hände und schob ihn durch den schweren schwarzen Vorhang der Umkleidekabine. Es dauerte nicht lange, da trat er wieder hervor, mit kurzen Hosen und einem karierten Pulli, und Virginia musste einen Lacher unterdrücken. Tim trat vor den Spiegel. »Und?«, fragte er unsicher, aber in Erwartung von etwas, das ihm gefiel, Zustimmung nämlich. Ja, es schien so, als überlege sich Tim, ob ihm das nicht gefallen könnte, dieser freche Look. »Awesome!«, rief Lyle. Und es schien tatsächlich, als fehlten ihm die Worte, als er seine Hand auf die Brust legte, neben Tim stehend und ebenfalls in den Spiegel blickend. »Awesome.«

Als die beiden wieder verschwunden waren mit einer Tüte voll Kleider und einer Quittung über 1247 Franken, war Virginia wieder alleine im Laden. Sie mochte diese Momente: wenn die Kunden zufrieden gegangen waren und noch etwas von dieser Euphorie zurückblieb, die Menschen verströmten, die freudig erregt Kleider kauften, dieser Nachhall von so etwas wie flüchtigem Glück. Aber schon hörte sie das synthetische »Ding-Dong« der Türklingel, ein neuer Kunde betrat den Laden, Virginia sah auf. Es war kein neuer Kunde, es war Cosima. Virginia sagte hundert Dinge aufs Mal. »Es tut mir leid«, sagte Cosima, »wollen wir heute einen gemütlichen Abend verbringen? Wir zwei? Ich erzähl, wie es in der Schule so läuft, wir machen Pancakes, schauen *Orange is the New Black*. Gute Idee?« Wieder musste Virginia weinen. Ach, sie war einfach zu nahe am Wasser gebaut.

Gutmütige Fließgewässer

Die Unterseite der sperrigen Plastikkiste stützte er auf dem Oberschenkel ab, hielt sie mit der linken Hand, zog mit der rechten die Kellertreppentüre auf, fast wäre die Kiste zu Boden gefallen, er konnte sie gerade noch mit beiden Händen greifen, den Rücken vor die wieder zufallende Türe wuchten, nicht ohne sich die Hand am Türrahmen zu stoßen. Fluchend trug er die Kiste herunter, darin die komplette Brio-Eisenbahn seiner Buben. Judith hatte gesagt, er müsse sie in den Keller bringen, die Buben hätten schon Tage nicht mehr damit gespielt, das ganze Brio-Zeugs sei bloß im Weg. Schon letzte Woche hatte sie ihm den Auftrag erteilt, vorgestern noch einmal, gestern hatte sie nur noch grimmig geschaut. Also tat er es heute.

»Schwer?«, fragte Delphine. Sie kam eben aus der Waschküche. Tim war in Gedanken, in so ungeordneten Gedanken wie die Schienenelemente in der großen Kiste, er erschrak, als er Delphine sah. »Oh, äh, ja, also: Nein, nicht schwer, nur eine Eisenbahn.« Delphine sagte nichts weiter, bloß »schönen Abend noch«, als sie an ihm vorbeischlüpfte und mit Schwung die Stufen nahm, heraufsprang wie das, was sie war: ein junger Mensch. »Blöde Kuh«, sagte er leise, als er die Kiste vor seinem Kellerabteil abstellte, um das Schloss zu öffnen. Sie hatte weder gesagt, dass sie ihn kürzlich im TV gesehen hatte, noch gefragt, wann er wieder zu sehen war. Tim hievte die Kiste mit der Brio-Eisenbahn zu all den anderen Kisten und Kartons, in denen Dinge waren, die Judith längst schon gerne in der Kehrichtverbrennung gesehen hätte. Noch in der Originalverpackung steckte das Gummiboot, welches er seinen Kindern zu Weihnachten geschenkt hatte, verbunden mit dem Versprechen eines gemeinsamen spannenden Bootsausflugs auf der Reuss oder einem anderen gutmütigen Fließgewässer.

Sein Blick fiel auf einen offenen Karton. Er griff hinein und zog eine Flasche Wein heraus. Wenn ich schon mal im Keller bin, dachte Tim, dann macht es Sinn, dass ich auch was hochtrage. Wieder in der Wohnung, ging er in die Küche. Ohne das geringste Geräusch zu machen, zog er die Geschirrschublade auf, nahm den Korkenzieher heraus und öffnete die Flasche ebenso geräuschlos. »Tim?«, hörte er Judiths Stimme, als er im Halbdunkel der Küche am feuchten Korken schnupperte. Ertappt fuhr er herum. »Du machst jetzt noch eine Flasche Wein auf? So spät?« Ihre Stimme klang matt. Sicher hatte sie schon geschlafen. »Ich, äh, wollte bloß schauen, ob er

Korken hat. Hab den Wein damals mit Tom gekauft, und er hat mir heute gesagt, dass alle Flaschen Korken hätten, und das wollte ich nun schnell kontrollieren.« – »Und, hat er?« – »Was?« – »Korken?« – »Ja«, sagte Tim, roch am noch an der spitzen Spirale des Korkenziehers steckenden Zapfen, »hat er. Ganz fürchterlich sogar.« Er nahm die Flasche und schüttete sie demonstrativ in den Ausguss, ein feiner, säuerlicher Geruch breitete sich aus. Als Judith murmelte, sie gehe zurück ins Bett, hob Tim die Flasche flugs. Ein Rest war noch drin. Leise gluckste der Wein in das Glas. Es war halb voll. Oder halb leer. Je nachdem, wie man es sah.

Vier Indianer

Paola schnaufte schwer, die Augen geschlossen, den Kopf in den Nacken geworfen, die Bettdecke zuckte. Er sah ihre Haut, kleine Krümel von Mascara an Stellen, wo sie nicht hingehörten, gefangen von feinen Haaren auf Paolas Wange, die Haut grobporig. Er küsste sie, roch ihr Parfüm von tags zuvor, ihren Schweiß, und schnaufend drehte sie sich zur Seite, berührte sich weiter sanft, bis sie mit einem Atemstakkato Richtung Höhepunkt galoppierte, sie wurde lauter, Fabio entdeckte einen vor Reife hervorstehenden Mitesser auf ihrer Schulter, schwarz wie ein glotzendes Schnecken-auge schien der Kopf des Mitessers ihn anzustarren. Neben ihr liegend, ganz nahe, seine Hand auf ihrer Hüfte, blickte er in ihre Nasenlöcher. Aus seinem Blickwinkel sahen die Löcher absurd groß aus, und er starrte hinein und sah die Haare in den Löchern und an einem Haar einen feucht glänzenden Popel hängen, und gleichzeitig versuchte er verzweifelt, sein schrumpeliges Glied zu stimulieren, doch sein bester Freund schien ihn im Stich zu lassen, leider nicht das erste Mal. Fabio schloss die Augen und überlegte, wer ihn erregen konnte, wenn es seine Freundin nicht tat, die er doch so liebte, aber im Moment kam ihm niemand in den Sinn, also dachte er noch angestrengter nach, während Paola ihr Kommen mit lautem Schnaufen und spitzen Lauten ankündigte. Sein Schwanz blieb schlaff, klein und schrumpelig, und nachdem Paola gekommen war, quieksend, ihre Atmung wieder flacher wurde, sie sich zu ihm hingewendet und die Augen wieder aufgeschlagen hatte, als käme sie aus einer Ohnmacht zurück, da sagte sie mit brüchiger Stimme, während ihre Hand unter die Decke glitt auf der Suche nach seinem Penis: »Und jetzt kümmern wir uns um dich, mein Schatz!« Er grummelte Zustimmung und lehnte sich zurück. Sie tat ihr Bestes, aber es wollte nicht klappen, er war heute einfach nicht erregt von seiner Paola. Also erklärte er, er habe Probleme im Geschäft, der Gantenbein mache ihm Stress. Sie tröstete ihn, redete ihm gut zu, mit sanfter Stimme, auch wenn er den Verdacht nicht loswurde, dass sie irgendwie froh wäre, wenn das Intermezzo ein baldiges Ende finden würde und sie ins Bad verschwinden konnte, um sich der gründlichen Körperpflege zu widmen. »Ist es wieder wegen dem Schraubenfabrikanten?« – »Ja, nicht nur. Ich glaube, dem Gantenbein läuft es nicht so gut, allgemein

meine ich, schwierige Marktsituation.« - »Er will dich
aber nicht rausschmeißen, oder?« Fabio blickte erstaunt,
während er das Laken über seinen bleichen und nicht
gerade mageren Leib zog - und vor allem seinen Ver-
sager zwischen seinen Beinen verdecken wollte. »Mich?
Sorry, aber ich bin sein bestes Pferd im Stall.« - »Na ja«,
sagte Paola und lächelte sanft, zerzauste ihm die Haare,
»heute warst du nicht gerade, äh, ein Hengst.« Fabio
blickte beleidigt drein. »Ich bin mal kurz im Bad«, sagte
sie, er hörte, wie sie die Wanne einlaufen ließ, schnappte
sich sein Handy, und während er darauf herumdrückte,
dachte er, dass sich die Dinge verändert hatten. Dass
Paola früher eine richtige Spaßbombe gewesen war,
immer gut gelaunt, lachend, während nun ein Schatten
auf ihr zu liegen schien. Oder lag der Schatten gar nicht
auf ihr, sondern auf ihrer Beziehung? Früher waren sie
sich in allen Dingen einig, und wenn nicht, stritten sie
sich nicht deswegen. Sie ließen es gut sein. Heute hatte
Paola oft eine andere Meinung. Er sagte, morgens am
Frühstückstisch, ein Ei mit dem Messer köpfend: »Im
Radio haben sie gesagt, es wird ein sonniger Tag.« Darauf sagte sie: »Im Fernsehen gestern haben sie Regen
gemeldet - und Eier sollte man mit dem Löffel aufklop-
fen.« Er sagte, sich am Tisch zurücklehnend, abends, im
Blockhus an der Schifflände, nach einem Tartar »klas-
sisch«: »Das war jetzt ein feines Essen«, sagte sie: »Et-
was zu wenig gewürzt.« Oder: »Etwas zu viel gewürzt.«
Oder: »Das letzte Mal wars besser.« Er sagte, in einem
Möbelladen stehend und die Hände prüfend in das
Polster eines Sofas drückend: »Schau mal, Schätzchen,

das hier, das sieht gemütlich aus«, sagte sie: »Find ich zu sehr Oma-Style, außerdem« – auch sie puffte das Sofa – »zu hart.«

Ja. Paola war dann und wann undankbar. Zum Beispiel in Mailand. Mit dem Zug waren sie runtergefahren, und sie hatte sich nur beklagt, kaum war die Reise losgegangen. Ihr wurde übel von der Neigung des Neigezuges, der Kaffee im Speisewagen schmeckte nicht, die Toilette war schmutzig, das Cola zu warm, Zug zu fahren eh das Letzte. Warum waren sie nicht geflogen? Er hatte ihr erklärt, dass sie mit dem Zug viel schneller in Mailand seien als mit dem Flugzeug, aber sie hatte den Kopf geschüttelt und teilnahmslos aus dem Fenster geblickt, wo Bäume vorbeiwischten und Häuser, Autos, Menschen, verschwommen grün und grau. Als sie endlich angekommen waren, passte ihr das Hotel nicht. Es war schlecht gelegen, das Zimmer zu klein, der Aufzug zu alt, der Teppich zu abgewetzt, die Handtücher im Bad zu fadenscheinig. Dabei war es ein gutes Hotel, nicht billig, aber sie maulte und sagte, sie sei mal im Gallia gewesen, gleich beim Bahnhof, *das* sei ein Hotel, wie sie sich ein Hotel vorstelle. Er sagte: »Ich wollte das Gallia buchen, aber es ist wegen Renovation geschlossen.« Worauf sie mit der Schulter zuckte, den kleinen Fernseher einschaltete, ein bisschen zappte und sagte: »Kommt nur Schrott. Die spinnen wirklich, die Italiener. Nur Schrott. Und der Fernseher ist so klein, man kann gar nichts erkennen.« Dann überkam sie Migräne. Sie legte sich ins Bett. Verzog sich unter die hochgezogene Decke, jammerte. Er brachte ihr feuchte Waschlappen, legte sie ihr auf die Stirn. »Es ist die Mens«, sagte sie. Er sagte fürsorglich: »Meine arme Maus.« – »Ich brauche Binden.« – »Was?« – »Ich brauche Binden, für die Nacht. Ich hab keine Nachtbinden.« – »Okay«, sagte er hilflos. Er hatte gedacht, dass Paola zur guten Laune zurückfinden würde, wären sie erst mal im Hotel und später, wenn sie ein bisschen durch die Modegeschäfte Mailands schweifen und abends ein schönes Bistecca oder Piccata Milanese und ein bisschen Vino in diesem einen Ristorante essen würde, in dem er schon reserviert hatte, leider aber hatte Fabio falsch gedacht. Sie hatte ihre Tage. Er würde von der Rezeption aus im Mama Rosa anrufen lassen, die Reservation absagen lassen. Seine Paola lag im Bett, hatte Bauch-, Kopf- und Gliederschmerzen und vor allem keine Binden für die Nacht. »Ich hol dir welche«, sagte er in einem Anflug von kühler Ritterlichkeit. »Echt?«, fragte sie ungläubig, sich im Bett ein wenig aufrichtend. »Das würdest du für mich tun? Wie lieb! Ich würde ja selber gehen, aber ich kann mich nicht bewegen, alles tut so weh.« – »Ja, klar, ich meine: Wofür hast du einen Mann! Das macht doch einen richtigen Kerl aus, oder?« Ihr war nicht nach humorigen Sprüchen, doch sie blickte Fabio mit echter Dankbarkeit an. Und schon war er in den Straßen unterwegs, hielt Ausschau nach einem grünen Kreuz, gerne hätte er sich ein Paar Schuhe angeschaut oder einen Ledergürtel, Mailand war ja die Stadt der Mode, auch er konnte einen leichten Pullover gebrauchen oder eine dieser abgesteppten wattierten ärmellosen Westen, die die Italos so gerne trugen, aber nein: Er würde nun seiner Liebsten Binden für die Nacht besorgen. Auch wenn sein Italienisch nicht so gut war. Eigentlich war sein Italienisch eher schlecht. Genau genommen war sein Italienisch überhaupt nicht vorhanden. Das einzig Italienische an Fabio Sonetto war sein Name – und als er das letzte Mal in einem Restaurant in Italien eine Bestellung auf Italienisch aufgegeben hatte, da rekapitulierte sie der sich leicht verbeugende Kellner auf Schnellzug-Hochdeutsch: »Jawoll-der-Herr-einemal-Gesnetzteltes-Kalbfleiss-mit-Nudeli-für-den-Herrn-und-für-die-Dame-eine-Salat-komme-sofort-grazie-danke-sön.«

Er ging nicht weit, schon sah er ein grünes Neon-kreuz an einer Straßenecke leuchten. Wie klug es doch war, Apotheken mit grünen Kreuzen zu signalisieren, das verstand sogar Fabio. Eine Glocke bimmelte, als er die Apotheke betrat. Ein älterer Herr in einem sauberen weißen Kittel trat an ihn heran, nickte freundlich zur Begrüßung, fragte, was er wünsche. Fabio räusperte sich, blickte sich um, sagte mit gesenkter Stimme, was er kaufen wollte, aber der Apotheker schien ihn nicht zu verstehen und fragte nach. Fabio gestikulierte mit den Händen, niemand hätte je sagen können, was er da mit seinen Händen beschrieb. Ein Meerschwein? Einen Klumpen Gold? Ein Straußenei? Er sagte etwas lauter: »Per le donne … äh … con i giorni … per la notte.« Der Apotheker blickte ihn mit ernster Miene an, Fabio fuhr fort: »Come Tampax. Tampax. Ma piu grande.« Mit seinen Händen zeigte Fabio, wie groß größer aussehen könnte. »Per la notte. Ma senza Parfüm.« Der Apotheker nickte, sagte: »Un momento.« Und verschwand. Es ging nicht lange, da kam eine junge Apothekerin. Sie hatte ein hübsches Gesicht und ein noch hübscheres Lächeln, den Kopf leicht schräg haltend erkundigte auch sie sich, wie man Fabio helfen konnte. Er wollte fragen, ob der ältere Herr es ihr nicht erklärt hatte, aber eben: Die verdammte Sprache. Also formten seine Finger Abstraktes in der Luft, während er noch einmal sagte, was er gesagt hatte.

Zu seiner Erleichterung blieb das Lächeln auf dem hübschen Gesicht. Sie erwiderte etwas, das er nicht verstand, sie wollte wohl gleich zurück sein, und ging davon. Fabio sah nun, dass eine alte Frau ihn streng musterte. Er blickte zu Boden, ein sehr schöner Boden, Marmorfliesen, schwarz und weiß, alt, gepflegt. Warum glotzte ihn die Alte so an? Was war schon dabei, seiner Frau Binden zu kaufen? Dachte die Alte, er brauche die Binden gar nicht für seine Frau, sondern für sich selbst? Und er sah, wie zwei Gesundheitssandalen ins Bild kamen und sich zu seinen dunklen Schuhspitzen gesellten. Er blickte wieder hoch. Die Apothekersfrau hatte ein Paket in der Hand, ein weiches Paket, sie erklärte ein paar Dinge, Fabio verstand kein Wort, nickte jedoch eifrig und sagte: »Si, si. Bene, bene, perfetto, grazie.« Er bezahlte, und als er den Laden rasch verließ, blickte ihm die Alte noch immer böse nach.

»Ta-ta!«, rief Fabio triumphierend, als er ins Hotelzimmer trat, in der Hand die weiße Plastiktüte schwenkend mit dem grünen Kreuz darauf, darin die so sehr ersehnte Fracht. »Du bist so ein Schatz«, sagte Paola, setzte sich ächzend im Bett auf, und Fabio fand, dass sie ihm eigentlich ganz gut gefiel, wenn sie so verletzlich und immobil war – und vor allem so dankbar. Sie nahm das weiche Paket aus dem Plastiksack, und er lugte in die Minibar, in der die Auswahl nicht atemberaubend war, aber immerhin fand er eine Büchse Bier, sogar kühl. Es klackste, es zischte, er nahm einen Schluck. Fabio unterdrückte einen Rülpser, schaute aus dem Hotelzimmerfenster. Der Blick ging in einen Hof und auf eine schmutzige Lüftungsanlage eines Nachbargebäudes. Immerhin sah man ein bisschen Mailänder Himmel, der sogar blau war, mehrheitlich wolkenlos. »Oh nein«, sagte Paola. Er hörte alarmiert die Enttäuschung in ihrer Stimme. »Was ist?« – »Das sind keine Nachtbinden.« – »Was? Keine Nachtbinden?« – »Du hast Inkontinenzeinlagen gebracht.« – »Inkontinenzeinlagen?« – »Ja, für alte Menschen. Die nachts ins Bett machen.« Sie zeigte ihm eine der Einlagen, sie war riesig. »Geht das nicht auch?«, fragte er. Paola blickte grimmig und ernüchtert. Fluchend ging er auf den muffigen Flur hinaus, fuhr im Lift hinunter, trat erneut auf die Straße. Diesmal würde er sich in die andere Richtung auf die Suche machen.

Daran hatte er gedacht, als er nun im Bett lag. So etwas wie Angst stieg in ihm auf. Er wusste nicht, ob es richtige Angst war, er hatte schon lange keine richtige Angst mehr gespürt. Es war etwas geschehen, der Wurm war drin im Gebälk, er ahnte es, ohne es genau benennen zu können.

Noch keine drei Wochen war es her, da war er richtig sauer auf Paola gewesen. Sie hatte ihn überredet, sie an die Streetparade zu begleiten, sie fand, sie wolle das mindestens einmal im Leben erlebt haben. Er war nicht sonderlich begeistert, wollte aber auch kein Spielverderber sein, also sagte er halbherzig zu. Sie versprach, sich um die Kostüme zu kümmern, was sie auch tat. Es war also noch keine drei Wochen her, da ging Fabio in einem weiß-schwarz gestreiften Sträflingsanzug aus dem Haus, und sie trug eine bauchfreie Polizistinnenuniform, Spiegelsonnenbrille und Handschellen, auf dem Kopf keck schräg eine passende Mütze, schwarz mit einer plastiksilbern glänzenden Polizeimarke. Fabios Kostüm war ihm zu groß, immerzu musste er die Hose hochziehen. Außerdem war die Kette, an der die Kugel hing und deren anderes Ende an seinem Fuß festgemacht war, zu kurz. »Total mühsam«, sagte er. »Sieht aber cool aus«, meinte Paola, »Schönheit muss eben leiden.« – »Schönheit«, sagte er und blickte sie mit fragend verengtem Blick an. »Dann eben Coolness.« Sie gingen ans Seebecken, und bald dröhnte ihm der Kopf von all der lauten Musik, und vor lauter Menschen wurde ihm schwindelig.

Dann kamen vier Typen, die als Indianer verkleidet waren und durch die Musik brüllten, sie seien aus dem Appenzell und zum ersten Mal hier an der Street Parade, und es sei einfach nur geil. Sie sagten: Voll geil. Sie trugen gewöhnliche Sneakers, normale Shorts und hatten sich einfach den nackten Oberkörper bemalt, auf dem Kopf wackelte Federschmuck, wie man ihn an der

Fasnacht trägt, die Wangen kriegsbemalt, in den Händen Halbliterbüchsen Feldschlösschen, und sie hatten Paola angequatscht und führten, um sie herumhüpfend, einen Kriegstanz auf, die Hände zum Indianergeheul auf ihre Münder schlagend, Paola reckte ihre Hände in die Höhe, ließ ihre Hüfte kreisen und warf den Kopf von der einen Seite zur anderen. Einer der vier Indianer versuchte, sie auf die Schulter zu heben. Sie kreischte, es klang ziemlich begeistert, aber sie war ihm doch zu schwer, und er ließ es nach ein paar erfolglosen Versuchen bleiben. Fabio stand daneben, die Eisenkugel aus Plastik in der Hand, und sagte nichts, aber er schämte sich und wollte nach Hause gehen, das sagte er ihr dann auch, als die Appenzeller-Indianer sie aus der Kriegsgefangenschaft wieder entlassen hatten und eine Gruppe von in Aluminiumfolie gehüllte Mädchen mit schlumpfblauen Perücken verfolgend davongetanzt waren. Paola – schon recht angetrunken und in voller Absicht, den eingeschlagenen Weg noch einiges weiterzugehen – stellte ihn als Spaßbremse hin, die er sicherlich auch war. Also ging er schmollend hinter ihr her – und je länger der Tag andauerte, je mehr Stampfmusik er hörte, je mehr Menschen er sah, alle außer Rand und Band, mehr oder minder bekleidet, je länger er Paola beim Tanzen und Johlen betrachtete, desto mehr Groll entwickelte er auf sie. Er hatte nicht den Mumm, ihr zu sagen, sie solle sich die Street Parade irgendwo hinstecken, also trottete er hinter ihr her und fragte sich, wie er eine solche Frau überhaupt lieben konnte. Er forschte nur kurz in seinem Inneren nach den Gefühlen für diese

Frau, den wahren Gefühlen, die noch da waren, und als er nichts fand, so auf die Schnelle, lenkte er seine Gedanken auf andere Dinge.

Ach, befand Fabio nun, wir sollten einfach mal wieder in die Ferien fahren. Paps würde Stinky nehmen, und sie hätten zehn wunderbare Tage. Mauritius, Malediven, so was in der Richtung. Einfach nichts, wo man eine Malaria-Prophylaxe brauchte, dann wurde Paola nämlich echt unausstehlich, die bekam ihr absolut nicht. Aber sonst, so fand er nun, war Paola doch wirklich süß. Er dachte: Sie ist mein Mädchen, ich liebe sie, wir sind ein Paar. So muss es sein, so war es immer gewesen, so würde es immer sein.

»Gehst du noch mit Stinky in den Park? Wann musst du los?«, fragte sie, als sie aus dem Bad kam und sich die Haare mit einem Badetuch trocknete. Er murmelte etwas Zustimmendes und griff nach seiner Uhr auf dem Nachttisch. »Jetzt!«, sagte er, erhob sich ächzend, ging ins Bad, öffnete den Spiegelkasten über dem Lavabo. Da waren sie! Er griff eines heraus. Immer begann er links. Immer. Er blickte in den Spiegel. Behutsam schob er das Ohrenstäbchen in seinen linken Gehörgang, vernahm das feine Schaben, als das Ende die Haare an der Ohrmuschel streifte, schon lief ein kitzliges Prickeln durch seinen Körper, der fein erschauderte. Er bekam eine Gänsehaut. Die Erwartung des unmittelbar Bevorstehenden: Nichts war so mächtig, nichts entwickelte einen vergleichbaren Sog. Fabio wusste, welche Ohrenstäbchen er am liebsten mochte, dass die Watte an

den Enden nicht zu fest sein durfte, aber auch nicht zu
locker, dass das Stäbchen nicht aus Plastik sein sollte,
sondern aus festem, gepresstem Papier, denn Plastik-
stäbchen waren entweder zu hart oder zu weich, dann
tendierten sie zum Knicken, und die Angst vor dem
Kollaps des dünnen Stäbchens minderte das Glücksgefühl – denn Fabio wollte ja die Ohren säubern, den
Schmalz aus den Höhlen holen, den ganzen Dreck, der
sich dort sammelte, und sich nicht versehentlich das
Trommelfell zertrümmern. Zufrieden und mit der Hin-
gabe und Genauigkeit eines Insektenforschers betrachtete er das Wattestäbchen in seinen Fingern, gelb gefärbt
das Baumwollende, gekrönt mit dem Topping kleinster
Brocken, glänzend, dunkel. Es hatte sich wieder einmal
gelohnt. »Du weißt, dass das nicht gut ist für die Ohren,
oder?« Paola kam zurück ins Bad, blickte beim Vorbeigehen an Fabio vorbei in den Spiegel, zog den Reißverschluss ihrer Hose runter, die Hose auch, setzte sich aufs
Klo. »Du stößt den ganzen Schmalz nach hinten. Das
Ohr reinigt sich von selbst. Ohrenschmalz ist ein Schutz
gegen Bakterien. Wir hatten kürzlich eine Geschichte
drüber, auf unserer Medizinseite. Du kannst dein gan-
zes Ohr kaputt machen so.« – »Jaja«, sagte Fabio ge-
ruhsam, der noch immer das Stäbchen mit dieser ein-
zigartigen Mischung aus dem wie Galle bitter duftenden
Drüsensekret, Schweiß, Staub und abgestorbener Haut-
zellen betrachtete, versunken in seinem simplen Glück.
Paola sprach weiter, während ihr Strahl hart und laut in
die Schüssel schoss, aber Fabio hörte nicht zu. Er warf
das gebrauchte Stäbchen in den kleinen Treteimer un-

ter dem Lavabo, der wie ein blecherner Hund danach schnappte, es verschluckte. Fabio nahm ein neues Stäbchen aus dem fast noch vollen Plastikkistchen, das auf der Ablage neben dem Döschen mit Vaseline stand. Das Gefühl beim zweiten Ohr war aber nie so schön, wie es beim ersten Ohr gewesen war. Dann stellte er sich auf die Waage. Die Digitalanzeige sprang an. Was er sah, gefiel ihm nicht. Er stieg runter, und als die Anzeige erloschen war, nochmals darauf, um zu sehen, ob sie sich vielleicht geirrt hatte. Hatte sie aber nicht.

Der schönste Sieg

Kräftig zog Fabio an der Handbremse, nachdem er seinen Wagen parkiert hatte. Er ging am wohl schönsten Tennisplatz der Stadt vorbei in den Rieterpark, schon sah er die mächtige Hängebuche, schon warf er den leuchtend gelben Ball, und Stinky jagte ihm nach, der feine Kies unter seinen Pfoten spritzte hoch. »Brav, Stinky!«, rief Fabio, als der Hund mit dem Ball zurückgerannt kam, die feucht versabberte Kugel zu Fabios Füßen fallen ließ und ihn vorfreudig anblickte, in Erwartung eines weiteren Wurfs, auf den ein weiterer Wurf folgen würde. Fabio blickte in Stinkys Augen, und so etwas wie tiefe Zuneigung schwappte in ihm hoch. Er deutete einen Spurt an, Stinky stieg sofort darauf ein, zwei Kläffer von sich gebend, Fabio holte aus, und bald beschrieb der Ball wie ein leuchtend gelber Himmelskörper im makellosen Blau eine flache weite Flugbahn,

der Hund stob davon. »Hol ihn dir!«, rief Fabio anfeu-
ernd, tief sog er die gute Luft ein, immer wenn er hier
war, fühlte er sich schlagartig wohl. Der Rieterpark war
genau nach seinem Geschmack. Viele alte Bäume, kein
großer Schnickschnack, keine Penner, keine Freaks,
keine Spieße grillierenden Clans aus dem nahen oder
fernen Osten, die Decken ausbreiteten und sich demonstrativ mehr als bloß ein bisschen wohlfühlten.

Besucher, die sich in diesem Park aufhielten, waren
solche, die diesen Ort als das respektierten, was er immer schon gewesen war: ein Ort der Würde. Natürlich
herrschte aus verständlichen und nachvollziehbaren
Gründen ein Leinenzwang für Hunde. Stinky musste
aber auch mal richtig Gas geben können. Wenn also
nicht viele Leute hier waren, dann ließ er ihn von der
Leine, so wie eben. »Stinky!«, rief er. Der Hund war
außer Sichtweite. Der Ball flog über den kleinen Hügel
und kullerte die Wiese herunter Fabio sog noch einmal
tief die Luft ein und machte sich daran, den Hund zu
suchen, der wiederum den Ball suchte. Als Fabio die
Kuppe des Hügels erreicht hatte, hörte er das sirenen-
hafte Geräusch eines lauthals weinenden Kindes. Er sah
eine erwachsene Person, wohl der Vater, der vor seinem Buben in die Hocke gegangen war und tröstend
auf ihn einredete. Fabio dachte, dass er froh war, keine
Kinder zu haben, die die ganze Zeit weinten, schrien
und in die Hosen schissen. Stinky war da doch weitaus pflegeleichter. Aber wo war er nur? »Stinky!« Und
dann sah er ihn, ein paar Schritte von dem Vater mit
dem Buben entfernt, kam er hinter einem Baum hervor

und trug einen länglichen Gegenstand in der Schnauze, so groß, dass er Mühe bekundete, mit seinen kurzen Beinen durch das Gras zu trotten. Was war es bloß? Als Fabio näher kam, erhob sich der Mann, der kleine Junge weinte weiter, die Tränen kullerten wie glänzende Kügelchen über seine dicken Backen. »Ist das Ihr Hund?«, fragte der Mann barsch in Hochdeutsch. Fabio sah den weinenden Jungen und den Mann, der ihn wütend anblickte, und begriff nicht, was das mit seinem Hund zu tun hatte, er sagte, noch einen Schritt näher kommend: »Äh, ja, warum?« Der Mann blickte ihn nun streng an. »Ist Leinenzwang hier, können Sie nicht lesen? Steht auf jedem Schild, ›Hunde an der Leine zu führen‹?« Fabio sagte nichts, weil er nichts begriff, das Kind – als habe es eine Regieanweisung erhalten – fing noch heftiger zu weinen an, der Mann tat nun einen Schritt auf Fabio zu. »›Hunde an der Leine zu führen‹, oder?« Fabio räusperte sich. Wie kommt der Typ dazu, ihn anzuschreien? Muss es wirklich sein, dass er sich hier in seinem Park anbrüllen ließ, noch dazu von einem Deutschen? Er fragte: »Was ist Ihr Problem?« – »Mein Problem ist«, sagte der Mann, holte tief Luft und war bemüht, die Worte langsam und deutlich auszusprechen, »dass Ihr verdammter Köter gerade das Segelflugzeug frisst, das mein Sohn heute Morgen zum Geburtstag geschenkt bekommen hat. Und das wäre nicht geschehen, wenn Sie sich daran gehalten hätten, woran man sich zu halten hat, nämlich Ihren verdammten Köter an die Leine zu nehmen.« Stinky kam, wie es sich für einen guten Hund gehörte, zu seinem Herrchen getrottet, das weiße Ding in seinem Mund, stolz, da er dieses Ding gefangen hatte, ein Ding, wie er noch nie zuvor ein Ding erjagt hatte. Eigentlich war der Fall klar, sogar für Fabio: Sein Hund, nicht angeleint, zerstört das Spielzeug eines Kindes. Einfache Sachbeschädigung. Dem Hund konnte man beim besten Willen keinen Vorwurf machen. Das Spielzeug war mäßig teuer und ersetzbar innert kürzester Frist. Eine Zwanzigernote, ein paar Worte der Entschuldigung, und das Kind hätte sich ebenso beruhigt wie der Vater, Fabio würde noch ein bisschen theatralisch mit Stinky schimpfen, auch der kleine Junge hätte Stinky ausschimpfen dürfen, hätte »böser, böser Hund!« gesagt, und sich dann die Tränen von den Backen gewischt und gelächelt, und Fabio hätte gesagt: »Ja, streichle ihn nur, er heißt Momo, aber wir nennen ihn Stinky.« Der Junge hätte Stinky gestreichelt, und währenddessen wären die Erwachsenen ins Gespräch gekommen, die Männer, hätten vielleicht über Fußball gesprochen, Bundesliga, Bayern München oder Formel 1, hätten über die Vorzüge von Zürich geplaudert, den wunderbaren Rieterpark, irgendwas, was Männer halt so redeten. Ob Carlsberg besser sei oder Heineken, ob ein Gasgrill praktischer oder ein Kohlegrill, ob sich Putin in Syrien mehr engagieren sollte. Aber etwas in Fabio blockierte diesen einfachen und vernünftigen Weg zur Lösung des Problems. Es war die Art des Vaters, der wollte es nicht anders, also holte Fabio tief Luft.

»Jetzt hören Sie mal zu«, sagte er, während Stinky zufrieden an den Überresten des Segelflugzeuges herumkaute, »was ich hier mit meinem Hund mache, ist meine Sache. Verstanden? Mein Hund. Meine Sache.«

»Ihr Hund hat das Flugzeug meines Sohnes zerstört. Er gehört an eine Leine, so wie jeder andere Hund hier im Park auch.«

»Jaja, das haben Sie jetzt genug erklärt. Aber wissen Sie was, spielen Sie sich nicht so auf. Wie teuer war das Ding?«

»Es geht hier nicht um einen materiellen Wert, es geht hier um das Prinzip.«

»Das Prinzip? Welches Prinzip? Das Prinzip, dass Flugzeuge leicht sind, damit sie fliegen, und deshalb schnell kaputtgehen? Wollen Sie mit mir über Physik sprechen?« Fabio holte das Portemonnaie aus der Tasche, suchte eine Zehnernote, hielt sie dem Deutschen hin, wedelte damit vor seinem Gesicht.

»Was soll das?«

»Hier, nehmen Sie, mehr als zehn Franken hat dieses Ding ja wohl nicht gekostet, oder? Was für ein lausiges Geschenk.«

»Ich will Ihr Geld nicht.«

»Was wollen Sie denn?«

Der Kopf des Vaters war rot vor Wut, nun nahm dieser Rotton noch etwas an Tiefe an, eine Vene am Hals trat hervor. Fabio bemerkte, dass Spaziergänger stehen geblieben waren, in einiger Entfernung, und gafften. Es war ihm egal.

Der Vater sagte: »Ich ruf die Polizei.«

»Ja, tun Sie das. Von mir aus können Sie die verdammte Gestapo holen.«

»Wie war das?«

»Von mir aus holen Sie die Waffen-SS.«

Der Vater blickte fassungslos, und Fabio, sonst so fröhlich und friedfertig, war nun richtig in Fahrt. Es fühlte sich gut an, all der Stress der letzten Tage schien aus ihm herauszufließen, all der Stress wegen der Wohnung, die er nicht losbekam, und jener, die er bald los sein würde, all der Stress wegen der Verschiebung in der so fest geglaubten Tektonik seiner Beziehung, ja, sogar die Traurigkeit, die ihn erfasst hatte, als er gelesen hatte, dass sie die Produktion seines geliebten Landrovers einstellen würden. »Du Arschloch«, sagte er, und weil es so guttat, sagte er es noch einmal und setzte noch ein paar Kraftausdrücke dahinter, ganz erfüllt von etwas, das er vorher so gar nicht gekannt hatte, einem heiligen Furor Helveticus.

Die Stimme des Vaters war plötzlich ganz ruhig, als er sagte: »Ich ruf jetzt die Polizei. Und wissen Sie was? Denen sag ich, Ihr Hund habe meinen Buben gebissen.«

»Hat er doch gar nicht!«

»Zwei gegen einen! Mein Sohn wird es bestätigen, keine Bange. Dann wird Ihr Hundchen eingeschläfert.« Er grinste frech. »Ihr kleiner Köter kommt in den Hundehimmel.«

Fabio blickte Stinky an, nun war das Herrchen randvoll mit allerlei Emotionen. »Hier«, rief Fabio und warf dem Vater die Zehnernote vor die Füße, wie ein trudelndes Segelflugzeug flog der Geldschein zu Boden, »nimm das Geld, Arschloch. Nimm das Geld und fahr ab zurück nach Hause, in den großen Kanton, heim ins Reich.« Er ging davon. Der Vater rief ihm allerhand hinterher, packte seinen Buben und nahm die Verfolgung auf. Fabio hatte Stinky an die Leine genommen und zog ihn hinter sich her. »Komm, Stinky, schnell!«, rief er ihm zu, der Hund noch immer mit Teilen des Segelflugzeugs in der Schnauze, gerne wäre er im Park geblieben und hätte noch etwas mit seiner für ihn völlig neuen Beute gespielt. »Komm, mein Kleiner, wir müssen.« Die beiden spurteten nun aus dem Park hinaus, hastig schloss Fabio den Wagen auf, unsanft spedierte er Stinky in den Landrover, der eine Rußwolke ausstieß, als Fabio davonfuhr, hochtourig brüllend der Motor, im Rückspiegel sah er den Vater mit dem noch immer heulenden Kind an der Seite, das Telefon am Ohr, und Fabio dachte: Soll er doch die Bullen rufen, sollen sie kommen. Ich mach sie alle platt. Und als sein Handy klingelte, als er die Sihl überquerte und mit quietschenden Rädern in die Manessestrasse einbog, blickte er auf das Display: eine deutsche Nummer. Erst dachte Fabio, es sei der nach Gerechtigkeit sich sehnende Vater, der Rache-Daddy aus dem Park, aber woher sollte der Trottel so schnell seine Nummer haben? Nein, unmöglich. Die angezeigte Nummer kam ihm bekannt vor. Natürlich! Es war der Schraubenfabrikant. Noch in voller Fahrt nahm Fabio das Gespräch entgegen, seine Stimme klang besser gelaunt als je zuvor: »Sie glauben nicht, wie ich mich freue, Ihre Stimme zu hören.«

Süß und kalt

Da lag sie, im Kühlschrank: eine einzelne Aprikose. Delphine griff danach. Eine Weile betrachtete sie die Aprikose, deren Haut so sommersprossig war wie die ihrige. Das Fleisch unter der zarten Haut fühlte sich weich an. Die Aprikose: Dieses simple Ding, welches auch in ihrer süßesten Reife noch etwas von der Säure des Lebens erahnen ließ. »Verzeih mir.« Dann zerriss sie die Frucht mit leisem Schmatzen in zwei Hälften. Nachdem sie beide gegessen hatte und nur der bleiche spitze Stein übrig blieb, überkam sie schlechtes Gewissen. Sicherlich hatte Urban sie gekauft. Schnell nahm Delphine einen Kugelschreiber, griff sich aus der Altpapierkiste ein Couvert, notierte auf der Rückseite: »Ich wars. Ich hab die Aprikose gegessen, die im Kühlschrank war. Du wolltest sie sicher fürs Frühstück aufheben. Sorry. Aber sie war herrlich, so süß und kalt. Delphine.« Der Stein der Aprikose lag in ihrer flachen Hand. Die Hand wurde zur Faust. So ging sie in den Tag.

Technokram

Der Große war unterwegs zur Schule, Viertel nach sieben ging er aus dem Haus. Der Kleine war seit halb acht im Kindergarten. Tim empfand es als Wunder, wie Judith es schaffte, Laurin so früh aus dem Bett und in die Kleider zu bekommen, ihn dazu zu bringen, sich die Zähne zu putzen, ihn zum Kindergarten zu schleifen und zurückzukommen, als sei nichts gewesen. Für Tim war bereits das Anziehen des Kleinen ein heroischer Akt, ja, schon das Stülpen einer Socke über Laurins kleinen, zur Ruhe unfähigen Fuß schien ihm eine Herausforderung. Er brachte den Kleinen nur dann und wann, um sich mit seinen Kindern zu zeigen und die bewundernden Blicke der Kindergärtnerin und der anderen Eltern zu spüren. Heute aber wollte der Kleine nicht in den Kindergarten. Tim fragte: »Warum nicht?« - »Ich möchte zu Hause spielen.« - »Das geht leider nicht.« - »Warum?« - »Weil Papa arbeiten muss.« - »Wo ist Mama?« - »Mama ist im Bett, sie ist heute krank ...« - »Ich will, dass Mama mich bringt.« - »Ja, aber Mama ist krank. Sie hat Grippe.« - »Ich möchte, dass du die Grippe hast und Mama mich bringen kann.« Als Tim Laurin schließlich zum Kindergarten gezerrt hatte, wollte er nicht rein. Er lag auf dem Boden, trommelte und trampelte, und Tim entfuhr ein »Herrgott!«, und er riss sich zusammen, weil die anderen Kinder zu ihm herblickten, die fröhlich auf ihren Trottinetts angefahren kamen, begleitet von ihren ebenso fröhlichen Müttern oder Vätern. So viel Unbeschwertheit machte ihn rasend.

Wieder daheim, fühlte sich Tim kaputt und erschlagen, schon am Morgen früh war er wie nach einem getanen Tageswerk reif, um gleich wieder ins Bett zu liegen und in einen traumlosen Schlaf zu sinken. Judith saß bleich am Küchentisch, fauchend schoss die heiße Luft in die Milch, verwandelte sie in Schaum, den Tim auf seinen Kaffee goss. Er hockte sich mit dem Latte hin, blickte auf die blauen digitalen Ziffern der Uhr am

Backofen, die immer auf Winterzeit eingestellt war, weil Judith sagte, das sei Technokram, die Uhr zu stellen, und für Technokram sei Tim zuständig. Er sagte dann jeweils: »Jaja, ich mach es.« Und tat es aber nicht, weil er es vergaß, weil es schließlich für ihn Wichtigeres zu tun gab. Sie ermahnte ihn, er wiederholte sein Versprechen zig Mal. Und so war die Backofenuhr auch ein Mahnmal für Tims Schludrigkeit. Die Uhr ging fünf Minuten vor oder nach, er konnte es sich nie merken.

»Ist jetzt schon halb?« – »Fünf vor.« – »So eine blöde Uhr.« – »Du wolltest sie doch umstellen.« – »Jaja, ich mach es.« – »Wann?« – »Morgen?« – »Hm.« – »Wie geht es dir? Noch Fieber? Du solltest zurück ins Bett.« – »Muss noch messen. Glaub nicht. Ich kann ja nicht den ganzen Tag rumliegen.« Eine Weile sagten beide nichts. Judith erhob sich und fing an zu putzen, fuhr mit einem Lappen über die Kaffeemaschine, den Herd. Tim trank seinen Latte, schnappte sich die Zeitung, fing an zu lesen, auf eine oberflächliche, durchblätternde Art.

»Weißt du eigentlich, wovon der Vischer lebt?«

»Der Rennradzombie? Keine Ahnung. Vielleicht von einer Invalidenrente. Der ist so verknorzt, der redet bestimmt nicht mal mit sich selbst.«

Judith sagte nichts, rieb mit dem Küchentuch den Herd trocken, setzte sich wieder an den Tisch und schenkte sich ein Glas Sojamilch ein, und Tim fragte: »Wie kommst du jetzt auf den?«

»Er ist immer so traurig.«

»Ich wäre auch traurig, wenn ich immer in so engen Kleidern durch die Welt spazieren müsste.«

»Tut er ja freiwillig. Und ich frage mich, warum.«

»Ich weiß es nicht. Die Welt ist voller seltsamer Menschen. Kranken. Perversen. Mördern. Aber was ich weiß: Heute habe ich einen langen, harten Tag vor mir.«

Tim hätte sich gewünscht, Judith blickte ihn an, nähme ihn in den Arm und gäbe ihm einen Kuss, aber nein, sie dachte lieber über den behämmerten Nachbarn nach.

»Ich muss los. Bis heute Abend.«

»Wird es spät?«

»Ja, ich denke schon.«

»Gehst du ins Training?«

Dienstag war immer Trainingstag. Außer es kam etwas dazwischen, was öfters geschah. Aber heute musste Tim wieder mal trainieren, Müdigkeit hin oder her. Er war es sich und den Zuschauern schuldig. Ein bisschen Laufband, ein bisschen Oberkörper, Arme, Rücken. Er griff nach der Sporttasche neben der Türe, kam nochmals in die Küche, gab Judith einen Kuss. Ihre Lippen fühlten sich dünn an und trocken, die Hand an seiner Schulter mehr routiniert als zärtlich, kontrolliert, als wolle sie ihn auf Distanz halten. Judith sah Tim aus dem Küchenfenster, wie er aus dem Haus ging und davonmarschierte. Er drehte nicht den Kopf, hatte sein iPhone in der Hand, las etwas, sie konnte es an seinem Gang erkennen. Fast lief er gegen eine Stange, dann bog er um die Ecke.

Jetzt fiel es ihr ein, sie hatte ihn fragen wollen, wegen des neuen iPhones. Vor ein paar Tagen, als sie sich noch ein bisschen dehnte, an die Hausmauer gelehnt, fiel ihr das iPhone runter und ging kaputt. Einfach so. Sie musste ein neues kaufen, was sie reute, aber noch schlimmer: Sie schaffte es einfach nicht, das Ding mit ihrem Computer zu synchronisieren. Der Mann im Geschäft hatte gesagt, das sei easy. Und als er es gesagt hatte, mit dem gewinnenden Lächeln eines Verkäufers, klang es auch ganz easy. War es dann aber nicht. Technische Dinge überforderten sie. Nur schon ein Kabel in ein Gerät zu stecken: Es gab so viel Schlitze, Buchsen, Anschlüsse, es machte sie ohnmächtig. Hundert Mal hatte sie Tim bereits gebeten, sich der Sache anzunehmen. Zweihundert Mal hatte er gesagt: »Jaja, gleich.« Sie würde ihn heute Abend noch einmal daran erinnern müssen.

Sie räumte die Küche auf, die bereits aufgeräumt war, und machte sich daran, den Kleiderschrank aus- und wieder einzuräumen. Als auch das getan war, nahm sie den Wäschekorb und trug ihn in den Keller. Die Maschine war besetzt, aber die Digitalanzeige verriet ihr, dass es nur noch drei Minuten dauern würde, also wartete sie, und weil sie schon mal da war, wischte sie mit einem nassen Lappen über die Waschmaschine. Noch zwei Minuten, sagte die Anzeige. Die Maschine pumpte und gurgelte. Judith hob den Kopf, als sie jemanden die Kellertüre öffnen hörte, Schritte auf den Stufen. Sie wusch den Lappen aus, laut schoss das Wasser in den tiefen, blechernen Trog. Noch eine Minute. Es war Vischer, sie hatte es schon gedacht, als sie das Flip-Flap der Sandalen hörte. Sie wrang den Lappen aus, bis kein Tropfen mehr in den Trog fiel.

»Oh«, sagte Vischer, als er Judith sah, mehr erstaunt als erschrocken. Es schien, als wolle er auf dem Absatz kehrtmachen und wieder hochgehen.

»Ist gleich fertig, meine Maschine«, sagte sie, »dauert nur noch eine Minute.«

Vischer blickte auf die Anzeige der Waschmaschine, die leuchtenden Ziffern, »tatsächlich«, sagte er.

Sie sah ihn an. Er sah aus wie immer: Magere Trau-rigkeit in Sportklamotten. Judith wusste nicht, was sie sagen sollte, und Vischer machte keine Anstalten, die Wortlosigkeit in der Waschküche mit einem Beitrag zu füllen, ihm schienen die Geräusche der Maschine zu genügen, die nun aufheulte, die Trommel wummernd und schwingend in ihrem Gehäuse. Sie blickte ihn an, sein Blick traf den ihren, hielt ihm stand. Da sagte sie: »Kennst du dich zufällig mit Computern aus?«

Er neigte seinen Kopf leicht zur Seite. »Mit Com-putern? Ein wenig schon. Weshalb?« Mit einem leisen »Klock« sprang die Türe der Waschmaschine auf.

Die blanke Stelle

»Ich bin krank«, sagte Tim mit schwacher Stimme. Del-phines Augen weiteten sich, glänzten feucht. »Was hast du?« – »Ich werde sterben.« Delphine blickte in seine Augen. Ihre Haut war von einer Zartheit, die ihn er-schaudern ließ. Er hätte ihre Sommersprossen zählen können, die wie eine Herde rostroter Schafe über den bleichen Bergrücken ihrer Nase zogen, um sich auf den sanften Hügeln der Wangen zu verlieren. »Und bevor ich gehe, für immer, habe ich noch einen Wunsch. Bloß einen kleinen Wunsch.« - »Und der wäre?« - »Dass du mir einen bläst.« Sie öffnete ihre Bluse, griff nach seinen Händen, führte sie an ihren Körper. Prall wie Pampelmusen lagen ihre Brüste in seinen Händen. Er saugte am zapfenharten Nippel ihrer Brust. Sie öffnete seine Hose, und bald war ihm, als sauge sie ihm das Rückenmark aus den Wirbeln.

»Tim?« Eine andere Stimme. Sie kam durch die Badezimmertüre, die einen Spalt aufgegangen war. Er erschrak, hörte das Wasser aus dem Duschkopf schießen, antwortete barsch. »Ja?« - »Ist alles okay?« - »Ja, warum?« - »Du bist schon so lange im Bad.« - »Was sollte nicht okay sein? Ich dusche. Das sollte doch dein Einverständnis haben, oder?« - »Ja, klar, ich ... Fabio ist schon hier, wollte ich dir bloß sagen.« Verärgert rief er unter dem heißen Strahl der Dusche hervor: »Ich komme.« Als er keine Antwort erhielt, schob er den Duschvorhang ein Stück zur Seite. Die Badezimmertüre war wieder geschlossen, er war allein, aber der Tagtraum war verflogen, und sein Glied erschlaffte, schrumpelte wieder in seinen traurigen Normalzustand.

Fabio stand in der Küche der Gutjahrs, unsicher in der hypercleanen Umgebung. Eine Tasse Kaffee dampfte in seiner Hand, und er unterhielt sich mit Judith, die gerade den Küchentisch abschrubbte, ein rhythmisches Quietschen erfüllte die Küche und untermalte das Gespräch, welches sich natürlich um die Kündigung drehte. »Willst du dich nicht setzen?«, fragte Tim, der hereinkam und sich ebenfalls eine Kapsel in die Maschine schob: »Der Termin ist um neun?« Fabio bejahte und blickte auf seine Uhr. Sie war von einer absurden Größe. Ein hässliches Ding, dachte Tim, und er sagte: »Coole Uhr.« – »Oh, danke.« – »Was ist das für eine?« – »Eine Panerai, eine italienische Kampftaucheruhr.« Tim blickte anerkennend, schnalzte mit der Zunge, hob das Kinn. »Kampftaucheruhr. Wow. Sicher wasserdicht?« – »Ja, bis 300 Meter.« Tim tat einen Pfiff. »Das reicht ja für den Zürichsee.« – »Wie?« – »Na, der Zürichsee ist ja bloß 136 Meter tief, maximal.« Fabio blickte verblüfft, wusste nicht, ob das stimmte. »Du weißt ja Sachen.« – »Na ja, ich weiß es per Zufall, wir haben letztes Jahr eine Sendung gedreht, in der ein Kind in einem mit seinem Vater selbstgebauten U-Boot zur tiefsten Stelle des Sees hinuntertauchte.« – »Wow.« – »Ja, hört sich super an, aber weißt du was: Der See ist nichts anderes als dunkel und langweilig, und am dunkelsten und langweiligsten ist der Grund des Sees an seiner tiefsten Stelle. Man sah nichts, einfach nichts. War furchtbar. Und dann ging das U-Boot kaputt. Zum Glück gab es keine Toten.« – »Mein Gott!« – »Na ja, wurde nie ausgestrahlt, war versicherungstechnisch problematisch.« Fabio klopfte auf das Glas seiner Uhr. »Wir sollten.« – »Ja. Okay.«

Seite an Seite gingen Fabio und Tim durch die Straße, Fabio fiel auf, wie klein Tim war, im Fernseher wirkte er größer. Und war das dahinten auf dem Schädel so etwas wie der Anfang einer Glatze? Eine Glatze musste für jeden Mann eine Demütigung sein. Nicht, dass er dies wüsste oder Gefahr lief, es selber zu erfahren, denn Fabio erfreute sich eines dichten und gesunden Haarwuchses.

Es war nicht weit zum Mieterverband, der seinen Sitz in einem prächtigen Hinterhofgebäude aus gelbem Ziegelstein an der Bäckerstrasse hatte, und als sie so gingen, sahen sie aus wie zwei Tatort-Kommissare: Unterschiedliche Typen auf gemeinsamer Mission, Tim in seinen New-Balance-Schuhen, mit denen er seiner Jugendlichkeit hinterherrannte, Fabio in seinen Timberland-Bootsschuhen, die seriöse Lockerheit oder lockere Seriosität verströmen sollten. Keiner von beiden sprach etwas, bis Tim sich räusperte und sagte: »Du bist also so ein richtiger Uhrenfreak?« – »Na ja, das fasziniert mich halt, ich mag schöne Uhren.« Fabio klang fast ein wenig entschuldigend. »Sind aber teuer.« – »Nun ja, kommt darauf an.« – »Die, die du jetzt trägst, die ... wie hieß sie noch mal?« – »Panerai.« – »Panerai, genau, die kostet sicher tausend Franken, oder?« Fabio blickte entgeistert. »Na ja, schon etwas mehr.« – »Und wie viele Uhren hast du?« – »Acht. Oder neun?« – »Wow!«, sagte Tim, und Fabio war nicht klar, ob es ironisch gemeint war. Tims ausgeprägte Selbstsicherheit verunsicherte ihn. »Und hast du auch so was wie eine Lieblingsuhr?« Fabio dachte kurz nach. »Ja. Die, die ich selber gebaut habe.« Tim blickte Fabio verblüfft an. »Du hast eine Uhr gebaut?« – »Na ja, ich hab sie selber zusammengebaut.« – »Echt?« – »War so ein Workshop, den hat mir Paola geschenkt.« – »Judith könnte mir auch mal so was schenken.« Und er dachte: Oder überhaupt ir-

gendwas. »Dieser Kurs hat mein Verhältnis zu den Uhren komplett verändert.« - »Hm.« - »Bis dahin kannte
ich Uhren ja bloß von außen. Aber wenn du selber eine
Uhr zusammenbaust, begreifst du, wie die Zeit funktioniert.« Fabio wusste nicht so recht, was er da erzählte,
aber er fand, es klang klug, und Tim nickte und wiederholte: »Wie die Zeit funktioniert. Cool. Und wo hast du
die Uhren? Hast du keine Angst vor Dieben?« Als Fabio
nicht gleich antwortete, sagte Tim schnell: »Hey, ich will
ja nicht bei dir einbrechen! Keine Angst.« Beide lachten.
»Ich hab einen Safe. Die Uhren liegen in einem Safe.« -
»Ein Safe«, wiederholte Tim und nickte anerkennend,
»nicht schlecht. Ich wüsste nicht, was ich in einem Safe
aufbewahren könnte«, sagte er.

Sie gingen durch ihr Quartier, welches sich so sehr
verändert hatte und sich noch mehr verändern würde.
Tim sagte: »Und dann all die Expats, die ihre Mieten
nicht selber bezahlen müssen, weil ihre Firmen es
tun.« - »Das wär nicht schlecht, wenn meine Firma
die Miete bezahlen würde«, sagte Fabio und blickte im
Gehen auf sein Handy. Keine Nachricht des Schraubenfabrikanten. Kein Anruf. Das Handy schon einmal in
der Hand, verspürte er den Drang, ein paar Wetten zu
platzieren, schnell schob er es zurück in die Hosentasche und dachte: Bald waren sie beim Mieterverband,
dort konnte er sich auf der Toilette in Ruhe um seine
Wetten kümmern. Wann begann die Partie von Roger
Federer? Tim fuhr fort: »Denen ist es - entschuldige die
Wortwahl - scheißegal, wie viele tausend Franken sie
hinlegen müssen, Monat für Monat. Das ist der Lauf der

Dinge, das ist eben die Gentrifizierung. Die Quartierbe-
völkerung wird vertrieben und ersetzt durch Coiffeur-
salons, Cupcake-Boutiquen und Hundebeautysalons.«

Als zwei Frauen Tim erkannten, ihn ansprachen und
um ein Autogramm baten, fragte Fabio: »Geschieht dir
das oft?« Tim nickte und zog das Kinn zur Brust, »schon
ab und zu«, sagte er betont locker. »Ist das nicht stressig?« – »Ach, das gehört halt dazu, wenn man … wie soll
ich sagen … einen gewissen Bekanntheitsgrad besitzt.
Die Leute wollen einem die Hand schütteln.« Er lächelte
stolz, er konnte nicht anders und sah den Neid in Fabios
Augen.

»Wie lief es?«, wollte Judith wissen, als Tim spät nach
Hause kam. Er war von der Sitzung beim Mieterverband
direkt nach Leutschenbach gefahren. Nun schliefen
die Kinder bereits. »Ich erzähl es dir gleich. Muss nur
schnell aufs Klo. Sieht aber nicht so übel aus. Die wollen, dass wir durch alle Instanzen gehen. Bis vors Bun-
desgericht, wenn es sein muss. Sie haben uns ihre volle
Unterstützung zugesagt. Ich erzähl es dir gleich.« Tim
verschwand im Bad, pinkelte im Sitzen, spülte, und beim
Händewaschen blickte er sich in die Augen. Er suchte,
ohne Lärm zu machen, den Handspiegel im Schrank,
den Spiegel, den sonst nur Judith benutzte, wozu auch
immer. Er hielt ihn schräg über seinen Kopf und blickte
in den Badezimmerspiegel, wendete den Kopf zur Seite,
und dann sah er die blanke Stelle an seinem Hinterkopf, wie eine bleiche Lichtung in seinem dunklen Wald
aus Haar klaffte dort eine Lücke. Sie schien ihm größer

geworden zu sein. Er musste sich erkundigen, was er dagegen tun konnte. Forschend schickte er die Finger seiner Linken durch sein Kopfhaar, es fühlte sich samtig an. Er berührte mit dem Mittelfinger die blanke Stelle am Hinterkopf, ganz vorsichtig, als könne sein Finger womöglich noch mehr Schaden verursachen. Es klopfte an der Badezimmertüre, leise nur, trotzdem erschrak er. »Tim?«, hörte er Judith sagen. »Ist alles in Ordnung?« Er erschrak so sehr, dass ihm der Spiegel aus der Hand glitt und in glänzende Scherben zerbarst, in scharfkantige Splitter, spitze Speile. Wieder rief Judith seinen Namen. Nun etwas lauter. »Alles in Ordnung! Alles bestens«, rief er durch die Türe. Und als er sich leise fluchend bückte, um die Teile des Spiegels zusammenzulesen, hielt er nachdenklich inne.

Körperliche Arbeit

»Achtung, das Geländer, Vorsicht, die Ecke! Nicht so schnell, passt doch auf!« Paola bog ihren Kopf hierhin, dahin, winkte mit beiden Händen in der Luft umher. Die zwei Möbelpacker hatten rote Gesichter, Schweiß auf der Stirn, das in Plastikfolie geschlagene Sofa jedoch fest im Griff. Sie sprachen miteinander, irgendeine Fremdsprache. Der eine sagte etwas, der andere blickte Paola an, grinste, sagte ebenfalls etwas, Ersterer lachte. Was reden die?, dachte Paola, sicher schmutziges Zeugs. Und sie dachte: Das ist das Gute an Berufen, die mit körperlicher Arbeit verbunden sind: Die Typen sind echt knackig, die würd ich nicht von der Sofakante schubsen. Die Türe ging auf, Judith streckte ihren Kopf heraus. »Im nächsten Stock!«, rief Paola den Arbeitern zu. »Alles klar«, quittierte der eine mit Akzent. »Ein neues Sofa«, erklärte Paola Judith. »Oh«, sagte diese und dachte: Seltsam, ein neues Sofa zu kaufen, wenn man gerade die Kündigung erhalten hat. »Italienisches Design. Hab ich mir gegönnt, also: Wir uns. Von Minotti.« Der Name sagte Judith nichts. »Toll«, antwortete sie. »Ja«, sagte Paola, und was sie nicht sagte: Sie hatte fünfzig Prozent Rabatt bekommen, dafür, dass sie den Hersteller in einem Artikel erwähnt hatte. Fünfzig Prozent! Das war bei dem Preis eine enorme Summe! Kurz dachte sie daran, Judith zu fragen, wegen der Sache mit Laurin, ob Tim schon mit ihr darüber gesprochen hatte. Aber da ließ einer der Arbeiter beinahe das Sofa fallen. Sie rief: »He! Vorsicht!«

Der Gipfelschuss

Tim hockte im Auto vorne neben Tom und hatte nichts zu tun, außer sich an den Haltegriff zu klammern, zu schauen, dass ihm nicht übel wurde, und mehr oder weniger konzentriert Tom zuzuhören, der ihn mit Ideen volltextete, allesamt ziemlich genial, wie Tom fand. Tim war sich ob der Genialität nicht so sicher, und dies hatte vor allem einen Grund: Er fand Toms Ideen nicht so gut, weil es Toms Ideen waren.

In Wassen hatten sie die Autobahn verlassen, hatten eben Göschenen passiert, nun fuhren sie der Reuss entlang Richtung Gotthardpass, und wenn Tom nicht von seinen Ideen erzählte, fluchte er über das Auto, den weißen VW Golf Variant, die Kiste sei in allen Belangen unter seiner Würde, aber war halt der Wagen, den er vom Sender in Leutschenbach bekommen hatte für ihren Ausflug in die Berge. »Mit meinem Porsche würde das echt Spaß machen, da würde es dich jetzt in den Sitz drücken.« Er schaltete herunter, laut heulte der Motor auf. Tom steuerte die Kurve scharf an, die Reifen klangen wie gefolterte Murmeltiere, während von der hinteren Sitzbank jemand halblaut protestierend rief, ob man nicht – bitte! bitte! – ein bisschen langsamer fahren könne. Theatralisch wendete Tom den Kopf nach hinten, während er mit unveränderter Geschwindigkeit auf die nächste Haarnadelkurve zuraste. »Ach ja, hier hinten haben wir ja auch noch jemanden.« Es war Michael, der Kameramann, der eh sauer war, weil er hinten sitzen musste, obwohl er der Größte von den dreien war, aber in diesem Gefährt war er hierarchisch gesehen einfach nicht für einen der vorderen zwei Plätze vorgesehen. Egal, ob Michael zwei Meter groß war, was er leider war, und Tim nur eins zweiundsiebzig. Also hockte er geduckt im Fond und stöhnte bei jeder Bodenwelle auf. Tom rief: »Ruhe auf den billigen Plätzen!« Pfeifend ging es um die nächste Kurve, das Auto schräg wie ein Kahn im Sturm. Mit gespenstisch singendem Motor überholte er einen Rennradfahrer und rief: »Ha, ha!« Tim blickte in den Rückspiegel, sah, wie dieser seine Hand hob, wohl kaum zum freundlichen Gruß. Lange drückte Tom auf die Hupe, als sie weiter den Berg hochjagten.

Tim fragte: »Wie war das mit den Elefanten?« – »Ja, genau. Die Elefanten. Suwarow kam ja mit den Elefanten hier über den Pass.« – »Das war Hannibal.« – »Fuck. Genau. Hannibal. Ich verwechsle die zwei immer. Egal. Es waren über dreißig Kriegselefanten. Das müssen wir nachstellen.« – »Was in Gottes Namen sind Kriegselefanten?«, fragte Tim, die Finger seiner Hand noch immer krampfhaft um den Halteriemen geschlungen, die Beine breit, um sich mit dem linken Knie an der Mittelkonsole und dem rechten an der Türverkleidung gegen die physikalische Konsequenz von Toms Fahrstil zu stemmen. »Keine Ahnung. Elefanten im Krieg halt. Mit Ritterrüstung. Mit Maschinengewehren auf dem Schädel, was weiß ich.« Michael rief etwas von hinten, aber Tom ignorierte ihn und sagte: »Wär doch cool, was mit der Schweizer Armee zu machen. Schweizer Armeeelefanten, die über den Gotthard kommen. Auf dem vordersten Tier hockt Ueli Maurer. Du fragst ihn irgendwas zu Hannibal und dem Gotthard und so. Hannibal im Spiegel der Zeit. Irgend so was. Ich glaube, wenn wir Kriegselefanten haben, kommt sogar Putin.« – »Wird wohl nicht ganz einfach werden, dreißig Elefanten aufzutreiben. Und die auf den Pass hochzubekommen.« Tom ging nicht auf Tims Einwand ein. »Dann kommen Harley-Davidson-Motorräder. Eine ganze Horde Rocker. Sie überholen die Elefanten. In Formation. Die Elefanten tröten die Rüssel, und Putin und Ueli Maurer feuern mit Maschinengewehren in die Luft, so freudenfeuermäßig. So von oben, voll in Fahrt. Die vordersten Rocker klappen die Visiere ihrer Helme hoch. Und siehe

da: Das sind die Typen von Gotthard.« – »Vom Gotthard?« – »Von Gotthard, der Band!« Tom nahm seine
Hand vom Schaltknauf und gab Tim einen Klaps, dann
fing er an zu singen: »Let me find my piece of heaven /
let me find my way back home …«

Das Schweizer Fernsehen plante einen The-
men-Schwerpunkt zum Gotthard, eine große Gala zur
Eröffnung des neuen Eisenbahntunnels war angesetzt,
eine Samstagabend-Live-Sendung und das Wichtigste:
Tim würde diese Sendung moderieren, würde mit
dem Heli herumfliegen, und das ganze Land würde
zuschauen – ein Highlight für ihn, für das Schweizer
Fernsehen, für die ganze Nation.

Kaum waren sie aus dem Auto gestiegen, steckten
sich Tom und Michael Zigaretten an. »Ihr Suchthau-
fen«, sagte Tim. Er vertrat sich die Beine, machte ein
paar angedeutete Dehnungsübungen, blickte auf die
Gipfel, hob einen Stein vom Boden und warf ihn, so weit
er konnte. Mit einem leisen »plopp« verschwand er im
wellenbewegten Lago della Piazza, in dem sich die Gipfel und der Himmel zitternd spiegelten. Es war erstaunlich kühl, ein leichter Wind ging. Tim verschränkte die
Arme. Viel Betrieb auf dem Parkplatz, Autos rangierten,
Motorräder standen in Reih und Glied, Busse fuhren
weg, andere kamen. Da sah er einen Rennradfahrer. Er
hielt beim Passschild, stieg vom Velo und stellte es gegen das Schild, was ihm wiederholt nicht gelang. Echt
guter Slapstick, dachte Tim. Als das Rennrad endlich
still stand, ging der Rennradfahrer ein paar Schritte,
drehte sich um und schoss ein Foto. Tim hatte ihn er-

kannt. »Und? Geile Weiber gesichtet?« Tim erschrak.
Tom lachte und klopfte ihm auf die Schulter. »Nein«,
sagte Tim. »Ja, echt erbärmlich hier oben. Sonst was
Interessantes entdeckt?«

»Siehst du den Typen dort?«, fragte Tim.

»Den mit dem Velo?«

»Ja.«

»Der macht den Gipfelschuss, so peinlich. Strampeln
hoch auf den Berg, und dann fotografieren sie ihr Velo
vor dem Passschild. Ich meine: ist doch pervers, oder?«

»Er ist mein Nachbar.«

»Echt? Dieser Weirdo, von dem du mir erzählt hast,
der alle Pässe der Welt fährt.«

»Alle Pässe der Schweiz.«

»Cool.«

»Was soll daran cool sein?«

»Na ja, es ist krank, aber cool. Der Freak leistet immerhin was. Ich wär stolz, ich könnte meinen Enkel-
kindern erzählen, ich hätte alle Pässe der Welt mit dem
Rennrad gefahren. Nun, ich hab ja keine Enkelkinder,
ich hab ja nicht mal Kinder.«

»Er auch nicht. Lebt alleine.«

»Außerdem wär es wohl auch geil, ich könnte ihnen
erzählen, ich hätte alle Pässe der Schweiz mit meinem
Porsche gefahren. Ich meine, wenn du wählen könntest:
Porsche oder Rennrad, was würdest du wählen?«

»Die Wanderschuhe«, sagte Tim und lächelte ein Lächeln, von dem nicht einmal er selbst wusste, ob es ernst
gemeint war.

»Du bist echt der Oberbünzli-Superschweizer, komm

mir jetzt nicht mit dieser Idee von einer Wandersendung! Aber sag: Willst du deinem Nachbarn nicht Hallo
sagen?«

»Dem Vischer? Der ist nicht so gesprächig.«

Tom winkte Vischer zu, der blickte aber in die andere
Richtung, machte noch ein Bild, ging zurück zu seinem
Rennrad und stieg wieder auf. »Wäre der nicht geil für
unsere Show? Er könnte erzählen, was er so genial daran
findet, den Gotthard hochzufahren.«

»Ich glaube nicht, dass er dafür der ideale Typ ist. Ich
meine, der sagt nie ein Wort.«

»Hast wohl recht. Sag mal, wo ist eigentlich Michael?«

»Keine Ahnung«, sagte Tim, der weiter Richtung Vischer blickte. Dieser schlüpfte in eine dünne Windjacke,
zog den Reißverschluss hoch, fuhr los.

»Da fährt er hin«, sagte Tom und ließ einen gespiel-
ten Seufzer folgen.

»Ja«, sagte Tim trocken und dachte: Was für ein armes, einsames Schwein, dieser Vischer.

Glenn Goulds erstes Cembalokonzert

Vischer lehnte sein Rad an den Pfosten, der das blaue
Passschild trug: San Gottardo 2091 m. Es war übersät
von unterschiedlichsten Stickern, aufgeklebt von Tou-
risten, weshalb auch immer. Der Wind pfiff, er musste
schauen, dass er nicht auskühlte hier oben, noch war
sein Körper warm von der Anstrengung, jetzt aber wollte
sein Rad einfach nicht stehen bleiben, dort am Pfosten.

Vischer fluchte. Stellte es erneut an den Pfosten. Wieder wollte es umfallen. Dann aber stand das Rad dort, er schoss schnell das Foto, welches er immer schoss, schon 93 hatte er in diesem Jahr gemacht. Nun wollte er schnell weiter, die Kantonsstrasse runter bis Airolo, in einer Viertelstunde wäre er schon dort, dann wieder rauf über die alte Via Tremola, zurück auf den Gotthard und nach Hause. 135 Kilometer waren es, die er Richtung Süden fahren würde heute, dann wieder 135 Kilometer zurück nach Hause. Er war noch vor Sonnenaufgang losgefahren und wollte vor Sonnenuntergang wieder daheim sein. Zehn Stunden reine Fahrzeit war das angestrebte Ziel. Unklar, ob er es schaffen würde. Er würde sein Bestes geben. Unmöglich schien es nicht.

Hätte jemand Vischer gefragt, was schöner sei, das Bergauf- oder das Bergabfahren, hätte er ohne Mühe antworten können. Er mochte die Abfahrten nicht. Jede Abfahrt erfüllte ihn mit leiser Angst, und nach jeder von ihnen war er froh, unten angekommen zu sein.

Es war nicht die Angst vor einem Sturz. Es war nicht die Furcht, in einer Kurve auf Rollsplitt auszugleiten oder auf einer Geraden bei Tempo 70 das Geräusch eines platzenden Reifens zu hören, über den Boden zu schlittern und sich vom rohen Straßenbelag die Haut vom Fleisch schaben zu lassen, bevor es ihn um den Pfosten einer Leitplanke wickelte oder sein Kopf gegen einen fröhlich gelb lackierten Grenzstein prallte, dass der Helm zersprang und der Schädel auch. Würde es ihn erwischen, wäre es so schlimm? Hätte er es nicht eigentlich gar verdient? Wäre es nicht gerecht? Es konnte immer passieren. Und wenn es geschehen würde, dann würde es eben geschehen. Nein. Es war nicht die Angst vor einem Unfall oder der Kontrollverlust. Er fuhr nicht gerne bergab, weil es dabei schlichtweg zu wenig zu tun gab für seinen Körper. Und nichts zu tun, erfüllte ihn mit Trauer. Es war ganz so, als ob er zu leben aufhörte, sobald sein Puls unter hundert Schläge fiel. Er fuhr nicht schnell herunter, weil er das Tempo liebte, die Geschwindigkeit, die Gefahr. Nein, er fuhr schnell, damit es schnell zu Ende war, damit es wieder bergauf gehen würde.

Als er in Zürich ankam, war es noch hell. Er duschte die unsichtbare Salzkruste weg, die ihn wie eine zweite Haut überzog, vermischt mit Staub und Dreck an Armen und Beinen, dem Nacken und dem Gesicht. Die Muskeln summten, erinnerten ihn daran, was er erlebt hatte in den letzten zwölf Stunden.

Er aß zwei Teller Spaghetti mit Pesto aus dem Glas, und beim zweiten Teller rieb er so viel Parmesan über die Pasta, dass von ihr nichts mehr zu sehen war. Musik wehte in die Küche. Vischer hatte Händel aufgelegt, Aufnahmen der Suiten 1–4 für Cembalo, gespielt von Glenn Gould. Als er gerade daran war, seinen Teller zu spülen, obwohl er ihn mit einem Stück Brot so fein säuberlich ausgeputzt hatte, dass er den Teller auch so hätte zurück in den Schrank stellen können, klopfte es an der Türe. Er rieb sich die Hände am karierten Küchentuch trocken, ging zur Tür und fragte sich, wer es sein könnte. Schon so lange war nicht mehr an seine Türe geklopft worden. Es war Judith. Er sah sie fragend an, nicht weniger fragend als sie ihn. »Kann ich hereinkommen?«

»Sicher.«

Im Entree vernahm ihre Nase den tranigen Duft von Kriechöl, und sie sah sofort, wie ordentlich die Wohnung war. Aufgeräumt, nichts lag herum. »Du hörst Musik?«

»Händel.«

»Ich kenn mich mit klassischer Musik nicht gut aus.«

»Soll ich abstellen?«

»Nein, nein, es gefällt mir.«

Glenn Gould arbeitete sich flinkhändig sicher durch die Partitur, dem Presto der dritten Suite entgegen. »Ich wollte mich nur nochmals bedanken.«

»Wofür?«

»Dass du mir mit dem Computer geholfen hast«

»Ach, das war doch eine Selbstverständlichkeit.«

»Hier«, sagte sie und hielt ihm eine Schachtel mit Pralinen hin. Etwas anderes war ihr nicht eingefallen.

Nochmals dachte sie daran zurück, wie er an ihrem Küchentisch gesessen war, das Laptop vor sich, wie er ihr Telefon eingestöpselt hatte, alles ging so schnell, so unkompliziert, so selbstverständlich. Er wusste, was zu tun war. Sie stand hinter ihm. Er hatte wohl eben erst geduscht, roch gut, frisch und erklärte ihr ein paar Dinge, sie beugte sich über seine Schulter, blickte in den Bildschirm und verstand nichts. Aber sie sah seinen Blick, wenn er seinen Kopf wandte, ihre Haare berührten seinen Nacken. Es schien sich etwas zu verändern, so als spiele er nicht bloß ein neues Betriebssystem auf ihr Telefon, sondern als werde etwas ganz Grundsätzliches neu konfiguriert.

Er nahm ihr Geschenk, bedankte sich dafür und sagte: »Ich habe heute deinen Mann gesehen.«

Judith blickte erstaunt.

»Heute Mittag, auf dem Gotthard.«

»Du warst auf dem Gotthard?«

»Ja, ich fuhr nach Airolo und zurück. Und auf dem Gotthard sah ich deinen Mann mit einem anderen Kerl. Dein Mann tat so, als sehe er mich nicht.«

»Und du?«

»Ich? Ich tat so, als sähe ich ihn nicht.«

»Warum?«

»Ich musste weiter.«

»Und er?«

»Er war in ein Gespräch vertieft, mit diesem anderen. Außerdem glaube ich nicht, dass dein Mann mich besonders sympathisch findet.«

»Ja«, sagte Judith, »das hat damit zu tun, dass du nicht er bist. Er findet nur sich selber sympathisch. Oder seine Kinder, aber nur, wenn jemand sagt, sie kämen nach ihm.«

»Ein hartes Urteil.«

Judith nickte. »Tut mir leid, ich sollte nicht so reden.«

»Rede, wie du willst.«

Als ob sie darüber nachdachte, schwieg sie einen Moment, und sagte: »Ich sollte los, die Kinder schlafen. Ich muss nach ihnen schauen.« Und als sie durch die Türe schlüpfte, tat sie es ohne jegliches Geräusch.

Es dauerte nicht lange, da öffnete sich die Türe wieder. Ohne zu klopfen, kam Judith herein. Vischer kniete vor dem Gestell mit den Schallplatten und blickte etwas überrascht auf. Er erhob sich mit einer fließenden, mühelos wirkenden Bewegung. Judith tat einen Schritt auf ihn zu, fasste ihn an der Schulter, blickte ihm in die Augen, er regte sich nicht, als sie noch näher kam und ihren Kopf an seine Schulter lehnte, die Augen geschlossen, er tat nichts, außer es zuzulassen, dann senkte er langsam den Kopf und sog den Geruch ein, der aus ihren Haaren strömte und wie eine leise Schockwelle durch ihn hindurchlief. Auch er schloss die Augen, und ihm war, als zittere sein ganzer Körper. Es war ganz so, als komme er aus einer fernen Welt zurück. Sie sagte: »Ich weiß nichts über dich.«

»Niemand weiß etwas über mich.« Er räusperte sich, sagte: »Kaum jemand. Nicht einmal ich weiß etwas über mich.«

»Ich habe mich immer gefragt, wenn ich dich gesehen habe: Wer bist du? Was tust du? Habe dich ja immer nur auf dem Rennrad gesehen. Oder im Treppenhaus.«

»Oder in der Waschküche.«

»Miteinander gesprochen haben wir niemals.«

»Ja. Ich bin nicht so …«, er brach ab.

Judith sprach mit ruhiger Stimme, langsam, wählte die Worte mit Bedacht. »Geheimnisvoll kamst du mir vor, und kommst du mir noch immer vor. Aber das hat mich immer auch angezogen. Und noch jetzt frage ich mich, was ich nun dich fragen kann: Weshalb diese Traurigkeit? Was ist geschehen? Ich weiß aus eigener Erfahrung: Es ist das Leben, das aus einem macht, was man ist. Was hat dich so unglücklich gemacht?«

»Unglücklich? Ich?« Er lachte leise bitter auf. »Ich bin so unglücklich, wie nur jemand unglücklich sein kann.«

»Weshalb? Was ist geschehen?«

Eine Pause, dann räusperte sich Vischer erneut und fing an zu erzählen. »Es war ein Sonntag. Wir kamen aus Hamburg.«

»Wir?«

»Meine Frau, unser Kind, wir.«

»Du hast Familie? Das wusste ich nicht.«

»Ich hatte Familie, vor …« Er überlegte, fuhr dann fort: »… vor neunzehn Jahren. An einem Samstag. Am 13. Juli. Wir hatten die Eltern meiner Frau besucht. In der Nähe von Hamburg, waren eine Woche dort. Und fuhren dann nach Hause, mit dem Auto. Wir fuhren am Morgen los. Ich schlief ein. Auf der Rückfahrt. Irgendwo auf der Höhe von –«, er dachte nach.

Sie sagte nichts. Er sprach weiter. »Mannheim. Auf der Höhe von Mannheim. Wir waren bereits fünf Stunden unterwegs.«

»Und dann?«

»Ich fuhr früher oft längere Strecken am Stück. War ein routinierter und sicherer Autofahrer. Hamburg–Basel, das war doch keine Strecke.«

»Basel? Du hast in Basel gelebt?«

»In der Nähe, ja.«

»Was ist geschehen?«

»Als ich wieder aufwachte, lag ich im Spital und hatte keine Ahnung, weshalb. Ich lag in einem Bett, Schläuche im Arm. Dann sagte man mir … dass es einen Unfall gegeben hatte. Und dass es tot war.«

Judith schwieg. Was sie hörte, traf sie wie ein Faust-hieb. Sie begriff nur ansatzweise. Sie getraute sich nicht, nach dem Kind zu fragen. Ob es ein Junge oder ein Mädchen gewesen war, wie alt, wie es hieß. »Und deine Frau?«

»Sie hatte keine Schramme.«

»Und du?«

»Diverse Verletzungen, ein paar Tage im Koma, ein paar Operationen.«

»Die Narbe am Rücken?«

»Ja. Es gibt noch andere.«

»Hat es deine Frau dir gesagt?«

»Was?«

»Damals, als du aufgewacht bist, am Spitalbett.«

»Nein, ein Arzt. Sie hat mich nicht besucht.«

»Warum?«

»Sie gab mir die Schuld – weil ich schuld war. Ich bin eingeschlafen. Sie hatte noch gesagt: Bist du nicht zu müde? Wollen wir nicht eine Pause machen? Fahren wir doch raus, essen was, trinken einen Kaffee. Aber ich sagte: Nein, nein, alles bestens, ich bin nicht müde, ich möchte nach Hause. Wir waren noch bei Freunden zum Abendessen eingeladen, ich wollte rechtzeitig dort sein. Aber dann schlief ich ein, nur für eine Sekunde. Fuhr in die Leitplanke, den Hang runter, der Wagen überschlug sich. So stand es im Polizeibericht, ich kann mich an nichts erinnern.«

»Es tut mir so leid.«

»Es muss dir nicht leidtun.«

»Trotzdem tut es mir leid.«

Sie löste sich etwas von Vischer und sah ihm in die Augen, legte ihm die Hand an die Wange. Ihr Herz ging so schnell wie das seine. Sie hätte ihn gerne geküsst, aber noch hatte sie den Mut dazu nicht, noch war es zu früh.

»Auch ich bin unglücklich«, sagte Judith.

»Aber du hast doch alles, einen Mann, zwei Kinder. Ich habe alles verloren. Nein: Ich habe alles kaputt gemacht. Alles war gut, dann, eine Sekunde später war alles anders.«

»Ja, ich habe alles, und ich habe auch nichts. Mein Mann ist ein Egoist. Er denkt nur an sich, an seine Karriere. Er betrügt mich. Und die Kinder wachsen und werden größer, und eines Tages werden sie aus dem Haus gehen. Am Ende ist man alleine.«

»Am Ende ist jeder alleine, irgendwann. Aber ich bin jetzt schon alleine, und wäre ich immer alleine gewesen, wäre es einfacher. Man sagt, die Zeit heile die Wunden, aber das stimmt nicht. Es gibt Wunden, die nicht verheilen. Niemals. Aber man gewöhnt sich an den Schmerz, so tief er auch sitzen mag. Nicht ganz, aber ein wenig.«

»Psst«, sagte sie, als sie ihm die Finger auf die Lippen legte. »Genug geredet jetzt.«

Ein schöner Gedanke

Fabio und Paola saßen auf dem neuen Sofa, er blickte in sein iPad, sie schaute im TV eine nicht zu blutige Vampirserie. Stinky döste zu Fabios Füßen, und auf dem Sofa thronte zwischen Fabio und Paola eine Schale mit

Paprika-Chips, in die sie abwechslungsweise griffen, krachend zerkauten sie die würzigen Kartoffelscheiben. Die Uhr, die Fabio schon länger auf seinem iPad betrachtete, war eine Jaeger Memovox Deep Sea, ein limitiertes Sondermodell – und sie war ausverkauft, nur eine Bijouterie hatte noch ein einziges Exemplar auf Lager, eine einzige Bijouterie auf der ganzen Welt, und die war in Brugg. Paola hatte gesagt: »Brugg? Echt? Es gibt etwas auf dieser Welt, das es nirgendwo gibt, nicht einmal in New York, sondern in Brugg?« Er hatte ihr die Uhr mehrmals im Internet gezeigt und ihr den Prospekt unter die Nase gehalten, in der Hoffnung, sie würde den Wink mit dem Zaunpfahl verstehen und sie ihm schenken, aber sie tat es nicht. Sie war besser im Empfangen als im Machen von Geschenken. Dies verhehlte sie auch nicht, im Gegenteil, sie vertrat die Meinung, dass Schenken etwas Männliches sei, das Beschenktwerden hingegen weiblich. Nun, er würde sich die Uhr eben selber schenken. Vom Bonus aus dem Deal mit dem Schraubenfabrikanten, wenn der endlich unter Dach und Fach war. 11 600 Franken für eine Uhr, das war zwar nicht nichts, aber eine anständige Patek Philippe kostete das Vierfache, war alles relativ. Das Allerbeste bei Patek fand er den Werbespruch: dass man eine Uhr gar nicht besitze, sondern sie für die nächste Generation aufbewahre. Was für ein schöner Gedanke! Nun ja, natürlich gab es da ein kleines Problem: dass er gar keine Kinder hatte. Und so gab es auch keine nächste Generation, für die er all die Uhren aufbewahren konnte. Paola hatte nie das Bedürfnis nach Kindern gehabt, er auch nicht. Das Leben, das sie hatten, schien ihnen perfekt. Sie wollten beruflich weiterkommen, etwas erreichen, weshalb also schreiende Bälger in die Welt setzen? Bälger, die alles durcheinanderbrachten und ein Heidengeld kosteten. Ihm genügte das Geschrei der schrecklichen Nachbarskinder. Nicht selten verspürte er Mitleid, wenn er Tim herumbrüllen hörte. So wie jetzt beispielsweise: Kindergeschrei drang durch die Dielen, sogar Stinky hob den Kopf. Fabio griff in die Chips-Schale, schob sich eine Handvoll in den Mund und sagte kauend: »Die haben wieder mal Zoff.« – »Ja«, antwortete Paola, griff ebenfalls in die Schale, und Fabio stellte den Ton etwas lauter, als ein Vampir seine Zähne zeigte, spitz und weiß und bald rot vor Blut.

Im Müll gelandet

Paola stand an der Bahnhofstrasse vor dem Schaufenster eines Uhrengeschäfts, welches vor noch nicht langer Zeit von Rammbockräubern ausgeräumt worden war: Mit einem in München gestohlenen Porsche Cayenne fuhren diese kurz nach Mitternacht einfach in die Schaufensterscheibe – eine effektive Art der Türöffnung. Nun waren Arbeiter daran, versenkbare Metallpfosten vor dem Geschäft zu installieren. Sie machten Bemerkungen über Paola, während sie da stand in ihren hohen Schuhen, sicher waren es Komplimente. Sie lächelte, betrachtete weiter die Auslage und dachte: Diese Preise!

Sie machte sich Gedanken über das Weihnachtsgeschenk für Fabio. Noch war es zwar ein Vierteljahr bis dahin, aber über Weihnachtsgeschenke konnte man sich nie früh genug Gedanken machen. Darüber, was Fabio *ihr* schenken konnte, zerbrach sie sich schon viel länger den Kopf, eigentlich schon seit das Geschenkpapier des letzten Weihnachtsgeschenkes im Müll gelandet war. Das Papier, in dem die Cartier-Ohrringe verpackt gewesen waren.

Uhren für Fabio gab es viele. Aber eben: Diese Preise! Es würde wohl doch etwas anderes geben. Sie dachte: Vielleicht ein iPad, das neue mit diesem Retsina-Display. Und dann sah sie in der Spiegelung der Schaufensterscheibe eine Silhouette auf der anderen Straßenseite, die ihr bekannt vorkam. Ohne sich umzuwenden, beobachtete sie die Frau: Es war Virginia. Dünn sieht sie aus, dachte Paola, krank beinahe. Virginia sprach in ein Telefon und schien wütend zu sein, sehr sogar, verzweifelt. Oje, dachte Paola, arme Virginia, und schmunzelte. Dann blickte sie wieder auf die Uhren, die im Schaufenster lagen und taten, was sie konnten: Sie zeigten die Zeit an. Das Telefon surrte. Bieri rief an. Schon wieder der.

Der curryfarbene Rock

Tim dachte nicht viel, als er aus der Kühle des S-Bahn-Wagens auf das Perron trat, zusammen mit hundert anderen mit zerknitterten Gesichtern, vor ihm einer mit dem Jackett über dem Arm, unter dessen Achsel sich schon ein dunkler Fleck ausbreitete, so früh schon war es warm an diesem Tag, es würde später richtig heiß werden. Tim wusste nicht, woher sie kam, aber plötzlich ging sie neben ihm und lächelte ihn von der Seite an, er erwiderte ihr Lächeln. Sie war groß, schlank, trug einen curryfarbenen Rock, und er hörte das Klacken ihrer hohen Absätze, die ihr Solo trommelten über das allgemeine dumpfe Getrampel hinweg. »Sie sind Tim Gutjahr, nicht wahr?« – »Ja«, sagte er verblüfft, blickte sie an und schaute aber auch, dass er mit niemandem kollidierte. »Entschuldigen Sie, könnten wir kurz ...« Sie deutete auf ein von den Pendlern umströmtes Dienstgebäude, hinter dem sie stehen bleiben konnten. Sie sah ihn an, blickte zu Boden, hob erneut den Kopf. Ein Lautsprecher plärrte, mit lautem »puff!« löste eine Lok den Stromabnehmer von der Leitung, eine Taube flatterte auf. Er schaute fragend, sagte: »Kennen wir uns?« Sie schüttelte den Kopf und hielt ihm ein Couvert hin, lächelte, schüttelte nochmals den Kopf, als ob sie nicht glauben konnte, was sie eben tat. Es war ein ganz gewöhnliches weißes Couvert, mit gerunzelter Stirn nahm Tim es an, blickte darauf, drehte es, besah sich die Rückseite, auf der wie auf der Vorderseite nichts stand, und als er sie fragen wollte, worum es denn gehe, war sie auch schon wieder weg, irgendwo im Getümmel der Leute sah er etwas Currygelbes davonhuschen. Er wollte ihr etwas nachrufen, hielt aber inne, und ein Rucksackträger rammte ihn von der Seite, herrschte ihn an, ob er nicht weitergehen könne, verdammt, Tim stammelte entschuldigende Worte, bückte sich nach dem Brief, der ihm aus den Händen gefallen war. Seltsam, dachte er. Aber die Frau: Ganz klar eine Ja!

Im Bus nach Leutschenbach traf er einen Sportmoderator, der ihn in ein Gespräch verwickelte, und so öffnete er das Couvert erst an seinem Schreibtisch hockend, schob einen Kuli unter die verschlossene Lasche, riss das Papier auf, nahm ein einzelnes Blatt heraus, computerbeschrieben.

Lieber Herr Gutjahr,
was für eine seltsame Anrede. So offiziell, aber da ich Sie
nicht kenne, kann ich Sie ja nicht einfach duzen. Ich muss
genauer sagen: Ich kenne Sie schon, vom Fernseher natür
lich. Aber Sie kennen mich nicht. Mein Name ist Anna.
Ich studiere, aber das ist nicht so wichtig. Entschuldigen
Sie, dass ich Ihnen einfach so einen Brief zustecke, aber
ich wusste nicht, wie ich mich sonst an Sie wenden könnte.
Sie sind eine berühmte Persönlichkeit, und ich wollte nicht
den Eindruck erwecken, ich sei ein aufdringliches Groupie
oder eine Stalkerin oder so was.

Tim hielt inne, blickte vom Brief auf, rief sich ihr Gesicht in Erinnerung. Sie war ziemlich hübsch gewesen. Jung. Schlank. Groß. Zu jung und irgendwie zu modern eigentlich, um sich seine Sendungen anzusehen. Er las weiter.

Aber ich sehe Sie immer wieder in der S-Bahn nach
Oerlikon, ich werde Ihnen kaum je aufgefallen sein. Um
es kurz zu machen: Ich würde mich gerne mit Ihnen un
terhalten. Keine Angst: Ich bin nicht verrückt oder werde
Ihnen irgendwie zur Last fallen. Das ist nicht meine Ab

sicht. Ich bin bloß jung, interessiert und unternehmungs-
lustig, wenn Sie wissen, was ich meine. Falls Sie Lust
haben auf eine Tasse Kaffee oder etwas anderes, dann
schicken Sie mir doch eine SMS auf 0767407573. Rufen
Sie nicht an, ich wäre zu aufgeregt, um zu sprechen. Es
wäre schön, Sie kennenzulernen.
   Mit lieben Grüßen
   Ihre ANNA

Ob er Lust hatte auf eine Tasse Kaffee oder etwas anderes? Natürlich hatte er Lust! Und was meinte sie wohl
mit »etwas anderes«? Heiße Schokolade? Cola light?
Sein Puls beschleunigte sich. Die Worte und die damit
in Aussicht gestellten Möglichkeiten, die unbeschrie-
ben waren, ließen das Neuronennetzwerk in Tims
Hirnstamm erglühen, und als konsequente Folge stieg
sein Adrenalinspiegel, er atmete tief und las den Brief
gleich nochmals mit geweiteten Pupillen. Er widerstand
dem Impuls, ihr gleich eine SMS zu schicken. Man sollte
immer etwas Zeit verstreichen lassen, immer. Nachdenken. Die Zeit war auf seiner Seite. Nichts übereilen. Also
faltete er den Brief zusammen, schob ihn zurück ins
Couvert und schob dieses unter die Schreibunterlage
auf seinem Pult und versuchte, sich auf die Arbeit zu
konzentrieren, einfach war es nicht.

Er schrieb ihr nach dem Mittagessen, noch den üblen
Nachgeschmack des überwürzten Schweins-Cordon-
bleus mit Raclettekäse und Rohschinken im Mund. Er
schrieb ihr knapp. »Hallo Anna. Kaffee? Tim (wir können uns duzen).« Die Antwort kam eine halbe Stunde

später. »Super, freu mich, dass es klappt. Dienstag? Oerlikon?« Die Vorstellung, diese fremde Frau, an deren Gesicht er sich nur vage erinnern konnte, das aber sehr schön gewesen war, diese Frau also in einem Café in Oerlikon zu treffen, wollte in seinen Augen nicht so recht zusammenpassen. Es musste ein Café sein, das nahe war, aber auch fern, weit genug von zu Hause entfernt, aber doch nahe genug, um dem Treffen eine nicht zu besondere Aura der Geheimhaltung zu verleihen. Ein selbstverständliches Café, in dem man nicht zu exponiert und einsam war, aber doch nicht einer der Orte, an dem zu viele bekannte Gesichter verkehrten, Gesichter, die zu Leuten gehörten, die nach Tratsch gierten. Er schrieb: »City. Dienstag? Neun Uhr?« Und sie schrieb: »Perfekt. Im Greulich? Die haben guten Kaffee. Bis dann. Anna.« Greulich: Eine perfekte Wahl, fand er, ganz so, als wüsste diese ihm unbekannte Anna, was ihm gelegen käme. »Sehr gut, bis dann. Tim.« Als sein Handy nicht mehr surrte, als keine SMS mehr von Anna kam, als alles geschrieben war, was zu schreiben war, um das Abenteuer von der Leine zu lassen, da verebbten die Hormone, ihm wurde flau im Magen. Er ging aufs Klo und spritzte sich Wasser ins Gesicht. Einmal, zweimal. Es war tatsächlich ein heißer Tag geworden, so wie er es schon am Morgen geahnt hatte. Einer der letzten heißen Tage des Jahres, hatten sie im Radio gesagt. Die hatten doch keine Ahnung, dachte er, es würden noch ein paar heiße Tage kommen. Ein paar richtig heiße Tage. Mit feuchtem Gesicht ging er zurück an seinen Arbeitsplatz.

Bis gleich in fünf Minuten

Und so saß Tim um neun Uhr an einem Dienstag im Greulich, drinnen. Draußen wäre es zwar schön gewesen, lauschig, in der Morgensonne, aber draußen war es ihm doch eine Spur zu öffentlich. Er bestellte sich einen Kaffee, und als er aufstehen wollte, um eine Zeitung zu holen, sah er ihre Silhouette durch die dunkle Glasscheibe. Sie kam herein. Ja, dieses Gesicht, zwischenzeitlich hatte er Mühe gehabt, es sich in Erinnerung zu rufen, besser erinnerte er sich an ihre Gestalt und ihren curryfarbenen Rock, den sie heute nicht trug. Heute trug sie eine schwarze Jeans und eine seidenweiße Bluse, an den Füßen Tennisschuhe, sie schob die Sonnenbrille in ihr lockiges Haar. Er winkte, sie nickte und lächelte, kam auf ihn zu, er konnte ihr Parfüm riechen, bevor er ihr die Hand gab, die weich war, sowohl die Haut war weich wie auch der Händedruck sanft, fast anämisch kraftlos. »Ja«, fing sie an, nachdem sie einen Espresso mit einem Glas Wasser bestellt und sich geräuspert hatte, sie wich Tims Blick nicht aus, sah ihn direkt an, »entschuldigen Sie, dass ich ...« Tim hob seine Hände. »Bitte schön, wir können uns duzen.« Sie lachte. War das ein Zungenpiercing, das da in ihrem Mund aufgeblitzt war? »Gerne, Tim, also, entschuldige bitte diesen Brief und die Umstände. Ich nehme an, du bekommst viele Briefe.« - »Nun ja«, sagte er und lächelte bescheiden, »meistens bekomme ich sie per Post, eine persönliche Übergabe ist doch eher, äh, die Ausnahme.« - »Eben, ich ...« - »Aber eine hübsche Ausnahme«, schob Tim

313

schnell nach, lächelte nervös, nahm einen Schluck Kaffee, sagte dann: »Sorry, ich hab dich unterbrochen. Red weiter.« – »Ich fahre oft in derselben S-Bahn wie Sie, also wie du. Ich studiere an der ETH.« Tim hatte das leere Zuckerbriefchen in der Hand, faltete es. »Ist die ETH nicht ganz woanders?« – »Ja, schon, auf dem Hönggerberg, aber wir haben auch im ONA-Gebäude Unterricht, das ist gleich hinter dem Bahnhof in Oerlikon.« Das Zuckerbriefchen war nun ganz klein. »Und was studierst du?« – »Das ist nicht so wichtig.« – »Aber mich interessiert, was du machst.« Tim legte das Zuckerbriefchen, nun ein Klumpen, zurück auf den Rand der Untertasse. Seine Rechte fuhr über das Kinn, dann parkierte er seine Hand dort, den Zeigefinger wie den Lauf einer Pistole gestreckt auf dem Wangenknochen liegend, den Daumen im Dreitagebart unter dem Kinn vergraben, den Mittelfinger an der Unterlippe, ganz der aufmerksame Zuhörer, der Versteher. Anna sagte eine Weile nichts, sah zur Decke, dann auf den Tisch, holte tief Luft und sagte nicht laut: »Ich möchte gerne mit dir schlafen.« Tim wäre die Kinnlade heruntergeklappt, hätte er sie nicht sicher im Griff gehabt. Hatte er sich verhört? »Wie bitte?« Sie wiederholte das Gesagte, noch etwas leiser, zu ihm gebeugt, er hörte ein rauchiges Timbre in ihrer Stimme. Er sah den Glanz auf ihren Lippen, die zu einem Lächeln geformt waren, ahnte die Spitze der Zunge in ihrem Mund. Dem Mund, aus dem eben jene Worte geschlüpft waren, die ihn elektrisierten. Eine Weile sagte keiner von beiden etwas. Tim musste den Blick abwenden, er sagte: »Du, äh, meinst, jetzt gleich?« – »Ja.« Tim kratzte sich am Schädel, seine Kopfhaut juckte. Die Fremde namens Anna machte ein unbestimmtes Geräusch, sagte dann: »Ich habe ein Zimmer gebucht, auf meinen Namen.« Sie legte einen Schlüssel auf den Tisch, Tim starrte ihn an. Es war der Schlüssel zu einem unglaublichen Versprechen. Wieder sah er Anna an. »Niemand wird Fragen stellen. Und du musst mir glauben, ich bin keine Spinnerin oder so, ich bin bloß jung, unternehmungslustig und ungebunden, habe keinen Freund und will das Leben genießen. Und ich find dich toll. Ich habe noch nie mit einer Berühmtheit geschlafen.« – »Da bin ich sprachlos.« Was sollte er sagen? Was sollte er sie fragen? Es kam ihm nichts anderes in den Sinn als: »Ich bin verheiratet.« Sie nahm den Schlüssel wieder an sich und lächelte. »Das weiß ich, Tim, und dass du Familie hast. Ich will da nichts durcheinanderbringen. Ich will bloß etwas Spaß mit dir haben, das ist alles. Einfach ein bisschen …« Sie dachte nach, suchte nach einem anderen Wort, ihr fiel aber keines ein, also sagte sie schulterzuckend nochmals: »Spaß. Und ich habe keinerlei finanzielle Interessen.« Sie lachte kurz laut auf. Tim hatte einen Steifen, das war ihm unangenehm, zugleich wischte, warf und fegte sein harter Schwanz alle Bedenken beiseite, die er hätte haben können: »Okay, gehen wir. Spaß, das klingt nach, äh, Spaß!« Er lachte glucksend, und Anna sagte: »Okay. Ich geh vor. Warte fünf Minuten, bis du nachkommst. Klopf an.« Sie klopfte mit ihren Knöcheln leise auf die Tischplatte, dreimal kurz, zweimal lang, stand auf, beugte sich zu Tim hinab und flüsterte fast unhörbar: »Bis gleich. In fünf Minuten. Lass dich überraschen.« Dann nannte sie die Zimmernummer, es klang wie ein Zauberspruch.

Tims Herz pochte, das Blut rauschte in seinen Ohren. War ihm schwindelig? Er konnte sein Glück kaum fassen. Wie oft hatte er auf einen solchen Moment gehofft, insgeheim? Er blickte ihr nach, sie sah fantastisch aus. Als sie auf der Toilette verschwunden war, winkte er der Bedienung. »Zahlen, bitte!« Da sah er im Augenwinkel jemanden den Raum betreten, eine eigenartige Vertrautheit ging von der Gestalt aus, das spürte er, noch bevor er sie richtig sah oder erkannte, die Größe, die Statur, die Bewegungen, und als er die Gestalt betrachtete, die nun hereinkam, im gedämpften Licht des Cafés stand und ihn ansah, da setzte sein Herz für einen Moment aus, und er spürte, wie ihm heiß und übel wurde, schwindelig, wie ihm das Blut in den Kopf schoss. Judith. Seine Judith. Seine Frau. Mutter seiner Kinder. Sie kam auf ihn zu, eine zusammengerollte Zeitschrift in der Hand, lächelte, ein bitteres Lächeln. Er saß auf seinem Stuhl, als wäre er festgeschnallt.

»Judith«, stammelte er.

»Tim«, sagte sie überrascht, »was machst denn du hier?«

»Ja, äh, was machst DU hier?«

»Ich will Zeitung lesen und Kaffee trinken. Ich dachte, du bist im Fernsehstudio.«

»Da wollte ich auch hin. Aber dann hatte ich Lust auf einen Kaffee.«

»Bist du alleine?«

»Ja.«

»Und wem gehört dann die zweite Tasse?« Sie zeigte auf Annas leer getrunkene Espressotasse.

»Die? Oh, Tom. Er war kurz hier, war gerade in der Gegend, wir mussten was besprechen, wegen der Sendung. Du weißt schon, die Sendung zur Eröffnung des Gotthardbasistunnels, das wird eine große Sache.« Tim nickte zum Café hinaus, als müsste Tom eigentlich noch zu sehen sein, und dachte: Was für Blödsinn erzähle ich hier? Was, wenn Anna zurückkommt? Ich muss unbedingt den Eingang im Auge behalten und ihr ein Zeichen geben. Tim checkte den Platz mit einem schnellen Blick: Sie hatte keine Jacke am Stuhl hängen, keine Tasche auf dem Boden stehen lassen. Sicherlich würde sie die Situation begreifen, trotzdem war ihm übel.

»Stört es dich, wenn ich mich setze?«

»Natürlich nicht.« Tim räusperte sich. Sein Mund war trocken. Die Bedienung kam.

»Danke, nichts, ich bin gleich wieder weg«, sagte Judith auf die Frage, was sie wünschte.

Tim fragte verdutzt: »Ich dachte, du willst einen Kaffee trinken?« Schon spürte er einen Schlag, nichts Grobes, aber dennoch erschrak er. Judith hatte ihm mit der zusammengerollten Zeitschrift eine übergezogen. Es ging ganz schnell. Das Café war beinahe leer, niemand schaute her, außer einer Alten, die in der Ecke saß und schwer atmend an einem kaffeegetränkten Gipfel kaute. Er hatte sie zuvor gar nicht wahrgenommen.

»Was …?«, fragte Tim.

»Du sagst jetzt gar nichts«, erwiderte Judith streng, »du hörst jetzt zu. Ich möchte, dass du heute Abend nicht mehr da bist, wenn ich die Kinder abgeholt habe und nach Hause komme.« Sie deutete mit einer Handbewegung zum Eingang, zur Lobby. »Du kannst dir ja gleich hier ein Zimmer nehmen.«

Tim wollte etwas sagen, aber Judith hob den Zeigefinger. Ging draußen nicht eben Anna über die Straße, hastig? Dieser schlanke Schatten? Ja, es war Anna. Ihre Beine waren wirklich lang, dachte Tim, aber der Gedanke wurde von Judiths scharfer Stimme zerhackt.

»Kein! Wort! Hör zu. Diese Anna heißt nicht Anna. Ihr richtiger Name ist völlig egal. Sie war nur ein Lockvogel.«

»Ein Lockvogel?«

»Ja, eine Schauspielerin. Eine ziemlich gute Schauspielerin. Sie hat mir gesagt, ihr mache es Spaß, miese Typen reinzulegen. Ich kannte sie nicht, bevor ich sie über eine Agentur gebucht habe. Ich kenne sie auch jetzt nicht, weiß nichts von ihr. Aber als ich sie sah, wusste ich, dass du mich enttäuschen würdest. Ich hab euch beobachtet. Ihr Auftrag war, dir dieses eindeutige Angebot zu machen, und falls du darauf einsteigst, würde sie den Schlüssel nehmen und gehen. Wärst du nicht darauf eingestiegen, hättest du ihr gesagt, dass du nicht deine Familie für eine schnelle Nummer zerstören möchtest, all das, wofür wir so hart gearbeitet haben, dann säße sie noch hier, und alles würde so weitergehen, wie es hätte weitergehen können. Was bist du bloß für ein erbärmlicher Idiot. Wir haben so viel zusammen durchgemacht. Wofür?«

Tim sagte nichts.

»Du kannst dir jetzt eine andere suchen, die dir die Kleider wäscht, die Wohnung putzt und für Home-storys blöde in die Kamera lächelt. Vielleicht nimmt dich deine Kubanerin ja wieder zurück.«

Tim hatte sich etwas gefasst. Er sagte: »Judith. Das ist nicht fair. Warum machst du alles kaputt? Warum stellst du mir eine Falle?«

»Ich mach alles kaputt? Ich?« Sie war nun etwas laut geworden, Tim blickte an ihr vorbei zum Kellner, aber der stand mit aufgestützten Ellenbogen über eine Zeitung gebeugt an der Theke und las, er sah gelangweilt aus. »Nicht so laut, Judith, gib mir noch eine Chance. Du, äh, reagierst zu emotional.«

»Es ist vorbei, endgültig. Du ziehst aus. In einer Woche kannst du dich wieder melden. Dann klären wir, was es zu klären gibt. Den Kindern bring ich es schon irgendwie bei, sie haben dich ja eh nicht oft gesehen in der letzten Zeit, ich denke nicht, dass sie dich groß vermissen werden.« Judith ging, nicht ohne Tim noch einmal eins mit der zusammengerollten Illustrierten überzuziehen, der Kellner sah von seiner Zeitung auf und blickte ihr nach, als sie aus dem Café rauschte. Er unterdrückte ein Gähnen. Die Alte, die den getunkten Croissant äste, sah Tim streng an. Tim senkte den Blick. Die Tischplatte war aus schwarzem Marmor und spiegelblank poliert. Hätte es nur eine Ritze gehabt, einen Riss, ein kleines Loch, er wäre gerne darin verschwunden.

Ein ausgedehntes Frühstück

Die Praxis von Paolas Hausärztin befand sich im Erdgeschoss einer stattlichen Villa im Enge-Quartier, unweit des Sees, und die eiserne Türe des Zauns sah zwar
filigran aus, war aber erstaunlich schwer. Laut schlug sie
hinter Paola zu. Sie ging die Schritte zum Hauseingang,
klingelte, das Schloss öffnete sich mit einem Surren, sie
trat ein. So würde ich auch gerne wohnen, dachte sie,
als sie in die Praxis eintrat, wenn auch vielleicht nicht
im Parterre. Ob man aus den oberen Stockwerken Seeblick hat? Von der Dachterrasse bestimmt. Die Dielen
unter Paolas Schuhen knarzten elegant. Die Fenster aller Räume standen offen, die hereinströmende Morgen-
luft und das Licht ließen die Praxis ungewöhnlich frisch
erscheinen. An den Wänden hingen Bilder, zu denen
Paola nichts sagen konnte, außer dass sie abstrakt und
bunt waren: Es musste Kunst sein.

Eine Arzthelferin begrüßte sie mit einem gewissen
Erstaunen in der Stimme, ging zur Rezeption, während
sie Paola nach ihrem Namen fragte, schlug ein dickes
Buch auf. Wie altmodisch, dachte Paola, schreiben
die Termine noch in Bücher. »Kesselmann«, sagte sie,
»Paola Kesselmann. Habe um acht einen Termin für
den Jahres-Check.« Die Arzthelferin blickte in das auf-
geschlagene Buch und machte »hm«. Sie blätterte eine
Seite vor, eine zurück, sagte nochmals »hm«, dann: »Ihr
Termin ist morgen, Frau Kesselmann, um neun Uhr.« –
»Wie?« – »Sie sind für morgen eingetragen, am Achten
um neun Uhr, heute ist der Siebte.« – »Aber …«, setzte

Paola an, brach ab, dachte nach, holte ihr Handy hervor, obwohl sie wusste, dass sie den Termin nicht eingetragen hatte. Sie hatte ihn telefonisch vereinbart und im Kopf gespeichert, weil er so einfach zu merken war: Am Siebten um acht Uhr, und nun sagte diese kleine Frau in ihrer weißen Uniform, der Termin sei am Achten um neun Uhr. »Seltsam«, sagte Paola mit einem Anflug von Gereiztheit in der Stimme, während sie so tat, als läse sie den Eintrag in ihrer Handy-Agenda, »ich habe den Termin für heute um acht Uhr eingetragen.« Die Arzthelferin blickte nochmals in das Buch, tippte mit dem Kugelschreiber auf die Seite und sagte: »Wir haben hier eindeutig den Achten notiert, um neun Uhr. Das tut mir sehr leid.« – »Na gut«, erwiderte Paola, »ist es ein Problem, den Termin von morgen auf heute zu schieben?« – »Oh nein, das geht leider nicht.« Die Arzthelferin ließ mit einem Klick-Klack die Mine ihres Kugelschreibers vor- und wieder zurückschießen. »Frau Dr. Altenburger ist heute Vormittag gar nicht in der Praxis, sie operiert in der Klinik, wie jeden Donnerstag. Schon deshalb ist es unmöglich, heute einen Termin vereinbart zu haben.« Paola schnappte nach Luft. Was sollte sie sagen? Dass sie genug Probleme am Hut hatte? Dass ihr Freund impotent war? Dass sie eine Geschichte über ein behindertes Kind machen musste, das überhaupt nicht behindert war? Dass sie wohl ihren Job verlieren würde, könnte sie es nicht so hinbiegen, dass das nicht behinderte Kind doch irgendwie behindert war? Dass gerade ihre Wohnung gekündigt worden war? Dass ihr eine Zukunft in Oerlikon oder in Altstetten drohte? Dass sie nun nicht auch noch so einen Blödsinn brauchte, war sie dafür so früh aufgestanden? Um einen Tag so zu beginnen?

Wieder auf der Straße, erschrak Paola, als die Gartentüre hinter ihr ins Schloss fiel, grob scheppernd. Ein leiser Fluch verließ ihre lackglänzenden Lippen, und wie ein Motorradrennfahrer das Visier klappte sie die Sonnenbrille runter. Mit der Sonnenbrille, fand sie, sah alles sofort besser aus. Sonnenbrillen funktionierten immer. Ein bisschen wenigstens. Aber was sollte sie nun tun? Für das Büro war es zu früh. Wie konnte sie überhaupt so blöd gewesen sein, sich einen solch frühen Termin geben zu lassen? Doch am Telefon war es ihr praktisch vorgekommen, sie musste nüchtern kommen, hatte man ihr gesagt, und sie hatte gefragt: »Nüchtern?« Die Arzthelferin hatte aufgelacht und angefügt: »Mit leerem Magen.« Man habe schon länger kein Blut mehr genommen. Ja, so war es gewesen, und sie hatte gedacht, danach ginge sie im Sprüngli richtig frühstücken, würde es auf die Spesenrechnung nehmen, weil sie später ihre Verabredung mit Delphine hatte, in ihrem Atelier in der Roten Fabrik. Sie würde sich von Delphine ihre Arbeit erklären lassen und hatte sich auch ein paar richtig gute Fragen ausgedacht, beispielsweise »Wer ist dein Vorbild?« oder »Woher kommen deine Ideen, was inspiriert dich?« oder – auf diese Frage war sie besonders stolz, es sollte der krönende Abschluss des Interviews sein – »Findet dich das Glück?«. Paola würde einfach behaupten, sie hätte Delphine nicht erst im Atelier getroffen, sondern zum Kaffee im Sprüngli. Sie musste einfach für zwei konsumieren, damit es glaubwürdig war. Sie checkte ihr Handy, niemand hatte ihr geschrieben, niemand hatte angerufen, es war tatsächlich für alles noch zu früh, so kurz nach acht Uhr morgens. Unentschlossen stand sie eine Weile da. Sie rief Delphine an, um zu fragen, ob es okay wäre, wenn sie früher käme, aber niemand ging ran. Tja, dachte sie, da bleibt mir wohl nichts anderes übrig, als richtig lange im Sprüngli zu frühstücken. So richtig, richtig lange. Und danach noch ein bisschen zu bummeln.

Sie machte sich auf den Weg, hinter der großen Sonnenbrille vor dem Tag geschützt, trippelnd und klackernd ging sie davon zur Tramstation, es waren bloß ein paar Schritte, und mit jedem davon verblasste der Ärger über den verbockten Arzttermin und wuchs die Freude, als sie daran dachte, wie sie auf ihrem Lieblingsplatz sitzen würde, ganz hinten in der Ecke im ersten Stock, in der ledergepolsterten Nische, wo sie gut versteckt war, aber trotzdem den perfekten Überblick hatte. Sie würde wohl das große Frühstück nehmen, das sündhaft teure mit Aufschnitt. War da der Wildlachs mit Meerrettichschaum und dem ofenwarmen Brioche dabei? Für ein Cüpli war es aber wohl doch etwas zu früh. Ach, sie würde spontan entscheiden. Denn so ein Glas perlender Champagner konnte ungemein belebend wirken. Und wenn die beim Controlling über den Spesenbeleg meckerten, würde sie sagen: »Tja, die Künstler von heute sind halt verwöhnt und qualitätsbewusst, ich trank ja nur einen Kaffee ...« Vielleicht nähme sie auch noch ein Laugencroissant mit Ei und Schnittlauch, oder deren zwei. Und schon kam das Tram herangefahren vom wenig mondänen Wollishofen, laut rumpelnd und dröhnend, schnell stieg Paola ein. Jetzt hieß es: Vorrücken auf Zürich Paradeplatz.

Zimmer C7

Eines Morgens löffelte Delphine ihr Mokkajoghurt, ging aus dem Haus und saß bald mit einer Nummer in der Hand im Wartezimmer der Klinik am Stauffacher, wo man ohne Voranmeldung auftauchen konnte und all die Leute hinkamen, die keinen Hausarzt hatten, deren Leiden aber für einen echten Spital-Notfall doch zu harmlos waren.

Sie wusste nicht mehr, wann es begonnen hatte, vor ein paar Tagen wohl. Ihre Haut fühlte sich seltsam an, eine kleine Stelle an der rechten Hüfte. Als hätte sie einen Sonnenbrand. Als sie sich aus ihrer Jeans schälte, um nachzusehen, sah sie nichts. Keine Rötung, keine Flecken, keine Bläschen, nichts. Innert der nächsten Tage waberte das Gefühl von der Hüfte hoch bis zum oberen Rippenbogen, kroch dann an der Innenseite des rechten Beines hinab bis zum Knie. Sie saß in der Küche und erzählte Urban davon, beiläufig. Gleichmütig zuckte der mit der Schulter, das Gesicht erleuchtet vom Laptop. »Was könnte das sein«, fragte er, »eine Allergie? Hast du neue Hosen gekauft und nicht gewaschen, bevor du sie angezogen hast? Die Dinger sind voller Gift. Kam kürzlich im Kassensturz. Die sind voll toxisch.« Delphine schüttelte den Kopf. »Dann ist es der Stress.« –

»Aber ich hab doch gar keinen Stress.« – »Bist du sicher? Wir alle haben doch Stress, immerzu.«

Tags darauf war das fremde Gefühl auf dem rechten Handrücken aufgetaucht. Legte sie die Finger der Linken auf ihre Rechte, war es ganz so, als berühre sie die Hand einer Fremden. Ein interessantes Gefühl, aber irgendwie auch unheimlich. Als sie im Bett lag, schlüpfte das Gefühl zu ihr unter die Decke. Wie eine Fessel schloss es sich um ihren rechten Knöchel. Nach einiger Zeit wurde es schmerzhaft, das Tragen von Kleidung wurde schier unerträglich. Sie dachte: Manchmal braucht es ganz schön viel, bis man etwas unternimmt, man will ja kein Hypochonder sein, will sich nicht auf den Weg zum Arzt machen, und kaum angekommen, sind alle Symptome verschwunden, und man steht blöd da, schulterzuckend, nachdem der Arzt gefragt hat: »Wo tut es weh?«

Sie wartete vierzig lange Minuten, die Symptome verschwanden nicht, sie war beinahe froh darum, als sie dem Arzt gegenübersaß, einem übergewichtigen, schwer atmenden Mann mit Dreitagebart und dickrandiger Brille, der sich als Doktor Soundso vorstellte, seinen Namen vergaß sie auf der Stelle wieder. Er roch nach Zigaretten und Pfefferminzbonbon. Den weißen Kittel trug er leger offen. Unklar, ob er ihn überhaupt zubekommen hätte. Sie erzählte ihm, was sie empfand – so gut es ging, als gäbe es für das, was sie spürte, keine passenden Vokabeln. Doktor Soundso hörte zu, zerbiss geräusch- und lustvoll das Pfefferminzbonbon, schaute ernst, aber auch etwas ratlos, räusperte sich, sagte »hm«.

Er nahm einen Metallhammer aus einer Schublade, den er erstaunlich zart auf Delphines nacktes Knie schlug. Delphine blickte sich in der Praxis um, sah das altmodische Blutdruckmessgerät auf dem Schreibtisch und fragte sich, ob es noch in Betrieb war oder bloße Dekoration, dicke ledergebundene Bücher im Gestell, sicherlich mit allen üblen, ekelerregenden, schrecklichen Krankheiten drin abgebildet, welche die Welt für die Menschen bereithielt. Vielleicht waren es aber auch gar keine echten Bücher, vielleicht war in den Buchumschlägen die geheime Minibar des Doktors versteckt. Delphine tippte auf Whisky.

Als sie kurz darauf die Praxis wieder verließ, hatte sie drei Blätter in der Hand. Langsam waren sie aus einem Laserdrucker gekrochen, der nicht besser klang als Doktor Soundsos Lungen. »Meralgia paraesthetica«, las sie auf dem ersten Blatt, als sie langsam die Stufen hinunter ging. Das klingt, dachte sie, wie der Name einer prätentiösen Rockband mit schwarzmagischem Hintergrund. Der Doktor hatte, während ihre Hand zum Abschied in der seinigen verschwand, die schweißig war und sicher bald wieder eine Zigarette halten würde, gesagt: »Ihre Symptome passen nicht so ganz ins Schema, aber warten wir mal ab. Falls es sich nicht bessert, sollten Sie zu einem Neurologen. Doch ich bin sicher, es ist nichts Schlimmes.« Und Delphine dachte: Gut, dass sich der Doktor sicher war. Erfreulicherweise hatte das Leiden noch einen weiteren Namen: »Bernhardt-Roth-Syndrom«. Eine nobel klingende Krankheit, fand sie. »Was hast du?« – »Bernhardt-Roth-Syndrom.« Eine freundliche Antwort auf eine banale Frage. Leider aber sollte sich die Vermutung des nach Pfefferminzbonbons und Zigaretten riechenden Doktors Soundso als falsch herausstellen.

Nach zwei weiteren schlaflosen Nächten trat Delphine durch die automatische Türe des Universitätsspitals. Bald lag sie mit nichts als einem Krankenhemd am Leib auf einer Liege auf dem Notfall der Neurologie und erzählte die Geschichte, die sie bereits dem Doktor erzählt hatte und in den nächsten Tagen noch viele weitere Male erzählen würde: was sie spürte, wo genau, wie lange schon. Sie folgte mit ihren Augen dem ausgestreckten Zeigefinger des Assistenzarztes, der, so jugendlich und schlaksig, in seinem weißen Kittel wie ein Darsteller eines Schülertheaters wirkte. Mit geschlossenen Augen führte sie ihren Zeigefinger zur Nase, stakste auf einer Linie auf und ab, stand auf einem Bein, dann auf dem anderen. Ein Metallhammer sauste erneut auf ihr Knie, und wie immer juckte brav der Unterschenkel hoch. Man fuhr ihr mit einem Pinsel über die Finger. »Spüren Sie das?« Eine Stimmgabel wurde angeschlagen und schwang an ihrem Schläfenbein aus, eine Nadel pikste sie. »Ist der Schmerz stumpf oder spitz?« Alles schien normal zu sein. Bald kam ein weiterer Assistenzarzt und wiederholte die Untersuchungen. Wieder der Hammer, der Pinsel, die Nadel. Dann lag sie auf der Liege, blickte an die Decke und in das Licht. Sie schloss die Augen, das Neonlicht als Nachbild unter ihrem Lid gefangen. Nebenan, hinter einem Vorhang, lag einer mit

Verdacht auf Herzinfarkt, so viel hatte sie mitbekommen. Irgendwo rief eine helle Frauenstimme nach Reanimation. Jemand stöhnte. Delphine wurde kühl. Sie nickte ein.

Als sie wieder erwachte, stand ein Mann an ihrem Bett, er stellte sich als der leitende Arzt vor. Rasch blätterte er auf dem Clipboard in seiner Hand Papiere durch und stellte lediglich eine Frage: »Fühlt es sich an, als hätten Sie einen Sonnenbrand?« Sie bejahte. Nun schaute der Arzt ihr streng in die Augen, und zum ersten Mal mache sie sich so etwas wie Sorgen.

In der Klinik Haldenbach, Abteilung Neurologie, teilte sie sich Zimmer C7 mit einer Frau mit Parkinson und einer Schlaganfallpatientin. Delphine hatte niemandem gesagt, wo sie war, nicht einmal ihren Eltern. Nur Urban hatte sie eine SMS geschickt, sie sei eine Weile weg, und im Magenta rief sie an, um sich ein paar Tage freizunehmen. Sie wollte nicht, dass irgendjemand sie hier besuchte. Waren ja lediglich ein paar Abklärungen, ein paar Tests. Ein, zwei Tage. Delphine wollte nicht, dass man sich ihretwegen Sorgen machte.

Am Nachmittag des ersten Tages trat ein lächelnder Mann mit traurigen Augen in ihr Zimmer, stellte sich als Kadir vor und bat sie, mitzukommen. Mit dem Lift fuhren sie in den Keller, wo ein kleines Auto stand mit einem Blinklicht. »Wo sind wir?«, fragte Delphine. »Unter dem Boden«, sagte Kadir, ohne sich der Doppeldeutigkeit seiner Worte bewusst zu sein. »Der Tunnel verbindet verschiedene Spitalgebäude. Wir fahren zur MRI-Untersuchung.« Und dann erzählte er von den

Bergen des Engadins, dass er dort wandern war und wie schön es gewesen sei, fast so schön wie in den Bergen Afghanistans, wo er herkomme, dem Hindukusch, wo die Gipfel siebentausend Meter in den Himmel ragen. Laut surrte der Elektromotor des Fahrzeugs, in Plastikfolie geschlagene Betten lagerten in unbeleuchteten Kammern, die Farbe blätterte von den Wänden ab, jedes Geräusch hallte, Leuchtstoffröhren flackerten, sie fröstelte. Am Ziel wies Kadir sie an, auf einem Stuhl Platz zu nehmen, und fuhr winkend und blinkend zurück. Grausam grell war das Neonlicht in der Wartezone, beinahe fröhlich klang das Gurgeln des Wasserspenders, als sie einen Becher füllte und erst beim Trinken merkte, wie durstig sie gewesen war. Sie prostete mit dem zweiten Becher Wasser einem Gummibaum zu, der in einer Ecke stand und aussah, als könne auch er einen Schluck vertragen.

Eine Assistenzärztin begrüßte sie. »Haben Sie einen Herzschrittmacher?« Delphine lachte. »Nein.« Sie zog sich aus und wurde unter einer grünen Decke auf einem Schragen liegend in eine Röhre geschoben, hinein in eine andere Welt. Sie lag, so still sie konnte, atmete regelmäßig und stellte sich vor, sie läge in einem Raumschiff auf einer interstellaren Reise. Könnte aber auch ein Sarg sein, kam ihr ein Gedanke. Ein lauter Sarg allerdings. Wie Musik klangen die klopfenden Magnete in Delphines Ohren, fremde Musik. Nach einer Weile wurde sie herausgezogen, ein Kontrastmittel wurde injiziert, kalt floss es in ihren Körper, dann fuhr die Schublade mit Delphine wieder in die enge Röhre zurück, und das Poltern, Tickern, Hämmern und Knacken ging wieder los. Eine Stunde später war Delphines Inneres in Scheiben geschnitten, abgespeichert und zur Analyse bereit. Kadir fuhr sie mit dem Elektrotransporter zurück. Sie sprachen nichts.

Der folgende Tag begann mit einer Blutabnahme, durchscheinend dünnem Kaffee aus der Kanne, Marmeladeschnitten. Sie duschte in einer bescheidenen Kabine gleich neben den Toiletten auf dem Gang. Dann kam Frau Doktor Relisch, eine junge Ärztin, dem Dialekt nach wohl Österreicherin, und führte Delphine in ein Behandlungszimmer. Eine weitere Untersuchung stand an, die Lumbalpunktion. Delphine wurde etwas mulmig, als sie die handlange Nadel in der Nierenschale liegen sah. Mehr Folterwerkzeug denn hilfreich medizinisches Instrument, wie ihr schien. »Setzen Sie sich bitte auf die Liege, und beugen Sie sich vor, so weit Sie können.« Die Hände der Ärztin tasteten die unteren Rückenwirbel ab, während sie erklärte, was genau nun auf Delphine zukommen würde. Die Finger fühlten sich kalt und fremd an. »Bei einer Lumbalpunktion zieht man mit einer Hohlnadel Liquor aus dem Rückenmarkskanal.« – »Liquor?« – »Liquor ist eine Flüssigkeit, die das Gehirn und das Rückenmark schützt.« – »Und dafür brauchen Sie die lange Nadel?« – »Genau. Die Nadel durchdringt die Haut, das Fettgewebe und wird zwischen zwei Wirbeln in den Rückenmarks-Kanal geschoben, aber nicht zu weit, sonst trifft sie auf die Nervenstränge.« Frau Doktor Relisch tastete weiter die Wirbel ab, die Finger wanderten hoch und runter, gruben sich zwischen die Knochen. Dann griff sie nach einem Kugelschreiber und markierte die Einstichstelle direkt auf der Haut. »So«, sagte sie, setzte die Nadel an, Delphine schloss die Augen, es ist ihr erstes Mal, schoss es ihr durch den Kopf, verdammt, die hat das zuvor noch nie getan! Die Finger der Ärztin fühlten sich nervös an: Zum Glück muss ich nicht hinsehen. Sie spürte fein und spitz das Eindringen der Nadel in ihre Haut, wie sie durch das magere Fett und das wenige Fleisch geschoben wurde, dann folgte auch schon der Schmerz. Es war ein Schmerz, den Delphine so noch nie erfahren hatte, hell wie ein Blitz und überall zugleich. Sie schrie auf. Ihre Hände wurden zu Fäusten. Frau Doktor Relisch zog die Nadel schnell heraus, Delphine spürte die Kühle des alkoholgetränkten Tupfers auf der Einstichstelle, doch der Schmerz wollte nicht schwinden. Eine Entschuldigung, vielleicht auch etwas anderes murmelnd, verließ Frau Doktor Relisch den Untersuchungsraum, Delphine saß noch immer gekrümmt auf der Liege. Die Relisch kam nach einer Weile mit einer Oberärztin zurück, die Delphine gut zuredete, eine neue Nadel aus einem sterilen Beutel fummelte, und ohne lange zu fackeln, drang das feine kalte Metall in Delphines Rücken, dieses Mal spürte sie nichts, absolut nichts.

Im schwarzen Wald

Tatsächlich hatte Fabio die Hoffnung beinahe schon aufgegeben, dem Schraubenfabrikanten die Wohnung in Wollerau doch noch andrehen zu können. Wie oft hatte er ihm auf die Combox gesprochen? Zum Glück war er immer freundlich geblieben. Nun schien sich nach dem Kronenhalle-Desaster alles zum Guten zu wenden. Es gab also doch noch Gerechtigkeit auf dieser Welt. »Kommen Sie nach Baiersbronn«, hatte der Schraubenfabrikant am Telefon gesagt, »dort machen wir alles klar.« – »Wohin?« – »Baiersbronn, im Schwarzwald.« – »Und wann?« – »Hätten Sie am Freitag Zeit?« – »Aber sicher«, hatte Fabio geantwortet, ohne in den Terminkalender zu blicken oder Paola zu fragen. Und so ging er an diesem Freitag früh aus dem Haus und war dermaßen gut gelaunt, dass er einen schönen Teil des Weges vor sich hin summte, über das laute Brummen seines Landrovers hinweg.

Drei Stunden später kam er an. Der Schraubenfabrikant hatte ihm ein Zimmer im Hotel Traube Tonbach reserviert, dem besten Haus am Ort, wie in der E-Mail stand, mit dem Vermerk, er werde im hoteleigenen Restaurant Schwarzwaldstube zum Mittagessen erwartet.

Im Hotel angekommen, verzehrte Fabio sofort die Willkommensdekoration: Pralinen und Früchte. Er blickte in die Minibar. Es gab nicht viele Dinge, die ihn so traurig machten, wie in einem Hotelzimmer anzukommen, die Minibar zu öffnen und sie ungekühlt und leer vorzufinden. Die hier war prall gefüllt und sehr gut sortiert. Er zog eine kleine Flasche Champagner heraus, blickte auf die Preisliste, 38 Euro war viel für ein bisschen Blubber, und er war sich nicht sicher, ob die Extras auf seine Kosten gehen würden, also hielt er sich zurück. Es klopfte. Er öffnete die Türe. Eine Dame in Tracht stand dort, ein Tablett in der Hand, darauf ein Glas mit perlendem Begrüßungs-Schampus. Den konnte er schlecht ablehnen. Schnell platzierte er noch ein paar Wetten.

Dann war kurz vor zwölf. Fabio hatte sich frisch gemacht, eine Krawatte um den Hals geschlungen und ging in die Schwarzwaldstube. Lachend stand der Schraubenfabrikant vom Tisch auf, breitete die Arme aus, begrüßte Fabio laut und herzlich, als wären sie alte Freunde, winkte den Sommelier herbei und bestellte zwei Bier, um »den Kreislauf zu beruhigen, erst mal anzukommen und gemütlich zu beginnen«. Sie setzten sich, und mit dem Bier kam ein erster Gruß aus der Küche, dann ein zweiter Gruß, vier Kleinigkeiten von der Wachtel, und Fabio merkte, wie hungrig er war. Die vier Kleinigkeiten von der Wachtel schmeckten hervorragend, was er auch etwa fünf Mal sagte. Fabio widerstand dem Drang, das Messer abzulecken. Der Schraubenfabrikant besprach mit dem Sommelier die Weinkarte, der Sommelier nickte mehrmals, und bald kam er mit einer Flasche, schenkte ein, lächelte, machte eine kurze Pause und sagte dann: »So, meine Herren. Wir beginnen mit einem Glas Riesling von Hermann Dönnhoff. Dönnhoff besitzt Rebberge in acht der höchstklassifizierten Lagen der Nahe, darunter vier Hektar Niederhauser Hermannshöhle, die man allgemein als eine der besten und einzigartigsten Lagen Deutschlands ansieht. Dieses große Gewächs besticht durch Mineralik, Kraft und Finesse.« Kellner brachten in Sternanis gebeizten Lachs auf Bambussprossen und mit Wasabi aromatisierte Eier des fliegenden Fisches. Bald folgte ein Glas Sauvignon Blanc von Erich und Walter Polz aus der Wachau. Der Schraubenfabrikant erkundigte sich nach Fabios Frau. »Wie heißt Ihre reizende Dame noch gleich?« – »Paola.« – »Was für ein wunderbarer Name. Ich muss Ihnen ja nicht sagen, dass die wohl bekannteste Schweizerin Paola heißt. Singt sie noch immer?« Fabio hatte sich eben ein Stück Brot in den Mund gestopft, es war herrlich luftig und knusprig, kauend sagte er: »Nein, ich glaube nicht.« – »Und was macht Ihre Frau beruflich?« – »Sie ist Journalistin.« – »Oh, interessant! Haben Sie Kinder?« – »Kinder? Äh, nein.« Fast hätte Fabio gesagt, sie hätten einen Mops, aber er ließ es sein. Der Schraubenfabrikant nahm einen Schluck Weißwein und sagte: »Kleine Kinder, kleine Sorgen. Große Kinder, große Sorgen. Keine Kinder, keine Sorgen. Ha!« – »Sie haben demnach Kinder?« – »Zwei. Sind längst ausgeflogen, wie meine Frau auch – aber das ist eine andere Geschichte. Eine sehr teure Geschichte, aber damit möchte ich Sie nicht langweilen. Meine Tochter studiert in Leipzig Jura, der Sohnemann in Friedrichshafen Maschinenbau. Er soll schließlich mal die Firma übernehmen – und eine Juristin in der Familie, das kann man immer gebrauchen ... nun ja, hätte ich gut gebrauchen können.« Und dann erzählte der Schraubenfabrikant von der Scheidung sowie der Schraubenfabrikation, von beidem ziemlich detailliert.

Mittlerweile war eine Dreiviertelstunde vergangen, und Fabio wollte langsam das Geschäft abwickeln. Das Geschäft, das ihm eine dicke, pralle Provision einbringen würde. Gerade wollte er das Thema anschneiden, da trat wieder der Sommelier an den Tisch, ein Grauburgunder aus dem Jahr 2008 von Karl Johner in der Hand, als Begleitung zum nächsten Gang: ein Gänseleberraviolo an leichter Albufeira-Soße mit Minisalatherz, Périgord-Trüffel und Bohnenpüree. Und als der Schraubenfabrikant fragte: »Was für eine Soße?«, da erklärte der Kellner, der die Teller mit souveräner Vorsicht serviert hatte: »Eine Albufeira-Soße aus Zitronensaft, Eigelb und Sahne, benannt nach Albufeira, einer Stadt im Süden Portugals.« Als der Kellner ihnen einen guten Appetit gewünscht hatte, neigte sich der Fabrikant über den Tisch Fabio zu, Fabio hatte Angst, die Krawatte des Schraubenfabrikanten läge bald in der Albufeira-Soße, und hörte ihn halblaut sagen: »Ich habe noch nie gehört, dass die Portugiesen etwas zustande gebracht hätten.« Der Schraubenfabrikant richtete sich wieder auf, nahm Messer und Gabel, und als er in das Raviolo schnitt und die glänzende Gänseleber zum Vorschein kam, sagte er: »Außer Socken. Socken können sie.« Er erzählte wieder von Gewindeformen und Kaltfließpressteilen, von ISO-Zertifizierung und Serviceleistungen. Fabio hatte Mühe, ihm zu folgen, zu schnell hatte er gegessen, zu hastig getrunken, er starrte auf die Dekoration: eine Ente aus Messing, das Federkleid in Grünspantracht, die Füße auf Hochglanz poliert. Fabio schien, sie mache leise »quack«. Der Fabrikant sagte: »Schrauben sind ein sicheres Geschäft, Schrauben braucht man immer.« Ein bisschen bretonischer Hummer folgte, Tranchen vom Schwanz, ein Gelenk, eine Schere. Ein Glas Riesling von

Gustave Lorentz aus Bergheim im Elsass. Erneut traten Kellner an den Tisch, in den Händen Teller mit Haube, unter den Hauben weißer Heilbutt, der mit Randen, ·Zwiebelchen und Algen an Meerrettich-Soße serviert wurde. Fabio sagte: »Perfekt, der Fisch«, der Schraubenfabrikant nickte zustimmend. Die Gläser wurden gefüllt mit Château Le Prieuré 2007, einem Bordeaux, den der Sommelier rassig nannte, als er ihn eingoss. Hatte ihm der Sommelier zugezwinkert, als er »rassig« gesagt hatte? Der Hauptgang kam, Milchlammsattel mit karamellisierten Lauchzwiebelchen und Kartoffelgratin. Die Soße kehrte Fabio mit dem Brot aus dem Teller, was der Schraubenfabrikant mit »gründlich, ihr Schweizer, das muss man euch lassen« kommentierte. Fabio lachte verlegen. Der Käsewagen wurde herangerollt. Dazu ein Glas Domaine Bellegarde Jurançon 2009. Dem Käse folgte ein Piña-Colada-Sorbet von der Guave mit Kokosschaum und Babyananas-Chips. Ein Glas Scheurebe Spätlese von Laible dazu, der ganz aus der Nähe komme, wie der Schraubenfabrikant sagte, aus Durbach, keine Autostunde von hier entfernt.

Fabio dachte, es wäre nun wirklich an der Zeit, die Mappe mit dem fertigen Kaufvertrag zu holen, es fehlte bloß noch die Unterschrift des Schraubenfabrikanten. Er legte die Mappe auf den Tisch, der Schraubenfabrikant sagte: »Später, mein lieber Freund, später.«

Um sechzehn Uhr war das Mittagessen abgeschlossen, und Fabio trat in das grelle Schwarzwälder Spätsommerlicht. Er fühlte sich mehr als satt, am liebsten wäre er hinüber in sein Zimmer gegangen, hätte sich

auf das Bett gelegt und geschlafen, aber der Schraubenfabrikant meinte: »So, mein lieber Freund, nun etwas
Bewegung. Das wird uns guttun. Ich habe Sie ja nicht
umsonst gebeten, die Wanderschuhe mitzunehmen.
Wir sehen uns in zehn Minuten.« Fabio ging auf sein
Zimmer, tauschte Anzug gegen eine bequeme Hose und
ein Freizeithemd, schnürte seine Wanderschuhe, welche
er vor zwei Jahren das letzte Mal an seinen Füßen hatte.
Es blieb nicht einmal Zeit, ein paar Wetten zu platzieren. Als er wieder vor dem Hotel stand, der Schraubenfabrikant in Vollmontur inklusive Filzhut auf dem Kopf,
da fiel ihm ein, dass er den Vertrag auf dem Zimmer
vergessen hatte. Er wollte ihn holen, aber der Schraubenfabrikant ging schon davon, Fabio eilte hinterher,
hinein in den nahen Wald.

   »Wo spazieren wir hin?«, fragte er schnaufend. »Wir
spazieren doch nicht, lieber Freund. Wir wandern! Wir
wandern zur Sattelei.« – »Zur Sattelei?« – »Die Sattelei
ist eine von vielen Hütten hier. Sie gehört zum Hotel
Bareiss, wo Claus-Peter Lumpp kocht, der andere mit
drei Sternen. Und Sie haben noch keine Schwarzwäl-
dertorte gehabt, oder?« Eine gute Stunde ging Fabio
neben dem Schraubenfabrikanten durch den dichten
Wald, hörte Vögel, sah Fuchsbauten und Hochsitze, von
grellgrünem Moos bewachsene Stämme und wie Viecher aufragende Wurzelwerke von gefallenen Bäumen.
»Kennen Sie Max Himmelheber?«, fragte der Schraubenfabrikant. Fabio verneinte, sein Mageninhalt machte
ihm zu schaffen. »Er wäre im letzten Jahr neunzig Jahre
alt geworden, eine bemerkenswerte Figur, war mit mei-

nem Vater befreundet, Gott hab ihn selig. Himmelheber hat die Spanplatte erfunden, hier in Baiersbronn. Das wussten Sie nicht, oder?« Es folgte eine ellenlange Geschichte über Max Himmelheber, seinen Abschuss als Pilot des Jagdgeschwaders 2 über England, die Kriegsgefangenschaft, die Erfindung der Spanplatte (»bis heute kaum weiterentwickelt ...«) und über Himmelhebers verlegerische Tätigkeit als Begründer der Zeitschrift *Scheidewege*.

Dann tauchte die Hütte unvermittelt auf, wie eine Verheißung lag sie auf einer Lichtung, innen brannte Licht, ein Kaminfeuer loderte, aber die Türe war verschlossen. Der Schraubenfabrikant klopfte unsanft an das Fenster, eine Bedienung in Tracht gab ihnen pantomimisch zu verstehen, dass geschlossen sei. Vor einer Viertelstunde hatte die Hütte geschlossen, im Wald war um fünf Uhr Schluss. Nicht ohne Grund, wie Fabio bald merken würde, denn bald würde die Dunkelheit kommen. Es war Zeit, zurückzugehen. Er mochte den Wald nicht, ihm war nicht wohl, von nichts als Bäumen umzingelt zu sein, ein endloses Muster, in welchem der Blick keinen Halt hatte, sondern sich in der diffusen, dunkelgrünen Tiefe verlor.

Dass Fabio die Wälder nicht mochte, hatte einen Grund. Mit acht Jahren ging er zu den Pfadfindern, das gefiel ihm, Schlangenbrot am Feuer rösten, an einem Felsen herumklettern, in dreckigen Kleidern nach Hause kommen. Und so freute er sich – er war schon zwei Jahre dabei und hörte auf den Namen Polo – auf die erste Nachtübung bei der Burgruine Wulp im Küs-

nachter Tobel. Sie saßen müde von einem ereignisrei-
chen Tag gemütlich im Kreis am prasselnden Feuer und
sangen gerade *Das alte Haus von Rocky Docky*, als es laut
knallte. Eine Leuchtrakete stieg in den Himmel, ganz
nah, nochmals ertönte ein Knall, und als sich Polo vom
Feuer abwendete und in den schwarzen Wald blickte,
sah er, wie Männer aus der Dunkelheit kamen, Fackeln
und Waffen in den Händen, Strumpfmasken über dem
Kopf, sie kamen näher, blieben stehen, keiner von ihnen sagte ein Wort, stumm standen sie da, und Polos
Herz schlug wild. Da griffen Arme nach ihm, packten
ihn von hinten, rissen ihn hoch, er schrie, strampelte,
die Beine wirbelten wirkungslos in der Luft. Die ver-
mummten Gestalten lachten, Tränen schossen Polo aus
den Augen, als er vom Feuer weggezerrt und auf eine
Ladefläche eines Lkws geworfen wurde. Ein Sack wurde
über seinen Kopf gezogen, dann fuhr der Lkw davon,
lange ging die Fahrt, bis rüttelnd der Motor abgestellt
wurde. Es schien so etwas wie ein Kampf im Gange zu
sein. Polo hörte Schreie, Gejohle, das Knacken von Holz
und Schüsse. Endlich zog ihm jemand den Sack vom
Kopf, er erkannte einen älteren Pfadi, der lachte und
sagte: »Wir haben euch befreit, wir haben gewonnen.«
Natürlich war alles bloß ein Scherz gewesen, Rover ent-
führen Jungpfadis, so wie sie es immer schon getan hatten. Alle wussten, dass die Angreifer bloß verkleidete
Rover waren, alle außer Polo. Als sie den Weg durch
die Dunkelheit zurück zum Pfadiheim gingen, zitterten
ihm noch immer vor Angst die Finger, die Knie waren
weich, und er spürte die Kälte seiner nassen Hose an der

Innenseite seiner Beine. Seither hasste er, was für andere der Inbegriff war von Romantik: Wald, Lagerfeuer, Dunkelheit. Er hatte noch nie jemandem davon erzählt, all die Jahre nicht. Nicht mal Paola gegenüber hatte er je davon gesprochen, sie hätte nur gesagt: »Pfadi? Fand ich schon immer doof!« Und natürlich würde er auch dem Schraubenfabrikanten nichts davon erzählen, aber er war froh, als der Wald sich lichtete. Endlich vor dem Hotel, sagte Fabio matt: »Möchten wir uns noch den Vertrag ansehen? Soll ich ihn schnell holen?« Der Schraubenfabrikant lächelte und klopfte ihm väterlich auf die Schulter. »Das machen wir, aber keine Eile. Jetzt ruhen Sie sich erst mal aus, ich hole Sie dann ab zum Abendessen. Halb acht hier vor dem Hotel?« Fabio schaute auf seine Uhr. Es war kurz vor sieben.

Pünktlich um zwanzig Uhr betraten sie das Restaurant von Jörg Sackmann. Das Interieur war ein Mix aus Schwarzwaldholz und mediterraner Gemütlichkeit, der Kellner trug ein Namensschild (»Herr Joel«), und auf dem Weg zu ihrem Tisch erzählte der Schraubenfabrikant: »Sackmann hat dem Schriftsteller Siegfried Lenz einst ein Brennnesselrisotto mit Gänseleberkrusteln und gespicktem Kalbsbries gewidmet.« – »Ach ja?«, sagte Fabio und versuchte, beeindruckt zu klingen, obwohl er von Sackmann so wenig wusste wie von Siegfried Lenz, und auch unter einem Brennnesselrisotto konnte er sich im Moment wenig vorstellen.

Sie setzten sich. Der Schraubenfabrikant übernahm die Bestellung, und so tranken sie bald ein Glas Cham-

pagner von Laurent-Perrier, ein Glas Riesling Menzin-
ger Frühlingsplätzchen 2010 von Emrich Schönleber,
und da kam auch schon der »Gruß aus der Küche«: ein
Teller Hahnenkämme mit Graupen und Sauerkraut an
einer Bratkartoffelsoße. Das Essen nahm seinen Lauf.
Sie machten sich eben so über das Tintenfischsashimi
mit pochiertem Wachtelei und Feigen mit Kaviar und
Dill her wie über die Seeforelle mit risi e bisi und Kohl-
rabimus und den confierten Lammrücken mit Mumbai-
Curry-Soße. Sie kämpften sich durch mehrere Desserts,
begleitet von verschiedenen Süßweinen, bis hin zu einer
finalen Armada Friandises.

»Ist es Ihnen recht, wenn ich Ihnen ein Taxi rufen
lasse?«, fragte der Schraubenfabrikant, der Kopf rot,
sein Atem schien flacher zu gehen als auch schon, »ich
muss in die andere Richtung. Das mit dem Vertrag
schauen wir dann morgen früh an, ja? Wann müssen
Sie los?« – »Ich, äh, weiß nicht ... nach dem Frühstück?«
Fabio fühlte sich wie gestopft, gerne hätte er den Gurt
gelockert und die Hose aufgeknöpft, ihm war heiß und
übel. Der Schraubenfabrikant war bester Laune. »Sehr
gut, kein Problem. Ich ruf Sie an. Oder Sie mich.« Das
Taxi brachte Fabio durch die Dunkelheit ins Hotel. Er
war beschwipst, vielleicht war er auch betrunken, eventuell sogar besoffen. Er war zu fertig, um es genauer
sagen zu können. Auf jeden Fall war er bedrückt. Der
Vertrag war noch immer nicht unterschrieben. Im
Autoradio sang Reinhard Mey. Fabio bat den Fahrer, das
Radio abzustellen, was dieser wortlos tat. Aber die Ruhe
danach war auch nicht besser als das Lied zuvor.

Fabio ließ sich auf das Bett fallen und schrieb Paola noch eine Nachricht: »Müde. Schlaf gut, meine Maus.« Es kam keine Antwort. Er schlief schlecht, trank allen Sprudel aus der Minibar, später Wasser vom Hahn. Am Morgen schaute er auf sein Handy, kein Anruf war eingegangen, auch keine Nachricht von Paola. Er schrieb ihr: »Schlecht geschlafen. Und du?« Noch in der Unterhose am Fenster stehend, rief er den Schraubenfabrikanten an, es kam nur die Combox. Er schaltete den Fernseher ein. »Noch immer werden wir von Vernunft geleitet – das führt zu inneren Zerreißproben«, sagte die Astrologin vom *SAT 1 Frühstücksfernsehen* mit ernsthaftem Gesicht. »Und Fische kommen nicht aus einer Anspannung heraus.«

Während des Frühstücks sah Fabio immer wieder auf sein Telefon, aber niemand rief an, keine Nachricht ging ein, nicht einmal Paola meldete sich. Seine Anrufe beim Schraubenfabrikanten blieben ohne Erfolg. Später saß er noch im Zimmer herum, platzierte ein paar Wetten, Golf, Volleyball, Darts, dann war es Zeit auszuchecken. Als er mit gepacktem Gepäck und nicht unterschriebenem Vertrag in der Mappe an der Rezeption stand, lächelte die Frau in der Tracht. »Nein, wir haben keine Nachricht für Sie. Hatten Sie noch was aus der Minibar?« – »Ein Wasser«, sagte Fabio, »mit Kohlensäure.« Kurz darauf kamen drei Blatt Papier aus dem Drucker, die Frau legte sie vor Fabio auf den Tresen und sagte: »Und hier Ihre Rechnung, wenn Sie sie schnell durchsehen möchten, ob alles damit in Ordnung ist? Das gestrige Essen bei Herrn Sackmann haben wir auch drauf, wie Sie es gewünscht haben.« Fabio blickte vom lächelnden Gesicht der Frau auf die drei Blatt Papier, hob das erste, hob das zweite und sah auf dem dritten Blatt unten eine Zahl: 2830,27 Euro. Er hörte die Stimme der Frau, als käme sie von weit her: »Zahlen Sie bar oder mit der Karte?« Ihm war, als öffne sich unter seinen Füßen eine Türe.

Föhnsturm, Starkregen

»Ich arbeite noch ein bisschen an den Fragen für die nächste Sendung«, sagte Tim ohne viel Überzeugung. Tom schüttelte ungläubig den Kopf: »Fragen? Was für Fragen? Du hast genug gearbeitet heute. Das Leben besteht nicht nur aus Schufterei, Mann.« Tom wollte mit Tim ausgehen. Darauf hatte Tim ebenso wenig Lust, wie zurück ins Hotel zu gehen, in dem er wohnte, seit Judith ihn rausgeschmissen hatte. Obwohl das King-Size-Bett ziemlich bequem war, der Flatscreen groß, die Bar in der Lobby gut bestückt, und der Room Service brachte, wann immer er wollte was immer er wollte. Eigentlich war das Kameha Grand in Opfikon viel zu teuer für Tim, aber er hatte die Pressetante der Hotelgruppe tüchtig eingesalbt, hatte ihr gesagt, er plane eine Sendung live aus dem Hotel, er wolle mal schauen, wie es sich anfühle, zu leben wie ein König, ja, genau diese Worte waren über seine Lippen gekommen. Sie war freudig erregt, aber alles sei noch inoffiziell, sagte er, also bitte Stillschweigen. Die ersten Tage im Hotel waren okay, doch unterdessen war die Vorstellung, dorthin zu gehen, der blanke Horror. Er würde die ganze Nacht wach liegen. Also beschloss er, einfach im Büro zu bleiben, und schlug noch einmal Toms Vorschlag aus, noch einen trinken zu gehen, irgendwo, wo es Weiber gäbe. »Das ist der einzige Weg, wie du über den Schlamassel wegkommst. Die Welt ist voller unglücklicher Frauen. Und du bist eine Berühmtheit, die warten nur auf dich!« – »Nein«, sagte Tim, »danke, aber ich arbeite lieber noch ein bisschen und denk mir ein paar Fragen für die Gäste der nächsten Sendung aus. Sie muss gut werden. Viele wird es ja nicht mehr geben.« Tom blickte ihn mitleidig an.

Mit dem »Schlamassel«, den Tom erwähnt hatte, meinte er nicht nur die Probleme, die Tim zu Hause hatte. Tim hatte sich nicht gerade an Toms Schulter ausgeweint, aber in Ermangelung eines anderen menschlichen Kummerkastens war Toms Ohr doch gut genug gewesen, um sich etwas zu entlasten. Die peinlichsten Details ließ er geflissentlich weg, erzählte nur, dass Judith ihn vor die Türe gestellt hatte, weil er sich mit einer attraktiven jungen Frau zum Kaffee getroffen hatte und Judith per Zufall vorbeigekommen war und die falschen Schlüsse daraus gezogen und total überreagiert hätte. »War sie scharf?«, wollte Tom wissen und hatte eine interessierte Kennermiene aufgesetzt. »Ich meine, wäre sie es wert gewesen?« Tim lächelte gequält, zuckte mit der Schulter, blickte in Toms grinsendes Gesicht und sagte dann: »Ja, klar, hey: Du kennst mich doch. Meinst du, ich würde, äh, mit einer …« Tim wusste nicht, was er genau sagen sollte, und Tom meinte: »Alles klar, Tim, alles klar«, und zwinkerte ihm zu.

Nein, dieser »Schlamassel« war nicht genug. Ganz und gar nicht genug. Es kam noch dicker. Tim hatte eben eine epische Sitzung zum Thema Gotthardtunnel-Sendung beendet, als Tom und er in Wassers Büro gerufen wurden und sie ihnen dort, ohne groß Worte zu verlieren, verkündete, dass Tims Sendung abgesetzt würde. Er kam noch nicht einmal dazu, sich für das gute Essen in ihrem Ferienhaus zu bedanken und wie konstruktiv das Gespräch gewesen war, welches sie geführt hatten, während sie die herzigen Laviner Wollschweine betrachtet hatten. Tim blickte fassungslos in Wassers lächelndes Gesicht, als sie sagte: »Ich verstehe, natürlich ist das ein Schock für Sie, lieber Tim, für Sie auch, Tom, obwohl wir ja schon Gespräche geführt hatten, mehr als einmal, es hatte sich ja abgezeichnet, die Zahlen ...«, sagte sie und schob ein paar Blätter auf dem Tisch hin und her, auf denen nichts als Zahlen standen, manche davon mit Leuchtstift markiert. Wasser fuhr fort: »Wir haben bei den Jungen massiv verloren, Tim, und die Kosten!« Sie seufzte, schaute an die Decke, »die laufen aus dem Ruder. Es ist ja kein Geheimnis, dass wir sparen müssen. Und nicht zu knapp. Millionen. Da ist eine so teure, selber produzierte Sendung wie Wunschtraum innenpolitisch einfach nicht mehr tragbar. Aber ich bin überzeugt, dass Sie mit Ihren Fähigkeiten ...« Er hörte nicht mehr zu, was sie sagte, sah bloß noch, wie sich ihr Mund öffnete und schloss. Tom saß neben ihm in einem der schweren Lederstühle, die noch in einer

Zeit angeschafft worden waren, in der man kräftig Budget für Objektmöblierung zu verpulvern hatte. Toms linkes Bein ging rauf und runter, schnell wie eine Nähmaschinennadel. »Leider müssen wir auch die ganze Gotthard-Sache neu überdenken.« – »Wer?« – »Das Ganze redimensionieren, die Kosten runterfahren.« – »Wer?« – »Mehr Konserve. Wir haben ja den Zweiteiler gottlob schon abgedreht und abgebucht. Urs Egger macht die Regie.« Tom meldete sich auch wieder mal zu Wort, nach einem langen Räuspern: »Der, der *Die Rückkehr des Tanzlehrers* gemacht hat?« – »Genau, hat einen Romy dafür bekommen.« – »Der war mal Regie-Assistent bei einem James-Bond-Film.« – »Wer?« Und noch etwas lauter: »Wer?« Als Wasser noch immer nicht reagierte, rief er bellend: »Wer moderiert die Gotthard-Gala?« – »Susanne Wille«, erwiderte sie trocken. Tim blickte entgeistert – und Tom tat so, als habe er noch nie davon gehört, blickte mit gerunzelter Stirn auf seine Schuhspitzen, als sähe er sie zum ersten Mal in seinem Leben. »Susanne Wille?«, fragte Tim ungläubig. »Ja«, antwortete Wasser, »oder Monika Fasnacht, wir wissen es noch nicht genau.«

Tim war wie betäubt und sagte nichts, als Tom mit der Faust gegen die Wand schlug. Sie waren wieder in ihrem Büro, Tim ließ sich auf seinen luftgefederten Bürostuhl fallen. Tom blickte nervös. »Die dumme Sau«, sagte Tom. Tim fragte: »Sie erwähnte, ihr hättet schon Gespräche geführt?« – »Gespräche? Wir? Ich und die dumme Kuh?« Tom hob abwehrend die Hände, »hey, das kommt für mich so überraschend wie für dich.

Ich wusste von nichts! Indianerehrenwort!« Tom legte Tim seine Rechte auf die Schulter und tätschelte sie zweimal, dreimal, sagte: »Vielleicht sollten wir was ganz Neues ausheken, vielleicht doch die Wandersendung, die du schon so lange machen wolltest. Mensch, Tim, entspann dich! Wir stecken hier in einer Krise, ja, aber eine Krise ist nichts anderes als …« – »Als was?« – »Äh, als etwas, aus dem wir gestärkt hervorgehen. Wie Roger Federer immer sagt: ›Was mich nicht killt, das bringt mich ins Tie-Break.‹ Also. Du bekommst mit Sicherheit eine neue Sendung. Denn du verstehst die Menschen, weil sie dich verstehen. Alle lieben dich.« – »Und was ist eigentlich mit deinem genialen Plan B?« Tims Stimme klang finster. Er bekam keine Antwort.

Tim wollte also nicht ins Hotel und auch nicht ausge-hen, lieber wollte er noch etwas arbeiten. Er fand, Tom sehe im kalten Licht des Büros ungesund aus, die Haut wächsern und bleich, aber er war froh, sich selbst in die-sem Moment nicht sehen zu müssen. »Du musst dich ablenken. Gerade jetzt, breaking bad, Baby! Lass es kra-chen. Und dann kehrst du zurück zu deiner Familie, nachdem du dich so richtig ausgetobt hast. Klingt das nach einem guten Plan, oder klingt das nach einem gu-ten Plan?« Tom grinste ihn an, Tim sagte matt: »Heute lieber nicht.« Tom zog ihn an seine Brust, herzte ihn. »Okay, lass gut sein, Sportsfreund, man kann keinen zu seinem Glück zwingen. Aber arbeite nicht zu lange, ver-sprichs mir.« – »Ich versprechs.« Tom zog seine Hand von Tims Schulter und ging davon, die schwarze Lederjacke lässig mit dem Zeigefinger am Henkel über der Schulter.

Als er weg war, saß Tim eine Weile einfach auf seinem Bürostuhl in der Stille, die Arme hinter dem Kopf verschränkt. Harsch klang das »ratsch!« des Klettverschlusses, als er seine Umhängetasche aufriss. Er griff hinein, wühlte kurz und zog eine Flasche Vodka heraus. Er hatte sie über Mittag gekauft, für alle Fälle, ein Pack Orangensaft auch noch, damit er der Frau an der Kasse (die ihn sicherlich erkannte und die keine falschen – also richtige – Schlüsse ziehen sollte) sagen konnte: »Büro-Apéro!« Aber die Frau an der Kasse erkannte ihn scheinbar nicht. Jetzt war für alle Fälle, dachte er, als er den Drehverschluss aufschraubte, hell klang das Brechen des versiegelten Deckelrandes. Tim trank aus der Flasche, nur kleine Schlucke. Der Schnaps brannte, warm rann er in den Magen. Auf dem Handy schaute er sich ein paar Filmchen an, mit Reena Skye, Filmchen mit Aidra Fox, Fragmente, Fetzen, Höhepunkte. Er wollte es nicht, konnte aber nicht anders. Also ging er auf die Toilette, Cassie Laine und Aidra Fox kamen mit. Wieder zurück, trank er weiter, während er auf Google seinen Namen eintippte. Er sah Bilder von sich selbst, auf allen lachte er, auf allen war er glücklich. Als er wieder aufstehen wollte, bemerkte er, wie betrunken er bereits war.

Unsicher ging er durch die verlassenen Flure des Fernsehstudios, die Flasche in der Hand, fuhr mit dem Lift so hoch, wie er konnte, nahm für den letzten Teil die Treppe. Kühl war die Luft auf dem Dach, weit ging der Blick, die Welt lag in der Dunkelheit. All die Häu-

348

ser, in denen noch Licht brannte, in denen Leute später Krimis schauten, Dauerwerbefernsehen, Kochsendungen. Und all die Häuser, die schon dunkel waren, mit ihren glücklich schlafenden Menschen drin, Menschen in Sicherheit, Menschen, die sich nicht fürchteten, Menschen mit Dächern über dem Kopf. Was mochten all die Leute träumen, was dachten sie, während sie in ihren Betten lagen? In einem der Betten lag Judith, in einem Luca, in einem Laurin. Vielleicht sprach einer der Jungs im Schlaf, gefangen in Geschichten von Drachen, Robotern und Laserstrahlen. Er würde alles wiedergutmachen, dachte Tim. Er liebte seine Buben, er liebte Judith. Wer den Karren in den Dreck gefahren hat, kann ihn auch wieder rausziehen. Es würde nicht einfach werden, es würde Kraft kosten, er musste es einfach bald tun, schnell, bevor die Presse davon Wind bekam, sonst wäre er erledigt. Obwohl: Es war ja eh alles aus. Vorbei. Tim blickte hoch in den Himmel. Ihm wurde schwindlig, als er den Kopf weit zurücklehnte. Er sollte sich vielleicht besser hinlegen, dachte er, ein bisschen in den Sternenhimmel schauen, wie schön. Er war klar, vielleicht konnte er ein paar Sternbilder ausmachen. Den Großen Wagen. Ja, den Großen Wagen, den er in den Dreck gefahren hatte. Was gab es noch? Den Bären? Die Ratte? Er hatte keine Ahnung von Sternbildern. Man denkt, man sieht alles, dabei sieht man nichts, nur einen Krümel vom Ganzen. Und man selbst ist ein Krümel von einem Krümel von einem Krümel. Eigentlich, dachte er, sieht man vor allem Schwärze, Dunkelheit, Nacht. Ja, das Leben war nichts anderes als eine große, tiefe

Nacht, und er befand sich in einem veritablen Alb-
traum. Eine Sternschnuppe fiel, schnell war sie verschwunden. Tim kicherte kindisch, er dachte: Jetzt darf
ich mir was wünschen. Er nahm noch einen gluck-
senden Schluck aus der Flasche, sie war beinahe leer.
Tim beäugte sie, hielt sie vor seine Augen, ein Grunzen
entfuhr ihm, als wäre er ein verirrtes, wildes Tier. Ihm
wurde schlecht, und er dachte: Gleich muss ich kotzen.
Er sog die frische Luft ein, stand auf, es wurde ihm etwas
besser. Dann bemerkte er, dass er genau dort stand, von
wo die *Meteo*-Sendung nach der *Tagesschau* gesendet
wurde. Die Popularität dieser *Meteo*-Fritzen und -Tan-
ten, die ging ihm gehörig auf den Wecker, die konnten
nichts, konnten nicht sprechen, aber die Leute mochten
das, fanden das authentisch, scheiß auf die Authentizi-
tät, dachte Tim, auf Föhnstürme, Starkregen und Hitze-
wellen, auf das Hochdruckgebiet Annelie und flankie-
rende Tiefdruckgebiete, scheiß auf das Azorenhoch und
auf das Tief über den Britischen Inseln, scheiß auf die
Leute, die in den Fernseher starrten, weil sie nichts
Besseres zu tun hatten, als es sich vor ihren Flachbild-
schirmen in ihren kissenbestückten Sofas gemütlich
zu machen, Chips in sich reinzustopfen und sich aus-
zumalen, wie es sein würde, das Wetter, als sei es ihr
verdammtes Schicksal, dem sie nicht entgehen wollten.

Das Pult war mit einer grünen Plastikhülle abgedeckt. Tim stellte die Flasche auf den Boden und zog
an der Hülle, fluchend, so einfach ging das gar nicht, irgendwo war sie festgemacht, er zerrte und zog, ächzend,
fluchend, irgendwann hatte er sie vom Pult gerissen. Er

stutzte. Komisch, wo sind denn die Knöpfe hin? Er hatte das Pult von *Meteo* ganz anders in Erinnerung, nicht als glatten Kasten, nein, in seiner Erinnerung war das Ding groß und klobig, mit einem grünen Telefonhörer und diesen vier roten Knöpfen, die man pressen konnte, um die Wetterbilder abzurufen, so richtig schöne, rote, runde Buzzer-Knöpfe. Jetzt aber stand da so ein kleines Pult mit einem schwarzen Bildschirm, von Knöpfen war nichts zu sehen. Dennoch lehnte sich Tim gegen das Pult und sagte: »Sehr verehrte Zuschauerinnen und Zuschauer, willkommen bei *Meteo*. Die Aussicht auf das weitere Leben von Tim Gutjahr.« Er drückte ein paar Mal auf den roten Knopf, der nicht da war. Hämmerte darauf. »Sonnenschein, strahlender Sonnenschein! Liebe Zuschauerinnen und Zuschauer, das Leben von Tim Gutjahr wird in den nächsten Tagen prächtig werden! Wir sehen es auf dem Satellitenfilm. Ja, mehr gibt es nicht zu sagen. Sonnenschein und keine graue Wolke am Himmel! Vielen Dank fürs Zuschauen und bis zum nächsten Mal. Einen schönen Abend wünscht Ihnen Tim Gutjahr.« Er hob seine flache Hand an die Schläfe und salutierte.

Ein Lichtstrahl glitt über das Dach, jemand rief: »Wer ist da?« Tim blickte auf, sah eine dunkle Gestalt langsam vorangehen, in der Hand eine Taschenlampe. Tim griff sich die Flasche, richtete sich auf. Eine Türe schlug hart klackend ins Schloss. Erneut rief die Gestalt etwas. Der Lichtstrahl ging in eine ganz andere Richtung als jene, in der Tim stand, er dachte: kalt, ganz kalt, und grunzte. Der Lichtstrahl fror für einen Moment ein, schwenkte herum und erfasste ihn. Die Gestalt kam näher, Tim konnte erkennen: Es war einer vom Sicherheitsdienst auf seinem nächtlichen Kontrollgang, ein Typ in dieser lächerlichen Pseudouniform.

»Wer sind Sie? Was tun Sie hier?«

Tim hielt die Arme ausgestreckt, um mit seinen Händen die Augen vor dem grellen Licht der Taschenlampe abzuschirmen.

Barsch klang die Stimme des Nachtwächters, keinerlei Angst schwang mit. »Wer sind Sie?«

»Niemand«, sagte Tim.

»Was tun Sie hier?«

»Nichts.«

»So reden Sie doch.«

Tim fragte sich, ob Nachtwächter bewaffnet waren, aber er glaubte nicht.

»Sie dürfen sich hier nicht aufhalten. Wie sind Sie auf das Dach gekommen?«

»Zu Fuß«, wollte Tim sagen, aber er sagte es nicht, lachte nur in sich hinein, dann brüllte er: »Niemand. Ich bin niemand. Und ich tue nichts. Nichts.«

Der Wachmann kam näher, die Stimme veränderte sich, wurde ruhiger, als er sagte: »Sie sind doch Tim Gutjahr? Was tun Sie hier oben?«

»Nichts«, sagte Tim leise und fing an zu weinen. Er hob seinen Arm und warf die Flasche in hohem Bogen über den Rand des Daches. Es war kein Geräusch zu hören, als sie aus dem Blickfeld fiel. Kein Aufschlag, kein Splittern. Es war, als sei sie gar nicht vom Dach gefallen und irgendwo in tausend Stücke zersplittert, sondern im Nichts verschwunden. Tim rappelte sich auf, tat einen Schritt auf den Uniformierten zu.

»Sind Sie betrunken? Was haben Sie vor?«

»Nichts«, sagte Tim und lächelte schief, und es klang fast singend, als er sagte, langsam, aber laut: »Rein! Gar! Nichts!« Und er hörte den Uniformierten hinter sich herrufen, als er davonrannte, die Augen geschlossen, bis er nichts mehr unter seinen Füßen spürte, rein gar nichts mehr.

Mit freundlichen Grüßen

Nachdem sie das Telefon auf die Ladestation zurückgelegt hatte, stand sie eine Weile am Fenster und blickte in den Hof. Nun war er also gestorben. Eine Träne rann ihr über die Wange, eine zweite folgte, bald mehr. Sie weinte. Sie weinte jedoch nicht aus Trauer über den Verlust, nein, sie weinte, weil sie nichts empfand. Sie beweinte, dass sie nichts zu beweinen hatte. Eben hatte eine Frau angerufen, hatte Judith gesagt, dass er in der Nacht verstorben sei. Irgendwann, nachdem die Sonne unter- und wieder aufgegangen war, wie sie es immer getan hatte und immer tun würde, tat sein Herz den letzten Schlag. Während Judith in einem traumlosen Schlaf gelegen hatte, starb ihr Vater. Starb er im Schlaf? Lag er wach? War jemand bei ihm? Tat er es still oder röchelnd? Hat es ihn überrascht, oder hatte er es kommen sehen? Judith hatte zur fremden Stimme am Telefon gesagt: »Ja.« Sie hatte gesagt: »Danke für die Nachricht.« Und sie hatte nichts empfunden, so tief sie auch in sich hineinhorchte. Wie lange war es her, dass sie ihn das letzte Mal besucht hatte? Was sprachen sie damals? Sicher hatte er ihr Vorwürfe gemacht, hatte geklagt, gejammert. Bestimmt. Was gab es nun zu tun? Wo sollte sie sich informieren? Sie wollte nicht, dass seine Asche oder seine sterblichen Überreste auch nur in die Nähe ihrer toten Mutter kämen. Judith blickte auf die Uhr. Es war kurz nach neun. Sollte sie eine kurze Runde laufen gehen, der Sihl entlang? Um denken zu können? Nein, sie wollte nicht aus dem Haus, zu sehr war sie in Gedanken. Stattdessen putzte sie die Küche, räumte den Kühlschrank aus, prüfte alle Lebensmittel auf das Ablaufdatum, obwohl sie wusste, dass kein Datum abgelaufen war. Sie nahm alle Ablagen und Schubfächer heraus und spülte sie mit einem Schwamm in warmem Spülwasser, trocknete sie sorgfältig und stellte sie zur Seite. Sie gab zwei Esslöffel Natron auf einen Liter Wasser, füllte die Putzlösung in eine Sprühflasche und sprühte das Innere des Kühlschrankes ein. Lange wischte sie den Schrank, vor allem die hinteren Ecken, zog dann den Kühlschrank von der Wand weg und ging dahinter mit dem Staubsauger ans Werk. Sie hörte, wie Krümel und Brocken durch das Metallrohr gezogen wurden. Mit einem Wattestäbchen ging sie hinter die Ablauföffnung für das Tauwasser. Sie räumte den Kühlschrank wieder ein und achtete darauf, dass zwischen den Lebensmitteln genügend Platz vorhanden war, damit die Luft zirkulieren konnte. Der Käse kam nach oben. Eine Etage darunter kamen die anderen Milchprodukte, Joghurt, Quark.

Nochmals eine Etage tiefer die wiederverschließbaren Dosen mit dem Aufschnitt, dem Trutenschinken, der Salami. Konsequent getrennt kamen Obst und Gemüse in die dafür vorgesehenen Fächer im unteren Bereich, wo es weder zu warm noch zu kalt war und die Vitamine in den Lebensmitteln erhalten blieben.

Daraufhin rieb sie das Chromstahlspühlbecken trocken, dann ihre Hände, hängte das Geschirrtuch an den Haken, ging herunter, um die Post zu holen. Im Briefkasten lag ein Couvert, sie kannte den Absender: Immokauz. Noch im Treppenhaus riss sie es auf. Sehr geehrter Herr Gutjahr, hieß es in dem Schreiben, man wolle ihm mitteilen, dass man Bezug nehme auf die dann und dann ausgesprochene Kündigung der Wohnung im ersten Stock in der Liegenschaft Lienhardstrasse 7. Diese Kündigung sei hiermit aufgehoben. Der bestehende Mietvertrag gelte wie er zuvor gegolten habe, man entschuldige sich für die Unannehmlichkeiten. Der Brief endete mit freundlichen Grüßen und einer krakeligen Unterschrift.

Judith schüttelte ungläubig den Kopf, noch einmal las sie das eben Gelesene. Was hatte dies zu bedeuten? Wen konnte sie fragen? Tim wollte sie nicht anrufen, also klopfte sie bei Vischer. Es ging nicht lange, da öffnete sich die Türe. Er hatte einen kleinen Schraubenschlüssel in der Hand. »Judith«, sagte er, und sie glaubte so etwas wie freudige Überraschung in seiner Stimme zu hören. Er schien zu lächeln. Sie gab ihm einen schnellen Kuss auf die Wange und schlüpfte in die Wohnung, »mach die Tür zu«, sagte sie, denn sie wollte nicht gesehen werden von jemand anderem im Haus. Sie zeigte ihm aufgeregt den Brief.

»Sie ziehen die Kündigung zurück.«

»Ich weiß.«

»Seltsam, oder?«

»Ist doch gut!«

»Ja, unglaublich gut, aber ... was mag sie dazu bewogen haben, die Kündigung zurückzuziehen?«

»Geld.«

»Wie meinst du das?«

»Es geht immer um Geld. Sie haben das Haus verkauft.«

»Wie kommst du darauf?« Judith blickte ihn verwirrt an. Er stand noch immer da mit dem Schraubenschlüssel in der Hand, seine Hände waren dreckig.

»Ich weiß es.«

»Du weißt, wer das Haus gekauft hat?«

»Ja.«

»Wer?«

»Ich.«

Sie sah ihn ungläubig an »Das ganze Haus? Warum?«

»Ich ging zum jungen Kauz und habe ihn gefragt, wie teuer das Haus sei. Zuerst wollte er es nicht verkaufen, sie hatten ja Pläne damit, furchtbare Pläne übrigens, sie wollten das Haus komplett sanieren. Böden rausreißen, Decken runterziehen, die Raumhöhe verringern, um Heizkosten zu sparen, einen Lift einbauen. Sie wollten tatsächlich das ganze Haus aushöhlen. Am liebsten hätten sie es abgerissen, aber das ging wegen des Denkmalschutzes nicht. Er hat ziemlich geflucht darüber.«

»Und dann?«

»Wie gesagt: Schlussendlich geht es immer um das Geld. Der junge Kauz hat keine emotionale Bindung zu diesem Haus, er hat keine moralischen oder sonst wie gearteten Grundsätze.«

Sie wusste nicht, was sie darauf sagen sollte, also sagte sie: »Wie viel hast du … das muss ja …«

Er lächelte. Dieser rare Anblick, der in letzter Zeit häufiger wurde, stand ihm gut. »Zu viel«, sagte er. »Zu viel, als dass ein geldgieriger Mensch wie der junge Kauz hätte widerstehen können. Viel weniger aber, als es jemandem wert sein kann, dem es am Herzen liegt.«

»Was liegt dir am Herzen? Das Haus?«

»Dass sich die Dinge nicht verändern. Dieses Haus ist der Ort, an dem ich leben kann, geschützt durch all die Dinge, die hier sind, mit denen ich aber nichts zu schaffen habe.«

Sie blickte ihn eine Weile an, schaute in seine trüben Augen. »Wie ein Wald, in dem du dich verstecken kannst?«

Er dachte kurz darüber nach: »Ja, so könnte man es auch sagen.«

Sie nickte, verstand.

Er sagte: »Du fragst dich nun: Woher habe ich so viel Geld?«

Sie sah ihn wortlos an.

»Ich besaß eine eigene Firma. Nachdem ich mein Kind und meine Frau verloren hatte, arbeitete ich nur noch, dachte, das könnte meine Rettung sein.«

»Was für eine Firma? Ich weiß so wenig von dir.«

»Wir entwickelten digitale Sicherheitssysteme, Schutz von Inhalten im Digitalfernsehen, Zutrittskontrollen von Personen und Fahrzeugen bei Liegenschaften, solche Dinge. Langweiliges Zeugs. Aber ein paar unserer Produkte waren wirklich gut. Die Arbeit war aber nicht mein Heil, im Gegenteil. Je mehr ich arbeitete, desto unglücklicher wurde ich. Das war meine einzige Erkenntnis: Man kann immer noch unglücklicher werden. Glaube mir, in dieser Beziehung gibt es gegen unten keine Grenze. Also verkaufte ich den Laden und fing mit dem Radfahren an, das hat mich gerettet.«

Dann sagte Vischer, als sei ihm gerade etwas gänzlich anderes eingefallen: »Ach ja!«

»Was?«

Er blickte Judith an, wieder ein Lächeln in seinem Gesicht, eindeutig.

»Was?«, fragte Judith erneut, ein kurzes Lachen folgte, Ausdruck ihrer Nervosität.

»Ich habe da etwas für dich. Es ist eigentlich noch nicht ganz fertig, aber ich denke, der Zeitpunkt ist nun richtig.«

»Für mich?«

»Ja. Ein Geschenk.«

»Ein Geschenk?«

»Komm mit.«

Sie standen noch immer im Flur. Er führte sie in ein Zimmer. Judith überlegte: Was war das Letzte, was sie von Tim geschenkt bekommen hatte? Zu Weihnachten schenkte er ihr eine Nike-Sportuhr mit GPS-Funktion, die sie kaum je trug. Manchmal brachte er Blumen mit

nach Hause, aber immer waren es solche, die er bekommen hatte, von Fans, Firmen oder wem auch immer.
»Schau, Blumen«, sagte er dann und grinste. »Für mich?«,
fragte Judith anfangs überrascht. »Ja, klar«, sagte er, »für
dich. Also: Ich hab sie bekommen. Aber ich mach mir
ja nicht so viel aus Grünzeugs. Da hab ich mir gedacht,
ich schenk sie dir! Freust du dich gar nicht?« – »Doch,
doch«, sagte sie und schickte sich an, sich zu freuen
oder wenigstens so zu tun, während sie einen Stuhl
heranholte, um darauf zu steigen und aus dem Kasten
in der Küche eine Vase zu holen, die Vase mit lauwar-
mem Wasser zu füllen. Die unteren Blätter zu entfernen,
die Stiele mit einem scharfen Messer anzuschneiden,
schräg, unter fließendem Wasser, so wie sie es gelernt
hatte. Die letzten Blumen von Tim: Wie lange war es
her? Es musste im Frühling gewesen sein. Vielleicht war
es auch der Frühling des letzten Jahres gewesen.

Gut, sie war auch nicht die talentierteste Geschenke-
macherin, wahrlich nicht. Sie machte sich weder viel daraus, Dinge zu bekommen, noch, Dinge zu geben, war
keine Freundin von Überraschungen, und an ihren Ge-
burtstagen war sie froh, wenn sich niemand mit Glück-
wünschen oder Grußkarten meldete. Nun aber, diesem
Mann mit dem schmalen Lächeln und dem Schraubenschlüssel in der Hand gegenüber, überkam sie Freude:
»Ich weiß nicht, was ich sagen soll.«

»Sag nichts. Du musst gar nichts sagen. Sitz mal
drauf. Mal sehen, ob es passt. Hab die Größe geschätzt.
Wir müssen wohl sicher noch den einen Millimeter
hier und dort anpassen. Sattelhöhe etwa. Sollte aber

kein Problem sein. So vom Schiff aus gesehen, passt das Teil«, sagte er und hielt den Kopf etwas schräg, um die Sache besser beurteilen zu können. Mitten im Zimmer stand ein blaues Rennrad, daran an einer nicht zu straffen Schnur ein gasgefüllter Ballon. Sie ging einen Schritt auf ihr Geschenk zu.

»Das mit dem Ballon«, sagte er, »also: Ein Velo kann man ja schlecht verpacken, darum hab ich den Ballon dran gemacht, damit man sieht, dass es …«

»… es ist wunderschön.«

Er zuckte mit der Schulter. »Die Ballons kann man im McPaper kaufen. Füllen sie mit Helium, vor Ort. Ist ein bisschen seltsam, als Erwachsener mit einem Ballon durch die Stadt zu spazieren. Aber … die Farbe gefällt dir hoffentlich. Ich meine die Farbe des Rades, nicht des Ballons.«

»Sie ist wunderbar. Hast du mich deshalb kürzlich gefragt, was meine Lieblingsfarbe sei?«

»Vielleicht?« Er nahm einen Lappen und rieb über das Oberrohr aus glänzend lackiertem Stahl, rieb bedächtig, glänzen konnte es nicht mehr, als es bereits zuvor geglänzt hatte. »Ich hab schon lange niemandem mehr ein Geschenk gemacht«, sagte er und schluckte leer.

»Es ist wunderschön«, sagte sie.

»Es ist ein Colnago Master, ein italienisches Modell. Ich dachte, das passt zu dir, Italien. Und es ist aus Stahl. Gemufft.«

»Gewas?«

»Gemufft. Die Stahlrohre werden mit Muffen verbunden. Schau.« Er zeigte auf eine Muffe, verchromt wie die Vorderradgabel, goldfarben ausgemalt, darin ein dreiblättriges Kleeblatt.

»Stahl. Das, äh, klingt robust.«

»Das ist robust, ja. Hält ewig.«

Sie legte eine Hand auf den ledernen Sattel, ließ sie dort ruhen, blickte auf die aufwendige, blaue Lackierung des Stahl-Rahmens. »Es ist wunderschön«, sagte sie nochmals, leise.

Vischer räusperte sich. »Und hier«, sagte er und zeigte auf den großen Tisch, auf dem eine Tüte stand, »sind noch ein paar Kleider. Ich hoffe, sie passen. Schuhe sind auch dabei.«

»Was für ein seltsamer Tag.«

»Ist nicht jeder Tag ein bisschen seltsam?«

»Heute ist ein besonders seltsamer Tag. Ich bekomme ein Geschenk, ein wunderbares Geschenk. Ich erfahre, dass die Wohnung nicht gekündigt ist, und ich erfahre, weshalb ich nicht ausziehen muss, weil nämlich mein Nachbar das Haus gekauft hat. Mein Nachbar, den ich bis vor Kurzem noch für einen seltsamen Menschen gehalten habe und erst jetzt besser kennenlerne. Und heute Morgen erfahre ich, dass mein Vater gestorben ist.«

»Wann?«

»In der Nacht auf heute.«

»Das tut mir leid.«

»Es ist schon okay. Er war alt und krank, es war eine Erlösung für ihn.« Sie dachte: Für mich war es auf jeden Fall eine Erlösung. Noch einmal sagte sie: »Was für ein seltsamer Tag.«

Er nickte.

»Machen wir eine Ausfahrt?«

»Und die Kinder? Kommen die nicht zum Mittagessen?«

»Nein.«

»Nun ja, sehr gerne, ich hab ja nichts anderes vor.«

»Gut, dann ziehe ich mich mal um«, sagte Judith und blickte Vischer freudig an, der begriff und aus dem Zimmer ging. Keine Viertelstunde später stand sie in ihrer neuen Rennradmontur vor dem Haus, »klack, klack« machten die harten Sohlen der ungewohnten Schuhe auf dem Asphalt. Vischer schob erst ihr Rad aus dem Haus, dann das seine. Und sie fuhren davon, sie voraus, er hinterher, bald Seite an Seite. Zuerst langsam und zögerlich, schließlich immer schneller und schneller. Bis sie verschwunden waren hinter der nächsten Ecke, dem ersten Hügel, auf den ein zweiter folgen würde, ein Wald, ein Fluss, eine sich schlängelnde Straße, die davonführte, dahin, wo sie beide noch nie gewesen waren.

In einer kubistischen Tropfsteinhöhle

»Delphine?«, Paola rief nochmals, etwas lauter. »Delphine?« Erneut klopfte sie an die Türe des Ateliers bei der Roten Fabrik. Keine Antwort. Nichts zu hören außer irgendwo in einem anderen Raum dumpfe Musik und über ihr im hohen Flur eine Leuchtstoffröhre, die tickend ihr nahes Ende ankündigte. Paola musste einen Rülpser unterdrücken, das Meerrettichmousse, das zum Lachs serviert worden war, stieß ihr auf. Und das prickelnde Gefühl von Lebendigkeit nach dem dazu servierten Glas Champagner war längst einer mittelschweren Mattheit gewichen. Sie blickte auf die kleine Uhr an ihrem Handgelenk, sie war pünktlich auf die Minute, elf Uhr, wie ausgemacht! Keine Nachricht auf ihrem Handy, also schrieb sie, sie sei nun da und warte, freundlich formuliert, obwohl sie sich ärgerte. Unzuverlässiges, junges, dummes Ding! Sie rümpfte ihre kleine spitze Nase, als sie den Flur hochblickte in dem Atelierhaus, im kalten Licht standen dort dreckige Dinge, die sicherlich Kunst waren. Farbig angeschmierte Holzbretter. Paola hatte extra ein Taxi genommen, um pünktlich hier zu sein, im Bally hatte sie es sich rufen lassen, als sie einen wunderbaren, gegürteten Wildledermantel anprobierte, der ein bisschen an Winnetous Morgenmantel erinnerte. Sie zuckte zusammen, als sie die Zahl auf dem Preisschild sah.

Mit gebührender Vorsicht ging sie eilig über aufgebrochenen Bodenbelag und Unkraut, fand die Eingangstüre zum Atelierhaus, sie war verschlossen. Keine Klingel. Natürlich, dachte Paola, regte sich schon ein wenig auf und rief Delphine ein erstes Mal an. Dann wartete sie, auf ihr Handy starrend, und als es surrte, war es nur eine Nachricht von Fabio, der in diesem teuren Hotel im Schwarzwald angekommen war und ein Foto des Zimmers schickte. Ziemlich bieder, dachte sie, ziemlich deutsch, so holzig und altmodisch, da war sie sich anderes gewohnt. Zum Glück hatte sie nicht mitgemusst. Ein ungepflegter Typ kam angefahren, auf

einem klappernden und quietschenden alten Damen-
fahrrad, er stellte es, ohne abzuschließen, an die Haus-
fassade: Sieht wie ein Künstler aus, dachte sie und sagte:
»Hallo.« - »Hm?«, machte er, während er einen Schlüs-
selbund aus seinem Rucksack kramte. »Ich habe mit
Delphine abgemacht. Und ich ...« - »Klar.« - »Klar?« -
»Ich lass dich rein, dann kannst du drinnen warten.« -
»Oh, das wäre, äh, nett.« Er sah sie nur müde an, als
sie ihm sagte, wie spannend es sei, das Haus hier, diese
Atmosphäre, diese in der Luft liegende Kreativität.
»Delphines Atelier ist da, das letzte rechts.« Paola fielen
seine dreckigen Fingernägel auf, als er ihr den Weg wies.
Dann ging er in die andere Richtung davon, schlurfend.
»Danke«, rief Paola. Er sagte nichts, und sie, halblaut zu
sich selbst, die Augen verdrehend: »Reizender Mensch.«

Sie drückte die Türklinke. Das Atelier war nicht verschlossen, sie ging zögerlich hinein. Der synthetisch
scharfe Duft von frischer Farbe drang in ihre Nase.
»Delphine?«, rief sie. Keine Antwort. »Delphine? Hu-
hu, bist du da?« In der Mitte des Raumes stand eine seltsame Kabine, vielleicht vier auf vier Meter, sie reichte
beinahe an die Decke und sah aus wie ein Würfel aus
Holzplatten, schwarz gestrichen, ohne Fenster. Paola
ging um den Würfel herum. Ein seltsames Ding, was
konnte es sein? Paola ging weiter um den schwarzen
Kasten herum und zog ihr Handy hervor. Keine Nachricht von Delphine, dafür noch ein Bild von Fabio, eine
Flasche Champagner. Darunter ein Wort: »Bingo!«
Paola machte ein ärgerliches Gesicht, auf jemanden zu
warten, war ihr zuwider. Noch einmal umkreiste sie

das schwarze Ding, da entdeckte sie so etwas wie eine Türe. Sie hatte keinen Griff, sondern bloß ein zu einer Schlaufe geschlungenes Stück Seil. Sie zog daran. Geräuschlos schwang die Türe auf. In der Kiste war eine Kammer, sie beugte sich hinein, konnte aber nicht viel sehen. Wände, Decke und auch der Boden bestanden aus lauter spitzen Pyramiden, aber als Paola eine dieser Spitzen berührte, vorsichtig, war diese ganz weich, aus Schaumstoff. Gleich beim Eingang gab es im Boden ein kleines Podest, gerade groß genug, um dort zu stehen. Als sich ihre Augen etwas an die Dunkelheit in der Kammer gewöhnten, sah sie, dass die Wände gar nicht schwarz waren, sondern blau, und tatsächlich waren alle Flächen des Raumes überzogen mit diesen bizarren Pyramiden. Paola ging gebeugt einen Schritt hinein, stellte sich auf das Podest und richtete sich auf. So etwas Sonderbares hatte sie noch nie gesehen, nicht einmal damals in der Nähe von Salzburg, wo durchgeknallte Künstler für Swarovski eine kristalline Wunderwelt errichtet hatten. Es wurde wieder dunkler, sie fragte sich, weshalb, da hörte sie ein Geräusch, ganz leise nur vernahm sie ein metallisch mechanisches Schnappen. Die dicke Türe war hinter ihr zugefallen. »He«, rief Paola, fuhr herum und bemerkte, dass sich ihre Stimme sonderbar anhörte, ganz so, als sei es gar nicht ihre Stimme, ohne Echo, ganz dünn. »Hallo?« Sie drückte gegen die ebenfalls mit Schaumstoffpyramiden verkleidete Türe, aber die Türe blieb zu. Sie suchte nach einem Türgriff, einem Knopf, einem Hebel, irgendwas, aber da war nichts. »Hallo?«, rief sie lauter. »Hört mich jemand? Delphine?

Hallo? Wenn das ein Scherz sein sollte, ist es kein guter. Hallo? Ist da jemand?« Je länger sie rief, desto lauter rief sie, und je lauter sie rief, desto sonderbarer hörte sich ihre eigene Stimme an, als läge keinerlei Kraft in ihr. Sie holte ihr Handy hervor und überlegte schon, wen sie anrufen sollte, aber sie sah, dass sie keinen Empfang hatte. Fluchend stopfte sie das Handy zurück in ihre Tasche, stellte diese auf den Boden und fing noch einmal an, gegen die Türe zu drücken, zögernd erst, bald mit ganzer Kraft und aus voller Kehle. Sie trommelte gegen die Schaumstoffpyramiden, trampelte wie Rumpelstilzchen mit ihren in Ballerinas steckenden Füßen auf dem Boden herum, riss Schaumstoffteile von den Wänden, suchte irgendeinen Weg hinaus, einen Spalt, ein Loch, ein loses Brett, aber da waren bloß Wände, Decke, Boden, alles aus Holz, das zwar dünn war, aber trotzdem massiv genug, dass Paola nichts ausrichten konnte, nur ihre Nägel brachen, und die Fingerspitzen waren blutig, was sie nicht sehen, aber schmecken konnte. Erschöpft sank sie zu Boden, schluchzte. »Hallo?«, sagte sie noch einmal, leise. »Hallo?«

Alles, bis aufs Badekleid

Das Interessanteste fand Delphine die vier Ampullen mit Hirnflüssigkeit, die ihr aus dem Rückenmarkskanal gezogen wurden. Die Ärztin hatte gelächelt, als sie Delphine eine Ampulle zeigte, so als sei sie selber immer wieder aufs Neue fasziniert davon, sie sagte: »Rein wie

Quellwasser.« Und tatsächlich: Die Hirnflüssigkeit war von klarster Qualität. Wenn nur meine Gedanken so klar wären, dachte Delphine. Es folgten weitere Untersuchungen, und bald wurde ihr langsam, aber sicher so richtig langweilig. Sie vermisste ihr Bett an der Lienhardstrasse, ihre stichfesten Mokkajoghurts, ihren gelben Löffel und ihr Atelier. Sie vermisste ihr normales Leben. Und es schien ihr ganz so, als ob die Symptome abklängen. Fühlte sich ihre Haut nicht von Tag zu Tag normaler an? Oder war das bloß Einbildung? Sie wurde seit fünf Tagen beobachtet und untersucht, vor allem aber bezahlte sie das Spitalbett, in dem sie lag oder saß, verdammt zum Warten, Nichtstun und Ausgeliefertsein. Am Morgen des sechsten Tages konnte sie mit Bestimmtheit sagen, dass die Symptome abklangen. Ihre Haut fühlte sich größtenteils wieder normal an, und sie saß mit Frau Doktor Relisch in einem besenkammerkleinen Besprechungsraum, karg wie die Arrestzelle einer russischen Kaserne, die Luft hundert Tage alt. Relisch erklärte ihr in wenigen Minuten Dinge, die Delphine erst viel später begreifen sollte, und auch dann nicht richtig. Sie erfuhr, dass man anhand der Symptome erst vermutete, es könne sich um eine HIV-Infektion handeln oder Multiple Sklerose, beides könne man aber ausschließen. Nein, es sei etwas anderes festgestellt worden, in ihrem Liquor, nämlich FSME, mit an Bestimmtheit grenzender Wahrscheinlichkeit. »Genauer handelt es sich in Ihrem Fall um eine FSME-Meningomyeloradikulitis, also nicht um eine Entzündung der Hirnhaut, sondern der aus dem Rückenmark hervorgehenden Nervenwurzeln. Ausgelöst durch einen Zeckenbiss.« – »Einen Zeckenbiss?« – »Ja, wir befinden uns hier leider in einem Risikogebiet.« – »Und was kann man dagegen tun?« – »Nichts. Ist die Krankheit einmal ausgebrochen, besteht keine Therapie-Möglichkeit.« – »Und weshalb klingen die Symptome bei mir dennoch ab?« – »Sie haben anscheinend die Entzündung überstanden.« – »Sie meinen, mein Körper hat den Virus erledigt?« – »So könnte man es sagen.« – »Und was hätte passieren können?« Doktor Relisch zuckte mit der Schulter, blickte beiläufig auf ihre Uhr. »Bewusstseinsstörungen, Lähmungen von Extremitäten oder Gesichtsnerven, die Palette ist relativ breit.« – »Kann man daran sterben?« – »Man kann an allem sterben«, sagte Dr. Relisch, und tatsächlich war ein Lachen in ihrem Gesicht zu erkennen, irgendwo unter all der Müdigkeit, wenn auch nur ganz kurz. »Bei FSME jedoch liegt die Letalität der Fälle mit neurologischen Symptomen bei etwa einem Prozent. Und die gute Nachricht: Sie sind nun immun dagegen.« – »Für immer?« – »Für immer.« Dann erhob sich die Dr. Relisch, Delphine tat es ihr gleich. Man gab sich die Hand, das war es gewesen. Delphine durfte ihre Sachen packen.

Leicht fühlte sich die schwere Tasche an ihrer Hand an, als sie keine halbe Stunde später zur Türe hinausging, zurück in ihr Leben, das hoffentlich auf sie gewartet hatte, die letzten paar Tage. Es war kurz nach Mittag, als Delphine durch die Empfangshalle der Klinik Haldenbach schritt, vorbei an den Wartenden mit ihren unklaren Gebrechen, die am Schalter standen und mit

Kugelschreiber Eintrittsformulare ausfüllten, so wie sie es selbst getan hatte. Die Schiebetüre öffnete sich mit einem salutierenden Zischen, als sie aus dem Gebäude trat, die Luft war frisch, sie war am Leben. Sie hätte auch sterben können. Ja, das wurde ihr nun klar: Zwischen dem Leben und dem Tod war alles im Bereich des Möglichen gewesen. Sie könnte nun verrückt sein, gelähmt, blind. Die Zecke hatte zugebissen, Delphine erkrankte, und niemand und nichts konnte etwas gegen diese Krankheit tun, keine Tablette, keine Spritze, nichts, nur sie und ihr Immunsystem. Sie hatte gewonnen. Sie lebte.

Delphine griff ihre Tasche und ließ die Klinik hinter sich, in der sie die letzten Tage in banger Ungewissheit gelegen hatte. Nun nahm sie alles wahr wie auf einem hyperrealistischen Gemälde: Eine kriechende Schnecke mit ihrem spiralförmig bemalten Haus auf dem Rücken in der Rabatte verursachte Delphine eine Gänsehaut, das satte Dunkelgrün der abweisend stacheligen Stech-palme rührte sie ebenso fast zu Tränen wie die Krüp-pelhaftigkeit der krummen Kiefer, die dort stand. Hätte sie jemand gefragt, jetzt in diesem Moment, was für sie Glück bedeute, hätte sie gesagt: dass ich lebe, dass ich spüre, dass ich am Leben bin.

Mit dem 10er-Tram fuhr sie herunter zum Bahnhof, hörte die Räder unter sich rattern, fand es großartig. Die kalte Stimme, welche die Stationen ansagte, war großer Gesang. Das zu ihr herüberwabernde, aufdringliche Parfüm einer Passagierin eine Sensation. Sie legte ihre Hand an die Scheibe, fühlte die glatte Kühle des Glases.

Sie wusste, was sie nun tun wollte. Sie tat es, weil sie es tun konnte. Die Tasche hatte sie ja dabei, und darin war alles, was sie brauchte. Der Ausweis, die Kreditkarte, ein paar Kleidungsstücke, ein Buch, das Necessaire, der iPod, die Kopfhörer. Bloß das Badekleid musste sie noch kaufen. Und das Handy hatte keinen Strom mehr. Wer aber brauchte schon ein Handy? Sie lächelte, als sie den eben ausgeheckten Plan nochmals durchdachte und das Tram um die Kurven quietschte. Statt nach Hause zu gehen, würde sie nach Italien fahren, mit dem nächst-besten Zug, einfach so. Ein paar Tage bleiben. Sie sehnte sich nach dem Meer. »Ich muss unbedingt nachsehen, ob das Meer noch da ist. Und welche Farbe es hat.« Viel-leicht würde sie ein paar Tage in Genua bleiben, in einer Pension, oder der Küste entlang weiterreisen. Herunter nach Portofino, sich die Jachten der Superreichen im Hafen ansehen, weiter nach La Spezia, Livorno. Oder sie würde in die andere Richtung fahren, nach Alassio, San Remo, ja, eigentlich könnte sie bis nach Barcelona fah-ren. Freunde besuchen, auf einem Frachtschiff anheu-ern, einmal um die Welt fahren. In Australien bleiben und Schafzüchterin werden. Sie konnte tun, was immer sie wollte, denn: Sie lebte, sie war gesund. Ohne Hast ging sie zu den Schaltern, reihte sich in die Schlange der Wartenden. Als sie an der Reihe war, sagte sie: »Genua. Einfach. Zweite Klasse. Die nächstmögliche Verbin-dung, bitte schön.« Und um zwei Minuten nach halb zwei fuhr der Eurocity Richtung Milano aus dem Zür-cher Sackbahnhof. Bald schon säße sie in dem Café an der Via Salita Pollaiuoli, hockte dort an einem runden

Marmortischlein im Caffè degli Specchi, diesem engen Raum mit seinen weißen Marmorböden, den verspiegelten Wänden und der weiß gekachelten Gewölbedecke, es würden gefüllte frittierte Oliven zum Aperitif serviert werden, kleine Pizzette, und sie könnte in Ruhe die anderen Gäste beobachten, die Großmütter mit ihren knurrhahnigen Gesichtern, die aalglatten Typen mit ihren lässig über die Schulter geworfenen Pullovern, die auch drinnen Sonnenbrillen trugen, den weiß gekleideten Barkeeper, der tintenfischtentakelschnell die Drinks hinter dem Tresen mixte. Und sie würde in den Negroni in ihrer Hand blicken, in dem beruhigend die Eiswürfel leise klick-klackerten und mit ihnen darin schwimmend, rund und glänzend: eine Orangenscheibe.

Epilog

Hier nun sind wir angelangt, am Ende dieser Geschichte, die von den Bewohnern eines Hauses handelte, dem Haus an der Lienhardstrasse 7. Der Sommer
ging zu Ende, der Herbst ebenfalls, die Temperaturen
sanken. Sie sanken bald so sehr, dass ein mancher mit
Wehmut vom schönen Sommer erzählte, den man gehabt hatte, heiß wie schon seit über zehn Jahren nicht
mehr. Die Bäume ließen die Blätter los, die gelb, rot und
golden zu Boden pendelten, bald würde auch der erste
Schnee fallen, und es würde nicht lange dauern, dann
bliebe er liegen. Mädchen und Buben würden ihn zu
Kugeln rollen, die größer und größer würden, bis die
Kugeln ein Schneemann wären, mit der Möhre im Gesicht und als Augen Kastanien, Kohlen, Kieselsteine.
Sie würden in Schlitten die Hänge herunterfahren und
mit ihren kalten Füßen in den Moonboots durch den
Schnee knarzen. Bis er wieder schmolz, die Temperaturen wieder stiegen, die Krokusse ihre Köpfe zeigten, die

Winterlinge, die Primeln und das Chlorophyll zurück in die Äste der Bäume floss, die Stare zurückkamen und die Kiebitze, gefolgt von den Mauerseglern und den Zilpzalpen. Bis dahin aber vergeht noch etwas Zeit.

Sei nochmals eine Riesin, ein Riese. Hebe noch einmal das Dach, langsam, sachte. Da siehst du Delphine, wie sie ein Loch in ein stichfestes Mokkajoghurt baggert mit ihrem gelben Löffel, während aus dem Küchenradio die Sieben-Uhr-Nachrichten scheppern. Sie hatte Genua mit nur zwanzig Minuten Verspätung erreicht, blieb drei Nächte, schlief in einer verwanzten, aber ansonsten charmanten Pension, aß ein Dutzend Fische, trank ebenso viele Negronis und sah beruhigt, dass das Meer noch da war. Sie sog den tangigen Duft des Wassers am Hafen ein, winkte den Containerschiffen, die ein- und ausliefen, schwer beladen oder gähnend leer. Bis sie genug gesehen hatte. Sie tat einen letzten tiefen Atemzug, dann fuhr sie heim. Zu Hause erfuhr sie von den Vorkommnissen, die Paola in ihrem Atelier widerfahren waren. Trotzdem stellte sie ihre Arbeit des schalltoten Raumes fertig und schloss ihr Studium mit Bravour ab. Die Sache mit Paola wurde zu einer Anekdote, welche Delphine eine Art Heldinnenstatus einbrachte, sowohl beim Lehrkörper wie auch unter den anderen Studenten und Studentinnen. Ein Kunstwerk, welches beinahe jemanden umgebracht hatte, gab es nicht alle Tage. Nun hat sie das Joghurt fertig gegessen. Den deckellosen Becher wirft sie in den Müll, verlässt die Küche, tritt in den Flur, bleibt stehen. Kartonschachteln stehen im Flur.

Delphine klatscht in die Hände, sagt: »Gut.« Sie geht in ihr Zimmer und räumt Dinge in Kartonkisten, die sie bei ihren Eltern unterstellen würden. Nach Berlin will sie nur die wichtigsten Dinge mitnehmen, Dinge, die in einer kleinen Reisetasche Platz finden. Es kommt ihr nicht ungelegen, dass sie aus dem Haus an der Lienhardstrasse 7 ausziehen kann, denn die Sache mit Paola, so lustig sie manche finden mochten, war im Grunde ernsthaft gewesen. Paola war nachtragend und gezeichnet von den Ereignissen, die sich in dem dunklen schalltoten Raum abgespielt hatten, die glücklicherweise nur ein paar Stunden gedauert hatten, jedoch fatal hätten enden können.

Eine Etage unter Delphine liegt Virginia auf ihrem Futon. Sie schläft so tief, wie sie geschlafen hatte, als diese hier endende Geschichte ihren Anfang genommen hat. Ja, Virginia ist um ihren guten Schlaf zu beneiden. Es muss wohl mit dem Bikram-Yoga zu tun haben. Im Zimmer nebenan das Bett ihrer Tochter Cosima, verwaist auch heute Morgen, aber nicht, weil Cosima bei ihrem Vater übernachtet: Sie liegt neben ihrer Mutter auf deren Futon. Sie hatte schlecht geträumt, kam vor Müdigkeit taumelnd mit zu schmalen Schlitzen geöffneten Augen irgendwann in der Nacht zu ihrer Mutter, die sie tröstete und zu sich ins Bett nahm. Cosima ist nun viel mehr bei ihrer Mutter, und auch Lukas lässt sich öfters blicken, sie kochen zu dritt oder gehen ins Kino, und als Lukas' Restaurant feierlich eröffnet wurde, halfen Virginia und Cosima tatkräftig mit. Virginia hat die Pläne für ihr Kinderkleiderlabel verworfen. Sie möchte nun etwas mit Schmuck machen, Ringe entwerfen, Kettchen, Anhänger, irgendwas mit Silber. In Indien produzieren lassen oder in Marokko, Hauptsache, umweltkonform und ohne Kinderarbeit. Einen Namen für die Kollektion hat sie schon. Sie würde ihn auf den Arm oder den Fuß tätowieren lassen. Oder auf den Nacken, der war auch noch frei.

Hebe nun auch dieses Stockwerk wieder an, leise, vorsichtig.

Da liegt Fabio auf dem Rücken, laut schnarchend wie immer, neben ihm Paola. Sie hat soeben die Augen geöffnet, hat einen schrecklichen Traum gehabt, irgendwie ging es darum, dass sie bei lebendigem Leib begraben wurde in einer feuchten, modrigen Gruft. Solche Träume sind in letzter Zeit leider an der nächtlichen Tagesordnung. Immerhin trug sie in ihrem Traum ein anständiges Kleid. Sie geht zu einem Therapeuten, der ihr hilft, das Erlebte zu verarbeiten, aber die Träume verfolgen sie weiterhin. Das muss man der Angst lassen: War sie einmal da, war sie eine treue Gefährtin. Es geht Paola nicht aus dem Kopf, was hätte passieren können. Wie sie auch hätte ausgehen können, die verdammte Geschichte, bei der sie beinahe – man konnte es nicht anders sagen – auf jämmerlichste Art und Weise krepiert wäre. Es war einem in Dietikon gerösteten Kaffee zu verdanken, dass sie in der Kammer nicht elendlich verreckt und am Durst gestorben wäre. Der Ateliernachbar, nämlich der, der sie reingelassen hatte, borgte sich von Delphine dann und wann einen Kaffee, denn Delphine hatte eine kleine Kaffeemaschine, und

besagten Kaffee von Ferrari aus Dietlikon, über Holz-
kohle geröstet auf derselben alten Anlage, die 1894 an
der damals noch nicht so pompösen Bahnhofstrasse gestanden war, einer altehrwürdigen riemengetriebenen
Emmerich aus Gusseisen. Immer wieder mal hatte der
Nachbar Lust auf einen solchen Kaffee, klopfte bei Delphine, und wenn sie nicht da war, ging er einfach rein
und warf die Maschine an. So auch gute dreißig Stunden, nachdem sich Paola in der schalltoten Kammer
eingeschlossen und irgendwann realisiert hatte, dass
es kein Entkommen geben würde. Irgendwann war sie
eingeschlafen, wieder aufgewacht, der Handyakku war
leer, die Leuchtziffern ihrer Armbanduhr erloschen, sie
wusste nicht, wie spät es war, und kurz bevor sie sich
endgültig aufgab, hatte sie noch einen tränenreichen
Wutanfall. Just in jenem Moment nahm der Nachbar
einen Schluck des Kaffees, der sein herrliches Aroma
im Raum verströmte, blickte den schwarzen Kubus an,
schaute nicht ohne Neid auf Delphines Arbeit, die ihm
verdammt gelungen schien. Da hörte er ein dumpfes
Poltern aus diesem Ding. Erstaunt runzelte er die Stirn,
nochmals hörte er ein Poltern. Er sagte: »Hä?«, stellte
den Kaffee ab, sah nach und erschrak so sehr, wie Paola
erleichtert war, als er die Türe öffnete. Bald war sie wieder auf den Beinen, physisch, die Nägel nachgewachsen
und frisch lackiert, der Schreck aber, der steckte in ihren
Knochen, als wolle er für immer dort bleiben. Nun pfeift
sie leise in Fabios Ohr. Diesen Trick hatte ihr Susanne
verraten, deren Typ auch ein schrecklicher Schnarcher
ist. Damals, als Susanne und sie darüber geredet hatten,

dachte Paola: Na ja, wenn einer so reich ist wie Susannes Typ, dann ist ein bisschen schnarchen kein Problem. Aber ein armer Schlucker, der schnarcht, das ist übel. Paola pfeift, Fabio hört auf zu schnarchen, grummelt etwas, wacht aber nicht auf. Paola schmiegt sich an ihn und schließt die Augen, findet zurück in den Schlaf.

Fabio ist noch immer bei der Immobilienfirma angestellt, obwohl der Schraubenfabrikant die Wohnung nicht gekauft hatte. Fabio hatte die Rechnung im Hotel in Baiersbronn selbst bezahlt und hatte glücklicherweise einen guten Lauf bei den Wetten. Dem alten Gantenbein legte er die Spesenabrechnung erst gar nicht vor. Als er aus dem Schwarzwald heimgekehrt war, vollgefressen, aber mit einem Loch im Portemonnaie, hatte er sich gefragt, wo Paola steckte, und als sie kurz darauf die Wohnung betrat, hatte er hundert Fragen. Er war sehr lieb zu ihr. Und zusammen mit Stinky, dessen Hüftoperation ohne Komplikationen und zur Zufriedenheit aller verlief, waren sie eine richtig glückliche Familie, auch wenn Paola manchmal nachts laut schreiend aus dem Schlaf schreckte. »Alles ist gut«, sagte Fabio dann, und alles war gut. Es war noch keine Woche her, da kam der alte Gantenbein in sein Büro und legte ihm kommentarlos eine Zeitung auf das Pult, mit Leuchtstift umrandet ein Artikel, in dem es um den betrügerischen Konkurs einer Schraubenfabrik im süddeutschen Raum ging. Der Mann auf dem zum Artikel gehörenden Foto war Fabio wohlbekannt.

Einen Stock tiefer liegt Judith im Bett, kein Tim an ihrer Seite. Ja, Tim war vom Dach des Fernsehstudios gesprungen, hinein in die Dunkelheit mit einem schrillen, gellenden Schrei. Er wollte sich das Leben nehmen, er wollte einen Schlussstrich unter alles ziehen. Zu viel hatte er verloren, mehr als alles: Frau, Kinder, seine Sendung. Allerdings verstauchte er sich bloß den Knöchel, denn sein Sturz war nicht tief. Er fiel einen Stock darunter auf ein bekiestes und moosüberwachsenes Flachdach. Der Vorfall konnte vor der Presse geheim gehalten werden, und nachdem Tim den Sender verlassen hatte, übernahm er bei einem Lokalradio eine Morgensendung. Judith hatte die Scheidung eingereicht, und Tim mietete eine Zweieinhalbzimmerwohnung in einer Neubausiedlung in Altstetten. Die Geschichte über Laurin erschien nie in der *Illustrierten*, auch die Geschichte mit Maria wurde nicht publiziert – noch nicht. Nachdem Tim das Fernsehen verlassen musste, wollte man erst abwarten, wie tief er fallen würde. Erst dann würde man die Geschichte bringen, zusammen mit jener über seine Scheidung. Aber eine andere Geschichte kam in der Zeitung, jene von Tom, auch wenn sein Name nicht drinstand. Tom hatte den Sender ebenfalls verlassen. Ach, der arme Tom. Obwohl: Mitleid muss man mit ihm nicht haben, ganz und gar nicht. Er schaffte es in die Zeitung als »Porsche-Grüsel« – in einer Seegemeinde wurde er dabei ertappt, wie er seinen Porsche Boxster um die Mittagszeit auf ein Trottoir lenkte und von einer nahen Berufsschule kommenden Teenagern den Weg versperrte, um sich im Cabriolet sitzend zu entblößen. Es konnten ihm vierzehn solcher Vergehen nachgewiesen werden. Als Erst-Täter wurde er zu einer hohen, aber bedingten Geldstrafe von 180 Tagessätzen zu 110 Franken, einer Buße über 3960 Franken verurteilt. Zusätzlich verpflichtete er sich, sich einer Therapie zu unterziehen.

Also, Judith liegt wach in ihrem Bett, und auch die Buben hatten eine unruhige Nacht und waren zu ihr ins Bett geschlüpft, der Kleinere zuerst, der Größere kurz darauf. Sie schmiegten sich an den schlanken warmen Körper ihrer Mutter und schliefen schnell wieder ein, glitten zurück in ihre Träume. Judith und die Buben bekommen nun öfters Besuch vom bescheuerten Nachbarn von einem Stock unten dran, der sich als gar nicht so bescheuert herausstellte. Er unternimmt viel mit den Buben, geht mit ihnen am Uetliberg spazieren, sie machen Feuer, spitzen Stecken zu, braten Würste, einmal sahen sie ein Reh, schüchtern, scheu den Kopf heben, es stob davon. Den Kindern tut es gut, an die frische Luft zu kommen, sie streiten weniger. Aber Judith besteht darauf, auch weiterhin die Miete zu bezahlen, obwohl Vischer ihr angeboten hat, kostenlos zu wohnen. »Es ist ja Tim, der bezahlt«, hat sie gesagt und gelächelt.

Jetzt, Riese, hebe auch dieses Stockwerk an, aber ganz leise, denn: Der Vischer im Erdgeschoss ist schon wieder auf den Beinen, eine Tasse Milchkaffee steht dampfend auf dem Küchentisch, an dem er sitzt. Er ist nun alle Pässe der Schweiz in beiden Richtungen bis Ende der Saison in streng alphabetischer Reihenfolge gefahren. Keinen hat er ausgelassen, und über alle Fahrten hat er Buch geführt. Nun ja, ein Buch hat nicht gereicht, es waren deren drei. Hundertsiebenundzwanzig Fotos klebten darin, hundertsiebenundzwanzigmal sein Rennrad an ein Passschild gelehnt. Immer war es ein anderes Schild, ein anderer Pass, ein anderer Tag, ein anderer Moment, aber auf die Schnelle betrachtet, sahen die Fotos eines wie das andere aus. Mit dem ersten Schnee würde Vischer seine Räder in den Keller räumen. Er kaufte sich ein Paar Joggingschuhe und ging mit Judith laufen, und bei Amazon hatte er sich ein Buch bestellt: *Traumziel Marathon: Die 42 schönsten Strecken der Welt.*

Die Dinge hatten sich verändert und mit ihnen die Bewohner der Lienhardstrasse 7. Nichts blieb, wie es gewesen war, alles war nun anders – und doch gleich: Die Zeit verging, die Menschen standen am Morgen auf, taten ihre Arbeit, aßen, tranken, hingen ihren Gedanken nach, abends legten sie sich ins Bett und schliefen ein. Manche träumten. Manche nicht.

Nun, Riese, kannst du das Haus wieder zusammenfügen, sachte, Stockwerk für Stockwerk, und am Ende das Dach aufsetzen.

Die Geschichte ist zu Ende. Und der Tag, er hat eben begonnen.